艺术类院校基础课“十三五”规划教材

外国文学简明教程

U0949990

A CONCISE TEXTBOOK OF FOREIGN LITERATURE

关德福 佘红云 程 丽 ◎ 主 编
曹 阳 马振坤 龙剑平 ◎ 副主编

中国传媒大学出版社
·北 京·

图书在版编目(CIP)数据

外国文学简明教程/关德福,佘红云,程丽主编.--北京:中国传媒大学出版社,2019.1 (2023.1 重印)

艺术类院校基础课"十三五"规划教材

ISBN 978-7-5657-2427-5

Ⅰ.①外… Ⅱ.①关… ②佘… ③程… Ⅲ.①外国文学—文学史—高等学校—教材 Ⅳ.①I109

中国版本图书馆 CIP 数据核字(2018)第 267894 号

外国文学简明教程

WAIGUO WENXUE JIANMING JIAOCHENG

主　　编	关德福　佘红云　程　丽		
副 主 编	曹　阳　马振坤　龙剑平		
策　　划	张　旭		
责任编辑	赖红林		
特约编辑	陈　默　张　蕊		
责任印制	李志鹏		
封扉设计	风得信设计·阿东		
出版发行	中国传媒大学出版社		
社　　址	北京市朝阳区定福庄东街 1 号	**邮　　编**	100024
电　　话	010-65450532　65450528	**传　　真**	65779405
网　　址	http://cucp.cuc.edu.cn		
经　　销	全国新华书店		
印　　刷	三河市东方印刷有限公司		
开　　本	787mm×1092mm　1/16		
印　　张	18.75		
字　　数	389 千字		
版　　次	2019 年 1 月第 1 版		
印　　次	2023 年 1 月第 4 次印刷		
书　　号	ISBN 978-7-5657-2427-5/I·2427	**定　　价**	68.00 元

本社法律顾问:北京嘉润律师事务所　郭建平

前　　言

本书顺应高校面向21世纪教学和课程体系改革的需要，吸收了学术界的许多新成果和一线教师的教学经验，体现了编写宗旨的科学性、适用性、时代性，具有较强的创新性。本书以外国文学史为线索，以文本为核心，系统且简明扼要地呈现了外国文学的发展历史和辉煌成就，既兼顾了文学思潮、运动、流派、社团的发展情况与特点，又突出分析评价了重点作家、作品，旨在使学生了解外国文学的历史背景和发展脉络，掌握分析、鉴赏作品的方法。本书选文经典、框架新颖、脉络清晰，适用于高等院校中文、传媒和艺术方向所有专业本科、专科阶段“外国文学”课程的教学，也可供社会读者自学。

本书在编写上具有以下特色：

1.编写体例框架新颖。全书分为西方文学和东方文学两部分，每一部分都按照时间顺序编写，既有对文学史的发展概述，又有对经典文学作品的呈现；既有相应的作品导读，又有针对性极强的练习。在作品选择上，既侧重文学审美价值，又尽可能呈现文学史的面貌。这样就打破了文学史、文学作品、文学批评等不同教材的编写惯例，避免了人为分割外国文学的缺陷，便于将教师的教与学生的学有机地结合起来，让学生在客观了解外国文学发展脉络的基础上进行文本鉴赏。

2.章节模块紧凑呈现。每章都由概述、文本两大部分组成。概述部分主要介绍本时间段内的文学发展概况，文本部分则精选了相应时期的部分重点作家的代表作。在教与学中，这两部分内容相互对照、结合，有助于取得更好的教学效果。

3.文本编排顺序独特。文本是一个完整有机的教学统一体，由作者简介、作品导读、作品赏析、思考练习四个部分组成。一些重要的中长篇小说、多幕剧和长诗，无论教学还是鉴赏，都属于最基本的内容，但限于篇幅，本书未收录原文，而仅以“存目”标出，但对这些作家和作品都做了详尽的介绍，并附有相关的练习题。这样的编排有利于教与学，同时也方便社会读者自学。

4.选文态度严谨。本书在选文上竭力减少非文学因素的影响，努力做到从纯文学角度淘选作品，也避免了对作家身份、资历先入为主的依赖，以及对既有的文学史“定评”惯例的遵守。当然，由于外国文学发展的复杂性和特殊性，本书也注意到了难以避开的不同阶段的个别状况，所以在取舍标准上也有所调整。

本书由关德福、佘红云、程丽主编。

本书的编写组织与统稿工作由关德福完成。

因为水平所限，错误在所难免，希望得到专家和广大师生的批评和指正，以便不断完善。

编　者

2018年1月于海口

目　录 Contents

第一部分　西方文学

第二部分　东方文学

第一部分

西方文学

第一章　古代欧洲文学

第一节　概　述

古代欧洲文学包括古希腊文学和古罗马文学，特指公元前 12 世纪到公元前 1 世纪产生的欧洲本土文学。古希腊文学与古罗马文学是欧美文化的源头，后来的欧洲文明与美洲文明都源于古希腊与古罗马文化，甚至可以说古罗马文化也是古希腊文化的翻版。但是古希腊与古罗马文化并不是人类文化的发源地，它的起源时间要大大晚于四大文明古国。也就是说，古希腊与古罗马文化是在文化发源较早的亚非文明的影响下发展起来的。

古代欧洲文学形象地反映了原始社会和奴隶社会两个历史阶段的社会生活图景，表现了古希腊与古罗马人对神秘莫测的大自然、变幻无常的人生、各种复杂的社会现象的朴素认识。

古代欧洲文学为后来许多重要文学体裁和艺术手法开了先河，如神话 、史诗、叙事诗、哀歌、抒情诗 、寓言、戏剧、散文、文艺理论、新喜剧、田园诗、小说等。

古希腊文学主要是指从公元前 12 世纪到公元前 146 年，古希腊被古罗马征服的 1 000 多年间的文学。这段历史大致可以分为四个时期。

第一个时期是公元前 12 世纪至公元前 8 世纪。此时原始氏族制瓦解，古希腊处于由氏族社会向奴隶制过渡的时期，史称“荷马时代”或“英雄时代”。这一时期的文学，主要是人民群众口头集体创作的，主要包括神话、史诗、叙事诗等。

第二个时期是公元前 8 世纪至公元前 6 世纪。这是古希腊城邦国家形成时期，史称“城邦形成时期”。此时，私有制完全确立。这一时期作家个人创作兴起，主要文学作品包括哀歌、抒情诗、寓言等。

第三个时期是公元前 6 世纪末至公元前 4 世纪初。这是希腊奴隶制民主制鼎盛时期，史称“古典时期”。这一时期的文学主要是指雅典文学，主要文学作品包括戏剧、散文、文艺理论等。

第四个时期是公元前 4 世纪末至公元前 2 世纪，是古希腊走向衰亡的时期。在这一时期，希腊文化在东方广泛传播，并和东方文化相互交融，形成了以希腊文化为中心的地中海文化圈，史称“希腊化时代”。主要文学作品包括新喜剧、田园诗等。

古罗马文学是在古希腊文学的影响下发展起来的，在罗马奴隶制社会条件下又形成了自己的民族特色。

古罗马文学主要是指从公元前3世纪中叶至公元5世纪下半叶古罗马共和国和帝国时期的文学，也就是古罗马奴隶制社会中后期的文学。这段历史大致可以分为三个时期。

第一个时期是公元前3世纪中叶至公元前1世纪中叶。此时，军事上古罗马征服了古希腊，文化上古希腊征服了古罗马。古希腊文学成为罗马人学习和借鉴的榜样，对古罗马文学的发展产生了巨大影响。这一时期出现了早期的罗马文学作品，其主要模仿和改写古希腊文学作品。主要文学作品包括神话、悲剧、喜剧、散文、诗歌、书信等。

第二个时期是公元前1世纪末至公元1世纪初。这是罗马历史上的共和国晚期和奥古斯都时期，是罗马文学史上的“黄金时代”。这一时期最主要的文学作品包括史诗、诗歌、文艺理论等。

第三个时期是公元1世纪中叶至公元5世纪西罗马帝国灭亡。公元1世纪到公元2世纪是罗马帝国初期，文学史上称之为罗马文学的“白银时代”。这一时期文学成就主要表现在诗歌、悲剧、史诗、小说、传记等方面。公元2世纪后，罗马帝国面临末日，文学随之衰落，基督教教会文学开始兴起，这表明欧洲文学已开始由古代文学向封建中世纪文学过渡了。

古罗马文学是在继承古希腊文学的基础上发展起来的，总体成就比不上古希腊文学，但具有自己的民族特色，在哲理诗、散文、小说和世态喜剧等领域的成就超过了古希腊文学，成为沟通古希腊文学与后世欧洲文学的桥梁。因此，恩格斯说：“没有奴隶制就没有希腊国家、希腊的艺术和科学；没有奴隶制就没有罗马帝国；没有希腊文化和罗马帝国所奠定的基础，也就没有现代的欧洲。”

思考练习

1.简述古代欧洲文学的作用。

2.简述古希腊文学与古罗马文学各自的特色。

第二节　古代希腊文学——神话(节选)

神话简介

神话“用想象和借助想象以征服自然力、支配自然力，把自然力加以形象化”(马克思)。

作品导读

希腊神话同世界其他民族的神话一样产生于人类的“童年时代”，是上古时代生产力比较低下的情况下产生的一种近似于“巫文化”的文化形态。希腊神话是古希腊人民留给后世的一份丰富多彩、奇异瑰丽的口头文学遗产，它经过几百年甚至几千年的口耳相传，在“荷马时代”被广泛地记载于荷马史诗、古希腊戏剧以及许多历史、哲学著作中，后人经过不断搜集整理，把这些散存于史诗、戏剧、历史、哲学著作中的神话故事重新组织、整理成目前比较通行的两册《古希腊神话故事集》。

古希腊神话故事大致分为两大类：一类是神的故事，另一类是民间英雄传说。

神的故事包括天地的开辟、神和人的起源、四季的成因、动植物的出现，以及以宙斯为首的奥林匹斯神族成员的活动。

英雄传说是被神话化了的历史事件，主要讲述远古时代人与自然斗争的故事。

在希腊神话中，神和英雄具有同形同性的特点。

古希腊神话生动形象地反映了古希腊甚至整个人类“童年时代”的社会风貌，是人类对“童年时代”的深情回忆、认识和解释。它以丰富而奇异的色彩为我们描绘了一幅幅独具特色的生活图景。因此马克思说：“在某种意义上，希腊神话是人类艺术不可企及的典范。”希腊后来的戏剧、诗歌、雕塑、建筑等各文学、艺术门类都是根据希腊神话发展而来的，所以马克思还说：“希腊神话不只是希腊艺术的宝库，而且是它的土壤。”

希腊神话不仅促进了希腊文化的发展，而且对欧洲后代文化也产生巨大而深远的影响。尤其是古罗马文化，简直就是古希腊文化的翻版。另外欧洲文艺复兴和浪漫主义文学都是在继承了古希腊文学的前提下发展起来的。

总体来说，古希腊神话体现了人道主义思想和现世思想。这也是在经历了黑暗的封建中世纪之后，文艺复兴运动用希腊神话作反神权的思想武器的原因。

作品赏析

（一）神的故事四则（节选）

1.提坦神族开天辟地的故事

世界原本是混沌一片，没有天地之分，没有花草树木，更没有人，这一片混沌被称作卡厄斯。不知经过了多少年的不停旋转，卡厄斯从自己身上分离出了地母该亚。后来地母该亚又从自己身上生出了天神乌拉诺斯，于是她与乌拉诺斯结合，生了六男六女，统称“提坦”。乌拉诺斯总是疑心这些孩子要推翻自己的统治，取代其天神之位，就把他们都打入冥府，只有最小的儿子克洛诺斯被地母该亚藏了起来，幸免于难。后来克洛诺斯打败了乌拉诺斯，释放出其他“提坦”，他取代父亲做了新的天神，他以妹妹瑞亚为妻，又生了六男六女，称作“小提坦”。他做天神后也总是疑心儿女们要推翻自己的统治，所以干脆把这些孩子吞入腹中，只有最小的儿子宙斯被母亲瑞亚藏了起来，幸免于难。后来在普罗米修斯的帮助下，宙斯打败了父亲克洛诺斯，逼他吐出了那些被吞下去的“小提坦”，然后取代了父亲的地位。宙斯做了神主，以他的姐姐赫拉为妻。高高的奥林匹斯山上建立了一个“提坦神统”，这个神族是一个庞大的组织。

2.希腊民族起源的故事

普罗米修斯与弟弟厄庇墨透斯用“范土”创造了人类，他们愚昧而耐劳。为了赋予人类智慧，普罗米修斯偷了神界的天火给人类，从此人类见到了光明，摆脱了野蛮与蒙昧。人类创造了文明，开始有了战胜自然的武器，吃熟食、使用工具，懂得了医学、占卜术和几何学等。人类聪明了，宙斯却惶恐了。他害怕人类强大以后会战胜神族，抢去他的神位与权力，于是他大发雷霆，一方面惩罚普罗米修斯，把他钉在高加索山上五千年，让神鹰天天掏吃他的心脏；另一方面惩罚人类，他让众女神创造了一个美丽的女神——潘多拉，让她嫁给厄庇墨透斯。婚礼上，宙斯送给潘多拉一个精美的宝盒，她由于好奇就打开了盒子，疾病、饥饿、战争、谎言、死亡、残杀、欺骗等立刻都飞了出来。潘多拉花容失色，急忙关上盒子，唯独把希望关在里面。从此无穷无尽的灾难开始了。可是宙斯还不罢休，他觉得这样毁灭人类太麻烦，于是让海神波塞冬引发了一场空前绝后的大洪水，淹没了大地，世界成为一片汪洋。大水过后大地一片荒芜，可是有两个人躲过了洪水，而且恰好是一对夫妻，他们是普罗米修斯的后代卡丢翁和他的妻子辟拉。他们两个新婚不久，比较浪漫，在山顶上观景，所以幸免于难。等他们走下山后，发现原来郁郁葱葱的大地变成了寸草不生的荒野，一点生命的迹象都没有了。他们感到非常难过、非常孤独。这时，时光女神时美思走来，对他们说“拾起你们母亲的骨头往身后扔”！辟拉十分聪明，她立刻拾起大地上的石头扔在身后，这块石头立刻变成了一个人，于是他们就这样一路走、一路捡起石头扔在身后，他们身后跟的人越来越多，而恰在这时他们自己的孩子出生了，他们给自己的孩子取名“希腊”，从此天地间有了希腊氏族。

3.沙漠形成的故事

普罗米修斯的另外一个弟弟名叫阿特拉斯，是个天神，天之所以坍不下来，是因为他用神力支撑着。后来他死了，为了使天不倾倒下来，他死后变成了一座顶天立地的高山顶起了天。那么他是怎么死的呢？据说雅典娜有个贴身女仆叫墨杜萨，她修炼不够，只是个女妖而不是神。她长得十分漂亮，但是又十分的毒。她不光心狠手辣，而且身上充满了毒液，她头上的每根头发都是一条毒蛇，所以谁也不敢接近她，只有智慧女神雅典娜能制服她。但她对雅典娜是又怕又恨又嫉妒，有一天她愤然离去，来到一片美丽的草原上施展妖术。由于她身上毒液太多，使这片草原很快变成了沙漠。谁只要看她一眼，就会变成石头。雅典娜十分生气，就派少年英雄波修斯前去制服她。波修斯戴着爱神阿佛罗狄特给的隐身帽，穿上风神的飞鞋，一手执长剑，一手拿智慧女神给的反光镜，来到非洲沙漠，用智慧和勇气终于取下了女妖的头。然后快速返回，一路上女妖的头滴下的血，让良田顷刻间就变成戈壁滩，所以一路上许多肥沃的土地都变成了沙漠。这一天波修斯走到了奥林匹斯山下，负天神阿特拉斯听说波修斯杀了墨杜萨，他早就知道墨杜萨姿容过人，活着时不敢看她，现在死了，他想看看，波修斯怎么劝说他都没用，他非要看看漂亮的女妖，结果看了以后立刻变成了一块大石头，由于他身材太高大了，这块石头就被称作“阿尔卑斯山”，与奥林匹斯山遥相呼应。

4.露珠与太阳的故事

爱神阿佛罗狄特有个儿子叫丘比特，他是个可爱的小男孩，永远也长不大，后来做了神主宙斯的天使。他有两只翅膀，手执两支箭，一支是爱情之箭，另外一支是拒绝爱情之箭。他很顽皮，经常用这两支箭随处乱射，结果闹出了许多爱情悲喜剧和闹剧。有一天，他看见太阳神阿波罗驱车巡视天空，于是他顽皮地用爱情之箭射中了他，正巧这时露珠女神达芬从此地经过，阿波罗就疯狂地爱上了达芬，达芬一直暗恋太阳神，可太阳神从来都是傲视苍穹，不正眼看她，现在见太阳神满怀激情地向自己表白爱情，她激动得难以自持，刚要投向太阳神的怀抱，此时丘比特又用拒绝爱情之箭射中了达芬，于是达芬就拼命地拒绝阿波罗。阿波罗死死地缠住达芬不放，而达芬则想方设法躲避阿波罗，天天如此。这天，眼看阿波罗就要追上达芬了，恰好前边有一棵桂树，达芬急中生智变成了桂树的一部分，从此只要太阳一出来，树叶上的露珠就消失了。

（以上四则故事均改写自赫西俄德.工作与时日・神谱[M].张竹明，蒋平，译.北京：商务印书馆，1991.略有删改。）

（二）英雄传说二则（节选）

1.英雄赫拉克勒斯的传说

宙斯在奥林匹斯山上常常感到寂寞无聊，于是就下山寻找漂亮的民间少女。这天，他又下山了，碰上一个美丽的民女，于是大献殷勤并与之幽会，后来这个少女生下个男孩。神后赫拉知道后很生气，于是就派蛇神去咬死这个男孩。这个男孩半人半神，名叫赫拉克勒斯，生下来就力大无穷。这天蛇神来到他的摇篮旁想咬死他，没想到他一个小小的婴儿竟神奇地捏死了蛇神。长大后他向半人半马神卡戎学艺，想建立功业。这时先知先觉神告诉他，只要他完成十二件大功就能成为神族一员，就可以到奥林匹斯山上找他的父亲。于是他离家出走去建功立业，在一个岔路口，他遇上了善、恶两位神，两位神都允诺会帮他实现梦想。善神说吃尽人间苦方可实现梦想，而恶神说只要听他的，很快就能实现梦想。赫拉克勒斯毅然跟着善神走了。在这之后他立了十二件大功，比如杀死牛头蛇、夺取突尼斯国王的马群、清洗牛棚等。最后他终于成为奥林匹斯神界的一员。他在去往神界的途中，经过高加索山时，救下了普罗米修斯。这就在他和父亲宙斯之间埋下了矛盾的种子，我们可以想象他的一生注定是悲剧的一生。

2.能工巧匠代达洛斯父子的传说

代达洛斯和儿子伊卡洛斯都是能工巧匠，有一天他们来到了克里特岛。这个岛上的王后有一个梦中情人，这个情人不是人而是一头神牛。于是王后让父子俩为她做一头有生命的神牛。父子俩用木头做了一头牛，因为这头牛太逼真了，所以神给了它生命之灵气，它成了真的神牛。王后就和神牛同居了，并且生下了一个妖怪弥诺陶洛斯。国王发现这桩丑事之后恼羞成怒，他怕家丑外扬，于是就请另一个能工巧匠造了一个迷宫，将父子二人和这个造迷宫的匠人一起关了进去。但他们三人都顺利地逃了出来。父子俩的方法是用蜡做了一对翅膀从迷宫里飞了出来。他们向家乡希腊飞去，儿子伊卡洛斯太爱逞能，越飞越高，结果翅膀被太阳烤化了，掉下来摔死了，而父亲飞回了家乡。那个造迷宫的匠人知道自己肯定不会活着被放出去，所以事先准备了许多细线，迷宫修到哪儿就把细线拉到哪儿，最后沿着细线终于逃出了迷宫。

（以上两侧故事改写自赫西俄德.工作与时日·神谱[M].张竹明，蒋平，译.北京：商务印书馆，1991.略有改动。）

思考练习

1.简述神话的定义。

2.简述古希腊神话的分类及特点。

3.古希腊神的故事和英雄传说分别传递出了什么思想？

第三节　古代希腊文学——荷马史诗(节选)

作者简介

荷马(约公元前 9 世纪—约公元前 8 世纪)的身世和生活年代极难稽考。据考证“荷马”的原意是“人质”,“荷马立达”意指行吟诗人,也可以指一个家族。一般认为荷马是爱奥尼亚人,出生于斯密或卡俄斯,因为卡俄斯岛上有一个叫“荷马立达”的氏族。传说中荷马是个盲人,因为当时的行吟诗人大多是盲人。据说荷马的主要活动地是小亚细亚,即亚洲西部的美索不达米亚平原一带。

作品导读

荷马史诗是流传下来的古希腊最早且完整的文学作品,由《伊利亚特》(又译《伊利昂纪》)和《奥德赛》(又译《奥德修纪》)组成。相传这两部史诗是一个名叫荷马的盲诗人根据民间口头流传的短歌编成的,因而被称为荷马史诗。

荷马史诗的故事取材于特洛伊战争,这场战争已为考古发掘所证实。特洛伊是位于小亚细亚西北部海岸的一个城邦国。约公元前 12 世纪,希腊半岛各城邦国组成联军,渡过爱琴海进攻特洛伊,引发了一场持续十年的战争。最后希腊联军攻陷了特洛伊王城。这是一场部落之间的战争。战争结束后,在民间流传着有关这场战争中双方英雄的短歌,如阿基琉斯、阿伽门农、赫克托耳、俄底修斯等。荷马经常四处演唱这些短歌,在演唱的过程中,他发现这些短歌之间有着内在的联系,于是将它们加以整理、加工,重新创作成两部具有统一风格、统一情节和互相关联的人物形象的长诗,即《伊利亚特》和《奥德赛》。从此人们再传唱关于特洛伊战争的故事时,就不再以原来的短歌为蓝本,而是以荷马加工创作的这两部长诗为蓝本。到公元前 6 世纪,人们才用文字将这两部长诗记录下来,它们被统称为荷马史诗。目前我们看到的荷马史诗是公元前 2 世纪亚历山大二世时代经过文人的再次加工以后的定稿。

按照当时希腊人的思想方式,这场战争被神话化了。历史事件因此以神话的形式表现出来,这便是荷马史诗形成的基础。

《伊利亚特》是关于特洛伊(伊利亚)战争的一首诗。全诗 15 693 行,共 24 卷,叙述了这场战争最后 51 天发生的故事。战争进行了十年,由于众神各助一方,双方相持不下。后来希腊军中发生了内讧,原因是统帅阿伽门农依仗权势抢走了阿基琉斯心爱的女战俘。阿基琉斯一怒之下退出战斗,特洛伊人立刻大占上风。《伊利亚特》以一次争执为楔子,以阿基琉斯的愤怒为主线,描写了 51 天之内发生的事件。缺少阿基琉斯的希腊人接连战败,阿基琉斯的好友帕特罗克洛斯借了阿基琉斯的盔甲、长矛和盾牌出战,结果被赫克托耳杀死。被激怒的阿基琉斯重披战甲与赫克托耳决战,把赫克托耳杀死，还把他的尸体拖回了希腊大营。《伊利亚特》最后叙述了特洛伊老国王普里阿摩斯去请求阿基琉斯归还自己儿子的尸体的故事。在白发苍苍的老人面前，阿基琉斯顿生恻隐之心，同意了老国王的请求，而且他也非常敬佩赫克托耳，所以命令停战三天，为赫克托耳举行葬礼。三天后战争重新开始，群龙无首的特洛伊人气数已尽。俄底修斯用"木马计"骗开了特洛伊的城门，希腊军里应外合，攻破特洛伊城。他们烧毁城池，抢夺财物，押着战俘和妇女回国了。

《奥德赛》是音译，即英雄俄底修斯。顾名思义，这首长诗主要描写俄底修斯十年海上漂流的故事以及回家后与纠缠他的妻子的求婚者斗争的故事。全诗 12 110 行，24 卷。俄底修斯是希腊军中一个多才多智的将军。在《伊利亚特》中，他是"木马计"的设计者。由于他的"木马计"，希腊军队取得了彻底的胜利。希腊军队胜利后带着掠夺的财物、奴隶返回故乡，连海伦也被他们夺了回去。俄底修斯在返乡途中遇到了千难万险，于是在海上漂流了十年。

史诗一开始就写他在海上已经漂流了十年，而俄底修斯经过十年的漂流终于回到了故乡，他先扮成乞丐回到自己的府邸，看到求婚者死缠着妻子不放，而妻子美丽依旧，端庄贤淑，只低头织布。他非常感动，在儿子的帮助下，打败了求婚者，这才说明身份，将一根木棍插在大地上，从此一家人重新开始了美好的生活。

作品赏析

伊利亚特(节选)

赫克托尔被阿基琉斯杀死遭凌辱

特洛亚人像一群惊鹿逃进城里，
他们抹去汗污，饮水解除了燥渴，
依靠着坚固的雉堞喘息。阿开奥斯人
继续向城墙冲来，把盾牌靠在肩头。
恶毒的命运却把赫克托尔束缚在原地，
把他阻留在伊利昂城外斯开埃门前。
福波斯·阿波罗这时对佩琉斯之子这样说：
"佩琉斯之子，你为何这样快腿追赶我，
一个有死的凡人追赶不朽的神明？
显然你没认出我是神，才这样追赶。
你放弃同那些逃跑的特洛亚人作战，
他们已经逃进城，可你却跑来这里。

你杀不了我，因为命运注定我不死。”

捷足的阿基琉斯无比愤怒地回答说：
“射神，最最恶毒的神明，你欺骗了我，
把我从城墙引来这里，要不还会有
许多人没逃进伊利昂便先趴下啃泥土。
你夺走了我的巨大荣誉，轻易地挽救了
那些特洛亚人，因为你不用担心受惩处。
倘若有可能，这笔账我定要跟你清算。”

他这样说，重新勇猛地奔向城市。
如同竞赛中得胜的骏马拖着战车，
奔跑得那样轻快，敏捷地奔过平原，
阿基琉斯也这样快捷地迈动两腿和双膝。

老王普里阿摩斯第一个看见他奔来，
如同星辰浑身光闪地奔过平原。
那星辰秋季出现，光芒无比明亮，
在昏暗的夜空超过所有其他星星，
就是人称猎户星座中狗星的那一颗。
它在群星中最明亮，却把凶兆预告，
把无数难熬的热病送来可怜的人间，
阿基琉斯奔跑时胸前的铜装也这样闪亮。
老王长叹一声，不由得举起双手
捶打自己的脑门，连连沉重长叹，
恳求儿子回城；赫克托尔站在城外，
心情热切地要同阿基琉斯打一场恶战。
老王把手伸向赫克托尔，可怜地哀求：
“赫克托尔，儿子啊，不要独自在那里
等那家伙，你这是想让他打倒寻死，
因为他远比你强大，又很凶残。
如果他令神明也像令我这样讨厌，
那他早就该躺在地上死于非命，

被猎狗鹰鹫撕碎，消释我心头的痛隐。
他夺走了我的许多高贵的儿子，
卖往遥远的海岛或把他们杀死。
在逃进城里的特洛亚人中我没有看见
吕卡昂和波吕多罗斯，我的两个儿子，
拉奥托埃——一个杰出的女子生了他们。
如果他们活在敌营，我们便用
铜块和黄金去赎他们：家里有贮存，
高贵的老人阿尔特斯给女儿丰厚的馈赠。
如果他们已被杀死前往哈得斯，
便又给我和他们的母亲增添了哀楚。
特洛亚人不会为他们痛心太长久，
除非你也一起被阿基琉斯杀死。
我的孩子，进城来吧，为了拯救
特洛亚男女，也为了不让阿基琉斯赢得
巨大的荣誉，你不至于失去宝贵的生命。
可怜可怜不幸的我吧，我还活着，
已进入老迈，天父宙斯却要让我
度过可怕的残年，看见许多不幸：
看见我的儿子们一个个惨遭屠戮，
女儿们被掳丧失自由卧室遭洗劫，
幼儿被敌人无情地杀害抛到地上，
儿媳们一个个落入阿开奥斯人的魔掌。
当有人用锐利的铜刃把我刺中或砍伤，
灵魂离开身体，我最后死去的时候，
贪婪的狗群将会在门槛边把我撕碎，
它们本是我在餐桌边喂养的看门狗，
却将吮吸我的血，餍足地躺在大门口。
年轻人在战斗中被锐利的铜器杀死，
他虽已倒地，一切仍会显得很得体，
他虽已死去，全身仍会显得很美丽，
但一个老人若被人杀死倒在地上，
白发银须，甚至腹下被狗群玷污，

那形象对于可怜的凡人最为悲惨。”

老王说完，伸手乱扯他那头白发，
但仍不能动摇赫克托尔既定的决心。
他的母亲这时也伤心得痛哭流涕，
她一手拉开衣襟，一手托起乳部，
含泪对他说出有翼飞翔的话语：
“儿啊，赫克托尔，可怜我，看在这分上，
我曾经用它里面的汁水平抚你哭泣！
想想这些，亲爱的孩儿，退进城来，
回击敌人，不要单独和那人对抗。
阿基琉斯性情凶残，如果你被他杀死，
亲爱的儿啊，你便不可能安卧停尸床，
被我和妻子哭泣，你会远离我们，
在阿尔戈斯船舶边被敏捷的狗群饱餐。”

他们一面痛哭，一面对儿子这样说，
苦苦哀求，但没能打动赫克托尔的心灵，
他仍站在原地，等待强大的阿基琉斯。
有如一条长蛇在洞穴等待路人，
那蛇吞吃了毒草，心中郁积疯狂，
蜷曲着盘踞洞口，眼睛射出凶光；
赫克托尔也这样心情激越不愿退缩，
把那面闪亮的盾牌倚着突出的城墙，
但他也不无忧虑地对自己的傲心这样说：
“天哪，如果我退进城里躲进城墙，
波吕达马斯会首先前来把我责备，
在神样的阿基琉斯复出的这个恶夜，
他曾经建议让特洛亚人退进城里，
我却没有采纳，那样本会更合适。
现在我因自己顽拗损折了军队，
愧对特洛亚男子和曳长裙的特洛亚妇女，
也许某个贫贱于我的人会这样说：

‘只因赫克托尔过于自信，损折了军队。’
人们定会这样指责我，我还远不如
出战阿基琉斯，或者我杀死他胜利回城，
或者他把我打倒，我光荣战死城下。
当然我也可以放下这凸肚盾牌，
取下沉重的头盔，把长枪依靠城墙，
自作主张与高贵的阿基琉斯讲和，
答应把海伦和他的全部财产交还
阿特柔斯之子，阿勒珊德罗斯当初用空心船
把它们运来特洛亚，成为争执的根源。
我还可以向阿开奥斯人提议，让他们
和我们均分城里贮藏的所有财富，
我可以召集全体特洛亚人起誓，
什么都不隐藏，把我们可爱的城市
拥有的一切全都交出来均分两半。
可我这颗心为什么考虑这些事情？
我决不能走近他，他丝毫不会可怜我，
不会尊重我，他会视我如同弱女子，
赤裸裸地杀死，当我卸下这身铠甲时。
现在我和他不可能像一对青年男女
幽会时那样从橡树和石头絮絮谈起，
青年男女才那样不断喁喁情语。
还是让我和他尽快地全力拼杀吧，
好知道奥林波斯神究竟给谁胜利。”

赫克托尔思虑等待，阿基琉斯来到近前，
如同埃倪阿利奥斯，头盔颤动的战士，
那支佩利昂产的梣木枪在他的右肩
怖人地晃动，浑身铜装光辉闪灿，
如同一团烈火或初升的太阳的辉光。
赫克托尔一见他心中发颤，不敢再停留，
他转身仓皇逃跑，把城门留在身后，
佩琉斯之子凭借快腿迅速追赶。

如同禽鸟中飞行最快的游隼在山间
敏捷地追逐一只惶惶怯逃的野鸽，
野鸽迅速飞躲，游隼不断尖叫着
紧紧追赶，一心想扑上把猎物逮住。
阿基琉斯当时也这样在后面紧追不舍，
赫克托尔在前面沿特洛亚城墙急急逃奔。
他们跑过丘冈和迎风摇曳的无花果树，
一直顺着城墙下面的车道奔跑，
到达两道涌溢清澈水流的泉边，
汹涌的斯卡曼德罗斯的两个源头。
一道泉涌流热水，热气从中升起。
笼罩泉边如同缭绕着烈焰的烟雾。
另一道涌出的泉水即使夏季也凉得
像冰雹或冷雪或者由水凝结的寒冰。
紧挨着泉水是条条宽阔精美的石槽，
在阿开奥斯人到来之前的和平时光，
特洛亚人的妻子和他们的可爱的女儿们
一向在这里洗涤她们的漂亮衣裳。
他们从这里跑过，一个逃窜一个追，
逃跑者固然英勇，追赶者比他更强，
迈着敏捷的双脚，不是为争夺祭品
或者牛革这些通常的竞赛奖赏，
而是为了夺取驯马的赫克托尔的性命。
如同在为牺牲的战士举行的葬礼竞赛中
许多单蹄马为能夺得三脚鼎或女人
这样丰厚的奖品，绕着标杆飞驰，
他们也这样绕着普里阿摩斯的都城，
迈着快腿绕了三周，神明众睽睽。
天神和凡人之父终于对神明这样说：
“啊，我亲眼看见我们宠爱的人被追赶，
沿城墙落荒奔逃，赫克托尔使我怜悯，
他经常在崎岖的伊达山的高峰上，
或在特洛亚城堡虔诚地敬献给我

壮牛的肥厚腿肉，现在被勇敢的阿基琉斯
围绕着普里阿摩斯的都城紧紧追赶。
神明们，你们好好想想，帮我拿主意，
我们是救他的性命，还是让这个高尚的人
今天倒毙于佩琉斯之子阿基琉斯的手下。”

目光炯炯的女神雅典娜立即回答说：
“掷闪电的父亲，集云之神，你说什么！
一个有死的凡人命运早作限定，
难道你想让他免除可怕的死亡？
你看着办吧，但别希望我们赞赏。”

集云之神宙斯这样回答雅典娜：
“特里托革尼娅，亲爱的孩子，你别着急，
我所言并非有什么打算，但愿你称心，
你想怎么办就怎么办，不要迟延。”

宙斯的话鼓励了跃跃欲试的女神，
雅典娜迅速飞下奥林波斯峰巅。

捷足的阿基琉斯继续疯狂追赶赫克托尔，
有如猎狗在山间把小鹿逐出窝穴，
在后面紧紧追赶，赶过溪谷和沟壑，
即使小鹿转身窜进树丛藏躲，
也要寻踪觅迹地追赶把猎物逮住。
赫克托尔也这样摆脱不了捷足的阿基琉斯，
每当他偏向达尔达尼亚城门方向，
企图挨着建造坚固的城墙奔跑，
城上的人们朝下放箭保护他的时候；
每次阿基琉斯都抢先把他挡向平原，
自己始终占着靠近城墙的道路。
有如人们在梦中始终追不上逃跑者，
一个怎么也逃不脱，另一个怎么也追不上，

阿基琉斯也这样怎么也抓不着逃跑的赫克托尔。
赫克托尔怎么能这样躲过残忍的死神？
只因为阿波罗最后一次来到他身边，
向他灌输力量，给他敏捷的脚步。
神样的阿基琉斯向他的部队摇头示意，
不许他们向赫克托尔投掷锐利的枪矢，
免得有人击中得头奖，他屈居次等。
当他们一逃一追第四次来到泉边，
天父取出他的那杆黄金天秤，
把两个悲惨的死亡判决放进秤盘，
一个属阿基琉斯，一个属驯马的赫克托尔，
他提起秤杆中央，赫克托尔一侧下倾，
滑向哈得斯，阿波罗立即把他抛弃。
目光炯炯的女神雅典娜迅速来到
佩琉斯之子身边，说出有翼飞翔的话语：
"宙斯的宠儿阿基琉斯，我们渴望
今天让阿开奥斯人带着全胜回船，
难以制服的赫克托尔将被我们杀死。
现在他已不可能逃脱我们的手掌，
不管射神阿波罗怎样费心帮助他，
甚至匍匐着哀求提大盾的天父宙斯。
你且停住脚步喘喘气，我这就去
上前找他，劝他和你一决胜负。"

阿基琉斯听从雅典娜心中欢喜，
拄着那杆铜尖梣木枪停住脚步。
雅典娜离开他赶上神样的赫克托尔，
模仿得伊福波斯的外貌和洪亮的嗓音，
站到他近旁说出有翼飞翔的话语：
"亲爱的兄弟，捷足的阿基琉斯如此快步，
绕着普里阿摩斯的都城把你追赶，
现在让我们停下来就在这里迎战。"

头盔闪亮的伟大的赫克托尔回答雅典娜：
“得伊福波斯，在赫卡柏和普里阿摩斯
给我的所有兄弟中，你一向对我最亲近，
现在我心中比以前更为深挚地敬爱你，
只有你看见我被追赶，愿意出城帮助我，
其他人都不敢出来，在城里惊惶地藏躲。”

目光炯炯的女神雅典娜这样回答说：
“亲爱的兄长，父王和母后都曾抱膝
哀求我不要出城，部下也这样力劝，
他们全都如此害怕那个阿基琉斯，
但我在城里心中为你痛苦难忍，
现在让我们大胆迎战和他厮杀，
枪下不留情面，看看如何结果：
是他杀死我们，带着血污的铠甲
返回空心船，还是他倒在你的枪下。”

雅典娜这样说，用狡计带领他冲上前去，
待他们这样相向而行，互相逼近时，
头盔闪亮的伟大的赫克托尔首先说话：
“佩琉斯之子，我不再逃避你，像刚才
绕行普里阿摩斯的都城三遭不停步，
现在心灵吩咐我停下来和你拼搏，
或是我得胜把你杀死，或是你杀我。
但不妨让我们敬请神明前来作证，
神明能最好地监督和维护我们的誓言：
如果宙斯让我获胜，把你杀死，
我绝不会侮辱你的躯体，尽管你残忍，
阿基琉斯，我只剥下你那副辉煌的铠甲，
尸体交阿开奥斯人。你也要这样待我。”

捷足的阿基琉斯狠狠地看他一眼回答说：
“赫克托尔，最可恶的人，没什么条约可言，

有如狮子和人之间不可能有信誓，
狼和绵羊永远不可能协和一致，
它们始终与对方为恶互为仇敌，
你我之间也这样不可能有什么友爱，
有什么誓言，惟有其中一个倒下，
用自己的血喂饱持盾的战士阿瑞斯。
鼓起你的全部勇气，现在正是你
表现自己是名枪手和无畏战士的时候。
不会有别的结果，帕拉斯·雅典娜将用
我的枪打倒你，你杀死了我那么多朋友，
使我伤心，你将把欠债一起清算。”

阿基琉斯说完，举起长杆枪投了出去。
光辉的赫克托尔临面看见，把枪躲过。
他见枪飞来，蹲下身让铜枪从上面飞过，
插进泥土，但帕拉斯·雅典娜把它拔起，
还给阿基琉斯，把士兵的牧者赫克托尔瞒过。
赫克托尔对勇敢的佩琉斯之子大声说：
“神样的阿基琉斯，你枉费力气没投中，
并非由宙斯得知我的命运告诉我。
你这是企图用花言巧语把我蒙骗，
想这样威吓我失去作战的力量和勇气。
我不会转身逃跑让你背后掷投枪，
我要临面冲上来让你正面刺胸膛，
如果这是神意。现在你先吃我一枪，
但愿你把这支铜枪能全部吃进肉里。
只要你一死，这场战争对于特洛亚人
便会变容易：你是他们最大的灾祸。”

赫克托尔说完，晃动着投出他的长杆枪，
击中佩琉斯之子的神造盾牌的中心，
他没有白投，但长枪却被盾牌弹回。
赫克托尔懊恼长杆枪白白从手里飞去，

又不禁愕然，因为没有第二支梣木枪。
他大声叫喊手持白盾的得伊福波斯，
要他递过来长杆枪，但已匿迹无踪影。
赫克托尔明白了事情真相，心中自语：
“天哪，显然是神明命令我来受死，
我以为英雄得伊福波斯在我身边，
其实他在城里，雅典娜把我蒙骗。
现在死亡已距离不远就在近前，
我无法逃脱，宙斯和他的射神儿子
显然已这样决定，尽管他们曾那样
热心地帮助过我：命运已经降临。
我不能束手待毙，暗无光彩地死去，
我还要大杀一场，给后代留下英名。”

赫克托尔这样说，一面抽出锋利的长剑，
那剑又大又重，佩带在他的腰边，
他挥剑猛扑过去，有如高飞的苍鹰，
那苍鹰穿过乌黑的云气扑向平原，
一心想捉住柔顺的羊羔或胆怯的野兔，
赫克托尔也这样挥舞利剑冲杀过去。
阿基琉斯也冲杀上来，内心充满力量，
把那面装饰精美的盾牌举在胸前，
头上晃动着闪亮的四行饰槽的头盔，
美丽的金丝在盔顶不断摇曳，
赫菲斯托斯把它们密密地紧镶盔脊。
夜晚的昏暗中金星太白闪烁于群星间，
无数星辰繁灿于天空，数它最明亮，
阿基琉斯的长枪枪尖也这样闪光辉。
他右手举枪为神样的赫克托尔构思祸殃，
看那美丽的身体哪里戳杀最容易。
赫克托尔全身有他杀死帕特罗克洛斯
夺得的那副精美的铠甲严密护卫，
只有连接肩膀和颈脖的锁骨旁边

露出咽喉，灵魂最容易从那里飞走。
神样的阿基琉斯一枪戳中向他猛扑的
赫克托尔的喉部，枪尖笔直穿过柔软的颈脖。
沉重的梣木铜枪尚未能戳断气管，
赫克托尔还能言语，和阿基琉斯答话。
阿基琉斯见赫克托尔倒下这样夸说：
“赫克托尔，你杀死帕特罗克洛斯无忧虑，
见我长时间罢战无惊无恐心安然，
愚蠢啊，那里还有一个比帕特罗克洛斯
强很多的人在。我还留在空心船前，
现在我杀了你，恶狗飞禽将把你践踏，
阿开奥斯人却将为帕特罗克洛斯行葬礼。”

头盔闪亮的赫克托尔声音虚弱地回答说：
“我求你，以你的心灵、双膝和双亲的名义，
不要把我丢给阿开奥斯船边的狗群，
你会得到许多黄金、铜块作赎金，
我的父王和母后会给你送来厚礼，
把我的身体运回去，好让特洛亚人
和他们的妻子给我的遗体火葬行祭礼。”

捷足的阿基琉斯怒目而视回答说：
“你这条狗，不要提膝盖和我的父母，
凭你的作为在我的心中激起的怒火，
恨不得把你活活剁碎一块块吞下肚。
决不会有人从你的脑袋旁把狗赶走，
即使特洛亚人为你把十倍二十倍的
赎礼送来，甚至许诺还可以增添。
即使普里阿摩斯吩咐用你的身体
称量赎身的黄金，你的生身母亲
也不可能把你放上停尸床哭泣，
狗群和飞禽会把你全部吞噬干净。”

头盔闪亮的赫克托尔临死这样回答说：
“我这下看清了你的本性，我曾预感
不可能说服你，因为你有一颗铁样的心。
不过不管你如何勇敢，也请你当心，
我不要成为神明迁怒于你的根源，
当帕里斯和阿波罗把你杀死在斯开埃城门前。”

他这样说，死亡降临把他罩住，
灵魂离开肢体前往哈得斯的居所，
留下青春和壮勇，哭泣命运的悲苦。
捷足的阿基琉斯对死去的赫克托尔这样说：
“你就死吧，我的死亡我会接受，
无论宙斯和众神何时让它实现。”

阿基琉斯这样说，从尸体上拔出铜枪，
搁置一旁，再剥取肩上血污的铠甲。
其他阿开奥斯人拥过来四面围上，
惊异赫克托尔身材魁梧相貌俊美，
没有人不使他再增加一点新的伤迹。
人们都对自己近旁的同伴开言这样说：
“啊呀呀，这位赫克托尔现在确实显得
比他把熊熊火把抛向船舶时要温和。”

大家一面说，一面戳击不动的尸体，
捷足的阿基琉斯剥下赫克托尔身上的铠甲，
开始对阿开奥斯人把带翼的话这样说：
“朋友们，阿尔戈斯各位首领和君王们，
既然不朽的神明让我打倒了他，
他给我们造成的灾害超过其他人，
现在让我们全副武装绕城行进，
看看特洛亚人怎样想，有什么打算，
他们是见赫克托尔被杀死放弃高城，
还是没有赫克托尔也仍要继续作战。

可我这颗心为什么考虑这些事情?
帕特罗克洛斯还躺在船里,没有被埋葬,
没有受哀礼。只要我还活在人世间,
还能行走,我便决不会把他忘记;
即使在哈得斯的处所死人把死人忘却,
我仍会把我那亲爱的同伴牢牢铭记。
阿开奥斯战士们,现在让我们高唱凯歌,
返回空心船,带上这具躺着的尸体。
我们赢得了巨大的光荣,杀死了赫克托尔,
城里的特洛亚人把他夸耀得如同神明。"

他一面这样说,一面构思如何凌辱
赫克托尔的尸体。他把赫克托尔的双脚
从脚踝到脚跟的筋腱割开穿进皮带,
把它们系上战车,让脑袋在后面拖地。
他跳上战车,举起那副辉煌的铠甲,
扬鞭驱策那两匹战马如飞般捷驰。
赫克托尔拖曳在后,扬起一片尘烟,
黑色的鬈发飘散两边,俊美的脑袋
沾满厚厚的尘土,宙斯已把他交给
他的敌人,在他的祖国恣意凌辱他的尸体。

赫克托尔的脑袋就这样在尘埃里翻滚,
他的母亲见儿子受辱,扯乱了头发,
把扯下的闪亮头巾扔掉,放声哭喊。
他的父亲也悲惨地痛哭,周围的人们
也一片哭嚎,整座城市陷入悲泣。
到处是凄惨的哭声,有如巍峨的伊利昂
从高堡到窄巷突然被熊熊的大火吞噬。
老王狂乱地奔向达尔达尼亚城门,
想冲出城去,人们好容易把他拦住。
老人趴在污泥里向大家急切地恳求,
一一称呼每个人的姓名对他们这样说:

“朋友们，不要管我，你们关心我过分，
让我出城前往阿开奥斯人的船舶，
去向那个无恶不作的家伙请求。
或许他会自惭年轻敬重我老年，
他也有一个像我这样年纪的父亲
佩琉斯，养育了他给特洛亚人为祸，
在所有的人中给我造成最大的苦难，
我那么多儿子正值华年被他杀死。
我曾为他们惨遭不幸伤心地哀哭，
但这次为赫克托尔却使我悲痛欲绝。
啊，即使他能死在我的怀里也好，
那样他那个生他到世间的母亲和我
便可为他行哀悼，尽情地流泪哭泣。”

老人放声哭诉，居民们一片哀号，
赫卡柏也对特洛亚妇女们这样悲诉：
“孩儿啊，我多命苦，现在你已死去，
我为何还苟延残喘在人世，受苦挨熬煎？
你在特洛亚夜以继日地令我骄傲，
全城的男女视你如救星，敬你如神明。
你活着的时候曾是他们的巨大希望，
但现在死亡和残忍的命运把你追上。”

赫卡柏这样大声哭诉，赫克托尔的妻子
还没有听到消息：没有哪个忠实的信使
前来禀告她丈夫留在城外的事情。
她正在高宅深院的一角忙着织一匹
双幅紫色布，织上各样的花卉图案。
她刚才还吩咐那些美发的侍女们进屋，
把大三脚鼎架上旺火，从战场回来的
赫克托尔可以痛痛快快地洗个热水澡。
她决没想到丈夫不可能再回来把澡洗，
雅典娜已通过阿基琉斯之手把他杀死。

她听见了堞垛传来的哀号悲泣声，
全身一震，梭子从手里一滑落地面。
她重又召唤美发的女侍对她们这样说：
“你们俩过来跟我走，看看是什么事情。
我听见尊敬的婆婆的哭声，我胸中的心
好像要跳出嘴来，双脚麻木无感知，
普里阿摩斯的孩子们定然灾难临近。
但愿我不会听到那样的不幸消息，
可我又担心，神样的阿基琉斯不要
已把英勇的赫克托尔与城市隔开，
赶往平原，制服了他那可怕的勇敢，
因为他从不畏缩于一般士兵之间，
一向勇猛无人可比拟，冲杀在前。”

她这样说，忐忑不安地冲出家门，
如疯狂的酒神伴侣，女仆们侍后随行。
她急急来到城墙边，穿过聚集的人群，
爬上城墙放眼探望，看见城外
快马正拖曳着她的丈夫的尸体，
无情地把它拖向阿开奥斯人的空心船。
晦夜般的黑暗罩住了安德罗马克的双眼，
她仰身晕倒在地，立即失去了灵知。
漂亮的头饰远远地甩出，掉落地上，
有女冠、护发、精心编制的发带和头巾，
那头巾系由黄金的阿佛罗狄忒馈赠，
头盔闪亮的赫克托尔送上无数聘礼，
把她从埃埃提昂家族迎娶的那一天。
姑嫂们立即一起紧紧围拢过来，
把她扶起，她沉沉昏厥犹如死去。
等她苏醒过来，灵知回复心中，
立即放声悲恸，对特洛亚妇女泣诉：
“赫克托尔，不幸啊，我们以同样的苦命出生；
你生在特洛亚高贵的普里阿摩斯家中，

我生在特拜林木覆盖的普拉科斯山下
埃埃提昂家里，不幸的他生了不幸的我，
把我抚养成人，悔当初真不该降世。
现在你已前往哈得斯的昏冥处所，
奥深莫测的下界，独把我孤零零撇下，
在家中守寡，无限悲凉，无限凄楚。
儿子尚幼，来自这对苦命的父母。
赫克托尔，你死了，不能再保护他，
他也不能保护你；即使他能逃过
阿开奥斯人的惨战，未来仍将多苦难，
外人会来侵夺他的家业和财产。
无依无靠的孤儿不会有玩耍的伙伴，
他将终日垂头伤心，泪洗面颊，
贫困迫使年幼的他去找父辈挚友，
掇掇这人的外袍，扯扯那人的衣衫，
直到引起人们的怜悯，把酒杯传给他，
也只及沾沾唇沿，仍是舌燥口干。
一个父母双全的孩子会把他推开，
横暴地对他拳脚相加，肆意欺凌：
'快滚开，你又没有父亲在这里饮宴。'
孩子只好哭着回来找他的寡母，
可怜的阿斯提阿那克斯，从前他惯于坐在
父亲的膝头，吃的是骨髓和肥嫩的羊脂。
在他感觉困乏，停止孩童玩耍后，
他便躺在奶妈的怀里甜甜入眠，
床榻柔软，无限的满足充满心尖。
现在他失去了父亲，将忍受无穷的辱难，
阿斯提阿那克斯，特洛亚人对他的别称，
因为你为他们保卫城门和巍峨的护垣。
现在你躺在翘尾船旁，远离双亲，
待狗群吃饱，蠕动的蛆虫又来吞噬，
赤身裸露，家中空有华服无数，
精美艳丽，由妇女们巧手缝制。

我将把它们抛进火堆付之一炬，
它们于你已无用，你不会再穿着它们，
只好在特洛亚人面前用作对你的祭奠。”

她这样大声恸诉，妇女们一起悲泣。

（荷马.伊利亚特[M].罗念生，译.上海：上海人民出版社，2007.）

奥德赛（存目）

思考练习

1.简述《伊利亚特》的主题意蕴。

2.简述阿基琉斯和赫克托尔这两个人物的性格特点。

3.简述《伊利亚特》的“道义”观念。

4.简述《奥德赛》的主题意蕴。

5.简述俄底修斯的性格特点。

6.请比较《伊利亚特》和《奥德赛》这两部史诗。

第四节　古代希腊文学——悲剧（节选）

（一）埃斯库罗斯

作者简介

埃斯库罗斯（公元前525—公元前456年），出身于雅典的世袭贵族家庭，成长于厄琉息斯。他一生创作了大约90部戏剧，得到过17次头奖，但是流传下来的只有7部悲剧，如《波斯人》《奥瑞斯忒斯》《被缚的普罗米修斯》等。他被誉为古希腊的“悲剧之父”。埃斯库罗斯在戏剧上的最大贡献是创作了“三部曲”。《普罗米修斯》就包括《被缚的普罗米修斯》《被释放的普罗米修斯》《火神颂》三部分。其中，《火神颂》中写到，每年人们要举起火把祭祀普罗米修斯，并将它作为传统流传下来。现代奥运会点燃火炬的惯例就源于此。他还有一部三部曲《俄瑞斯忒斯》，包括《阿迦门农》《奠酒人》《报仇神》。

作品导读

《被缚的普罗米修斯》讲述了普罗米修斯因为人类偷取火种而受到神王宙斯的惩

罚，最后被宙斯的私生子赫拉克勒斯救了下来的故事。主人公普罗米修斯是坚强的民主派战士的化身，他把象征光明和智慧的天火偷给人类，却饱受象征专制暴君的宙斯的迫害。但他甘愿为正义事业忍受苦难，揭露暴君的罪恶，成为“哲学的日历中最高尚的圣者和殉道者”。此剧主题集中、人物性格鲜明、场面宏大、风格崇高、感情强烈、诗句气势雄浑，但存在人物性格固定不变、情节简单、缺乏戏剧性等缺陷。

作品赏析

被缚的普罗米修斯(存目)

(二)索福克勒斯

作者简介

索福克勒斯(公元前 496—公元前 406 年)，雅典奴隶制民主制全盛时期的悲剧作家，出生于科洛诺斯，28 岁就在戏剧竞赛中获奖，从事戏剧写作长达 60 年，获得过 24 次戏剧头奖，是获奖最多的悲剧诗人。他一生创作过 100 多部戏剧，比后世的莎士比亚成就还大，现存的只有 7 部，即《埃阿斯》《安提戈涅》《奥狄浦斯王》(另一译名为《俄狄浦斯王》)等，他被誉为“戏剧荷马”。他是继埃斯库罗斯之后希腊最杰出的戏剧家。他的戏剧之所以被认为是希腊戏剧成熟的标志和典范，是因为其中不仅有曲折的剧情、鲜明的人物形象，还讲究一定的表现手段，这都比埃斯库罗斯的戏剧要成熟。索福克勒斯的代表作是《奥狄浦斯王》。他的戏剧反映了奴隶制民主制全盛时代的特色。他的《安提戈涅》被哲学家黑格尔称为“最典范的悲剧作品”。

作品导读

《奥狄浦斯王》这部戏剧通过奥狄浦斯的英雄形象，反映了古希腊奴隶制民主制时代的政治特点，体现了当时的时代精神和人民的美好愿望。剧本通过奥狄浦斯王的悲剧结局，指出命运具有伤天害理的邪恶性质。

作品赏析

奥狄浦斯王(节选)

第四场

奥狄浦斯　长老们，如果让我猜想，我以为我看见的是我们一直在寻找的牧人，虽然我没有见过他。他的年纪和这客人一般大；我并且认识那些带路的是自己的仆人。(**向歌队长**)也许你比我认识得清楚，如果你见过这牧人。

歌队长　告诉你吧，我认识他；他是拉伊奥斯家里的人，作为一个牧人，他和其他的人一样可靠。

［众仆人带领牧人自观众左方上。］

奥狄浦斯　啊，科任托斯客人，我先问你，你指的是不是他？

报信人　我指的正是你看见的人。

奥狄浦斯　喂，老头儿，朝这边看，回答我问你的话。你是拉伊奥斯家里的人吗？

牧　人　我是他家养大的奴隶，不是买来的。

奥狄浦斯　你干的什么工作，过的什么生活？

牧　人　大半辈子放羊。

奥狄浦斯　你通常在什么地方住羊棚？

牧　人　有时候在基泰戎山上，有时候在那附近。

奥狄浦斯　还记得你在那地方见过这人吗？

牧　人　见过什么？你指的是哪个？

奥狄浦斯　我指的是眼前的人，你碰见过他没有？

牧　人　我一下子想不起来，不敢说碰见过。

报信人　主上啊，一点也不奇怪。我能使他清清楚楚回想起那些已经忘记了的事。我相信他记得他带着两群羊，我带着一群羊，我们在基泰戎山上从春天到阿尔克图罗斯初升的时候做过三个半年朋友。到了冬天，我赶着羊回我的羊圈，他赶着羊回拉伊奥斯的羊圈。（向牧人）我说的是不是真事？

牧　人　你说的是真事，虽是老早的事了。

报信人　喂，告诉我，还记得那时候你给了我一个婴儿，叫我当自己的儿子养着吗？

牧　人　你是什么意思？干吗问这句话？

报信人　好朋友，这就是他，那时候是个婴儿。

牧　人　该死的家伙！还不快住嘴！

奥狄浦斯　啊，老头儿，不要骂他，你说这话倒是更该挨骂！

牧　人　好主上啊，我有什么错呢？

奥狄浦斯　因为你不回答他问你的关于那孩子的事。

牧　人　他什么都不晓得，却要多嘴，简直是白搭。

奥狄浦斯　你不痛痛快快回答，要挨了打哭着回答！

牧　人　看在天神面上，不要拷打一个老头子。

奥狄浦斯　（向侍从）还不快把他的手反绑起来？

牧　人　哎呀，为什么呢？你还要打听什么呢？

奥狄浦斯　你是不是把他所问的那孩子给了他？

牧　人　我给了他；愿我在那一天就死了！

奥狄浦斯　你会死的，要是你不说真话。

牧　人　我说了真话，更该死了。

奥狄浦斯　这家伙好像还想拖延时间。

牧　人　我不想拖延时间，我刚才已经说过我给了他。

奥狄浦斯　哪里来的？是你自己的，还是从别人那里得来的？

牧　人　这孩子不是我自己的，是别人给我的。

奥狄浦斯　哪个公民，哪家给你的？

牧　人　看在天神面上，不要，主人啊，不要再问了！

奥狄浦斯　如果我再追问，你就活不成了。

牧　人　他是拉伊奥斯家里的孩子。

奥狄浦斯　是个奴隶，还是个亲属？

牧　人　哎呀，我要讲那怕人的事了！

奥狄浦斯　我要听那怕人的事了！也只好听下去。

牧　人　人家说是他的儿子，但是里面的娘娘，主上家的，最能告诉你是怎么回事。

奥狄浦斯　是她交给你的吗？

牧　人　是，主上。

奥狄浦斯　是什么用意呢？

牧　人　叫我把他弄死。

奥狄浦斯　做母亲的这样狠心吗？

牧　人　因为她害怕那不吉利的神示。

奥狄浦斯　什么神示？

牧　人　人家说他会杀他父亲。

奥狄浦斯　你为什么又把他送给了这老人呢？

牧　人　主上啊，我可怜他，我心想他（老人）会把他带到别的地方——他的家里去；哪知他（老人）救了他，反而闯了大祸。如果你就是他所说的人，我说，你生来是个受苦的人啊！

奥狄浦斯　哎呀！哎呀！一切都应验了！天光呀，我现在向你看最后一眼！

我成了不应当生我的父母的儿子，娶了不应当娶的母亲，杀了不应当杀的父亲。

［奥狄浦斯冲进宫去，众侍从随入，报信人、牧人和众仆人自观众左方下。］

（埃斯库罗斯，等.古希腊戏剧选[M].罗念生，译.北京：人民文学出版社，1998.略有改动。）

(三)欧里庇得斯

作者简介

欧里庇得斯（公元前 485—公元前 406 年）出身于阿卡提一个贵族家庭，他和母亲感情很好，所以在他的戏剧中，母爱成为一个重要的主题。他是雅典奴隶制民主国家处于危机时期的悲剧作家，被誉为“舞台上的哲学家”。他的悲剧反映了雅典奴隶制民主制走向衰落时期的社会现实和思想危机，题材多表现妇女的命运，是世界上第一个为妇女不公平命运控诉呐喊的作家。流传下来的 18 部剧本，大多借神话传说题材来反映社会现实问题。欧里庇得斯对神、对命运、对传统伦理道德提出怀疑，肯定个人的自由意志，强调事在人为。代表作是《美狄亚》。

作品导读

《美狄亚》借希腊神话中“金羊毛”的故事，揭露男人喜新厌旧、逢迎权贵的薄情与女子的忠贞不渝，以及由此给女子带来的悲惨命运。

《美狄亚》的剧情梗概是：伊阿宋是个少年英雄，在科尔克斯公主美狄亚的帮助下，克服重重困难，取回了金羊毛并和美狄亚结婚。这本是一桩美满的婚姻，但伊阿宋后来却另寻新欢，娶了科林斯公主，抛弃了美狄亚。他另觅新欢并不单单是因为喜新厌旧，而是为了攀高折桂，获取更高的地位和更多的财产。

作品赏析

美狄亚（存目）

思考练习

1.简述悲剧《奥狄浦斯王》的意义。

2.简述《奥狄浦斯王》的主题思想与艺术特色。

3.简述“三一律”的戏剧原则。

第五节　古代罗马文学

古罗马文学是在古希腊文学的影响下发展起来的，在罗马奴隶制社会条件下又具有自己的民族特色，有自己的成就和贡献。

古罗马文学主要是指公元前 3 世纪中叶至公元 5 世纪的奴隶社会中期和后期的文学，大致可以分为早、中、晚三个时期。

早期文学，也称共和国时期文学，处于古罗马文学形成发展期。罗马奴隶制共和国始建于公元前 510 年，但是前期的文学作品大多散失，因此，一般从公元前 3 世纪中叶算起，到公元前 1 世纪中叶为止。这一时期的罗马文学主要处于模仿古希腊文学的阶段。主要成就体现在喜剧方面，这一时期的喜剧基本上模仿古希腊戏剧，被称作“新喜剧”，即不问政治的喜剧。主要作家有普劳图斯和泰伦提乌斯等。

普劳图斯（公元前 254—公元前 184 年）是第一个有完整作品传世的罗马剧作家，所写 20 多部世态喜剧，大多根据希腊喜剧改编，以希腊社会为背景来反映罗马人的生活。其作品语言诙谐风趣，重视喜剧效果，具有民间喜剧生动活泼的风格。主要作品有《吹牛的军人》《孪生兄弟》《俘虏》《一坛金子》等。

泰伦提乌斯（约公元前 190—公元前 159 年），共创作了 6 部喜剧，悉数流传了下来。这些作品都改编自希腊喜剧。其剧作关注各种社会问题，特别是青年人的恋情及由此引发的家庭冲突、新旧思想的矛盾。《两兄弟》是泰伦提乌斯的一部优秀作品，改编自米南德的同名喜剧。作品以风格严肃、结构周密、语言典雅见长。

中期文学，指从公元前 1 世纪至公元 1 世纪的文学，即罗马共和国晚期和奥古斯都时期的文学，特别是屋大维获得“奥古斯都”（神圣、崇高之意）称号后的执政期间的文学，这一时期在文学史上被称为“黄金时代”。屋大维大力提倡文学创作，促使具有独立民族风格的罗马文学正式形成。这一时期罗马文学的最大成就是出现了享有世界声誉的贺拉斯、奥维德、维吉尔三大诗人。

贺拉斯（公元前 65—公元前 8 年）生于获释奴隶家庭，曾在罗马和雅典学习文学和哲学。其传世作品有《讽刺诗集》两卷、《长短句集》、《歌集》、《世纪之歌》、《书札》两卷等。《诗艺》是《书札》的一部分，涉及艺术作品的内容与形式的关系、古典悲剧的特点、诗人个人修养等重要问题，是一部出色的文艺理论著作。《诗艺》还继承和发展了亚里士多德倡导的“模仿说”，强调诗人要熟悉生活，要到生活中寻找题材，要重视文艺的社会教育作用，并提出“寓教于乐”的重要主张，对后代欧洲文学产生了巨大影响。

奥维德（公元前 43—公元前 18 年）的创作以哀歌为主，在哀歌的对句写作方面堪称大师。罗马语言学家昆提利安认为他是最后的轮唱哀歌体爱情诗人。《变形记》是奥维德最负盛名的作品。他的《岁时记》是一部关于古罗马历法的6卷本哀歌诗作。内容涵盖了罗马历法中的上半年(从一月到六月),每一卷诗阐述这个月中重要的节日以及节日的起源和风俗,有时也兼谈相关的神话故事,或论及当月的天象和农事。其作品是后人了解古代文化的重要作品之一,并且直接影响了欧洲艺术和文学传统。

维吉尔(公元前70—公元前19年),全名为普布利乌斯·维吉尔·马罗,是最有才华的古典诗人之一。维吉尔的《牧歌》由10首短歌组成,受到古希腊田园诗人忒奥克里托斯影响,用譬喻体,情调哀婉纤巧;反映了因内战失去土地的农民的怨愤,讴歌屋大维的振兴农业政策为人民带来了希望。

《埃涅阿斯纪》借鉴《荷马史诗》的艺术形式,记述的是罗马开国的传说;共12卷,近10 000行,写于诗人一生中的最后10年。《埃涅阿斯纪》可分为前后两部分,各6卷,前一部分模仿《奥德赛》,写埃涅阿斯在海上的漂流历险;后一部分模仿《伊利亚特》,写埃涅阿斯在意大利同图尔努斯的战争。虽然《埃涅阿斯纪》可以分为不同部分,但中心人物只有一个,贯穿始终。

《埃涅阿斯纪》的艺术成就很高,在语言上讲究辞藻、追求音律,风格庄重典雅;塑造人物形象时从单纯描写外貌、动作、气势发展到深入刻画其内心世界,使古罗马文学向近代文学跨出了一大步。

晚期文学,从公元1世纪中叶到5世纪西罗马帝国灭亡为止的文学。罗马帝国初期,即屋大维死后两百年间,文学史上称其为“白银时代”。屋大维去世后,罗马帝国成为君主专政国家,奴隶主贵族的寄生性、腐朽性更加突出,战争不断,社会矛盾尖锐,这严重影响了文学的正常发展。这一时期的代表作家有塞内加和阿普列尤斯等。

塞内加(公元前4—公元65年)是影响较大的悲剧作家,代表作有《特洛亚妇女》,描写了特洛亚城沦陷后女俘的惨状,渲染悲观绝望、无力反抗的气氛。

阿普列尤斯(约公元124—约公元175年),创作了多种体裁的文学作品。代表作《金驴记》,是罗马保留至今的唯一完整的散文体小说。

思考练习

1.简述古罗马文学发展的三个时期。

2.简述古罗马三大诗人的文学成就。

第二章　中世纪欧洲文学

第一节　概　述

欧洲文学史上的中世纪，指的是从公元 450 年左右西罗马帝国衰落到 15 世纪文艺复兴之间(约公元 5 世纪—公元 15 世纪)一千余年的时间。

欧洲的中世纪是一个信仰时代，基督教进行了大规模传教活动，对欧洲文化进行了一次新的整合。宗教在中世纪一直占据着核心位置，天主教教会在欧洲建立了基督教国家联合体，它的存在维护了欧洲统一的信仰和价值，教皇的权力在英格森三世时期达到了顶峰，其威望和实力一度凌驾于世俗政权之上。在民族主义兴起以前，以天主教教会形式存在的“世界主义”是一个鼓舞人心的理想。

中世纪的欧洲处于封建社会。整个中世纪，基督教始终统治着思想。它最初只是穷人和奴隶的教派，宣扬“上帝面前人人平等”。313 年，君士坦丁把它作为国教，从此它失去了人民宗教的意义，成为一种驯服、麻痹、欺骗人民的工具，这一点在它分裂为天主教和东正教之后(西欧称为天主教，东欧称为东正教)表现得尤为明显。

1.欧洲中世纪的政治特点

(1)政教合一。“政教合一”成为中世纪欧洲社会政治的一大特点，即僧侣阶级成为封建社会的最大剥削阶级，宗教思想成为欧洲的真正统治思想。教皇作为欧洲社会中真正的最高统治者可以支配国王，地方教会可以支配地方政府，僧侣地位高于贵族、庄园主，占有三分之二的土地，这些土地的收入归教会所有。

(2)神学取得了“万流归宗” 的地位。一切都要以神学为指导，神学教条控制了人们的思想和行为。教会垄断了一切，包括文化、教育。教会提出“知识就是罪恶”，因而人民只能接受神权教育。他们摧残一切文化，包括除基督教外的一切外来宗教。

(3)宣扬“禁欲主义”和“来世思想”。在社会生活中，僧侣阶级自己花天酒地，却要求人民放弃理想、欲望，放弃物质追求和享受，甚至不许人们谈情说爱，恋爱结婚被视为耻辱、伤风败俗之举。他们还宣扬今生的痛苦都是为来世积累幸福。

欧洲中世纪是人类历史上最黑暗的时代。它的黑暗不同于远古混沌初开的野蛮与蒙昧时代，那时人类虽然在黑暗中摸索，但艰难地一步步地向光明迈进，生活在希望中，而这时人们却是由光明重新走向黑暗。统治者完全是人为地将生活在光明中的人拉向黑暗的深渊，利用宗教神权来压制人性、摧残知识，把文明时代重新拉回蒙昧时代。因此，中世纪的文学是没有生命力的文学。

2.欧洲中世纪文学作品的主要类型

（1）教会文学。以教会名义向群众宣传宗教思想的一些文学作品，如宗教剧、宗教诗、圣徒传，以《圣经》为代表。

（2）英雄史诗。欧洲中世纪的英雄史诗大致分为两类。一类反映了蛮族部落的生活，他们在政治和经济生活上还未封建化，大多没有受到基督教的影响。这类史诗多以神话或历史事件为依据，歌颂部族英雄，代表作有日耳曼人的《希尔德布兰特之歌》、盎格鲁-撒克逊人的《贝奥武甫》等。另一类英雄史诗也以历史人物、民间传说为基础，这类史诗是欧洲各民族封建化以后的产物，和前一时期的史诗不同，这类史诗中的荣誉观念已不限于狭小范围内的部落英雄的复仇义务，而是开始具有明确的国家和民族观念，如《尼伯龙根之歌》《罗兰之歌》《伊戈尔远征记》等。

（3）骑士文学。在中世纪的欧洲，同教会一样，骑士也是维护封建社会的一大支柱，骑士制度是封建制度赖以存在的基础之一。骑士都来自中小地主，是封建僧侣、贵族阶层的附庸。为骑士阶层服务的文学叫骑士文学。这种文学很荒唐，主要有两大类，一类是骑士抒情诗，一类是骑士罗曼史。骑士抒情诗的代表作品有《亚历山大王》《特洛伊之书》《高文爵士与绿衣骑士》等。骑士罗曼史的代表作有《特里斯坦和绮瑟》《亚瑟王之死》等。

（4）城市文学。城市文学又名市民文学，是 12 世纪以后随着城市的兴起而产生的一种反映新兴市民阶级思想情趣的文学。代表作有《列那狐系列故事诗》《玫瑰传奇》等。

中世纪的欧洲文学几乎是在新的基础上从头开始发展的。这里所说的基础，一是指各民族原有的民间文学，二是指基督教文学。由于基督教的统治，人本意识被神本意识压制，教会文学和宗教文化产生了广泛而深入的影响，基督教精神成为后世欧洲文学的又一文化内核。从这个意义上说，中世纪文学是欧洲文学发展史上不可缺少的环节，它与以古希腊、古罗马文学为代表的古代欧洲文学形成了截然不同的文学传统，它们构成了欧洲文学的两大源头。

思考练习

1.简述中世纪的政治特点。

2.简述欧洲中世纪文学的基本类型。

第二节 《神曲》(节选)

作者简介

但丁·阿利吉耶里(1265—1321),出生于佛罗伦萨一个古老的骑士贵族世家,但是家族到了但丁父辈时就已衰落。9 岁那年,但丁在一次节庆聚会上遇到了银钱经纪人波尔蒂那利的女儿贝阿特丽采,对她一见钟情,从此贝阿特丽采成为他一系列抒情诗歌的主角。1289 年,贝阿特丽采染病身亡,但丁闻讯大病一场,从此贝阿特丽采作为高度理想化的形象只在他的精神世界中出现。

但丁生活在欧洲文明的转型期。当时处在封建社会的意大利,最早出现了资本主义萌芽,也最早产生了资产阶级新文化的萌芽。资产阶级和封建阶级文化思想的碰撞以及欧洲两种不同文学传统所体现的文化精神,都深深地印在了他的创作中。

关于他的历史地位,恩格斯指出:"封建的中世纪的终结和现代资本主义纪元的开端,是以一位大人物为标志的。这位人物就是意大利人但丁,他是中世纪的最后一位诗人,同时又是新时代的最初一位诗人。"

但丁是意大利第一位民族诗人,现代意大利语的奠基者,欧洲文艺复兴时代的开拓人物之一。他是中世纪最伟大的作家,同时又是欧洲中世纪文学向近代文艺复兴文学过渡的标志性人物之一,以长诗《神曲》留名后世。

但丁一生创作了许多作品,如《爱情总寄托在高贵的心中》《女性请我讲述》《诗句集》《新生》《飨宴》《论俗语》《论世界帝国》等,并在 1321 年逝世前完成了他一生中最伟大的诗作《神曲》。

作品导读

《神曲》原名《神的喜剧》,中文译名为《神曲》,是一部叙事长诗,是但丁的代表作。在这一力作中,他把自己的所有怨愤和期盼都灌注其中,用想象力建造了一个瑰丽堂皇的彼岸世界。全诗按诗人的游历过程分为三部分:《地狱》《炼狱》《天堂》。每部分 33 篇,加上最前面的序诗,共计 100 篇。诗句三行一段,连锁押韵,其中《地狱》部分 4 720 行,《炼狱》部分 4 755 行,《天堂》部分 4 758 行,每篇都以"群星"一词结束。

在《神曲》开篇,但丁刚刚走出幽暗的森林,被三只凶猛的野兽拦住了去路,它们分别是象征贪欲的狼、象征权欲的狮子和象征淫欲的豹子。在危急关头,古罗马诗人维吉尔出现,他受贝阿特丽采之托带领但丁游历了地狱和炼狱,最后由贝阿特丽采带领但丁游历了天堂。

整首长诗描述了从丑恶到美好、从黑暗到光明的历练过程，实际上是对人类社会不断前进的一种希望。诗人采用中世纪最流行的梦幻文学的形式，描写了一个幻游三界的故事。

作品赏析

神曲(节选)

这样，我从第一圈降到了第二圈，
那圈围了较少的面积，却包容了
更多的引起号哭的痛苦的地方。
迈诺斯形容可怖、咬牙切齿地坐着，
在进口处审查罪行；依照他自己
缠绕的圈数判决他们，打发他们下去。
我是说，当那生而不良的阴魂
来到他面前时，便把一切
都招认；而这位洞察罪孽者
考虑了地狱的什么地方与那罪相当之后，
便用尾巴在自身上缠绕
那么多的圈数，恰如他要他下去的度数。
在他前面总是站着一群阴魂；
他们挨次走去受审判；
他们述说，和倾听；然后被卷下去。
迈诺斯看到我时，就放下了
那伟大的职务，并对我说道：
“来到痛苦的地方的你啊！
注意你怎样进来的，你信托谁，
不要让进口的宽阔欺骗你。”
我的导师对他说：“你为什么也叫喊？
不要阻拦他命定的行程；
这是天上的意志，天命所在，
定能完成：不要再多问。”
现在悲哀的声音开始
传到我的耳朵；现在我来到
很多的哭声向我袭来的地方。

我进入了一处完全无光的地方，
它像汹涌的大海那样呼啸，
当大海和狂风搏斗的时候。
地狱的暴风雨，无时休止，
把那些阴魂疾扫而前；席卷他们，
鞭打他们，以使他们苦恼。
当他们来到灭亡面前时，
那里就有尖叫声，呻吟声，哀哭声；
那里他们就咒骂神的权力。
我知道了这种刑罚
加于肉体上犯罪的人，
他们使理性受淫欲奴役。
如同在寒冷的季节，大群的椋鸟
结着密集的队形鼓翼而飞：
那阵狂风就像这样把不良的精灵
吹到这里，吹到那里，卷下，卷上。
从没有希望来安慰他们，
没有休息的希望，就连减轻痛苦的希望都没有。
如同群鹤在天空排成长行，
一声长唳，横越而过：
我看到那些幽魂那样来到，哀哭着，
为搏斗着的风所卷来；
我说道："夫子，这些人是谁，
他们这样地为厉风所抽打？"
于是他回答："你想要知道的
这些幽魂中的第一个，
是统治许多种族的女皇。
她在穷奢极欲中变得那么无耻，
在敕令中把荒淫视同法律，
以摆脱她所遭到的指摘。
她是塞密拉密斯，我们读到
她是尼那斯的妻子和继承者；
她保有苏丹王所统治的国土。

那另一个是在爱情中自戕，
对西丘斯的尸灰失节的女人；
随后来的是淫荡的克娄巴特拉。
看海伦娜，为了她，那灾难的年月
持续到这样长久，再看那伟大的
阿基利，他最后和爱搏斗；
看巴里斯，屈烈斯丹。”他又指给我看
千余个阴魂，而且用手指指着，
告诉我因爱而离开人世的人们的名字。
在我听到我的老师历数
古代英雄美人的名字以后，
我心中生出怜悯，仿佛又迷惑起来。
我开始说：“诗人，我极愿
和那两个在一起行走，并显得
在风上面那么轻的人说话。”
他对我说：“他们靠得更近时，
你将看到；那时，凭那引导他们的爱，
恳求他们；他们就会过来。”
一等到风把他们折向我们时，
我扬声说道：“疲倦的灵魂啊！
假使没有人禁止，请来和我们说话。”
如同斑鸠为欲望所召唤，
振起稳定的翅膀穿过天空回到爱巢，
为它们的意志所催促：
就像这样，这两个精灵离开了
黛多的一群，穿过恶气向我们飞来：
我的有深情的叫声就有这种力量。
“宽宏而仁慈的活人啊！
你走过黑暗的空气，
来访问用血玷污土地的我们；
假使宇宙之王是我们的友人，
我们要为你的平安向他祈祷；
因为你怜悯我们不幸的命运。

当风像现在这样为我们沉寂时，
凡是你乐于听取或说出的，
我们都愿意倾听和述说。
我诞生的城市，是坐落在
波河与它的支流一起
灌注下去休息的大海的岸上。
爱，在温柔的心中一触即发的爱，
以我现在被剥夺了的美好的躯体
迷惑了他；那样儿至今还使我痛苦。
爱，不许任何受到爱的人不爱，
这样强烈地使我欢喜他，以致，
像你看到的，就是现在他也不离开我。
爱使我们同归于死；
该隐狱在等待那个残害我们生命的人。"
他们向我们说了这些话。
我听到这些负伤的灵魂的话以后，
我低下了头，而且一直低着，
直到那诗人说："你在想什么？"
我回答他，开始说道："唉唉！
什么甜蜜的念头，什么恋慕
把他们引到了那可悲的关口！"
于是我又转过身去向他们，
开始说道："弗兰采斯加，你的痛苦
使得我因悲伤和怜悯而流泪。
可是告诉我：在甜蜜地叹息的时候，
爱凭着什么并且怎样地
给你知道那些暧昧的欲望？"
她对我说："在不幸中回忆
幸福的时光，没有比这更大的痛苦了；
这一点你的导师知道。
假使你一定要知道
我们爱情的最初的根源，
我就要像一边流泪一边诉说的人那样追述。

有一天，为了消遣，我们阅读
兰塞罗特怎样为爱所掳获的故事；
我们只有两人，没有什么猜疑。
有几次这阅读使我们眼光相遇，
又使我们的脸孔变了颜色；
但把我们征服的却仅仅是一瞬间。
当我们读到那么样的一个情人
怎样地和那亲切的微笑着的嘴接吻时，
那从此再不会和我分开的他
全身发抖地亲了我的嘴：这本书
和它的作者都是一个'加里俄托'；
那天我们就不再读下去。"
当这个精灵这样地说时，
另一个那样地哭泣，我竟因怜悯
而昏晕，似乎我将濒于死亡；
我倒下，如同一个尸首倒下一样。

（但丁.神曲[M].朱维基，译.上海：上海译文出版社，2007.）

思考练习

1.为什么说但丁"是中世纪的最后一位诗人，同时又是新时代的最初一位诗人"？
2.简述《神曲》的思想价值与艺术特点。
3.简述《神曲》的地位与影响。

第三章 文艺复兴时期的欧洲文学

第一节 概 述

文艺复兴是14世纪—17世纪初欧洲资产阶级反封建教会的思想文化运动。资产阶级新思想、新文化在这场运动中崛起，从此欧洲进入了一个文化昌盛的新时期。这一时期欧洲文学的主流是人文主义文学，它是欧洲近代文学的开端，为欧洲文学的发展翻开了崭新的一页。

文艺复兴对于欧洲具有非同寻常的划时代意义。它彻底改变了欧洲的发展方向，从而使人类前进了一大步。在人类走进现代文明的过程中，文艺复兴起了至关重要的作用。从某种意义上讲，文艺复兴改变了人类的命运。

1.文艺复兴产生的历史背景

(1)14世纪至17世纪初这三百多年，是欧洲从封建主义向资本主义过渡的转折期。这时的生产力发展迅速，人们已开始用风力和水力来带动机器进行生产，改变了手工劳动的原始方式，生产力快速提高，而且出现了具有资本主义性质的剥削雇佣劳动的手工业作坊和工场，也就是说最初的资产阶级已经出现并开始了血腥的原始积累。农村自给自足的自然经济已经解体。这样，旧有的封建主义的生产关系已不能适应生产力的发展，新旧两种势力之间必然发生激烈的冲突。由于双方实力相差悬殊，资产阶级若以武力对抗肯定是以卵击石，所以资产阶级只能选择文斗。

(2)航海活动使资产阶级力量大大加强。代表性事件是1492年，哥伦布发现了新大陆。处于上升时期的资产阶级马上从这一发现中看到了新的发展契机，于是马上开始残酷地贩运非洲黑奴到这片未开垦的处女地上，用他们的血泪和生命来开发这片土地，为自己建立殖民地。所以说美国乃至美洲的发展史，实际上是一部黑人和土著民族的血泪史。但这一举动使这片蛮荒之地开出了文明之花。新大陆的开发为西欧资本主义开拓了海外市场，使他们的领土成倍地增长。尤其是老牌资本主义国家西班牙、葡萄牙和英国，他们的殖民地比本国领土大几十倍。至今南美洲还有许多英属殖民地或西班牙殖民地，如阿根廷的马尔维纳斯群岛。发现的新大陆使欧洲资产阶级获得了广阔的活动天地，增强了力量，这也进一步促进了资本主义生产关系的发展，使他们有了更强大的力量同封建势力抗衡。

(3)德国宗教改革家马丁·路德(1483—1546)和法国宗教改革家加尔文(1509—1564)创立了维护资产阶级利益的路德新教和加尔文教，沉重打击了封建制度和以罗马教皇为代表的天主教会。当时资产阶级要发展壮大，第一天敌并不是无产阶级而是封建教会(那时无产阶级还没有真正形成，资产阶级与无产阶级的矛盾还不十分明显)，所以资产阶级集中力量、利用各种条件壮大自己，同教会斗争。在这个历史时期，城市平民、农民同封建庄园主、教会之间的矛盾十分尖锐激烈。于是资产阶级就利用各种势力之间的矛盾，同封建势力进行斗争。

(4)古代文化与封建文化之间具有天然的不协调性。资产阶级要同封建势力进行斗争，用什么作为武器呢？他们还没有认识到“枪杆子里面出政权”的真理，另外他们也不具备武装斗争的条件。于是他们按照但丁的思路，先从思想斗争开始，用古代文化作为武器。为什么要用古代文化做武器呢？我们在讲古希腊文化时讲过古代文化的代表主要是神话、史诗、戏剧。虽然它们讲的都是神的故事，但所表现的却都是人——人的生活、人的思想、人的愿望、人的情感、人的矛盾，甚至以宙斯为首的“提坦神族”实际上也是对古代人类部落的反映。神和人一样有喜怒哀乐，有人类所具有的一切弱点，比如嫉妒、虚荣、报复心强等。在古代神话中，人始终处于中心地位，其表现的都是现世思想。这同文艺复兴的“人本主义”和“个性解放”是一致的，而同中世纪的“神权思想”和“来世观念”却天然不协调。正如阿基琉斯所说：“我宁可做一个侍奉财产不多的人的人，也不愿做地府中所有鬼魂的头领。”古代文化的这种人本主义和现世思想(即人是万物的灵长、宇宙的中心，人不能屈从于神的安排，人活在世上就要尽力享受活着的幸福时光，而不应把幸福寄托在虚无缥缈的来世及灵魂升天)表现出的是人的尊严，这正是人们所期望但却不敢明确追求的。资产阶级明确地肯定了这一思想并极力地宣扬它，用这种思想来引导人民用一种乐观进取的精神把握生活。这在当时是一种非常进步的思潮。鲁迅先生说：“在意大利，文艺复兴的意义就是把古代的好的东西复活，把现存的坏的东西压倒。”好的东西并不是神话故事本身，而是神话故事等古代文化中“人文主义”的思想内核，资产阶级利用它来同封建教会斗争。以“神话”反对“神权”，这是资产阶级上升时期对历史的巨大贡献。

总之，文艺复兴是历史发展到一定阶段的一种必然结果，它展现了一个真理：历史的车轮不可倒转，已经走进文明的人类不能再退回黑暗。黑暗的中世纪必定要被推翻，而推翻封建社会的最初力量便是以古代文化为内核的知识。“知识就是力量”就是这时提出的一个理性的口号。

2.人文主义的内涵

文艺复兴的指导思想是人文主义，其内涵主要包括以下几点。

(1)肯定人的价值，反对神权思想。欧洲中世纪封建社会以封建宗教神权作为思想体系，可以说在现代文明出现之前，宗教一直是欧洲文化的核心，而神权则是其中心的中心。它宣扬的思想是“神是万物之长，创造一切、主宰一切，人在神的面前微不足道”。人文主义认为“人是宇宙的中心、万物的灵长，世界上的万事万物人都可以创造，人一生下来就有着一切的可能性”。

(2)用理性反对蒙昧主义。中世纪教会垄断文化和教育，它按照神权思想来教化百姓。人们从生下来接受的就全是神权思想，以至于“教会取得了万流归宗的地位”，它把所有文化形态(如哲学、法学、文学、艺术等)都合并到神学中去。恩格斯说：“哲学成为神的奴仆，科学是教会的婢女，文学是圣者的言行录，史学沦为寺院的编年史。”中世纪的一切文化都必须以神学为中心并为其服务，这使人民除了神学以外接触不到其他思想，以至于处于一种蒙昧状态，认为世界就是由神创造并主宰的，久而久之人民便失去了人的尊严，但自己却对此一无所知。教会还宣扬“知识就是罪恶”，要求人民听从神的一切旨意，老老实实做教会的顺民。而人文主义却用理性唤醒人的自尊。所谓理性就是发展合乎自然的人的个性，追求知识，探索真理，认识世界，用人的智慧和力量、按照人的意愿去改造世界、创造人类美好的新世界。这时培根提出一个大胆的口号“知识就是力量”，以此同教会的“知识就是罪恶”进行针锋相对的斗争。

(3)用个性解放反对禁欲主义。中世纪的教会成员十分荒淫无耻，但是却用禁欲主义来压抑人性，宣扬“肉体是灵魂的牢狱，现世是罪恶的幽谷”，要人放弃对物欲的追求和享受：人不能有理想，不能有个人愿望，不能有物质享受，甚至不能恋爱结婚。总之，一切欲望都是罪恶的，只有压抑这些享受的欲望才能进天堂，来世才能获得幸福，否则就要下地狱。而人文主义则认为人应该有各种各样的欲望，有追求物质生活和爱情的权利，有发展个性的权利。这是人性的需要，也是人权的需要，人文主义要把人性从禁欲主义的桎梏和牢笼中解放出来。

(4)拥护中央集权，反对封建割据。教会把持下的欧洲看似铁板一块，实则矛盾四伏。尤其是封建割据把一个个统一的国家弄得四分五裂，随便一个主教就可以支持一个庄园主建立一个小公国。新兴的资产阶级要求统一国家、统一市场，所以极力宣扬中央集权，反对残酷野蛮的封建领主割据。这种要求在资产阶级上升时期具有进步的历史意义，但是也为后来的独裁专制埋下了隐患。

3.文艺复兴文学的三大成就

(1)奠定了欧洲各国民族文学的基础。所谓的民族文学，就是用本民族语言写作、反映本民族生活的文学。在中世纪，教会要求一切文化形态必须以正统的拉丁语写作，严重地制约了写作者的创作。但丁的《论俗语》首先提出了民族语言的优越性，并用《神曲》证明了这一点，为人文主义作家树立了榜样。人文主义者都用自己本民族语言写作，如薄伽丘用意大利语，拉伯雷用法语，莎士比亚用英语，塞万提斯用西班牙语。

(2)确立了欧洲近代文学的各种体裁。古代文学中只有神话、诗歌、戏剧。中世纪没有真正的文学，而文艺复兴确立了诗歌、小说、戏剧、论说文、文艺理论等文学形式。如诗歌以抒情诗和十四行诗成就最高，代表人物是莎士比亚和白朗宁夫人。小说的雏形已基本确定，《十日谈》为短篇小说的代表和《巨人传》为长篇小说的代表。另外还有流浪汉小说，这是后来批判现实主义的先驱。戏剧方面，除了古代的喜剧和悲剧之外，这时还出现了悲喜剧，即“正剧”。过去的理论性文章也是用诗歌体写的，而这时确立了论说文这一新的体式。因此我们现在写论文时可以自由写作，否则不会写诗就不能发表自己的观点。文艺理论方面，这时发展出了柏拉图、苏格拉底、亚里士多德等人的理论。达·芬奇此时提出了“文艺是模仿现实的镜子”这一理论，即文艺既不是照搬生活，又不是脱离生活，而是反映生活。这就揭示了文学的真正含义。

(3)出现了一大批卓越的作家和作品。这时的作品多如繁星，在文学史上留下了辉煌的一页。可以说这是一个巨人巨著频出的时代，这些巨人不仅在文学史上占有一席之地，在文化的许多领域都对人类文明有巨大贡献。恩格斯在《自然辩证法导言》中盛赞那时的文学巨人：“在思维能力、热情、性格方面，在多才多艺和多学多识方面的巨人，那时差不多没有一个著名的人物不曾做过长途旅行，不会说四五种语言，不在几个专业上放射出光芒。”如薄伽丘是一个通晓古希腊语的学者，还是欧洲短篇小说的奠基人；达·芬奇不仅是画家，画出了举世震惊的《蒙娜丽莎》《最后的晚餐》，还是数学家、建筑学家和文艺理论家，最让人想不到的是他还是个机械工程师；拉伯雷是欧洲长篇小说创始人，他的本职工作却是个外科医生，是他开创了西方解剖学；托马斯·摩尔是第一个空想社会主义者、地质力学专家，他的《乌托邦》是第一部空想社会主义著作，为人类描绘了一幅没有剥削、没有压迫、按需分配的完美的社会图景。总之，这一大批卓越的作家中有四位尤其突出，被称为“文艺复兴四大家”，他们就是薄伽丘、拉伯雷、莎士比亚、塞万提斯。

文艺复兴是继古希腊、古罗马文化之后欧洲文化的又一次高峰。文艺复兴文学是欧洲资产阶级文学的开端。

思考练习

1.简述文艺复兴的概念。

2.简述文艺复兴产生的历史背景。

3.简述人文主义的内涵。

4.说说文艺复兴文学的巨大成就。

第二节 《十日谈》(节选)

作者简介

乔万尼·薄伽丘(1313—1375),意大利杰出的人文主义作家,父亲是佛罗伦萨商人。薄伽丘少年时追随音乐家乔万尼·马佐利,从他那里学到了但丁的《神曲》。1326年,薄伽丘随全家迁到那不勒斯,开始在父亲的银行里实习经商,由于缺乏兴趣,转而学习法律。在父亲的引荐下,他出入那不勒斯的上流社会,和那不勒斯国王的私生女玛利亚产生了恋情,但当时玛利亚已经结婚。薄伽丘将她以"菲亚梅达"之名写进了他的许多作品。

后来薄伽丘对法律也失去了兴趣,但他广泛地学习了各种知识,并和当时最出色的学者们交往,包括诗人、人文主义者和神学家等。

薄伽丘是一位多产的作家,涉足的文学体裁十分广泛,包含了小说、诗歌、学术著述等。他创作了叙事诗《菲洛斯特拉托》和《苔塞伊达》、传奇小说《菲娅美塔的哀歌》和《菲洛柯洛》、学术著作《异教诸神谱系》和《但丁传》等。

作品导读

薄伽丘的代表作是短篇故事集《十日谈》,它由一百个故事串联而成,是一部写实主义的短篇小说集,也是薄伽丘的代表作。

1348年,黑死病肆虐于繁华的佛罗伦萨,整个欧洲多达一千万的居民因此丧命。薄伽丘以这场灾难为背景,历时五年完成了《十日谈》。故事中,十名青年男女(七女三男),来到一座景色美丽的乡村别墅里避难,为了打发时间,他们约定每人每天讲一个故事来为他们的欢聚助兴。这样,十个人讲了十天,一共讲了一百个故事,所以这一作品名为《十日谈》。这些故事有的取材于现实生活中的真人真事,有的取材于历史故事、古代传说。但无论是历史故事还是古代传说,都被移植到意大利的现实背景下,进行了人文主义的再创作。作品表现出对人性自由的尊重以及对世俗幸福的向往。作家在作品中尖锐地讽刺了教会的封建与伪善。在艺术上,作品采取的是一种框架结构,大故事里套小故事,以一条主线串联许多小故事。作品里每个人物都有其鲜明的个性,甚至讲故事的人的个性都能从他所讲的故事的风格中体现出来。在行文中,语言精练流畅,而且讽刺尖锐,使作品既充满激情,又富有战斗性。

作品赏析

十日谈（节选）

萨莱诺的亲王唐克莱本是一位宽厚仁慈的王爷，可是到了晚年，他的双手却沾染了一对情侣的鲜血。他的膝下并无三男两女，只有一个独养的郡主，亲王对她真是百般疼爱，自古以来，父亲爱女儿也不过是这样罢了；谁想到，要是不养这个女儿，他的晚境或许倒会快乐些呢。那亲王既然这么疼爱郡主，所以也不管耽误了女儿的青春，竟一直舍不得把她出嫁；直到后来，再也藏不住了，这才把她嫁给了加布亚公爵的儿子。不幸的是，婚后不久，丈夫去世，她成了一个寡妇，重又回到她父亲那儿。

她正当青春年华，天性活泼，身段容貌都长得十分佳妙，而且才思敏捷，只可惜做了一个女人。她住在父王的宫里，养尊处优，过着豪华的生活；后来看见父亲这样爱她，根本不想把她再嫁，自己又不好意思开口，就打算私下找一个中意的男子做她的情人。

出入她父王的宫廷的，上下三等人都有，她留意观察了许多男人的举止行为，看见父亲跟前有一个年轻的侍从，名叫纪斯卡多。虽说他出身微贱，但是人品高尚，气宇轩昂，确是比众人高出一等，她非常中意，竟暗中爱上了他，而且朝夕相见，愈看愈爱。那小伙子并非傻瓜，不久也就觉察了她的心意，也不由得动了情，整天只想念着她，把什么都抛在脑后了。

两人这样眉目传情，已非一日；郡主只想找个机会和他幽会，可又不敢把心事托付给别人，于是她想出一个极好的主意来。她写了封短信，叫他第二天怎样来和她相会；又把这信藏在一根空心的竹竿里面，交给纪斯卡多，还开玩笑地说道：

"把这个拿去当个风箱吧，那么你的女仆今儿晚上可以用这个发火了。"

纪斯卡多接过竹竿，心想郡主绝不会无缘无故给他这样的东西，而且说出这样的话来。他回到自己房里，检查竹竿，看见中间有一条裂缝；劈开一看，原来里面藏着一封信。他急忙把信读了，明白了其中的意思，这时候他真是成了世上最快乐的人。于是他就依着信里的话，做好准备，去和郡主幽会。

在亲王的宫室附近有一座山，山上有一个许多年前开凿的石室；在山腰上，当时又另外凿了一条隧道，透着微光，直通那石室。那石室久已废弃，所以那隧道的出口处也荆棘杂草丛生，几乎把洞口都掩蔽了。在那石室里，有一道秘密的石级，直通宫室，石级和宫室之间，隔着一扇沉重的门，把门打开，就到了郡主楼下的一间屋子。因为山洞久已不用，大家早把这道石级忘了。

可是什么也逃不过情人的眼睛,所以居然给那位多情的郡主记了起来。

她不愿让任何人知道她的秘密,便找了几样工具,亲自动手来打开这道门,辛苦了好几天,终于把门打开了。她就登上石级,直找到那山洞的出口处,她把隧道的情形、洞口离地大约多高等都写在信上,教纪斯卡多设法从这隧道到她宫里来。纪斯卡多立即预备了一条绳子,中间打了许多结,绕了许多圈,以便攀上爬下。第二天晚上,他穿了一件皮衣,免得叫荆棘刺伤,就独个儿悄悄来到山脚边,找到了那个洞口,把绳子的一端在一株坚固的树桩上系牢,自己就顺着绳索,降落到洞底,在那里静候郡主。

第二天,郡主假说要午睡,把侍女都打发出去,独自待在房里。于是她打开那扇暗门,沿着石级,走下山洞,果然找到了纪斯卡多,彼此都喜不自胜。郡主就把他领进自己的卧室,两人在房里逗留了大半天,真像神仙般快乐。分别时,两人约定,一切都要谨慎行事,不能让别人得知他们的私情。于是纪斯卡多回到山洞;郡主锁上暗门,去找她的侍女。待到天黑之后,纪斯卡多攀着绳子上升,从进来的洞口出去,回到自己的住所。自从发现了这条捷径以后,这对情人就时常相会。

可是命运之神不甘心让这对情人长久沉浸在幸福里,竟借着一件意外的事故,把这一对情人满怀的欢乐化作断肠的悲痛。这厄运是这样降临的:

原来唐克莱常常独自一人来到女儿房中,跟她聊一会儿天,然后离去。有一天,他吃过午饭,又到他女儿绮思梦达的寝宫里去,看见女儿正带着她那许多女伴在花园里游乐,他不愿打断她的兴致,就悄悄走进她的卧室,不曾让人看到或是听见。来到房中,他看见窗户紧闭、帐帷低垂,就在床脚边的一张软凳上坐了下来,头靠在床上,拉过帐子来遮掩了自己,好像有意要躲藏起来似的,不觉就这样睡熟了。

也是合该有事,绮思梦达偏偏约好纪斯卡多在这天幽会,所以她在花园里玩了一会儿,就让那些女伴继续玩去,自己悄悄溜到房中,把门关上了,却不知道房里还有别人,就去开了那扇暗门,把在隧道里等候着的纪斯卡多放进来。他们俩像平常一样,一同登上了床,寻欢作乐,正在得意忘形的当儿,不想唐克莱醒了。他听到声响,惊醒过来,看见女儿和纪斯卡多两个正在干着好事,气得他直想咆哮起来,可是再一转念,他自有办法对付他们,还是暂且隐忍一时,免得家丑外扬。

那一对情人像往常一样,温存了半天,直到不得不分手的时候,这才走下床来,全不知道唐克莱正躲在他们身边。纪斯卡多从洞里出去,她自己也走出了卧室。唐克莱也不顾自己年事已高,从一个窗口跳到花园里去,趁着没有人看见，赶回自己房中，气得要死。

当天晚上，到了睡觉时分，纪斯卡多从洞底爬上来，不想早有两个大汉，奉了唐克莱的命令守候在那里，将他一把抓住；他身上还裹着皮衣，就这样被悄悄押到唐克莱跟前。亲王一看见他，差一点儿掉下泪来，说道：

“纪斯卡多，我平时待你不薄，不想今日里却让我亲眼看见你色胆包天，竟敢败坏我女儿的名节！”

纪斯卡多一句话都没有，只是这样回答他：“爱情的力量不是你我所管束得了的。”

唐克莱下令把他严密看押起来。他当即被禁锢在宫中的一间幽室里。

唐克莱左思右想，该怎样发落他的女儿；他吃过饭后，就像平日一样，来到女儿房中，把她叫了来。绮思梦达怎么也没想到已经出了岔子。唐克莱把门关上，单剩自己和女儿在房中，于是老泪纵横，对她说道：

“绮思梦达，我一向以为你端庄稳重，哪里想到竟会有这种事！要不是我亲眼看见，而是听旁人告诉我，那么别说是你跟你丈夫以外的男人发生关系，就是说你存了这种欲念，我也绝对不会相信的。我已经到了风烛残年，再没有几年可活了，谁知碰到这种事，叫我从此以后一想起来，就觉得心痛。

“即使你要做出这种无耻的事来，天哪，那也得挑一个身份相称些的男人才好！多少王孙公子出入我的宫廷，你却偏偏看中了纪斯卡多——这是一个下贱的奴仆，可以说，从小就靠我们行好，把他收留在宫中；你这种行为真叫我心烦意乱，不知该把你怎样发落才好。至于纪斯卡多，昨天晚上他一爬出山洞，我就把他捉住，关了起来，我自有处置他的办法。对于你，天知道，我却一点主意都拿不定。一方面，我对你狠不起心来，天下做父亲的爱女儿，总没有像我这样爱你爱得深。另一方面，我想到你这样轻薄，又怎能不怒火直冒？如果看在父女的分上，我只好饶了你；如果以事论事，我就顾不得骨肉之情，非要重重惩罚你不可。不过，在我还没拿定主意以前，我且先听听你自己有什么话要说。”

说到这里，他低下头去，号啕大哭起来，竟像一个挨了打的孩子一样。

绮思梦达听了父亲的话，知道不但他们的私情已经败露，而且纪斯卡多也已经被关了起来，她心里感到一阵说不出的悲痛，好几次都差点儿要像一般女人那样大哭大叫起来。她知道她的纪斯卡多必死无疑，可是崇高的爱情战胜了那脆弱的感情，她凭着惊人的意志力，强自镇定，并且打定主意，宁可一死也决不说半句求饶的话。因此，她在父亲面前并不像一个因为犯下过错、受了责备而哭泣的女儿，却是勇敢无畏、眼无泪痕、面无愁容、坦坦荡荡地回答她父亲说：

“唐克莱，我不预备否认这回事，也不想向你讨饶；因为第一件事对我不会有半点好处，第二件事就是有好处我也不愿意干。我也不想请你看着父女的情分来开脱我；不，我就是要把事情的真相讲出来，用充分的理由来为我的名誉辩护，接着就用行动来坚决响应我灵魂的伟大的号召。不错，我确是爱上了纪斯卡多，只要我还活着——只怕是活不多久了——我就始终如一地爱他。假使人死后还会爱，那我死了之后还要继续爱他。我堕入了情网，与其说是由于女人的意志薄弱，倒不如说，由于你不想再给我配一个丈夫，同时也为了他本人可敬可爱。

“唐克莱，你既然自己是血肉之躯，你应该知道你养出来的女儿，她的心也是血肉做成的，并非铁石心肠。你现在年老力衰了，但是应该还记得那青春的规律，记得它对青年人具有多大的支配力量。虽说你的青春多半是消磨在战场上，你也总该知道饱暖安逸的生活对于一个老头儿会有什么影响，别说对于一个青年人了。

“我是你生养的，是个血肉之躯，在这世界上又没度过多少年头，还很年轻，那么怎怪得我春情荡漾呢？况且我已经结过婚，尝到过其中的滋味，这种欲念就格外迫切了。我按捺不住这片青春烈火。我年轻，又是个女人，我情不自禁，私下爱上了一个男人。我凭着热情冲动，做出这事来，但是我也曾费尽心机，免得你我蒙受耻辱。多情的爱神和好心的命运，指点了我一条外人不知道的秘密的通道，好让我如愿以偿。这回事，不管是你自己发现的也罢，还是别人报告你的也罢，我决不否认。

“有些女人只要随便找到一个男人，就满足了，我可不是那样；我是经过了一番观察和考虑，才在许多男人中间选中了纪斯卡多，有心去挑逗他的；而我们俩凭着小心行事，确实享受了不少欢乐。你方才把我痛骂了一顿，听你的口气，我缔结了一段私情，罪过还轻；只是千不该万不该去跟一个低三下四的男人发生关系，倒好像我要是找一个王孙公子来做情夫，你就不会生我的气了。这完全是没有道理的世俗成见。你不该责备我，要埋怨，只能去埋怨那命运之神，为什么他老是让那些庸俗无能之辈窃居着显赫尊荣的高位，把那些人间英杰反而埋没在草莽里。

“可是我们暂且不提这些，先来谈一谈一个根本的道理。你应该知道，我们人类的骨肉都是用同样的物质造成的，我们的灵魂都是天主赐给的，具备着同样的机能、同样的效用、同样的德性。我们人类向来是天生一律平等的，只有品德才是区分人类的标准，发挥大才大德的才当得一个‘贵’；否则就只能算是'贱'。这条最基本的法律虽然被世俗的谬见所掩蔽了,可并不是就此给抹杀掉,它还是在人们的天性和举止中间显露出来;所以凡是有品德的人就证明了自己的高贵,如果这样的人被人说是卑贱的,那么这不是他的错,而是这样看待他的人的错。

"请你看看满朝的贵人,打量一下他们的品德,他们的举止,他们的行为吧;然后再回头看看纪斯卡多又是怎样。只要你不存偏见,下一个判断,那么你准会承认:最高贵的是他,而你那班朝贵都只是些鄙夫而已。说到他的品德,他的才能,我不信任别人的判断,只信任你的话和我自己的眼光。谁曾像你那样屡屡称赞他,把他当作一个英才?真的,你这样赞美他不是没有理由的。要是我没有看错人,我敢说,你赞美他的话他句句都当之无愧,你以为把他称赞够了,可是他比你所称赞的还要胜三分呢。要是我把他看错了,那么我是上了你的当。

"现在你还要说我结识了一个低三下四的人吗?如果你这样说,那就是违心之论。你不妨说,他是个穷人,可是这话只会给你带来羞耻,因为你有了人才不知道提拔,把他埋没在仆人的队伍里。贫穷不会磨灭一个人的高贵的品质,不,反而是富贵容易使人丧失志气。许多帝王,许多公侯将相,都是白手起家的;而现在有许多村夫牧人,从前都是豪门巨族呢。

"那么,你要怎样处置我,用不着再这样踌躇不决了。如果你决心要下毒手——要在你风烛残年干出你年轻的时候从来没干过的事,那么你尽管用残酷的手段对付我吧,我决不向你乞怜求饶,因为如果这算得是罪恶,那我就是罪魁祸首。我还要告诉你,如果你处置了纪斯卡多,或者准备怎样处置他,却不肯用同样的方法来处置我,那我也会自己动手来处置我自己的。

"现在,你可以去了,跟那些娘们儿一块去哭吧;哭够之后,就狠起心肠一刀子把我们俩一起杀了吧——要是你认为我们非死不可的话。"

亲王这才知道他的女儿有一颗伟大的灵魂,不过还是不相信她的意志真会像她的言词那样坚决。他走出了郡主的寝宫,决定不用暴力对待她,却打算惩罚她的情人来打击她的热情,叫她死了那颗心。当天晚上,他命令看守纪斯卡多的那两个禁卫私下把他(纪斯卡多)绞死,挖出心脏,拿来给他。那两个禁卫果然照着他的命令执行了。

亲王叫人拿出一只精致的大金杯,把纪斯卡多的心脏盛在里面,又吩咐自己的心腹仆人把金杯送给郡主,同时叫他传言:"你的父王因为你用他最心爱的东西来安慰他,所以现在他也把你最心爱的东西送来慰问你。"

再说绮思梦达,等父亲走后,矢志不移,便叫人去采集了那恶草毒根,煎成毒汁，准备一旦她的疑虑成为事实，就随时要用到它。那侍从送来了亲王的礼物，还把亲王的话转述了一遍。她面不改色，接过金杯，揭开一看，里面盛着一颗心脏，就懂得了亲王为什么要说这一番话，同时也明白了这必然是纪斯卡多的心脏无疑。于是她回过头对那仆人说：

“只有拿黄金做坟墓，才算不委屈了这颗心脏，我父亲这件事做得真得体！”

说着，她举起金杯，凑向唇边，吻着那颗心脏，说道：“我父亲对我的慈爱，一向无微不至，如今在我生命的最后一刻里，对我越发慈爱了。为了这么尊贵的礼物，我要最后一次向他表示感谢！”

于是她紧拿着金杯，低下头去，注视着那颗心脏，说道：“唉，你是我的安乐窝，我一切的幸福全都栖息在你身上。最可诅咒的是那个人的狠心的行为——是他叫我现在用这双肉眼注视着你！只要我能够用我那精神上的眼睛时时刻刻注视你，我就满足了。你已经走完了你的路程，已经尽了命运指派给你的任务，你已经到了每个人迟早都要来到的终点。你已经解脱了尘世的劳役和苦恼；你的仇敌把你葬在一个跟你身份相称的金杯里，你的葬礼，除了还缺少你生前所爱的人儿的眼泪外，可说什么都齐全了。现在，你连这也不会欠缺了，天主感化了我那狠毒的父亲，指使他把你送给我。我本来准备面不改色、从容死去，不掉一滴泪，现在我要为你哭一场，哭过之后，我的灵魂立即就要飞去跟你曾经守护的灵魂结合在一起。只有你的灵魂使我乐于跟从，倾心追随，一同到那不可知的冥域里去。我相信你的灵魂还在这里徘徊，凭吊着我们的从前的乐园。那么，我相信依然爱着我的灵魂呀，为我深深地爱着的灵魂呀，你等一等我吧！”

说完，她就低下头去，凑在金杯上，泪如雨下，可绝不像娘们儿那样哭哭啼啼，她一面眼泪流个不停，一面只顾跟那颗心脏亲吻，也不知亲了多少回，吻了多少遍，总是没完没结，把旁边的人看得呆住了。侍候她的女伴不知道这是谁的心脏，也不明白她说这些话是什么意思，可是都被她深深感动了，陪她伤心掉泪，再三问她伤心的原因，可是任凭怎样问、怎样慰劝，她总是不肯说，她们只得极力安慰她一番。后来郡主觉得哀悼够了，就抬起头来，揩干了眼泪，说道：

“最可爱的心呀，我对你，已经完全尽了我的本分，现在只剩下最后的一步了，那就是：让我的灵魂来和你的灵魂结个伴儿吧！”

说完，她叫人取出那昨日备下的盛毒液的瓶子，只见她拿起瓶子就往金杯里倒，把毒液全倾注在那颗被泪水洗刷过的心脏上；于是她毫无畏惧地举起金杯，送到嘴边，把毒汁一饮而尽。饮罢，她手里依然拿着金杯，登上绣榻，睡得十分端正安详，把情人的心脏按在自己的心上，一言不发，静待死神降临。

侍候她的女伴，这时虽然还不知道她已经服毒，但是听她的话、看她的行为有些反常，就急忙派人去把种种情形向唐克莱报告。他怕发生什么变故，急匆匆地赶到女儿房中，正好这时候她在床上睡了下来。他想用好话来安慰她，可是已经迟了，这时她已经命在顷刻了。他不觉失声痛哭起来，谁知郡主却向他说道：

"唐克莱，我看你何必浪费这许多眼泪呢，等逢到比我更糟心的事，再哭不迟呀；我用不到你来哭，因为我不需要你的眼泪。除了你，有谁达到了目的反而哭泣的呢？如果你从前对我的那一片慈爱，还没完全泯灭，请你给我最后的一个恩典——那就是说，虽然你反对我跟纪斯卡多做一对不出面的夫妻，但是请你把我和他的遗体（不管你把他的遗体扔在什么地方）公开合葬在一处吧。"

亲王听得她这么说，心如刀割，一时竟不能作答。年轻的郡主觉得她的大限已到，紧握着那心脏、贴在自己的心头，说道：

"天主保佑你，我要去了。"

说罢，她闭上眼，随即完全失去知觉，摆脱了这苦恼的人生。

这是纪斯卡多和绮思梦达这一对苦命的情人的结局。唐克莱哭也无用，悔也太迟，就把他们二人很隆重地合葬在一处，全萨莱诺的人民听到他们的事迹，无不感到悲恸。

（薄伽丘.十日谈[M].方平，王科一，译.上海：上海译文出版社，2004.略有删改。）

思考练习

1.简述《十日谈》的思想意义与艺术特色。

2.简述《十日谈》"第四天故事一"所表现的反封建思想。

3.简述《十日谈》的框架结构。

第三节　《巨人传》（节选）

作者简介

弗朗索瓦·拉伯雷（约 1483—1553），是 16 世纪法国文艺复兴运动时期人文主义文学的代表作家，也是欧洲"文艺复兴四大家"之一。他出生在法国中部都兰省一个富有的律师家庭，少年时接受经院哲学的教育，进修道院做过修士。他博学多才，早年主要研究古希腊文化，如语言学、文学、哲学、天文、地理、数学、医药、考古、植物学，他对古代文化很有研究。后来他成了一名医生。1530年以后，他主要在里昂一带行医，以外科著名。他是欧洲解剖学的创始人，在行医之余开始文学创作。他以奇思妙想写了一部有趣的《巨人传》。拉伯雷的人格非常高尚，他的遗言是："我没有财产，我欠别人很多，把我留下的一切都送给穷人。"他留下的是什么呢？是他丰富的学识和这部流芳百世的《巨人传》。

作品导读

《巨人传》是文艺复兴时期法国人文主义思潮的百科全书，又是16世纪法国封建社会的缩影。拉伯雷通过对理想君主、巨人卡冈都亚和他的儿子庞达固埃的形象塑造，尖锐地讽刺了封建制度，揭露了教会的黑暗和中世纪教育的腐朽。小说内容涉及当时的政治、宗教、哲学、法律、医学、经济和伦理道德、行为准则等方面，宣扬了人文主义主张。

《巨人传》不是一部现实主义小说，它是一部奇妙而深奥的浪漫主义杰作，它讲述了一个虚幻的古代巨人国国王的故事。第一代国王叫格朗古杰，第二代国王叫卡冈都亚，第三代国王叫庞达固埃。《巨人传》主要写后两个国王的故事，全书分为五部分。

作品赏析

巨人传(节选)

修士整个的生活起居，不是根据法规、章程或条例，而是按照自己的意愿和自由的主张来过活的。他们高兴什么时候起床，就什么时候起床，其他像吃、喝、工作、睡觉，也都是随他们的意愿。没有人来惊吵他们，也没有人强迫他们吃、喝，或做任何别的事情。这是高康大规定的。他们的会规，就只有这么一条：随心所欲，各行其是。

因为自由的人们，由于先天健壮，受过良好教育，来往交谈的又都是些良朋益友，他们生来就有一种本能和倾向，推动他们趋善避恶，他们把这种本性叫作品德。遇有卑劣的约束和压迫来强制和束缚他们的时候——因为我们人总是追求禁止的事物、想得到弄不到手的东西——他们便会把推动他们向善的那种崇高热情转过来，来摆脱和冲破这个桎梏的奴役。

由于有这种自由的精神，于是只要能讨人喜欢的事，大家便争着去做，形成一种值得称道的竞赛。如果一个修士或修女说"我们喝酒吧"大家便都去喝酒；如果一个人说"我们去玩吧"大家就一起去玩；如果一个人说"我们到野外去吧"大家就一起去。假使是去放鹰或打猎，女的便骑上专为妇女乘骑的驯马，后面带了雄伟的良驹，在玲珑地戴着手套的手腕上，每人架着一只鹰，或者一只鹞子，或是一只雕。男修士携带着其他的猛禽。

（拉伯雷.巨人传[M].成钰亭，译.上海：上海译文出版社，2013.）

思考练习

1.简述《巨人传》的思想意义与艺术特色。

2.简述《巨人传》的价值与影响。

第四节　《堂·吉诃德》（节选）

作者简介

米盖尔·德·塞万提斯·萨维德拉（1547—1616），西班牙文艺复兴时期最杰出的作家，也是欧洲人文主义文学中小说成就最大的作家。他出生在一个破落的贵族家庭，父亲是一名潦倒终生的外科医生，为了养活妻儿老小，四处游历行医，但仍四处欠债、入不敷出。塞万提斯少年时代跟着父亲四处行医，过着颠沛流离、居无定所的生活。他虽然没有受过正统的教育，但十分勤奋好学，博览群书，不放过任何学习的机会。哪怕地上有一张烂纸，只要上面有字，他就会拾起来读一读。他的学问就是在大街上"拾"来的。

塞万提斯是西班牙最著名的现实主义作家，马克思称他为"超群的小说家"，并把他的《堂·吉诃德》看作"衰落的骑士制度的史诗"。这样一个西班牙文艺复兴领袖的人生并不像他的小说那样美妙，可以说他的一生充满了坎坷与苦难，他一生都在与苦难斗争。如果说堂·吉诃德不知道自己的对手是谁的话，那塞万提斯则清楚地知道自己一生都在与两个敌人斗争：一个是贫穷，一个是骑士制度。因此我们可以说，他的一生是贫困的一生，是充满不幸的一生，是战斗的一生、不屈从的一生。

尽管塞万提斯的生活充满坎坷、不幸，创作条件又艰苦异常，但他了解社会、了解人民。他博学多才，阅历丰富，所以他总是能以敏锐的眼光抓住生活的本质，然后用他横溢的才华和一支生花妙笔，不断地给西班牙文艺复兴时期的文坛增光添彩。他的作品有诗歌《帕尔纳索斯游记》等、戏剧《奴曼西亚》、短篇小说集《惩恶扬善故事集》和长篇小说《堂·吉诃德》等。

作品导读

《堂·吉诃德》原名《奇情异想的绅士堂·吉诃德·台·拉·曼却》，小说主人公堂·吉诃德因读骑士小说入了迷，认为要实现公平和正义，唯一的办法就是恢复古代的骑士道。于是他模仿古代骑士选了邻村的牧猪女杜尔西内娅为意中人，骑上了一匹瘦马，戴上破旧的盔甲，要去做“游侠”。

小说就是以堂·吉诃德的三次出游为主线组织情节的。

作者为我们描写了一个纯真善良的人由于读骑士小说入迷进而脱离现实、耽于幻想，最后醒悟的人生悲剧。

作者以夸张讽刺的艺术手法、史诗般的规模，描绘了16世纪至17世纪西班牙广阔的社会现实图景，对上层统治阶级进行了无情的揭露，对人民的苦难寄予深切的同情。

对比手法贯穿小说始终。小说中既有平凡的琐事，也有奇特的想象；既有朴实无华的真实故事，也有滑稽夸张的虚构情节；既有发人深思的悲剧因素，也有引人发笑的喜剧成分。

作品赏析

堂·吉诃德(节选)

我们这位骑士离开客店以后的遭遇

堂·吉诃德走出客店，天都快亮了。他想到自己已经封授骑士，说不尽的满意、得意、快意，鼓鼓的一肚子欢欣，险得把坐骑的肚带都迸断了。可是他记起店主的劝告，决计回家一趟，置办些出门必备的东西，尤其是钱和衬衣。他还要带个侍从，打算就雇用街坊上的一个老农。这人很穷，又有孩子，可是做骑士的侍从却很合适。他心上那么盘算，就带转驽骍难得回家。这匹马仿佛嗅到了自己马房的气味，跑得脚不沾地，十分起劲。

他没走多远，忽听得右边树林深处隐隐有哭喊的声音。他立刻说：

“感谢上天照应，叫我马上有机会尽尽本分，实现自己的雄心壮志。准有男人或女人遭了难在叫喊，要我去援救呢。”

他掉转辔头，寻声跑去，进树林才走了几步，就看见一棵橡树上拴着一匹母马，另一棵橡树上绑着个十五岁左右的男孩子，上身脱得精光；正是他在哭喊。原来一个粗壮的农夫正拿着一条皮腰带狠狠地抽他，一下下抽，一声声训斥。他说：

“少说话！多留神！”

那孩子说：

“我的主人啊，我下次不敢了，我对上帝发誓，下次一定改过，保证以后看羊多多留心。”

堂·吉诃德看见了怒声喝道：

“你这骑士不讲理！怎么虐待一个不能自卫的人啊！太不像话了！你骑上马，拿起长枪，”——原来那人也有一支长枪倚在拴马的橡树上——“你这样卑劣，我要好好儿教训你呢！”

农夫忽见一个浑身披挂的人举枪在他头上挥舞，怕性命难保，忙赔小心说：

“绅士先生，我惩罚的这小子是我的佣人。我叫他在附近看管我的一群羊，他心不在肝儿上，每天丢一只，也许是不小心，也许竟是不老实。我惩罚他，他却说我抠门儿，要借此赖掉欠他的工钱。我凭上帝、凭自己的灵魂发誓，他撒谎！”

堂·吉诃德道：“你这下流东西，竟在我面前说‘他撒谎’！我凭照耀咱们的太阳发誓，我要用这支长枪戳你一个透明窟窿！不准分辩，快把工钱付给他！你要道个‘不’字，我凭主宰咱们的上帝告诉你，我此时此刻就断送了你！快把他解下来！”

农夫一言不发，低头解下了他的佣人。堂·吉诃德就问那孩子，主人欠了他多少钱。他说：九个月的工钱，每月七个瑞尔。堂·吉诃德一算，共计六十三个瑞尔，就对农夫说：如果不想送命，马上掏出钱来。农夫吓得战战兢兢，说没欠那么多钱，因为曾经给佣人三双皮鞋，佣人生病时还放过两次血，花了他一个瑞尔，这些费用都该一一扣还；他生死关头，决不敢胡说，况且这是他发誓保证的——其实他并没有发誓。

堂·吉诃德答道：“好，可是他平白挨了你这顿鞭打，皮鞋和放血的账就此抵消了。他虽然穿破了你那几双皮鞋的皮，你也打破了他身上的皮；他生了病，你虽然叫理发师给他放血，他这会儿身体好好的，却给你打得出血。所以旧账一笔勾销了。”

“绅士先生，糟的是我没带钱。让安德瑞斯跟我回家去，我一定把工钱如数付给他，一个瑞尔也不短他的。”

那孩子说：“我还跟他回家去吗？那真是倒霉了！先生，我怎么也不去的！他背着人，准把我像圣巴多罗美那样活剥了皮呢。”

堂·吉诃德道：“那不会。我怎么命令，他就得照办。如果他凭自己封授的骑士称号起个誓，我就放他走，保证他把钱付给你。”

那孩子说：“先生，请您还仔细想想，我主人不是骑士，也从没有封授过什么骑士的称号。他是居住在金达拿尔的财主胡安·阿尔杜多。”

堂·吉诃德说：“这不相干，阿尔杜多族里也会有骑士；况且‘干什么事，就成什么人'。"

安德瑞斯说:"不错呀,可是我这个主人赖掉我的工钱,白叫我辛苦劳累,他干的是什么事,他该是什么人呢?"

农夫说:"安德瑞斯小兄弟,我没有赖。请你跟我回去,我凭骑士的一切称号发誓,一定把工钱付给你,像我刚才说的那样,一个瑞尔不短你的,甚至还要给你添上点儿油水呢。"

堂·吉诃德说:"油水我就免了你,只要你把瑞尔照数付给他就行。记着,你发了誓务必做到,不然的话,我凭你刚才的誓也发个誓,我一定会回来找了你痛打一顿,你即使比壁虎还藏得严,我也能找你出来。假如你先要问明是谁的命令,才死心塌地地服从,那么,你听着,我是专打不平的勇士堂·吉诃德·台·拉·曼却。再见吧,你要是不想挨我刚才说的那顿打,别忘了你许的愿和发的誓。"

他说完踢动驽骍难得,一阵风似的跑了。农夫目送他出了树林,不见影踪,就转身对他的佣人安德瑞斯说:

"过来,我的孩子,我听从那位专打不平的侠士下的命令,要把欠你的都还你呢。"

安德瑞斯说:"您非还不可!您得听那位好骑士的话。我祝愿他长命百岁!他真勇敢!真是个公正的判官!您要是不还,他一定回来,怎么说就怎么干。"

农夫说:"我也一定怎么说就怎么干。只为我爱你深,所以要多欠你点儿,好多多还你。"

他抓住孩子的胳膊,重新把他绑在橡树上,把他狠狠地抽了一顿,抽得他九死一生。

那农夫说:"安德瑞斯少爷啊,你现在把那位专打抱不平的家伙叫来吧!瞧他再有什么办法打抱不平!不过我还是手下留情了。你想得不错,我恨不得活剥了你呢!"

农夫终究把孩子解下,随他去找他那位判官来怎么说、怎么干。安德瑞斯垂头丧气地走了,发誓要去找英勇的堂·吉诃德·台·拉·曼却,把方才的事一一报告,叫他主人加几倍还账。尽管这么说,但他是哭着走的,他的主人却在那里笑。勇士堂·吉诃德的打抱不平,原来是这么回事,他却为此得意非凡,觉得自己在骑士的道路上迈出了可喜可傲的第一步,欢欢喜喜骑马回村,一面低声自言自语:

"绝世美人杜尔西内娅·台尔·托波索啊,你真是现在世界上最有福的人！英名冠绝古今的堂·吉诃德·台·拉·曼却，注定是向你拜倒、随你使唤的！谁不知道他昨天刚封授骑士，今天已经消除了穷凶极恶的暴行呢！残忍的敌人刚才无故鞭打一个娇弱的孩子，他把那家伙手里的鞭子夺掉了。”

这时他走到一个十字路口，立刻想到这是游侠骑士停马选择道路的地方；他要学样，也停了下来。往哪条路上走呢？他仔细想了一会儿，就撂下缰绳，让驽骍难得自己作主。这匹马随着它第一个心愿，奔向自己的马房。堂·吉诃德走了约莫两个米里亚路，忽见一大队人马。原来那是到穆尔西亚去买丝的一伙托雷都商人。他们一行六人，都打着阳伞，四个佣人骑马跟随，还有三个步行的骡夫。堂·吉诃德远远望见，立刻认为碰上奇遇了。他正要尽量模仿书上读到的行径，觉得这真是天赐其便，可以照书行事。他雄赳赳地在鞍镫上坐稳了，紧握长枪，把盾牌遮在胸前，在路中心勒住马，等候他心目中的那队游侠骑士。他们走向前来，到可以见面答话的远近，他就提高嗓门，傲然说：

“你们大家都得承认，普天下的美女，都比不上拉·曼却的女王、独一无二的杜尔西内娅·台尔·托波索！谁不承认，休想过去！”

一群商人听了都停步端详这发话的人，瞧他模样古怪，又加上刚才那番话，马上知道这人是疯子。可是他们还想从容追究一下那句话的用意。其中一人爱开玩笑，也很风趣，就说：

“绅士先生，我们不知道您刚才说的那位美人儿是谁，您且让我们瞧瞧吧。如果她真像您说的那么美，您要我们承认的就是事实，我们不用强迫，都甘心承认。”

堂·吉诃德答道：“我要是让你们瞧见了，我说的就是明摆着的事，你们承认了有什么希罕呢？关键是要没看见就相信，死心塌地地奉为真理、坚决卫护。你们不这样，就是狂妄自大，得和我交交手见个高下。你们或者按骑士道的规则，一个一个上来，或者照你们这伙人的下流习惯，一拥齐上。我在这儿等着你们。正义在我这一面，我是有信心的。”

那商人说：“骑士先生，我替在场几位王子向您求情。我们没有耳闻目见的事，承认了于心不安，况且这话对阿尔咖利亚和埃斯特瑞玛杜拉的那些女皇和王后很不公平。您别叫我们心上不安，把那位小姐的相片给我们瞧瞧吧，哪怕只有麦粒大小的也行，因为‘拿到了线头，就抽开了线球’。这样我们才心安，您也可以满意。而且我觉得我们已经非常向往那位小姐了，即使相片上她一眼瞎、一眼流朱砂和硫磺，我们为了讨您的好，随您要怎么恭维我们就怎么恭维。”

堂·吉诃德勃然大怒，喝道："无耻的混蛋！她眼睛里不流那些东西！不流你说的那些东西！流的是龙涎香和裹在棉花里的麝香！她不是独眼，也不是驼背，她身子比瓜达拉玛的纺车轴儿还直。你信口亵渎我那位绝世美人，我决不白饶你！"

他说罢斜托着长枪，怒气冲天，直奔那个商人。要不是儌天之幸驽骍难得半道绊倒，那冒昧的商人就遭殃了。驽骍难得一跤跌倒，它的主人摔在野地里滚得老远，想爬起来，却给长枪呀、盾牌呀、踢马刺呀、头盔呀，再加上那套古董铠甲的分量碍着手脚，怎么也爬不起来。他一面挣扎，一面喊道：

"胆小鬼，不要跑！奴才，等着我！我的马把我摔倒了，不是我的错。"

他们中间有个赶骡的小伙子脾气不大好，听这个倒霉货躺在地上口出狂言，忍不住要回敬他一顿好打。他走上来夺过长枪，折作几段，随手拿起一段，把堂·吉诃德结结实实地揍了一顿。堂·吉诃德虽然披着一身铠甲，也被打得像碾过的麦子一样。骡夫的东家都大声喝住他，那小子却打上火来，定要打个畅快才罢。他拣起其余的断柄，一股脑儿全撒在那摔倒的可怜虫身上。堂·吉诃德虽然着了暴雨似的一顿棍子，嘴却没有闭一闭，直在呵天喝地，又恫吓他心目中的这一帮强盗。

那小子打累了，一队商人重又上路，一路上只顾谈论这挨揍的倒霉蛋。堂·吉诃德一看只剩自己一人了，又试图爬起来。可是方才身体好好儿的都爬不起，这会儿被揍得七死八活，哪里还行呢？他倒是私自庆幸，觉得这种灾殃是游侠骑士分内应有的，都怪他那匹马不好。不过他浑身疼痛，要自己起来真是休想了。

（塞万提斯.堂·吉诃德[M].杨绛，译.北京：人民文学出版社，1987.略有删改。）

思考练习

1.简述《堂·吉诃德》的主题思想和艺术特点。

2.试分析堂·吉诃德这一艺术形象。

第五节 《哈姆莱特》(节选)

作者简介

威廉·莎士比亚(1564—1616)是文艺复兴时期英国以及欧洲最伟大的戏剧家。他的戏剧创作代表了人文主义文学的最高成就，也是欧洲乃至世界文学的高峰之一。

莎士比亚1564年出生于英国中部斯特拉福镇的一个羊毛商人家庭。他的父亲是个暴发户，他自幼对羊毛生意没有兴趣。他不甘待在这个小镇子上，不想靠织羊毛手套和经营羊毛生意了此一生，他有更宽广的胸怀，所以到他这一代家道就衰落了。18岁那年他想外出谋生，但一段盲目冲动的恋情耽搁了他。第二年，他的儿子出生了，他只好待在小镇子上，但看看外面的世界有多精彩的想法一直在他的脑海里，终于在20岁那年，他不顾妻子的反对离开家乡来到伦敦谋生。没有大学文凭，想出人头地也不容易。只有小学文化水平的莎士比亚能干什么呢？到处打工。他后来到了一个剧团做杂役，偶尔也跑跑龙套，演个群众甲、士兵乙什么的。聪明的莎士比亚在剧团里耳濡目染，对戏剧有了很深的了解，而且他似乎是个天才戏剧家，对戏剧敏感，有着一种特殊的悟性。1590年，他因一个偶然的机会帮助剧团写了一个剧本——《温莎的风流娘们》。结果他写的剧一炮打响，从此一发而不可收，看他的剧成了当时伦敦上流社会的时尚，而且他的许多剧都要先在宫廷里为国王演出。他还因对戏剧的巨大贡献而被封为世袭爵士。他晚年回到故乡，建了豪华的爵士宅邸，安度晚年。1616年4月23日，莎士比亚平静地死在家中。总体来看，莎翁的一生没有什么坎坷和苦难。

莎士比亚的创作大致可以分为三个阶段。

第一个阶段(1590—1600)，主要作品是历史剧和喜剧，代表作有历史剧《理查三世》《亨利四世》《亨利五世》等、喜剧《仲夏夜之梦》《无事生非》《皆大欢喜》《第十二夜》《威尼斯商人》等、悲剧《罗密欧与朱丽叶》等。

第二个阶段(1601—1607)，主要成就表现在悲剧方面，代表作有《哈姆莱特》《李尔王》《奥赛罗》《麦克白》等。

第三个阶段(1608—1613)，主要成就表现在传奇剧方面。代表作有《辛伯林》《暴风雨》《冬天的故事》等。

作品导读

《哈姆莱特》写于1601年，是莎士比亚的代表作品，突出地表现了作者的人文主义思想。几百年来，《哈姆莱特》长演不衰，还被改编成了电影。

这部剧取材于12世纪的丹麦历史，莎士比亚将这段史实搬上舞台，不是为了重现一个复仇故事，而是为了表现英国的社会现实和自己对社会问题的思考。

作品赏析

哈姆莱特(节选)

(哈姆莱特及霍拉旭上。)

哈姆莱特 这个题目已经讲完，现在我可以让你知道另外一段事情。你还记得当初的一切经过情形吗？

霍拉旭 记得，殿下！

哈姆莱特 当时在我的心里有一种战争，使我不能睡眠；我觉得我的处境比锁在脚镣里的叛变的水手还要难堪。我就鲁莽行事。——结果倒鲁莽对了，我们应该承认，有时候一时孟浪，往往反而可以做出一些为我们的深谋密虑所做不成功的事。从这一点上，我们可以看出来，无论我们怎样辛苦图谋，我们的结果却早已有一种冥冥中的力量把它布置好了。

霍拉旭 这是无可置疑的。

哈姆莱特 我从舱里起来，把一件航海的宽衣罩在我的身上，在黑暗之中摸索着找寻那封公文，果然我达到了目的，摸到了他们的包裹。我拿着它回到我自己的地方，疑心使我忘记了礼貌，我大胆地拆开了他们的公文，在那里面，霍拉旭——啊，堂皇的诡计！——我发现一道严厉的命令，借了许多好听的理由为名，说是为了丹麦和英国双方的利益，决不能让我这个险恶的人物逃脱，接到公文之后，必须不等磨好利斧，立即枭下我的首级。

霍拉旭 有这等事？

哈姆莱特 这一封就是原来的国书，你有空的时候可以仔细读一下。可愿意听我告诉你后来我怎么办吗？

霍拉旭 请您告诉我。

哈姆莱特 在这样重重诡计的包围之中，我的脑筋不等我定下心来思索，就开始活动起来了。我坐下来另外写了一道国书，字迹清清楚楚。从前我曾经抱着跟我们那些政治家们同样的意见，认为字体端正是一件有失体面的事，总是想竭力忘记这一种技能，可是现在它却对我有了大大的用处。你知道我写了些什么话吗？

霍拉旭 嗯，殿下。

哈姆莱特 我用国王的名义，向英王提出恳切的要求，因为英国是他忠心的藩属，因为两国之间的友谊，必须让它像棕榈树一样发荣繁茂，因为和平的女神必须永远戴着她的荣冠，沟通彼此的情感，以及许许多多诸如此类的重要理由，请他在读完这一封信以后，不要有任何的迟延，立刻把那两个传书的来使处死，不让他们有从容忏悔的时间。

霍拉旭 可是国书上没有盖印，那怎么办呢？

哈姆莱特 啊，就在这件事上，也可以看出一切都是上天预先注定。我的衣袋里恰巧藏着我父亲的私印，它跟丹麦的国玺是一个式样的。我把伪造的国书照着原来的样子折好，签上名字，盖上印玺，把它小心封好，归还原处，一点没有露出破绽。下一天就遇见了海盗，那以后的情形，你早已知道了。

霍拉旭　这样说来，吉尔登斯吞和罗森格兰兹是去送死的了。

哈姆莱特　哎，朋友，他们本来是自己钻求这件差使的。我在良心上没有对不起他们的地方，是他们自己的阿谀献媚断送了他们的生命。两个强敌猛烈争斗的时候，不自量力的微弱之辈，却去插身在他们的刀剑中间，这样的事情是最危险不过的。

霍拉旭　想不到竟是这样一个国王！

哈姆莱特　你想，我是不是应该——他杀死了我的父王，奸污了我的母亲，篡夺了我的嗣位的权利，用这种诡计谋害我的生命，凭良心说我是不是应该亲手向他复仇雪恨？如果我不去剪除这一个戕害天性的蟊贼，让他继续为非作恶，岂不是该受天谴吗？

霍拉旭　他不久就会从英国得到消息，知道这一回事情产生了怎样的结果。

哈姆莱特　时间虽然很局促，可是我已经抓住眼前这一刻工夫。一个人的生命可以在说一个“一”字的一刹那之间了结。可是我很后悔，好霍拉旭，不该在雷欧提斯之前失去了自制；因为他所遭遇的惨痛，正是我自己的怨愤的影子。我要取得他的好感。可是他倘不是那样夸大他的悲哀，我也决不会动起那么大的火性来的。

霍拉旭　不要作声！谁来了？

（奥斯里克上。）

奥斯里克　殿下，欢迎您回到丹麦来！

哈姆莱特　谢谢您，先生。（向霍拉旭旁白）你认识这只水苍蝇吗？

霍拉旭　（向哈姆莱特旁白）不，殿下。

哈姆莱特　（向霍拉旭旁白）那是你的运气，因为认识他是一件丢脸的事。他有许多肥田沃壤；一头畜生要是做了一群畜生的主子，就有资格把食槽搬到国王的席上来了。他“咯咯”叫起来简直没个完，可是——我方才也说了——他拥有大批粪土。

奥斯里克　殿下，您要是有空的话，我奉陛下之命，要来告诉您一件事情。

哈姆莱特　先生，我愿意恭聆大教。您的帽子是应该戴在头上的，您还是戴上去吧。

奥斯里克　谢谢殿下，天气真热。

哈姆莱特　不，相信我，天冷得很，在刮北风哩。

奥斯里克　真的有点儿冷,殿下。

哈姆莱特　可是对于像我这样的体质,我觉得这一种天气却是闷热得厉害。

奥斯里克　对了,殿下,真是说不出来的闷热。可是,殿下,陛下叫我来通知您一声,他已经为您下了一个很大的赌注了。殿下,事情是这样的——

哈姆莱特　请您不要这样多礼。(**促奥斯里克戴上帽子。**)

奥斯里克　不,殿下,我还是这样舒服些,真的。殿下,雷欧提斯新近到我们的宫廷里来,相信我,他是一位完善的绅士,充满着最卓越的特点,他的态度非常温雅,他的仪表非常英俊。说一句发自衷心的话,他是上流社会的指南针,因为在他身上可以找到一个绅士所应有的品质的总汇。

哈姆莱特　先生,他对于您这一番描写,的确可以当之无愧。虽然我知道,要是把他的好处一件一件列举出来,不但我们的记忆将要因此而淆乱,交不出一篇正确的账目来,而且他这一艘满帆的快船,也绝不是我们失舵之舟所能追及。可是,凭着真诚的赞美而言,我认为他是一个才德优异的人,他的高超的禀赋是那样稀有而罕见,说一句真心的话,除了在他的镜子里以外,再也找不到第二个跟他同样的人,纷纷追踪求迹之辈,不过是他的影子而已。

奥斯里克　殿下把他说得一点不错。

哈姆莱特　您的用意呢?为什么我们要用尘俗的呼吸,嘘在这位绅士的身上呢?

奥斯里克　殿下?

霍拉旭　自己所用的语言,到了别人嘴里,就听不懂了吗?早晚你会懂的,先生。

哈姆莱特　您向我提起这位绅士的名字,是什么意思?

奥斯里克　雷欧提斯吗?

霍拉旭　他的嘴里已经变得空空洞洞,因为他的那些好听话都说完了。

哈姆莱特　正是雷欧提斯。

奥斯里克　我知道您不是不明白——

哈姆莱特　您真能知道我这人不是不明白,那倒很好。可是,说老实话,即使你知道我是明白人,对我也不是什么光彩的事。好,您怎么说?

奥斯里克　我是说,您不是不明白雷欧提斯有些什么特长——

哈姆莱特　那我可不敢说,因为也许人家会疑心我有意跟他比高下。可是要知道一个人的底细，应该先知道他自己。

奥斯里克　殿下，我的意思是说他的武艺，人家都称赞他的本领一时无两。

哈姆莱特　他会使些什么武器？

奥斯里克　长剑和短刀。

哈姆莱特　他会使这两种武器吗？很好。

奥斯里克　殿下，王上已经用六匹巴巴里的骏马跟他打赌；在他的一方面，照我所知道的，押的是六柄法国的宝剑和好刀，连同一切鞘带钩子之类的附件，其中有三柄的挂机尤其珍奇可爱，跟剑柄配得非常合适，式样非常精致，花纹非常富丽。

哈姆莱特　您所说的挂机是什么东西？

霍拉旭　我知道您要听懂他的话，非得翻查一下注解不可。

奥斯里克　殿下，挂机就是钩子。

哈姆莱特　要是我们腰间挂着大炮，用这个名词倒还合适，在那一天没有来到以前，我看还是就叫它钩子吧。好，说下去。六匹巴巴里骏马对六柄法国宝剑，附件在内，外加三个花纹富丽的挂机。法国产品对丹麦产品。可是，用你的话来说，这样"押"是为了什么呢？

奥斯里克　殿下，王上跟他打赌，要是你们两人交起手来，在十二个回合之中，他至多不过多赢您三着；可是他却觉得他可以稳赢九个回合。殿下要是答应的话，马上就可以试一试。

哈姆莱特　要是我答应个"不"字呢？

奥斯里克　殿下，我的意思是说，您答应跟他当面比较高低。

哈姆莱特　先生，我还要在这厅堂里散散步。您去回陛下说，现在是我一天之中休息的时间，叫他们把比赛用的钝剑预备好了，要是这位绅士愿意，王上也不改变他的意见的话，我愿意尽力为他博取一次胜利。万一不幸失败，那我也不过丢了一次脸，给他多剁了两下。

奥斯里克　我就照这样去回话吗？

哈姆莱特　您就照这个意思去说，随便您再加上一些什么新颖词藻都行。

奥斯里克　我保证为殿下效劳。

哈姆莱特　不敢，不敢。（**奥斯里克下**）多亏他自己保证，别人谁也不会替他张口的。

霍拉旭　这一只小鸭子顶着壳儿逃走了。

哈姆莱特　他在母亲怀抱里的时候，也要先把他母亲的奶头恭维几句，然后吮吸。像他这一类靠着一些繁文缛礼撑撑场面的家伙，正是愚妄的世人所醉心的;他们的浅薄的牙慧使傻瓜和聪明人同样受他们的欺骗,可是一经试验,他们的水泡就爆破了。

(一贵族上。)

贵族 殿下,陛下刚才叫奥斯里克来向您传话,知道您在这厅上等候他的旨意,他叫我再来问您一声,您是不是仍旧愿意跟雷欧提斯比剑,还是慢慢再说。

哈姆莱特 我没有改变我的初心,一切服从王上的旨意。现在也好,无论什么时候都好,只要他方便,我总是随时准备着,除非我丧失了现在所有的力气。

贵族 王上、娘娘,跟其他的人都要到这儿来了。

哈姆莱特 他们来得正好。

贵族 娘娘请您在开始比赛以前,对雷欧提斯客气几句。

哈姆莱特 我愿意服从她的教诲。(贵族下。)

霍拉旭 殿下,您在这一回打赌中间,多半要失败的。

哈姆莱特 我想我不会失败。自从他到法国去以后,我练习得很勤,我一定可以把他打败。可是你不知道我的心里是多么不舒服,那也不用说了。

霍拉旭 啊,我的好殿下——

哈姆莱特 那不过是一种傻气的心理,可是一个女人也许会因为这种莫名其妙的疑虑而惶惑。

霍拉旭 要是您心里不愿意做一件事,那么就不要做吧。我可以去通知他们不用到这儿来,说您现在不能比赛。

哈姆莱特 不,我们不要害怕什么预兆。一只雀子的死生,都是命运预先注定的。注定在今天,就不会是明天;不是明天,就是今天;逃过了今天,明天还是逃不了,随时准备着就是了。一个人既然在离开世界的时候,只能一无所有,那么早早脱身而去,不是更好吗?随它去。

(国王、王后、雷欧提斯、众贵族、奥斯里克及侍从等持钝剑等上。)

国王 来,哈姆莱特,来,让我替你们两人和解和解。(牵雷欧提斯、哈姆莱特二人手使相握。)

哈姆莱特 原谅我,雷欧提斯。我得罪了你,可是你是个堂堂男子,请你原谅我吧。这儿在场的众人都知道,你也一定听见人家说起,我是怎样被疯狂害苦了。凡是我的所作所为,足以伤害你的感情和荣誉、激起你的愤怒来的,我现在声明都是我在疯狂中犯下的过失。难道哈姆莱特会做对不起雷欧提斯的事吗？哈姆莱特决不会做这种事。要是哈姆莱特在丧失他自己的心神的时候，做了对不起雷欧提斯的事，那样的事不是哈姆莱特做的，哈姆莱特不能承认。那么是谁做的呢？是他的疯狂。既然是这样，那么哈姆莱特也是属于受害的一方，他的疯狂是可怜的哈姆莱特的敌人。当着在座众人之前，我承认我在无心中射出的箭，误伤了我的兄弟；我现在要向他请求大度包涵，宽恕我的不是出于故意的罪恶。

雷欧提斯　按理讲，对这件事情，我的感情应该是激动我复仇的主要力量，现在我在感情上总算满意了，但是另外还有荣誉这一关，除非有什么为众人所敬仰的长者，告诉我可以跟你捐除宿怨，指出这样的事是有前例可援的，不至于损害我的名誉，那时我才可以跟你言归于好。目前我且先接受你友好的表示，并且保证决不会辜负你的盛情。

哈姆莱特　我绝对信任你的诚意，愿意奉陪你举行这一次友谊的比赛。把钝剑给我们。来。

雷欧提斯　来，给我一柄。

哈姆莱特　雷欧提斯，我的剑术荒疏已久，只能给你帮场；正像最黑暗的夜里一颗吐耀的明星一般，彼此相形之下，一定更显得你的本领的高强。

雷欧提斯　殿下不要取笑。

哈姆莱特　不，我可以举手起誓，这不是取笑。

国王　奥斯里克，把钝剑分给他们。哈姆莱特侄儿，你知道我们怎样打赌吗？

哈姆莱特　我知道，陛下，您把赌注下在实力较弱的一方了。

国王　我想我的判断不会有错。你们两人的技术我都领教过，但是后来他又有了进步，所以才规定他必须多赢几着。

雷欧提斯　这一柄太重了，换一柄给我。

哈姆莱特　这一柄我很满意。这些钝剑都是同样长短的吗？

奥斯里克　是，殿下。（**二人准备比剑。**）

国王　替我在那桌子上斟下几杯酒。要是哈姆莱特击中了第一剑或是第二剑，或者在第三次交锋的时候争得上风，让所有的碉堡上一齐鸣起炮来，国王将要饮酒慰劳哈姆莱特，他还要拿一颗比丹麦四代国王戴在王冠上的更贵重的珍珠丢在酒杯里。把杯子给我。鼓声一起，喇叭就接着吹响，通知外面的炮手，让炮声震彻天地，报告这一个消息："现在国王为哈姆莱特祝饮了！"来，开始比赛吧，你们在场裁判的都要留心看着。

哈姆莱特 请了。

雷欧提斯 请了,殿下。(**二人比剑。**)

哈姆莱特 一剑。

雷欧提斯 不,没有击中。

哈姆莱特 请裁判员公断。

奥斯里克 中了,很明显的一剑。

雷欧提斯 好,再来。

国王 且慢;拿酒来。哈姆莱特,这一颗珍珠是你的,祝你健康!把这一杯酒给他。(**喇叭齐奏。内鸣炮。**)

哈姆莱特 让我先赛完这一局,暂时把它放在一旁。来。(**二人比剑**)又是一剑,你怎么说?

雷欧提斯 我承认给你碰着了。

国王 我们的孩子一定会胜利。

王后 他身体太胖,有些喘不过气来。来,哈姆莱特,把我的手巾拿去,揩干你额上的汗。王后为你饮下这一杯酒,祝你胜利,哈姆莱特。

哈姆莱特 好妈妈!

国王 乔特鲁德,不要喝。

王后 我要喝的,陛下,请您原谅我。

国王 (旁白)这一杯酒里有毒。太迟了!

哈姆莱特 母亲,我现在还不敢喝酒,等一等再喝吧。

王后 来,让我擦干你的脸。

雷欧提斯 陛下,现在我一定要击中他了。

国王 我怕你击不中他。

雷欧提斯 (旁白)可是我的良心却不赞成我干这件事。

哈姆莱特 来,该第三个回合了,雷欧提斯。你怎么一点儿不起劲?请你使出你全身的本领来吧,我怕你在开我的玩笑哩。

雷欧提斯 你这样说吗?来。(**二人比剑。**)

奥斯里克 两边都没有中。

雷欧提斯 受我这一剑!(**雷欧提斯挺剑刺伤哈姆莱特。二人在争夺中彼此手中之剑各为对方夺去,哈姆莱特以夺来之剑刺雷欧提斯,雷欧提斯亦受伤。**)

国王 分开他们!他们动起火来了。

哈姆莱特 来,再试一下。(**王后倒地。**)

奥斯里克　嗳哟，瞧王后怎么啦！

霍拉旭　他们两人都在流血。您怎么啦，殿下？

奥斯里克　您怎么啦，雷欧提斯？

雷欧提斯　唉，奥斯里克，正像一只自投罗网的山鹬，我用诡计害人，反而害了自己，这也是我应得的报应。

哈姆莱特　王后怎么啦？

国王　她看见你们流血，昏了过去了。

王后　不，不，那杯酒，那杯酒——啊，我的亲爱的哈姆莱特！那杯酒，那杯酒。我中毒了。（死。）

哈姆莱特　啊，奸恶的阴谋！喂！把门锁上！阴谋！查出来是哪一个人干的。（雷欧提斯倒地。）

雷欧提斯　凶手就在这儿，哈姆莱特。哈姆莱特，你已经不能活命了。世上没有一种药可以救治你，不到半小时，你就要死去。那杀人的凶器就在你的手里，它的锋利的刃上还涂着毒药。这奸恶的诡计已经回转来害了我自己。瞧！我躺在这儿，再也不会站起来了。你的母亲也中了毒。我说不下去了。国王——国王——都是他一个人的罪恶。

哈姆莱特　锋利的刃上还涂着毒药！——好，毒药，发挥你的力量吧！（刺国王。）

众人　反了！反了！

国王　啊！帮帮我，朋友们，我不过受了点伤。

哈姆莱特　好，你这败坏伦常、嗜杀贪淫、万恶不赦的丹麦奸王！喝干了这杯毒药——你那颗珍珠是在这儿吗？——跟我的母亲一道去吧！（国王死。）

雷欧提斯　他死得应该，这毒药是他亲手调下的。尊贵的哈姆莱特，让我们互相宽恕，我不怪你杀死我和我的父亲，你也不要怪我杀死你！（死。）

哈姆莱特　愿上天赦免你的错误！我也跟着你来了。我死了，霍拉旭。不幸的王后，别了！你们这些看见这一幕意外的惨变而战栗失色的无言的观众，倘不是因为死神的拘捕不给人片刻的停留，啊！我可以告诉你们——可是随它去吧。霍拉旭，我死了，你还活在世上，请你把我的行事的始末根由昭告世人，解除他们的疑惑。

霍拉旭　不，我虽然是个丹麦人，可是在精神上我却更是个古代的罗马人。这儿还留剩着一些毒药。

哈姆莱特　你是个汉子，把那杯子给我。放手，凭着上天起誓，你必须把它给我。啊，上帝！霍拉旭，我一死之后，要是世人不明白这一切事情的真相，我的名誉将要永远蒙着怎样的损伤！你倘然爱我，请你暂时牺牲一下天堂上的幸福，留在这一个冷酷的人间，替我传述我的故事吧。（内军队自远处行进及鸣炮声）这是哪儿来的战场上的声音？

奥斯里克 年轻的福丁布拉斯从波兰奏凯班师，这是他对英国来的钦使所发的礼炮。

哈姆莱特 啊！我死了，霍拉旭。猛烈的毒药已经克服了我的精神，我不能活着听见英国来的消息，可是我可以预言福丁布拉斯将被推戴为王，他已经得到我这临死之人的同意。你可以把这儿所发生的一切事实告诉他，此外仅余沉默而已。（死。）

霍拉旭 一颗高贵的心现在碎裂了！晚安，亲爱的王子，愿成群的天使们用歌唱抚慰你安息！——为什么鼓声越来越近了？（内军队行进声。）

（福丁布拉斯、英国使臣及余人等上。）

福丁布拉斯 这一场比赛在什么地方举行？

霍拉旭 你们要看些什么？要是你们想知道一些惊人的惨事，那么不用再到别处去找了。

福丁布拉斯 好一场惊心动魄的屠杀！啊，骄傲的死神！你用这样残忍的手腕，一下子杀死了这许多王裔贵胄，在你的永久的幽窟里，将要有一席多么丰美的盛筵！

使臣甲 这一个景象太惨了。我们从英国奉命来此，本来是要回复这儿的王上，告诉他我们已经遵从他的命令，把罗森格兰兹和吉尔登斯吞两人处死。不幸我们来迟了一步，那应该听我们说话的耳朵已经没有知觉了，我们还希望从谁的嘴里得到一声感谢呢？

霍拉旭 即使他能够向你们开口说话，他也不会感谢你们，他从来不曾命令你们把他们处死。可是既然你们都来得这样凑巧，有的刚从波兰回来，有的刚从英国到来，恰好看见这一幕流血的惨剧，那么请你们叫人把这几个尸体抬起来放在高台上面，让大家可以看见，让我向那懵无所知的世人报告这些事情的发生经过。你们可以听到奸淫残杀，反常悖理的行为，冥冥中的判决，意外的屠戮，借手杀人的狡计，以及陷人自害的结局。这一切我都可以确确实实地告诉你们。

福丁布拉斯 让我们赶快听你说。所有最尊贵的人，都叫他们一起来吧。我在这一个国内本来也有继承王位的权利，现在国中无主，正是我要求这一个权利的机会。可是虽然我准备接受我的幸运，我的心里却充满了悲哀。

霍拉旭　关于那一点，我受死者的嘱托，也有一句话要说，他的意见是可以影响许多人的。可是在这人心惶惶的时候，让我还是先把这一切解释明白了，免得引起更多的不幸、阴谋和错误来。

福丁布拉斯　让四个将士把哈姆莱特像一个军人似的抬到台上，因为要是他能够践登王位，一定会成为一个贤明的君主的。为了表示对他的悲悼，我们要用军乐和战地的仪式，向他致敬。把这些尸体一起抬起来。这一种情形在战场上是不足为奇的，可是在宫廷之内，却是非常的变故。去，叫兵士放起炮来。（**奏哀礼进行曲；众人抬尸同下。内鸣炮。**）

（莎士比亚.莎士比亚全集[M].朱生豪，译.北京：人民文学出版社，1978.略有改动。）

思考练习

1.分析作品的主题思想。

2.论述莎士比亚戏剧的艺术特点。

3.为什么说哈姆莱特是一个人文主义者？

第四章 17 世纪—18 世纪欧洲文学

第一节 概 述

17 世纪—18 世纪欧洲文学的主流是古典主义文学，其次是资产阶级启蒙文学。

1.古典主义

古典主义是继文艺复兴运动之后欧洲近代文学的第二次大的文学艺术变革，17 世纪时尤其在法国盛行。它在文艺理论和创作实践上以古希腊、古罗马文学为典范，因而被称为古典主义文学。

(1)古典主义文学的基本特征

第一，宣扬国家至上，歌颂开明君主。古典主义者在政治上拥护王权，主张国家统一，反对教会统治，反对封建割据，所以他们创作的文学作品在内容上体现为个人利益服从国家利益，歌颂爱国英雄和开明君主，同时谴责暴政和贵族的残酷，揭露教会的荒谬无耻。

第二，崇尚理性，鼓励克制私欲。这是对文艺复兴时期出现的许多不正常现象进行反思后提出的新理论。这时的理性与文艺复兴时期的理性有所不同。文艺复兴时期的理性指个人知识、智能的发展，发展到后来成为个人主义。而这时的理性是以国家利益为衡量标准的理性，是受笛卡尔唯理主义哲学影响的理性。否定感情是理性的基础，指要用理性克制感情。文艺复兴时过分提倡个性解放，给社会带来许多混乱，因此这时提出要以理性来克制个性私欲，强调个人对社会的责任感。这是古典主义文学的基本主题。

第三，以古希腊、古罗马文学为典范。比如戏剧要严格遵守“三一律”原则，要以亚里士多德的《诗学》为文艺理论的标准。

(2)法国古典主义代表作家

高乃依，其代表作为《熙德》。这是法国第一部古典主义悲剧，主要通过责任与爱情的冲突，来体现责任战胜个人爱情的理性思想。罗狄克在其与施曼娜的美好爱情同国家利益冲突时，痛苦地担负起了国家责任而离开了施曼娜。

拉辛，他的戏剧被称为真正的悲剧，代表作《安德洛马克》是第一部标准的“三一律”古典主义悲剧。内容同样是歌颂理性的爱情，谴责为个人私欲而牺牲国家利益的行为。阿喀琉斯的儿子庇吕斯为了未婚妻爱尔米奥娜放弃了自己的责任，而爱尔米奥娜爱的是阿伽门农的儿子俄瑞斯特斯。为了与心上人在一起，她残忍地杀害了庇吕斯；而俄瑞斯特斯本是国家使节，为了追求爱情，竟然忘记了自己的使命，给国家造成巨大损失。这部剧中只有赫克托尔的遗孀安德洛马克是为国家利益牺牲个人一切的人，尤其是当个人的贞节与国家利益冲突时，她这样一个把贞节看得高于生命的女人，经过痛苦的选择最后决定牺牲个人的贞节保护儿子。作品通过这些人表现了古典主义作品中国家利益高于一切的思想。

拉·封丹，其代表作是《患瘟疫的野兽》，这是一部寓言诗。他的作品大都取材于古希腊的《伊索寓言》，借动物界来影射人类社会，揭露封建社会的黑暗和贵族阶级的残暴。

布瓦洛，他是最重要的古典主义理论家。代表作《诗的艺术》被称为“古典主义美学法典”。

莫里哀，法国古典主义时期最重要的戏剧家。

弥尔顿，英国古典主义文学作家。他是诗人、剧作家、文艺理论家。代表作有《失乐园》《复乐园》《力士参孙》。他在英国戏剧界的地位仅次于莎士比亚。

2.启蒙主义

18世纪，在英国资产阶级革命的影响下，欧洲大陆上以法国为中心发生了声势浩大的启蒙运动。“启蒙”原义是“用光照亮”，因而18世纪又被称为“光明世纪”。启蒙学者宣扬天赋人权，宣扬自由、平等、博爱，特别是宣扬理性，强调一切都必须在理性的法庭上证明自己符合理性或者放弃存在的权利。启蒙运动为1789年法国资产阶级革命做了理论准备，启蒙学者利用文学宣扬自己的主张，由此造就了启蒙文学。

这一时期正是欧洲资产阶级与封建势力进行斗争的关键时期，也就是资产阶级最后向封建势力夺权的时期。启蒙运动就是为最后夺取政权进行的思想准备。恩格斯说：“启蒙运动是开导人的头脑的运动。”它比文艺复兴和古典主义都更直接地向封建势力发起挑战，但这种挑战，还没有到刀枪相向的地步，还是一种思想教育运动。经过文艺复兴三百年的思想教育，人们已逐渐认清了封建教会的丑恶虚伪，但还不能完全用理性的、科学的眼光去看待世界。启蒙运动就是要开启人们的理性，对整个封建主义的上层建筑进行猛烈的批判，用唯物主义理念来取代宗教唯心理念，从根本上否定封建社会存在的合理性，让人们明白只有建立一个新世界，人类才会看到光明、才会有希望。启蒙运动中所建立起的一整套思想体系被称作“启蒙主义”。启蒙主义相对于文艺复兴时的人文主义，有了更强烈的战斗性。

(1)启蒙主义的战斗性

第一，在世界观上，用唯物主义的自然观批判宗教的唯心主义理论，揭穿“上帝创造世界”“王权神授”的欺骗性，从根本上否定封建社会存在的合理性。

第二，在意识形态领域用理性原则批判封建主义上层建筑。他们否定一切宗教的权威，把一切有关神权的东西抛进历史的垃圾堆。

第三，在组织群众时提出“自由”“平等”“博爱”的口号，号召人民群众向封建主义开炮。这些口号实际上带有欺骗性，资产阶级绝不可能给人民自由、平等与博爱，但这些口号迎合了人民的美好愿望，所以确实起到了推动作用。

(2)启蒙主义文学的主要成就

第一，启蒙主义文学配合启蒙运动，为启蒙运动胜利作出了不可磨灭的贡献。启蒙主义文学最大的特点是思想性强，具有鲜明的倾向性，作家与作品都尽力为启蒙运动服务。

第二，启蒙主义文学大多以第三等级的人作为作品的主人公，塑造了一大批鲜活的下层民众形象。

第三，启蒙主义创作方法与文体多样。从方法上讲，一般来说都是现实主义的，但也有浪漫主义、感伤主义、古典主义。从文体上讲，以小说为例，有书信体、日记体、游记体、自传体、哲理体等。

(3)启蒙主义文学的代表作家

法国四大家：孟德斯鸠、伏尔泰、狄德罗、卢梭。

英国四大家：笛福、斯摩特莱、菲尔丁、彭斯。

德国三杰：歌德、席勒、莱辛。

思考练习

1.简述古典主义的含义及其文学特征。

2.简述启蒙主义的含义及其文学特征。

3.简述启蒙主义文学的主要成就。

第二节 《伪君子》(节选)

作者简介

莫里哀(1622—1673)，原名让·巴蒂斯特·波克兰，是法国喜剧作家、演员、戏剧活动家，法国芭蕾舞喜剧的创始人。莫里哀是他的艺名，法语意为常春藤。

莫里哀是法国17世纪最重要的古典主义文学作家、古典主义喜剧的开创者，在欧洲戏剧史上占有十分重要的地位。代表作品有《无病呻吟》《伪君子》《悭吝人》等。

作品导读

《伪君子》讲述的故事是：假装圣洁的教会骗子答尔丢夫混进富商奥尔贡家中，企图勾引其妻子、夺取其家财，最后真相败露，答尔丢夫锒铛入狱，奥尔贡幡然醒悟，一家人皆大欢喜。《伪君子》不仅是戏剧史上的巅峰之作，同时也开启了莫里哀以手中之笔批判社会现实问题、反封建反宗教统治的全盛时期。

《伪君子》围绕父亲专制包办女儿婚姻的冲突展开剧情。冲突起因是，奥尔贡想让答尔丢夫变成“自己家里的人”。方法是把女儿玛丽雅娜嫁给他。为此，奥尔贡强迫爱女解除跟瓦莱尔的原订婚约。这一对未婚情侣求助于侍女桃丽娜，侍女出谋划策，让其去找女方的哥哥和继母帮忙。艾耳密尔请答尔丢夫面谈，劝他别从中阻挠一对青年的婚事，不料骗子竟乘机向她表白。该事被躲在套间里偷听的达米斯撞见，他立即在奥尔贡面前告发。奥尔贡以为是儿子造谣，一怒之下将其赶出家门，取消了他的财产继承权，并马上去办了法律手续，将全部家产赠给答尔丢夫，并且宣布当天晚上就让女儿与骗子订婚。艾耳密尔设计让骗子当场出丑，才使丈夫清醒过来。伪装一撕破，答尔丢夫露出了狰狞面目：法院依据奥尔贡赠送财产的契约，通知原主，天亮前必须搬走；接着骗子以奥尔贡私藏的秘密文件为凭告了御状，带领侍卫官前来抓人。多亏国王“察微知隐”，使恶人受惩，好人获恕。结尾是奥尔贡感谢皇恩浩荡，决心举办女儿和瓦莱尔的婚事。

作品赏析

伪君子（节选）

奥尔贡 哦！老天爷呀，我刚才听见的这番话能叫人相信吗？

答尔丢夫 老兄，是的，我是一个坏人、一个罪人，一个不讲信义、对不起上帝的可怜的罪人，一个世上从未见过的穷凶极恶的人。我一生的每一时刻都载满了污秽，我的一生只不过是一堆罪恶与垃圾。我也看出来了，上帝原要处罚我，所以借着这个机会来磨炼我一下，因此无论人们怎样责备我，说我犯了多大的罪恶，我决不敢自傲到替自己辩护。您尽管相信他们对您说的话好了，您尽管发怒吧！您尽可以把我当作一名罪犯，把我撵出您的大门，因为我应该忍受的羞辱多着呢，受这么一点儿，原不算什么。

奥尔贡 （向他的儿子）嗳，你这坏蛋，你竟敢捏造出这种谣言来败坏他道德纯洁的声名。

达米斯 怎么？这个伪善心灵假装出来的温良竟使您否认这个事实？……

奥尔贡 住口，你这可恶的瘟神。

答尔丢夫 唉！别拦他，让他说下去吧！您错怪他了，您最好还是相信他所说的话吧。既然已有了这样的事实，您为什么还这样庇护我呢？其实，您又怎能知道我会干出些什么事来！单单凭我的外表吗？您真是只根据我的表面，就以为我比任何人都好吗？不，不，您是让表象给蒙蔽了。我，我恰恰不是您所想象的那样一个人。大家都拿我当作一个好人，其实，我是个一文不值的人。（向达米斯）我的好孩子，您尽管说吧！您尽管拿我当作阴险、无耻、灭绝理性的人，拿我当作强盗，当作杀人凶犯，再找出一些比这还丑恶的字眼来加在我身上吧！我决不反驳，这正是我理所应得的；我愿意跪在地下忍受这种耻辱，当作我这一生一世所犯罪恶应得的一场羞辱报应来领受。

奥尔贡 （向答尔丢夫）老弟，这太过分了。（向他的儿子）你还不服气吗？你这个坏种？

达米斯 什么？他这番话竟把您迷惑到这一步，竟至于……

奥尔贡 住口，你这无赖的恶棍。（向答尔丢夫）老弟，不要见怪，快起来吧！（向他的儿子）不要脸的东西！

达米斯 他能……

奥尔贡 闭嘴！

达米斯 真气死我了，怎么？我……

奥尔贡 你再多说一个字，我就打断你的胳膊。

答尔丢夫 老兄，看在上帝面上，千万别动气。我宁愿忍受最残酷的刑罚，也不愿您的儿子因为我而受到一点点皮肤上的损伤。

奥尔贡 你这忘恩负义的东西。

答尔丢夫 随他去吧！如果要我双膝跪在地下替他求饶的话……

奥尔贡 （向答尔丢夫）唉！您这叫什么话呀？（向他的儿子）混蛋！你看看他的大仁大义！

达米斯 那么……

奥尔贡 不许再闹！

达米斯 什么？我……

奥尔贡 不许再闹，听见了没有？我知道你为什么总要攻击他，就因为你们大家全恨他，我今天才知道我的太太、孩子、仆人全在反对他，全都厚着脸皮想尽一切方法要把这位伟大的虔徒从我家里撵出去。不过你们大家越用尽心思要把他撵走，我就越一心一意地要把他留住，并且我马上就把我的女儿嫁给他，煞一煞我全家人的狂妄气焰。

达米斯　您想强迫我妹妹嫁给他？

奥尔贡　是的，坏蛋，并且就在今天晚上，就为让你气个半疯。唉！我得跟你们大家斗一斗，让你们知道我的话是必须服从的，我是这里的一家之主。喂！你们赶快回头吧，你，你这无赖，赶快跪在他的面前，向他告饶。

达米斯　叫谁跪？叫我？让我来央求这个混账东西，他仗了他的招摇撞骗……

奥尔贡　混蛋，你敢反抗我的命令，你敢骂他？（向答尔丢夫）给我一根棍子，一根棍子！谁也别拦我。（向他的儿子）马上给我滚出去，休想再回来。

达米斯　好！我走，不过……

奥尔贡　快滚开，你这混蛋！我不但要剥夺你继承我遗产的权利，还要狠狠地诅咒你。

（莫里哀.伪君子[M].赵少侯，译.北京：人民文学出版社，1980.略有改动。）

思考练习

1.简述《伪君子》的艺术构思。

2.简述《伪君子》为何着重写伪君子的失败？

3.简述作品的主题和艺术特色。

第三节　《新爱洛绮丝》（节选）

作者简介

让·雅克·卢梭（1712—1778），法国 18 世纪伟大的启蒙思想家、哲学家、教育家、文学家，18 世纪法国大革命的思想先驱，杰出的民主政论家和浪漫主义文学流派的开创者，启蒙运动最卓越的代表人物之一。主要著作有《论人类不平等的起源》《社会契约论》《爱弥儿》《忏悔录》《新爱洛绮丝》等。

作品导读

《新爱洛绮丝》是书信体小说，是法国启蒙运动时期著名作家卢梭的代表作之一，作于1761年，具有明显的反封建精神。朱丽的父亲是个有着浓厚封建等级偏见的贵族，他顽固地反对将女儿嫁给一个出身第三等级的家庭教师，强迫她嫁给贵族沃尔玛。作品中的圣普乐和朱丽，都具有反封建精神，他们反对封建等级观念，追求个性解放。圣普乐是个品学兼优、才貌双全的知识分子，他不承认封建道德和等级观念，把恋爱视为基本的人权。作者指出，封建的等级偏见和道德观念，才是造成这对青年的悲剧的根本原因。

作品赏析

新爱洛绮丝(节选)

湖上泛舟——写给爱德华先生

先生，我想把我们最近经历的一次危险告诉您，幸亏我们虚惊一场，但如今还有点儿疲惫。这件事值得单独写一封信。看了信，您会领会促使我写信给您的原因。

您知道，德·沃尔玛夫人的家离湖边不远，她爱在湖上泛舟。三天前，她的丈夫离家，我们无所事事，加之夜晚繁星满天，我们便计划第二天泛舟湖上。旭日初升我们便来到岸边，我们坐上了小船，带着渔网，准备捕鱼，有三个桨手，一个仆人，我们还带了一些食品，要在船上进午餐。我带上一杆枪，准备打候鸟。可是，她责备我打死鸟纯粹是糟蹋，而且唯一的乐趣只是令人难受。因此，我不时用诱鸟笛去召唤湖上各种好吃的鸟，作为消遣。我只向非常远的一只䴙䴘打了一枪，但没有命中。

我们在离岸五百步远的地方捕了一两个钟头的鱼。捕到不少鱼，但除了一条挨了一桨的鳟鱼以外，朱丽叫人把所有的鱼都扔回水里了。她说："这些鱼在受罪，把它们放生吧：让我们也享受它们能逃脱危险的快乐。"仆人扔得慢吞吞的，勉为其难，啧有烦言。我不难看出，我们的仆人宁愿尝尝他们逮到的鱼，也不欣赏给鱼放生的理论。

我们随后划向浩淼的湖面。出于年轻男子的冲动——这种冲动到时候会治好的，我开始划起领头那支桨，向湖心前进，不久，我们便离岸边有一法里多。在那里，我向朱丽讲解我们四周的壮丽天际的各个部分。我向她指点远处的罗讷河河口，湍急的河水在四分之一法里的地方停止奔流，仿佛担心用混浊的河水弄脏湖水蔚蓝色的晶莹。我向她指出山脉的凸角，山脉平行的同位角在分开这些凸角的空间形成一道河床，河水畅流其间。我让她离开我们这边的湖岸，兴致勃勃地让她欣赏沃镇一带瑰丽迷人的湖边，那儿，星罗棋布的城镇，难以计数的居民，处处花木装点、青翠欲滴的山坡，组成一幅令人悦目的图画；那边，处处精耕细作和丰饶的土地给农夫、牧民和葡萄农提供要靠他们辛劳才能得来的果实，贪婪的包税人根本吞噬不了这果实。然后，我向她指点在彼岸的沙布莱，那是大自然同样宠幸的地方，却只呈现出一派贫穷的景象。我让她明显区分出两个政府对人民的富有、人口数量和幸福带来的不同作用。我对她说："土地就这样向精耕细作的幸运民族敞开自己富饶的胸怀，并不吝惜自己的财宝。它似乎在向自由的美好景象微笑并显得生气勃勃，它乐于养育人。相反，遍布半荒凉土地上的寒碜的破房子、灌木和荆棘，从远处就表明，统治那里的主人并不在，土地不情愿地向奴隶们提供他们享受不到的微薄的产品。"

正当我们兴高采烈，这样遥望邻近的湖岸时，刮起一阵东北风，将我们从斜里推向彼岸，风力很猛。我们想到要掉转船头返回时，阻力非常大，以致我们不牢固的小船再也无法克服这股阻力。不久，浪涛变得汹涌起伏：必须返回萨伏瓦的岸边，竭力在我们对面的梅伊里村靠岸.这几乎是这带湖岸唯一可以靠岸的地方，那里的沙滩是个合适的靠岸场所。但是已经改变方向的风加强了，使我们的船夫们的努力变得徒劳，狂风让我们沿着一片陡峭的悬崖往下走时偏离了方向，我们再也找不到存身的处所。

我们齐心协力划桨，几乎在同一时刻，我痛苦地看到朱丽一阵恶心，浑身无力，瘫倒在船上。幸好她惯于坐船，这种状态持续得并不久。但我们的努力随着危险而增长。烈日、疲劳和汗水使我们气喘吁吁，筋疲力尽。这时，朱丽重新恢复了全部勇气，用充满同情的友好表示，激励我们的勇气。她毫无例外地给我们每个人的脸擦汗。她担心大家会喝醉，将水倒进酒壶里，轮流给精疲力竭的人喝酒。不，炎热和激动使她的脸色越发泛出红光，任何时候都不如这一刻。您可爱的女友闪烁出这样强烈的光彩。最使她的魅力增色的是，从她动人的神态大家清楚地看到，她所有的关心不是来自对自身的担心，而是来自对我们的同情。一次撞击使我们都湿透了，刹那间两块船板裂开口子，她以为小船撞得粉碎。在这个温柔的母亲的呼喊中，我清晰地听到这几个字："噢，我的孩子们！莫非要再也见不到你们了吗？"我呢，我的想象总是比灾难走得更远，虽然我确实经历过危难状态，但我以为不时看到小船沉没，这个多么可怜的美人在浪涛中挣扎，死亡的苍白使她面孔的粉红褪了色。

末了，由于奋力划船，我们上溯到梅伊里，在离岸边十步远的地方搏斗了一个多小时，然后我们终于靠了岸。上岸时，所有疲惫都被忘却了。朱丽要感谢每个人对她做出的所有努力。由于在最危险时她只想到我们，上岸后她觉得大家只救了她一个人。

我们吃饭时胃口好得就像干了累活那样。鳟鱼烧好了。朱丽是酷爱鳟鱼的，却吃得很少。我明白，为了消除船夫们做出这番牺牲的遗憾心情，她并不关心我吃得很多。先生，您说过多少次，无论小事还是大事，这个多情的心灵总是会显露出来的。

饭后，湖水仍然汹涌，小船需要修理，我提议散一圈步。朱丽用风大和太阳毒来反对我，而且考虑到我疲倦了。我有自己的看法，我什么都适应。我对她说："我从童年起就习惯于艰苦的锻炼，锻炼非但不会损害我的身体，反而使它变得更加结实，这次远游使我变得更加强壮。至于太阳和风，您有草帽，我们可以到阴凉处和树林里。问题只在于要在悬崖中间攀登。您不喜欢平原，却乐于忍受疲乏。"她按我的意愿去做，我们的人吃饭时，我们就出发了。

您知道，自从我从瓦莱流亡归来后，在梅伊里待了十年，等待准许我回来。正是在那里，我度过了非常忧愁而又非常美妙的日子.心中只牵挂着她，正是从那里我给她写了一封信，她看了非常感动。这个偏僻处所曾经是我在冰雪中的栖身之地，在那里我的心乐意同它在世上最珍爱的人进行内心对话，我总是想再看一看这个地方。在一个更加令人愉快的季节，带着我从前与她的画像一起住在那里的女子，去观看这个非常珍贵的地方，这个机会就是我要散步的秘密原因。能向她指点这样持久又这样不幸的激情建造的旧日的纪念场所，对我是一大乐事。

我们在曲折的凉爽的小路上走了一个小时，才到达那里。小路在树木和岩石之间难以觉察地上升，因而除了路途较长，倒没有什么不舒服的。在走近时，由于认出往日的标志，我几乎晕过去，但我克制住自己，隐藏住内心的骚乱，我们终于到达了。这个偏僻的地方构成一个荒野的、不见人迹的隐居地，但是有着各种各样的美，这种美只令敏感的心灵喜欢，而在别的心灵看来则是可怕的。一道融化的雪水形成的急流，在离我们二十步远的地方，奔腾着混浊的水，哗哗地卷着河泥、沙子和石块。在我们背后，一片无法接近的悬崖，将我们所处的空地与人们称为"冷饮商"的阿尔卑斯山的这一部分分隔开来，因为不断扩大的、巨大的冰峰从世界之初起就覆盖着这座山脉。黑森森的枞树林在右边阴惨惨地为我们遮阴。一大片橡树林坐落在左边急流之外。

在我们脚下，湖泊在阿尔卑斯山的怀抱中形成的这一片广阔的水面，将我们与沃镇一带富饶的湖岸分隔开来，壮丽的汝拉山脉的峰顶俯瞰着这片景致。

在这些巨大而壮美的景物中间，我们所处的这一小片地方展示着秀丽的乡间住地的魅力：几条小溪穿过岩石渗透出来，在绿树丛中形成水晶般的网状流淌着；几棵野果树向我们的头顶垂下它们的树冠；湿润而凉爽的土地长满青草和鲜花。这样美好的居住地在周围景物的映衬下，看来该是一对情人双双逃脱大自然的肆虐的安身处所。

我们到达这偏僻的居住地后，观赏了一会儿。“什么！”我以泪汪汪的眼睛望着朱丽，对她说，“看到一个处处存在着您的地方，您的心难道竟一无所感，根本觉不到暗暗的激动吗？”于是，不等她回答，我就把她带往峣岩那边，向她指点，她名字的起首字母被刻在千百个地方，还有几句彼特拉克和塔索的诗，与我刻写时所处的状态有关。久别重逢，我感到这些东西的存在能有力地激发待在它们旁边时引起的强烈感情。我有点激动地对她说：“噢，朱丽！你具有我的心所向往的永恒魅力！这就是从前对你来说世上最忠实的情人长吁短叹的地方。在这里，你可爱的形象给予他幸福，并准备着使他最终从你这里获得幸福。那时，这里既看不到这些果子，也看不到这些绿荫，绿树和鲜花根本没有覆盖这一块块地方，溪流也根本没有形成这样的分割；这些小鸟也根本没有发出啁啾之声；唯有贪婪的鹰、不祥的乌鸦和阿尔卑斯山可怕的老鹰的叫声回响在这些岩洞间；巨大的冰凌在每个悬崖垂挂而下，冰雪形成的花彩是这些树唯一的装饰品：这里的一切散发出冬天的严寒气息和白霜的可怕气氛。唯有我心中的热情使我能忍受这个地方，我在这里整日思念着你。这块石头我在上面坐过，为了遥望远处你幸福的家；在附近的一块上面我写下感动你的心的那封信；这些锋利的石块给我用作雕刻刀，刻写你的名字的起首字母；这里，我越过冰冷刺骨的急流，去捡回被一股旋风刮走的你的一封信；那里，我过来重阅并千百次亲吻你写给我的最后一封信；在这个悬崖边，我用贪婪而阴郁的目光测度悬崖的深度；最后，正是在这里，我在忧心忡忡地启程之前，过来为病得要死的你哭泣，发誓在你之后不再苟且偷生。被忠贞不渝地爱着的姑娘，噢，我为你而生，我真该同你一起重游旧地，缅怀我在那里为离别你而长吁短叹地度过的时光！……”我正要说下去，但朱丽看到我走近悬崖边缘，惊慌起来，抓住我的手，捏紧不放，一言不发，带着柔情凝视我，好不容易忍住一声叹息。然后，突然掉转目光，拖着我的手臂。“我们走吧，我的朋友，”她用激动的声音对我说，“这里的空气对我不好。”我叹息着同她一起离去，不过没有回答她的话，我永远离开了这个令人忧郁的偏僻处所，就像我要离开朱丽本人那样。

绕了几个圈子慢慢回到港口以后，我们分开了。她想单独待一会儿，而我继续漫无目的地溜达。我回来时，小船还没有修理好，湖水也没有风平浪静，我们忧郁地吃晚饭，垂下眼睛，神态若有所思，吃得很少，说话更少。晚饭后，我们坐在沙滩上，等待出发的时候到来。月亮不知不觉升上夜空，湖水平静了些，朱丽提议动身。我把手伸给她，帮她下船；我坐在她旁边，不再想松开她的手。我们噤若寒蝉。木桨均匀的有节奏的响声引起我的遐思。沙锥相当快活的啁啾使我回想起往日的欢乐，非但不使我愉快，反而使我忧郁。我逐渐感到折磨着我的愁绪在加剧。宁静的天宇、清新的空气、柔和的月光、我们周围水波闪烁出的银白光辉、最令人愉悦的感受的涌现，甚至这个妙人儿在眼前，什么都不能使我的心摆脱千百种痛苦的思索。

我开始回忆起从前在我们那令人如醉如痴的初恋期间，同她做过的一次类似的散步。那时充溢我心灵的各种美妙情感，重又汇集起来，反而使我心里难受；我们青年时代的所有大事、我们的学习、我们的交谈、我们的通信、我们的约会、我们的欢乐：

E tanta fede，e si dolce memorie，

E silungo costume！

这连续不断的一幕幕给我描画出过去的幸福。一切都翩然而至，增加我眼前的不幸，在我的回忆中占据位置。我在思忖：一切都完了。这些时光，这些幸福的时光一去不复返了，永远消失了。唉！不再返回了。而我们却活着，又待在一起，偏偏总是心连心！我觉得我会更加耐心地忍受她的死或她的分离，我不像远离她度过的所有时期那样痛苦。当我在远方悲叹时，重见她的希望使我的心轻松一些。我庆幸她只要出现一下便会消除我所有的痛苦；我至少在各种可能性中考虑一种状态，比我的状态痛苦稍减。但待在她身边，看到她，接触到她，跟她说话，爱她，崇拜她，几乎要占有她时，却感到我永远失去她。这就把我置于愤怒和癫狂的迸发之中，逐渐使我激动到绝望的田地。不久，我开始在脑海里反复思考不祥的计划，在我一想起就要颤抖的冲动中，我强烈地想把她推入波涛，与我一起葬身水底，结束我的生命和长期的折磨。这可怕的欲望最后变得非常强烈，我不得不突然松开她的手，走到船头。

在那里，我强烈的激动开始了另一个走向。一种更加温柔的感情逐渐渗入我的心灵，动情克服了绝望，我开始泪如泉涌。这种状态比起我摆脱的状态，并非没有某些乐趣。我痛哭了好久，轻松了许多。待我恢复过来，我回到

朱丽身边，又捏住她的手。她拿着手帕，我感到手帕已经湿透。“啊！”我对她悄声说，“我看到我们的心不断息息相通！”——“不错，”她用变调的声音说，“但愿我们用这种口吻说话是最后一次。”于是我们又开始平静地谈话，划行了一小时之后，我们到达了，没有遇到别的事故。我们回到家里时，我借着亮光看到她双眼通红，而且肿胀得厉害：她大概不会感到我的双眼情况更好。经过这一天的疲劳，她非常需要休息，她抽身走了，我也去睡下。

我的朋友，这就是我平生感到最强烈的激动的一天中发生的事。我希望这样的激动将是一种骤变，使我完全恢复原来的我。另外，我要告诉您，这次遭遇比关于人的自由和美德的价值的一切议论，对我更有说服力。有多少人受到诱惑而无力抗拒，最后归于失败啊！对朱丽来说，我的眼睛看到这一点，我的心感到这一点，这一天，她进行了人类心灵所能承受的最大搏斗；而她战胜了。但我做了什么才离她这么远呢？噢，爱德华！你受到情人的吸引，同时战胜你的愿望和她的愿望时，你只有孤身一人吗？没有你，我也许完了。在这遇险的一天，上百次回忆起你的品德使我保持美德。

（卢梭.新爱洛绮丝[M].郑克鲁，译.上海：上海译文出版社，1997.略有改动。）

思考练习

1.简述圣普乐的性格特点。

2.简述作品的主题思想和艺术特色。

第四节　《失乐园》（节选）

作者简介

约翰·弥尔顿（1608—1674）出生于英国伦敦一个富裕的清教徒资产阶级家庭，是英国资产阶级革命时期的诗人和政论家，也是英国文学史上最伟大的史诗诗人。代表作品有长诗《失乐园》《复乐园》《力士参孙》等。

1625年，弥尔顿进入剑桥大学，并开始写诗。大学毕业后又攻读了6年文学学位。1638年，弥尔顿到欧洲各国游历。1640年英国资产阶级革命爆发，弥尔顿毅然投身于革命运动之中，并出版了5本有关宗教自由的小册子。1644年，弥尔顿又为争取言论自由而写了《论出版自由》。1649年，革命胜利后的英国成立共和国，弥尔顿发表了《论国王与官吏的职权》等文，以巩固革命政权。1660年，英国封建王朝复辟，弥尔顿被捕入狱，不久被释放，此后他专心写诗。

作品导读

《失乐园》讲述了叛逆之神撒旦因为反抗上帝的权威被打入地狱，却毫不屈服，为复仇寻至伊甸园的故事。亚当与夏娃受被撒旦附身的蛇的引诱，偷吃了上帝明令禁吃的智慧树上的果子。最终，撒旦及其同伴遭天谴全变成了蛇，亚当与夏娃被逐出了伊甸园。该作说明人类从不识不知的原始社会进入生产劳动的文明社会，依靠了知识和劳动。同时，宇宙间就有正反相对、相互矛盾的两种势力存在，人类历史上也反复出现过变革、斗争的流血事件，出现过失乐园的悲剧。

《失乐园》中，撒旦对上帝的反叛和天国战争代表了封建主义的顽抗和封建地主与资产阶级之间的内战。正义终究会战胜邪恶，国王查理一世被推上了断头台。然而，随着共和国的堕落和腐败，资产阶级向斯图亚特王朝国王查理二世妥协，与其共同镇压了人民大众的革命运动，封建王朝复辟了。先进生产力的代表违背了社会发展规律。

《失乐园》中弥尔顿用亚当、夏娃对上帝的背叛来影射历史事件，寓意非常明确。人民群众是历史进步的推动力量和社会进步的最终根源，但是资产阶级忽视了人民的力量，成了封建主义的战利品。弥尔顿通过《失乐园》表达了自己的政治立场和革命意识，提出了一系列有关人性的问题。

作品赏析

失乐园（节选）

千军万马已经列队待发，
数目和那叛乱的无神之徒相等。
用火和刀剑向他们勇猛进攻；
把他们追到天界的尽头，
从神境福地赶到刑场，落入
地融深渊，在那儿早已广辟炎炎的
混沌界，等待着他们的坠落。
至尊的声音这样说了以后，
朵朵云彩阴暗了全山，烟雾滚滚，
灰色的涡卷包着翻腾的火焰，
这是他的圣怒已经激发的征象；
同样可怕的天喇叭在高处猛吹。
命令一发，卫护天庭的天使军

排成无敌的强大方阵，
光辉闪耀的队伍，静静地
踏着和谐的乐音而前进；
乐音激荡英雄的热情，
在神圣的领导下，甘冒万险
为上帝和他的弥赛亚而决战。

（弥尔顿.弥尔顿诗选[M].朱维之，译.北京：人民文学出版社，1998.）

思考练习

1.简述撒旦这一艺术形象。

2.简述作品的主题思想。

第五节　《汤姆·琼斯》（存目）

作者简介

亨利·菲尔丁（1707—1754），英国 18 世纪最杰出的小说家、戏剧家，18 世纪英国启蒙运动的杰出代表人物之一，是英国第一个用完整的小说理论来从事创作的作家，被沃尔特·司各特称为“英国小说之父”。在《约瑟夫·安特鲁传》《汤姆·琼斯》和《阿米利亚》中，菲尔丁奠定了至 19 世纪末一直影响着英国小说的、全面反映当代社会的现实主义传统。他最大的文学贡献是他创作的现实主义小说。菲尔丁和丹尼尔·笛福、塞缪尔·理查逊并称为英国现代小说的三大奠基人。

作品导读

《汤姆·琼斯》是菲尔丁艺术上最成熟的代表作，同时也是英国小说史上划时代的一部杰作。小说篇幅宏大，结构十分缜密，情节非常紧凑。《汤姆·琼斯》全书共 18 卷，每卷前面都有一篇序文。按照故事发生的背景，全书可以分为三大部分：第一部分是第一卷至第六卷，以偏僻的外省为背景，以索美塞得州奥尔华绥和魏斯登这两个乡绅的家庭生活为中心，描写英国乡村的生活；第二部分是第七卷至第十二卷，写由乡村到伦敦路上的情景，主要写汤姆和索菲娅由乡间到伦敦途中的困苦颠沛和种种冒险，小说中的重要人物在这里先后出场；第三部分是第十三卷至第十八卷，场景移到伦敦，以都市生活为背景，反映伦敦的城市环境，使小说的主人公和与其社会地位、观点、习惯各不相同的人物接触，着重暴露上层社会腐朽糜烂的生活，当中插入了贝娜斯登夫人和费拉谟伯爵这一类堕落的上层人物，使小说情节更加复杂；而方正先生死前的遗书、律师道林的自供、瓦脱夫人对往事的追叙，使小说进入结局。

作品赏析

汤姆·琼斯(存目)

思考练习

1.简述作品的结构特点。

2.简述作品的主题思想和艺术特色。

3.简述作品的时代意义。

第六节　《阴谋与爱情》(节选)

作者简介

席勒(1759—1805)，德国剧作家、诗人，1759 年 11 月 10 日生于符腾堡公国的马尔巴赫。父亲是外科医生。席勒的戏剧创作分为狂飙突进运动和古典文学两个时期。狂飙突进运动阶段的剧作有《强盗》《斐爱斯柯》《阴谋与爱情》《唐·卡洛斯》。古典文学时期的剧作有《华伦斯坦》三部曲、《奥尔良的姑娘》、《玛丽亚·斯图亚特》、《梅西那的新娘》、《威廉·退尔》等。

作品导读

《阴谋与爱情》是德国 18 世纪杰出戏剧家席勒的著名剧作。《阴谋与爱情》的故事发生在 18 世纪的德国。当时德国处在政治分裂、经济落后的封建社会，分裂成许多封建小邦。各邦统治者——大公施行着残暴的独裁统治。故事中，平民琴师的女儿露意丝和宰相的儿子相爱，然而，这段爱情却在等级森严的社会和钩心斗角的宫廷阴谋下，以二人的死去而告终。这部戏剧结构紧凑、情节生动、冲突激烈，揭露了社会的不平等以及宫廷内部争权夺利的种种阴谋与恶行，反映了 18 世纪德国宫廷贵族阶级和小市民阶级的尖锐冲突。

作品赏析

阴谋与爱情(节选)

(宰相带着一帮侍从。前场人物。)

宰相　(边进门边说)他已经在这里。

众人　（惊恐）

斐迪南　（后退几步）在一个清白人家。

宰相　在儿子能学会孝敬父亲的地方吗？

斐迪南　请您别扯这个——

宰相　（打断他，脸转向米勒）他是父亲吗？米勒乐师。

宰相　（脸朝米勒太太）她是母亲？

米勒太太　没错！母亲。

斐迪南　（对米勒）爸爸，您能把女儿带走吗？——她快晕倒了。

宰相　瞎操心，我还有话问她呢。（对露意丝）你认识宰相的少爷多久了？

露意丝　我从不管什么少爷不少爷。从十一月份起，斐迪南·封·瓦尔特就来家里看我。

斐迪南　来追求她。

宰相　你得到什么许诺了吗？

斐迪南　就在刚才，当着上帝的面，我给了她最庄严神圣的许诺。

宰相　（恼怒地冲着儿子）蠢材，有你后悔的！（对露意丝）我等你回答哩。

露意丝　他起誓他爱我。

斐迪南　而且将信守誓言。

宰相　非要我命令你住口吗？——你接受他的誓言？

露意丝　（温柔地）我给了他回报。

斐迪南　（语气坚定地）已结下海誓山盟。

宰相　我非把你这应声虫扔出去不可。（恶毒地冲着露意丝）他可是每次都付现钱，对吗？

露意丝　（专注地）我不完全明白您问的什么意思。

宰相　（暗暗冷笑）不明白？喏喏！这只是说——操任何营生，俗话说，总有它的搞头——而你呢，我希望，也不会白白奉送，没捞到好处——或者你想的只是玩一玩？对吗？

斐迪南　（勃然大怒）混账！这叫什么话？

露意丝　（对斐迪南，庄重而无奈地）封·瓦尔特先生，现在您自由了。

斐迪南　爸爸！德行即使衣衫褴褛，如同乞丐，同样应该受到尊重。

宰相　（大笑）可笑的妄想！竟要老子尊重儿子的婊子。

露意丝　（昏倒）天啊！天啊！

斐迪南　（与露意丝同时开口，并且拔出剑来刺向父亲，半道上却垂下了宝剑）爸爸！您原本有权要我把我的生命还给您——现在算是清了账了

(插回宝剑)——从此我这个儿子不再欠您任何的情!——

米勒 (一直恐惧地站在一边,这时激动地走上前来,一会儿气得咬牙切齿,一会儿怕得牙齿磕磕碰碰)我说大人——孩子是父亲的骨肉心肝——劳驾您给我记住——谁骂他女儿是婊子,谁就打了他的耳光;而你打他,他也得同样打你——咱们的信条如此——劳驾您给我记住。

米勒太太 行行好吧,上帝和救世主!——现在老头子也火啦!——咱们大难临头了!

宰相 (似未完全听明白)怎么,老龟头也发火了吗?——我们这就跟你算账,老龟头!

米勒 劳您的驾,我的名字叫米勒,如果您听我奏一段柔板的话——给娼妓拉客咱不干。这会儿宫里边还有足够的人手,就轮不上咱这些平民百姓。劳您的驾!

米勒太太 看在上帝的分上,老头子!你要害死你老婆孩子啦!

斐迪南 您在这儿扮演的什么角色哟,爸爸,竟当着这么多人的面。

米勒 (走向宰相,鼓起勇气)明明白白地说吧。劳您的驾!在公国范围内,大人您有权有势,想干啥可以干啥。可这儿是我的家。如果有朝一日我要递交份请愿书,我也许会毕恭毕敬,可一个没礼貌的客人,我将马上赶他出门去——劳您的驾!

宰相 (气得脸色苍白)什么?——什么意思?(逼近米勒)

米勒 (缓缓后退)我就是这个意思,大人——劳您的驾。

宰相 (火冒三丈)哈,反了你啦!你口出狂言,想蹲监狱是不是!——去,把法警叫来。(随从数人下。怒气冲冲,绕室狂奔)把父亲关进监狱——把母亲和卖淫的女儿绑到耻辱柱上示众——法律的铁腕将代我平息我的愤怒。对这样的侮辱,我一定要狠狠报复——难道能容忍这样的下流坯破坏我的计划,离间我们父子而不给予惩处?——哈,这帮该死的家伙!我要你们通通完蛋才解恨,我要用复仇的怒火把你们全家,父亲、母亲和女儿,烧成灰烬!

斐迪南 (走到米勒一家中间,从容坚定地)啊,别这样!用不着害怕!有我在哩。(对宰相,恭顺地)别太性急,爸爸!如果您自爱,就别使用暴力——我心中有一个地方,父亲这个字眼还从未进入过——请您别硬要进里边去。

宰相 不要脸的东西!住嘴!别给我火上浇油!

米勒 (从惊吓中回过神来)看好你孩子,老婆。我去找公爵。——他御用的

裁缝——上帝指点了我！——他御用的裁缝在跟我学吹横笛。在公爵那儿我不会有问题的。(打算离开)

宰相　找公爵，你说——你忘了吧，我是公爵的门槛！你想跳过去，不摔断脖子才怪哩！——找公爵，你这傻瓜！——你试一试，看我不把你扔进深深的地牢，扔进那不见天日、不闻人声、阴森恐怖如同地狱的地方，活不成，也死不了——到那时，你将铁索锒铛，哭哭哀哀，说什么：我真是太不幸啦！

(席勒.阴谋与爱情[M].廖辅叔，译.北京：人民文学出版社，1978.)

思考练习

1.简述主人公露意丝的性格特点。

2.简述作品的主题意蕴。

第七节　《浮士德》(节选)

作者简介

约翰·沃尔夫冈·冯·歌德(1749—1832)出生于美茵河畔的法兰克福，是德国著名思想家、作家、科学家，魏玛古典主义最著名的代表。作为诗歌、戏剧和散文作品的创作者，他是最伟大的德国作家之一，也是世界文学领域中出类拔萃的光辉人物。他在1773年写了一部戏剧《葛兹·冯·伯利欣根》，从此蜚声德国文坛。1774年发表的《少年维特之烦恼》，更使他名声大噪。1776年开始为魏玛公国服务。1831年完成《浮士德》，翌年在魏玛去世。

作品导读

《浮士德》是德国作家歌德创作的一部长达12 111行的诗剧，第一部出版于1808年，共25场，不分幕。第二部共27场，分5幕。全剧没有首尾连贯的情节，而是以浮士德思想的发展变化为线索，以德国民间传说为素材，以文艺复兴以来的德国和欧洲社会为背景，写一个新兴资产阶级先进知识分子是如何不满于现实、竭力探索人生意义和社会理想的生活道路的。这是一部现实主义和浪漫主义结合得十分完美的诗剧。《浮士德》是歌德的代表作，是他毕生思想和艺术探索的结晶。《浮士德》的构思和写作，贯穿了歌德的一生：1768年开始创作，一直写到1831年——逝世前一年才完成，前后共用了64年。

《浮士德》构思宏伟，内容复杂，结构庞大，风格多变，融现实主义与浪漫主义于一炉，将真实的描写与奔放的想象、当代的生活与古代的神话传说杂糅一处，善于运用矛盾对比之法安排场面、配置人物，语言时庄时谐、有讽有颂、形式多样，达到了极高的艺术境界。

作品赏析

浮士德（节选）

城门前

浮士德与瓦格纳

浮士德

和煦而使人苏醒的春光
使河水和溪流解冻，
欣欣向荣的气象点缀得山谷青葱；
老迈衰弱的残冬
已向荒山野岭匿迹潜踪。
可是它在逃亡当中，
还从那儿把冰粒化为无力的阵雨播送，
一阵阵洒向绿野芳丛。
但阳光不容许冰雪放纵，
到处鼓舞着造化施工，
把万物粉饰得异彩重重；
可是城区中还缺少鲜花供奉，
它就代以盛装的女绿男红。
试从这高处转身，
再向城市一瞬！
从那黑洞洞的城门，
涌出来喧嚣杂沓的人群。
人人都乐意在今日游春。
他们庆祝基督的复活良辰，
因为他们自己也获得新生。
他们来自陋室低房，
来自工商行帮，
来自压榨人的屋顶山墙，

来自肩摩踵接的小街陋巷，
来自阴气森森的黑暗教堂，
大家都来接近这晴暖的阳光。
快瞧呀！熙熙攘攘的人群，
分散在园圃郊垌，
还有前后纵横的河津，
让那些快乐的船儿浮泳，
直到最后一只小艇，
满载得快要倾覆时才离去水滨。
就是从遥远的山间小径，
也有耀眼的服饰缤纷。
我已听到村落的喧豗，
这儿是人民的真正世界，
男女老幼都高呼称快：
这儿我是人，我可以当之无愧！

瓦格纳

博士先生，同你一起散步，
真感到光荣而受益不少；
不过我一个人却不会到此游遨，
因为我敌视一切粗暴。
什么提琴，叫喊，九柱戏，
我听来都不堪入耳；
他们闹得来好像着了魔，
还把这叫作欢乐，叫作唱歌。

农民们聚集在菩提
树下跳舞和唱歌。

牧人打扮来跳舞，
彩衣，飘带和花冠，
浑身装饰真好看。
菩提树边人挤满，

一起跳舞像疯癫。
吁吓！吁吓！
吁嗨煞！嗨煞！吓！
提琴调儿是这般。

牧人动作太慌忙，
他的肘儿向外张，
不觉碰着一姑娘；
年青妮子回头嚷：
“冒失鬼，真莽撞！”
吁吓！吁吓！
吁嗨煞！嗨煞！吓！
“不许那样太放荡！”

轮舞迅速开了场，
左旋右转人成双，
男衫女裙齐飞扬。
脸上泛红心头烫，
手挽手儿喘息忙——
吁吓！吁吓！
吁嗨煞！嗨煞！吓！——
女腰靠在男肘上。

“别对我做殷勤样！
世上多少负心郎，
都叫女人上了当！”
他却献媚不肯放，
树下遥遥声喧嚷：
吁吓！吁吓！
吁嗨煞！嗨煞！吓！
人声琴声闹扬扬。

老　农

博士先生，承您赏光，

您这满腹文章的学者，
今天居然不嫌鄙陋，
来到这人众杂沓的地方。
请您务必满饮一觞，
这当中盛满新醅的佳酿！
我竭诚奉献，高声庆祝：
这酒不但给您解渴，
而且为您延年益寿，
多少滴酒就增加您多少岁数。

浮士德

我领受这杯提神的佳酿，
表示谢意，并祝你们诸位健康。
农民们围聚拢来。

老 农

您在这快乐的日子光临，
对我们真是不胜荣幸；
想起从前受难的日子，
您为我们煞费苦心！
站在这儿的好些活人，
多亏令尊妙手回春，
最后从高热中抢救了性命，
制止住瘟疫流行。
那时您还是位青年郎君，
到每个病家去诊视病症；
当时把许多尸骸搬运，
您却平安不受病侵；
经过了许多艰苦的考验，
上天保佑您这位救星。

众 人

祝这位曾共患难的先生健康，

希望他还能长远地治病救人!

浮士德

请大家敬礼天上的神明,
他教导我们治病而普度众生。

他同瓦格纳走开

瓦格纳

哦,伟大的人物,人们对你这般尊敬,
你究竟是何种心情!
哦,真幸福呀,谁能凭自己的才能,
享受这份光荣!
做长辈的把你介绍给儿孙,
人人都挤上前来不住探问,
提琴中止,跳舞暂停。
你一走过,他们便雁行静等,
挥舞帽子表示欢迎,
有人差点儿就要跪拜,
好像是圣体来到的情形。

浮士德

再走几步就到达上边的磐石;
咱们走累了可以在石上休息片时。
我常常独坐在石上沉思,
用祈祷和斋戒来苦我自己。
希望无穷,信仰坚实,
我流着眼泪,搓手,叹息,
恳求天帝
彻底驱除瘟疫。
现在群众的赞美在我听来好似讽刺。
哦,你倘使能够体察我的内心,
就知道我们父子

对这种光荣多么不值！
我父亲是个隐居君子，
对大自然和圣境的研究煞费心思，
他的态度非常诚恳，
他的方法却十分别致；
他结交一些炼金术士，
自己躲进黑暗的丹厨，
按照无数的丹方，
把古怪的东西融汇一炉。
他使红狮，大胆的求爱者，
在温水中匹配百合仙子，
再用明火锻炼，
把两者从这一寝室逼入另一寝室。
后来五色缤纷，
年青女王出现在玻璃杯里；
丹药便告成功，病人相继死亡，
从来无人过问：有谁获得健康？
我们就用这种杀人的丹方，
在山谷间不断来往，
这比瘟疫流毒还要猖狂。
我亲自施舍过毒药的人就有几千，
他们渐渐凋谢枯干，我却遇见
今天人们反把厚颜无耻的凶手称赞！

瓦格纳

先生何必为此烦恼！
本是别人传授你的医道，
既然尽心负责地行医，
这样诚实的人难道还不够好？
你年轻时尊敬令尊，
自然乐意向他领教；
你成年后又增进学识，
将来令郎必定达到更高的目标。

浮士德

哦，还能希望从错误大海中浮起的人，
真是幸运！
用非其所知，
知非其所用——
不过咱们别让无端的愁绪，
把眼前的良辰美景葬送！
你瞧，那些绿荫围绕的茅屋，
闪烁着斜阳的晚红。
落日西沉，白昼告终，
乌飞兔走，又促进新的生命流通。
哦，可惜我没有双翅凌空，
不断飞去把太阳追从！
要有，我将在永恒的斜晖中间，
瞧见平静的世界在我脚下显现，
万谷凝翠，千山欲燃，
银涧滚滚，流向金川。
深山大壑纵然凶险，
也不足以把我的壮游阻拦；
阳光照暖了港湾，
大海在惊异的眼前开展。
太阳女神似乎一去不返；
然而新的冲动苏醒，
我要赶去啜饮她那永恒的光源。
白昼在前，黑夜在后，
青天在头上，波涛在下边。
一场美丽的梦，可是太阳已经去远。
唉！肉体的翅膀
毕竟不易和精神的翅膀作伴。
可是人人的天性都一般，
他的感情总是不断地向上和向前：
有如云雀没入苍冥，

把清脆的歌声弄哗；
有如鹰隼展翼奋飞，
在高松顶上盘旋；
有如白鹤飞越湖海和平原，
向故乡回转。

瓦格纳

我也常有胡思乱想的时候，
却不曾这样好高骛远。
原野和森林容易看厌，
鸟儿的羽翼我不垂涎。
精神的快乐来自另一方面，
这就是逐册逐页地攻读简篇！
于是寒冷的冬天也美好堪羡，
幸福的生机把四肢百骸温暖，
啊！要是你翻读贵重的羊皮宝卷，
那末，整个天宇都下降到你的身边。

浮士德

哦，你只懂得一种冲动，
永不会把另一种认清！
在我的心中啊，盘据着两种精神，
这一个想和那一个离分！
一个沉溺在强烈的爱欲当中，
以固执的官能贴紧凡尘；
一个则强要脱离尘世，
飞向崇高的先人的灵境。
哦，如果空中真有精灵，
上天入地纵横飞行，
就请从祥云瑞霭中降临，
引我向那新鲜而绚烂的生命！
不错，但愿有魔衣一领，
载我到奇邦异国去远征！

它将是我的无上珍品，
那些珠玑黼黻对我不值一文。

宫中宽广的前庭

火炬照耀

靡非斯陀（站在前面任监工）

上前，上前！进来，进来！
你们这些死鬼幽灵，摇摇摆摆，
是用筋骨和韧带，
联缀起来的残缺形骸！

死灵们（合唱）

我们才听到一半召唤，
立即赶来供你驱遣；
大约有广大的土地，
等待我们前来料理。

尖头木桩已经停当，
长长链条可供丈量；
为啥召唤我们前来，
我们已经把它忘怀。

靡非斯陀

这儿用不着过费周章；
只须把本身当作度量：
最长的一个顺着躺在地上，
其余的四周破土相帮！
就像埋葬咱们的祖先那样
要挖出一个墓穴的长方！
从宫殿来到这狭隘的幽圹，
到头来只落得这愚蠢的下场。

死灵们（用嘲弄的表情掘穴）

年轻时乐生又求爱，
甜蜜的味儿时在怀，
每逢寻欢取乐地，
我的脚板跑得快。

那知年岁不容情，
拐杖劈头打下来；
一跤摔在墓门前，
墓门恰巧大张开！

浮士德（从宫中出来，摸索门柱）

铁锹声多么使我心旷神怡！
这是那些群众在为我服役，
他们保护陆地不使倾圮，
对汹涌的波涛加以限制，
用紧密的长带将大海围起。

靡非斯陀（旁白）

你筑起塘堰和堤防，
无非是为他人作嫁衣裳；
因为你为海神纳普东
已经准备好盛宴一场。
总而言之，你们已经完蛋；——
四大元素和我们连在一边，
一切终归要烟消云散。

浮士德

监工！

靡非斯陀

有！

浮士德

尽可能用各种方法，
征募一批又一批的工人，
宽猛相济，恩威并行；
给以报酬、引诱甚而强逼！
我每天都要得到消息：
开掘的壕沟延长到哪里。

靡非斯陀（压低声音）

据我接到的消息说：
没有挖壕沟而是在掘坟墓。

浮士德

有一片泥沼延展在山麓，
使所有的成就蒙垢受污；
目前再排泄这块污潴，
将是最终和最高的任务。
我为千百万人开疆辟土，
虽然还不安定，却可以自由活动而居住。
原野青葱，土壤膏腴！
人畜立即在崭新的土地上各得其趣。
勇敢勤劳的人筑成那座丘陵，
向旁边移植就可以接壤比邻！
这里边是一片人间乐园，
外边纵有海涛冲击陆地的边缘，
并不断侵蚀和毁坏堤岸，
只要人民同心协力即可把缺口填满。
不错！我对这种思想拳拳服膺，
这是智慧的最后结论：
人必须每天每日去争取生活与自由，
才配有自由与生活的享受！
所以在这儿不断出现危险，
使少壮老都过着有为之年。

我愿看见人群熙来攘往，
自由的人民生活在自由的土地上！
我对这一瞬间可以说：
你真美呀，请你暂停！
我有生之年留下的痕迹，
将历千百载而不致湮没无闻——
现在我怀着崇高幸福的预感，
享受这至高无上的瞬间。

浮士德向后倒下，死灵们将他扶起，放在地上。

靡非斯陀

没有快乐使他称心，没有幸福令他满足，
他不断追求变换不停的东西；
连这晦气而又空虚的最后瞬间，
这个可怜人也想紧握在手里。
他一直顽强地对我抗拒，
可是时间占了上风，老翁倒毙在地。
时钟停止——

合　唱

停止！像深夜一般寂静。
指针下落——

靡非斯陀

下落！大功圆满告成。

合　唱

事情过去了。

靡非斯陀

过去了！这是一句蠢话。
为什么说过去？
过去和全无，完全是一样东西！
永恒的造化何补于我们？

不过是把创造之物又向虚无投进。
“事情过去了!”这意味着什么?
这就等于从来未曾有过,
又似乎有,翻来覆去兜着圈子,
我所爱的却是永恒的空虚。

(歌德.浮士德[M].董问樵,译.上海:复旦大学出版社,1982.略有改动。)

思考练习

1.简述《浮士德》的思想意义。

2.论述《浮士德》是如何塑造主人公形象的。

第五章　19世纪欧美文学

第一节　概　述

19世纪前期欧美文学的主潮是浪漫主义，19世纪中后期欧美文学的主潮是批判现实主义。

1.浪漫主义

(1)浪漫主义的内涵

浪漫主义的内涵具体表现在以下几个方面。

第一，浪漫主义是一种社会思潮，不单纯是一场文学变革运动，就像文艺复兴、古典主义和启蒙运动不单纯存在于文学领域一样。作为一种社会思潮，它必然涉及社会思想领域的各个方面，例如：哲学方面，这时以康德、黑格尔、费尔巴哈为代表的德国古典派哲学成为主流；社会学方面，以圣西门、傅立叶等人为代表的法国空想社会主义成为主流。

第二，浪漫主义在文学领域有两种倾向：积极浪漫主义与消极浪漫主义。积极浪漫主义代表着资产阶级民主派势力，而消极浪漫主义代表着资产阶级大革命以后的封建复辟势力。从1789年法国大革命中，可以看出这两种不同的立场。积极浪漫主义代表人物有英国的拜伦和雪莱、法国的雨果、德国的歌德、俄国的普希金。消极浪漫主义代表人物有英国的华兹华斯、法国的夏多布里昂等。

第三，浪漫主义对于文学而言是一种创作方法，它与作为社会思潮的浪漫主义既有区别又有联系。作为一种社会思潮，浪漫主义出现于18世纪末至19世纪初的欧洲，而作为一种创作方法，浪漫主义自古以来在世界各国都存在。但在特定的历史条件下，这种社会思潮使这种创作方法成为一种文学的变革形态，成为那个时代的主流文学风格，二者是密不可分的。

(2)浪漫主义产生的历史背景

19世纪前期，欧洲少数国家，如英、法基本上确立了资本主义社会秩序，但资本主义制度尚未完全建立起来，大多数欧洲国家仍处于封建社会。这是封建王权进行垂死挣扎的时代。在这种历史背景下，有两个原因促使浪漫主义思潮产生。

第一，人们对启蒙主义的失望。在启蒙运动中，资产阶级为了得到人民群众的拥护、利用人民群众的力量与封建势力夺权，提出了“自由、平等、博爱”的口号。这实际上是在向人民许诺：夺取政权后要给人民一个充满自由、平等、博爱的新社会，一个美好的理性王国。可是资产阶级胜利后，社会却仍然是充满了剥削压迫的不平等社会，只不过资产阶级新贵代替了封建旧贵族。所谓的民主不过是资产阶级新的专政方式，劳动人民仍处于受压迫地位，所以人们开始对资产阶级产生怀疑。

第二，人民对现实的强烈不满。这时的欧洲虽然是“解放区的天”，却不是“晴朗的天”。一方面旧的封建社会还未完全瓦解，另一方面资产阶级夺权后翻脸无情。这两种社会现实使人民非常不满。封建势力要做垂死挣扎，可是又不敢跟已经强大起来的资产阶级较量，只好拿人民开刀，对人民疯狂压迫。而资本主义秩序刚建立，完全是一种无序的自由竞争，大鱼吃小鱼，小鱼吃虾米，那么包括中小资产阶级在内的“虾米”们就要起来反抗。就在这样的历史背景下，以中小资产阶级为代表的一股社会思潮和文学思潮——浪漫主义就产生了。从浪漫主义产生的条件和背景看，它极力反对这个有着双重压迫的社会，既反对旧的封建社会，也反对新的资本主义社会。

(3)积极浪漫主义文学的基本特征

第一，表现理想，对未来寄予美好的希望。由于对现实的不满，积极浪漫主义作家将希望寄托在未来，也就是说他们尽量不表现现实，而侧重于表现理想的未来社会，或者将自己的理想凌驾在现实之上。但客观地看，他们的理想并不清晰，甚至是错误的。比如他们不满现实，却指不出来他们理想中的社会前景到底什么样；他们要同现实斗争，却不知道该怎样斗争。但他们对人类未来还是充满乐观主义信念的。雪莱在他的抒情诗《西风颂》中说：“冬天已经来了，春天还会远吗?”恩格斯称他为“天才的预言家”。而他的诗剧《普罗米修斯》则被马克思称为“本质上的革命家”。

第二，宣扬反抗精神。这一点可以说是积极浪漫主义文学中最基本、最普遍的主题。积极浪漫主义作家笔下的主人公大多具有反抗精神，但应该指出的是，这些反抗都是个人主义的，所以这些主人公都是个人英雄主义者。这说明那时的斗争是一种自发的斗争而不是自觉的斗争。如拜伦的诗剧《曼弗雷德》的主人公曼弗雷德、《海盗》中的康德拉、《该隐》中的该隐等，他们都具有反抗精神和叛逆性格，但都是个人英雄主义者，所以人们称这些人为“拜伦式的英雄”。

第三，爱憎分明。在积极浪漫主义作家的作品中，他们对社会现实持断然否定的态度，毫不掩饰这种憎恨与批判，如拜伦的《唐璜》，以唐璜的奇遇为线索，批判整个欧洲社会，他走到哪里就把哪里的黑暗与丑恶揭开给人看。

第四，常用历史故事或民间故事作为创作素材。由于积极浪漫主义不是现实主义，作品不以反映现实为主，所以积极浪漫主义作家对社会现实的批判也不是直接的，而是借助于历史或民间故事，以达到借古讽今的战斗目的。

(4)浪漫主义文学的主要成就

浪漫主义文学的主要成就表现在诗歌方面。大多数作家都是诗人，如拜伦、雪莱、海涅、惠特罗、普希金和雨果等。

除诗歌之外，浪漫主义小说和戏剧带有浓厚的批判现实主义成分，为批判现实主义文学打下了基础，代表作家有雨果、梅里美、大仲马等。

2.批判现实主义

(1)批判现实主义的内涵

批判现实主义是起源于 19 世纪 30 年代的一股文学潮流。它真实地反映社会现实，典型地再现社会风貌，深入地解剖和强烈地批判当时社会制度中的各种矛盾，因而被后人称为“批判现实主义文学”。简而言之，就是用批判的态度来反映社会现实的文学。

(2)批判现实主义产生的历史背景

19 世纪 30 年代，三大阶级（封建势力、资产阶级、无产阶级）的矛盾日趋尖锐复杂。在各种矛盾中，资产阶级与封建势力已经争得“你死我活”了，而新成长起来的无产阶级对刚刚建立的资本主义制度的反抗也十分激烈（如巴黎公社、英国宪章运动、里昂工人大罢工等），还有资产阶级内部的分化，这些情况都使资本主义固有的矛盾不可避免地暴露出来。而启蒙主义时期的关于理性王国的幻想已经彻底破灭，浪漫主义的激情也已经是强弩之末，而且浪漫主义文学对于社会抽象的反抗和空洞的理想已经不能适应尖锐的、复杂的社会矛盾了。这就迫使人们不得不用冷静的眼光来看待他们的生活。于是忠实地再现社会现实的一切，对社会中存在的不合理因素进行深刻揭露、强烈批判的批判现实主义文学就应运而生了，而且它很快从英法等老牌资本主义国家迅速传遍整个欧洲，后来甚至扩展至美洲，成为 19 世纪末至 20 世纪的一股最壮阔、最有益的文学潮流。

(3)批判现实主义文学的基本特点

第一，广阔而真实地反映社会的各个方面。批判现实主义作家着力于暴露社会的黑暗，批判现实的罪恶。在他们的笔下，我们可以看到封建社会已经不可避免地、无法挽回地崩溃并灭亡了，而资本主义耀武扬威地发展壮大起来；也可以看到农奴制的残暴；同时还可以看到资本主义令人发指的剥削和对人们心灵的毒害。资本主义制度的种种矛盾和罪恶更是作家们揭露和批判的主要对象。批判现实主义作品广泛地涉及社会的各个领域，尖锐地提出了许多重大的社会问题，勾勒出一幅幅令人触目惊心的悲惨图景，引起了人们对社会制度深刻的不满和怀疑。但是我们也要看到，批判现实主义作家只是一味地否定一切，而苦于没有结论，也找不到出路。这就使他们的作品不同程度地具有悲观主义色彩，而且越到后期这种色彩越浓重。

第二，“人道主义”仍是其基本思想。从文艺复兴的“人文主义”开始，贯穿资产阶级文学的一条主线就是极力宣扬所谓的“人道主义”。但是我们说，“人文主义”是资产阶级上升时期的一种进步思想，但后来的“人道主义”具有一定的欺骗性。资产阶级越是宣扬“人道主义”，资本主义社会人吃人、金钱统治一切的实质就暴露得越充分，资本家对工人的剥削压榨就越惨无人道。所以对于批判现实主义作家来说，他们看到了这一点，很矛盾，很痛苦，也很无奈。因此他们在表现“人道主义”这一基本思想时，总让人感到有些牵强。但即便现实社会中的“人道主义”失去了原有的进步性，倒退成空洞的“人道主义”，他们作为有良知的作家，还是极力在宣扬它、呼唤它。

第三，批判现实主义作家大多数来自小资产阶级，当然也有工人、贫民、流浪汉，还有大贵族、大资产阶级。但无论来自哪个阶层，他们都属于小资产阶级作家，俄语称之为“布尔乔亚”。他们对于资本主义的揭露和批判是资本主义发展过程中表现出来的一种自我认识、自我反思和自我批判，具体地说就是“小资批判大资”。所以从表现出的批判性和深刻程度来看，年轻作家的战斗力、批判力都很强，而老年作家则比较保守。

第四，具有一系列的“二重性”。批判现实主义文学的二重性表现在它既有进步性，又有保守性。进步性表现在它无情地揭露资本主义制度的种种罪恶与劣根性，保守性表现在这些揭露和批判不是为了推翻这个不合理的社会，而是为了改良它、维护它，使它更稳固。具体来讲，其二重性表现在四个方面：其一，批判是尖锐的，但医治方法是荒唐的。这些作家虽然是文学巨匠，但在政治上却是庸医，是愤怒的批评家，是浅陋的预言家。其二，他们在批判大资产阶级 、大贵族时是无情的，但对所谓好的大资本家、大贵族抱有极大幻想。他们幻想通过大资产阶级、大贵族发善心来实现社会理想，把“人道主义”的光环强加在大资产阶级、大贵族头上，美化了一部分大资产阶级、大贵族，用“人道主义”作为各阶级之间矛盾的调和剂。这显然十分可笑。其三，对劳动人民表示同情，对其高尚情操加以赞扬，但是却仇视或丑化无产阶级。在他们笔下，穷人不是可怜兮兮就是凶残愚昧。其四，对待个人主义的态度具有双重标准。对于资产阶级来说，强调个人主义是其最大的阶级特征。从薄伽丘开始，资产阶级对个人主义一直是欣赏的。批判现实主义作家一方面看到了极端个人主义导致的悲惨结果，另一方面却极力歌颂和推崇个人英雄主义。所以他们笔下的正面人物几乎都是个人主义者。

第五，“除细节的真实外，真实地再现典型环境里的典型人物”。这是恩格斯对批判现实主义的经典概括。可以说，每一部批判现实主义作品都是社会生活的集中体现，但每一个事件都是放诸典型环境里的。尤其是作品中的主要人物，他们都是鲜活而丰满的，既有共性又有个性，如于连、列文、安娜、简・爱、斯佳丽等。批判现实主义文学之所以经久不衰，关键在于塑造了这些光彩夺目的人物形象。不同作品中的人物构成了一条多姿多彩的人物画廊，使作品具有旺盛的生命力。

(4)批判现实主义作家代表人物

批判现实主义作家，以 1871 年巴黎公社为界，可以分为前后两个群体。

第一，前期有法国作家斯丹达尔、巴尔扎克、梅里美、福楼拜，英国作家狄更斯、萨克雷、善斯凯尔夫人、勃朗特姐妹、简・奥斯汀，俄国作家普希金、果戈里、车尔尼雪夫斯基、别林斯基、屠格涅夫、涅赫拉索夫等。

第二，后期有法国作家莫泊桑、左拉、罗曼・罗兰，英国作家高尔斯华绥、哈代、萧伯纳，俄国作家托尔斯泰、陀斯妥耶夫斯基、契诃夫，美国作家马克・吐温、杰克・伦敦、欧・亨利、德莱塞、海明威，挪威作家易卜生，丹麦作家安徒生，匈牙利作家裴多非等。

思考练习

1.简述 19 世纪浪漫主义文学产生的原因。

2.简述积极浪漫主义文学的基本特征。

3.简述批判现实主义文学的基本特点。

第二节 《海因利希・冯・奥夫特丁根》(存目)

作者简介

诺瓦利斯(1772—1801)，原名弗里德里希・冯・哈登贝格・诺瓦利斯，德国浪漫主义诗人。1772 年 5 月 2 日生于萨克森公国一个没落的贵族世家，从小受到严格的宗教教育。1790 年在耶拿随费希特学习哲学，并结识席勒。1791 至 1793 年在莱比锡大学学习。后在法院、盐务局供职，并与早期浪漫派作家弗・施莱格尔等交往。1801 年 3 月 25 日因罹患肺结核去世。

他的抒情诗代表作有《夜之赞歌》(又名《夜颂》)、《圣歌》等。他还写过长篇小说《海因利希・冯・奥夫特丁根》(未完成)，书中以蓝花作为浪漫主义憧憬的象征，非常著名。他也因此被誉为“蓝花诗人”

作品导读

他未完成的长篇小说《海因利希·冯·奥夫特丁根》描写了中世纪诗人奥夫特丁根的生平，以此与歌德的《威廉·迈斯特》相抗衡。小说探讨了以神秘的"蓝花"为象征的浪漫派诗歌的价值和本质，语言优美，想象丰富。他还曾计划编写一部百科全书。对于诺瓦利斯，有人认为他的世界观神秘、反动，他歌颂黑夜、死亡、疾病等，消极颓废；也有人认为他的消极之中包含着反抗。但所有人对他在艺术上的创新和成就都表示肯定。

作品赏析

海因利希·冯·奥夫特丁根（存目）

思考练习

1.简述作品的主题思想。

2.简述作品的艺术特点。

第三节 《德国，一个冬天的童话》（节选）

作者简介

亨利希·海涅（1797—1856），德国著名的抒情诗人和散文家，被称为"德国古典文学的最后一位代表"。

1797年12月13日，海涅生于德国莱茵河畔杜塞尔多夫的一个犹太商人家庭。童年和少年时期经历了拿破仑战争，学过金融和法律。

1795年，拿破仑的军队曾开进莱茵河流域，对德国的封建制度进行了一些民主改革。正如恩格斯所说，拿破仑"在德国是革命的代表，是革命原理的传播者，是旧的封建社会的摧残人"。法军的这些改革，使备受歧视的犹太人的社会地位得到了较大改善，因此海涅从童年起就深受法国资产阶级革命思想的影响。

1821年海涅开始发表诗作，凭借4卷《游记》和《歌集》蜚声文坛。1825年为取得德国公民权而皈依基督教，因此疏远了犹太民族，但他的革命思想又使他在德国无法找到工作。1830年革命后自愿流亡巴黎，从诗歌写作转向政治活动，成为国家民主运动的领导人，同时对法国和德国文化有许多评述。

诗人以平常的词语、普通的语句创作出思想深刻、生动优美的诗篇。在德国文学史上既是作家又是思想家的不乏其人，但像海涅那样将二者完美地统一起来，而又没有让诗歌负担哲学的沉重的,并不多见。

作品导读

《德国,一个冬天的童话》是海涅的代表作。这首政治抒情长诗共27章,是诗人在流亡法国十多年之后返回祖国后写下的,真切地记述了诗人在德国的所见所感。

当诗人踏上故土,听到弹竖琴的姑娘弹唱古老的“断念歌”和“催眠曲”时,感觉这些陈词滥调与自己的思想感情格格不入。于是,诗人立即唱出一支新的歌,表达了他要在大地上建立“天上王国”的理想:人人都过着幸福的生活,大地上有足够的面包、玫瑰、常春藤、美和欢乐。

然而,现实中的德国根本不是“天上王国”,当姑娘在弹唱时,诗人受到普鲁士税收人员的检查。诗人嘲弄那些翻腾箱子的蠢人:“你们什么也不能找到!我随身带来的私货,都在我的头脑里藏着。”诗人来到亚琛,看到了驿站招牌上的一只象征普鲁士统治的鹰。这只鹰张牙舞爪、恶狠狠地俯视着诗人。瞬间,诗人的内心充满了对它的仇恨,随即愤怒地咒骂和嘲弄这只“丑恶的凶鸟”:“一旦这凶鸟落在我手中,我就要毫不手软地拔掉它的羽毛,果断地砍断它的利爪,将它的尸首系在长竿上示众。不仅如此,我还要召唤射鸟的能手,来一番痛痛快快地射击。”在愤怒中,诗人许下诺言:“谁要是把这只凶鸟的尸首射下来,我就把王冠和权杖授给这个勇敢的人,并向他欢呼:‘万岁,国王!’”

最后,诗人指出:“伪善的老一代在消逝”,而“新的一代正在成长”。诗人还发出警告:“死去的诗人,要尊敬,可活着的,也要爱惜。”如果胆敢得罪诗人,不但要被诗人诅咒,而且还要被关进“但丁的地狱”。

作品赏析

德国,一个冬天的童话(节选)

凄凉的十一月,
日子已渐渐阴郁,
风把树叶摘落,
我走上德国的旅途。
来到国境,
强烈的心跳震撼着胸底。
并且,真的,
连眼泪也开始滴沥。
听见德国的语言,

使我有异样的感觉，
好像我心脏的血液溢出了，
它舒畅地衰落下去了。
一位小小的琴女在歌咏，
用真实的感情，
和假的嗓音，但她的弹唱，
却使我非常动心。
她歌唱着爱，和爱中的恨，
歌唱着牺牲，
歌唱着那天上的、更好的世界里的重逢，
说那儿没有愁恨。
她歌唱着地上的眼泪，
歌唱着那一瞬即逝的狂欢，
歌唱那被华光照耀着的灵魂，
他们是沉醉在永远的欢悦中，在彼岸。
她歌唱的是古时绝望的曲调，
是在民众痛苦哀泣的时候，
能将他们送入昏睡中的，
那天上的催眠曲调。
我知道这些旋律，这些歌词，
知道这些词句的作者大师们——
他们在屋里私自饮酒，
在门外却假意用水劝人。①
新的歌，更好的歌，
啊！朋友，让我替你们制作——
我们要在地上
建筑起天国。
我们要在地上得到幸福，
再不愿老是饥肠辘辘，
再不愿把勤劳的两手获得的东西，
拿去填饱那些吃闲饭的肚腹。

① 屋里饮酒，门外劝水，指那些伪善的僧侣。

为着一切的人们，
这地上有足够的面包产生。
玫瑰花呀，常春树呀，美呀，乐呀，
甜豌豆呀，也同样能孳生。
是的，豆荚裂时，
甜豌豆便是属于万人的，
天上的乐园吗？
让你们天使和麻雀拿去！
我们死后若能生出翅膀，
我们就到天上拜访你们，
在那儿我们要和你们一道，
同吃最幸福的蛋糕和点心！
新的歌，更好的歌，
它和笛、提琴一样畅快地响着。
忏悔的歌声止了，
丧钟也沉默着。
处女欧洲，
和美丽的自由天使订婚，
万岁呀，这对新郎新妇，
万岁呀，他们未来的子孙！
我的歌，是结婚赞美歌，
是更好的、新的歌，
最高感激的星光，
在我的心中闪烁。
感激的星光，它会热烈地焚烧，
熔流而成火焰的河川。
我感到自己变得无比的坚强，
我甚至能把槲树折断！
踏上德国的国土以来，
灵妙的液体便流贯了我的全身。
巨人①再一次触到了他的母体，

① 巨人，指希腊神话中的安泰。安泰是大地的儿子，他同人角力时，只要一触到自己的母亲大地，即能得到不可战胜的力量。

他身上就又有新的力量长成。

(海涅.德国,一个冬天的童话[M].冯至,译.北京:人民文学出版社,1978.略有改动。)

思考练习

1.简述从作品中获得的精神启示。

2.简述作品的主题思想和艺术特色。

第四节 《唐璜》(节选)

作者简介

乔治·戈登·拜伦(1788—1824),英国19世纪初最杰出的浪漫主义诗人,也是欧洲浪漫主义文学和资产阶级民主力量的重要代表。他的创作对欧洲各国的民主斗争和文学发展产生了巨大影响。

代表作品有《恰尔德·哈洛尔德游记》《唐璜》等,他在诗歌里塑造了一批"拜伦式英雄"。他不仅是一位伟大的诗人,还是一个为理想战斗一生的勇士。他积极而勇敢地投身革命——参加了希腊民族解放运动,并成为领导人之一。

作品导读

《唐璜》是拜伦创作的长篇讽刺史诗,作者原拟写24章,由于奔赴希腊,只写完了1—16章和第17章片段,共16 000多行。《唐璜》是英国文学史上篇幅最长的诗作,也是欧洲浪漫主义文学的代表作品。诗作虽未完成,但因深刻的思想内容、广阔的生活容量和独特的艺术风格,被歌德称为"绝顶天才之作"。

作品通过主人公唐璜在西班牙、希腊、土耳其、俄国和英国等不同国家的生活经历,展现了19世纪初欧洲的现实生活,讽刺批判了"神圣同盟"和欧洲反动势力。诗中表现了唐璜的善良和正义,通过他的种种浪漫奇遇,描绘了欧洲的人物百态、山水名城和社会风情,画面广阔,内容丰富,堪称一座艺术宝库。诗歌对英国贵族和资产阶级的拜金主义进行了深刻的揭露和讽刺。英国统治阶级夸耀"自由"和"权利",但是唐璜初次来到伦敦,就遭到了强盗的袭击。诗歌痛斥英国贵族卡斯尔累爵士为"恶棍"和"奴隶制造商",谴责当时备受统治阶级称赞的惠灵顿为"第一流的刽子手",揭露了英国上流社会华丽外表下的糜烂透顶、丑陋不堪。

《唐璜》是拜伦最重要的一组诗,半庄半谐、夹叙夹议,既有现实主义的内容,又有奇突、轻松而讽刺的笔调。第一、二章匿名发表后,立即引起巨大的反响。英国维护资产阶级体面的报刊群起而攻之,指责它对宗教和道德的进攻是"对体面、善良感情和维护社会所必需的行为准则的讥讽”,“令每个正常的头脑厌恶”,等等。但同时,它却受到了人民高度的赞扬。

作品赏析

唐璜(节选)

一

我选什么英雄做主角,这倒是稀奇事,
　虽说现在的英雄,遍地皆是,
每年每月,报刊上都说个不停,
　但马上就发现:他们根本不是那样;
所以我就不想鹦鹉学舌,
　只想叙说我的老友唐璜——
我们都知道他的故事,他寿命不长,
好像没到应有的寿限就已身亡。

二

前辈似有弗农,沃尔夫,豪克,凯培,
　刽子手坎伯兰,格朗贝[①]等将军,
无论善恶,都被人挂在嘴边,
　像今天的韦斯雷[②],写在招牌上。
哦,这些名誉的奴隶,“母猪的崽仔”[③],
　都趾高气扬,就像班柯的帝王[④];
而法国有个拿破仑和杜莫埃[⑤],
事迹也报道在《导报》和《醒世报》上。

三

法国还有康多塞,布里索,米拉伯,

---

① 格朗贝:18世纪英国海陆军将领。
② 韦斯雷:即惠灵顿公爵,他在滑铁卢击败了拿破仑。
③ 语出《麦克白》第四幕。
④ 班柯的帝王:莎士比亚《麦克白》中的人物。
⑤ 杜莫埃:法国将领。

拉法叶特，培松，丹东，马拉，巴那夫[①]，
我们都知道他们的显赫声名，
另外还有留在记忆中的，
像朱拜，荷什，马尔索，兰恩，德赛，摩罗[②]之流，
还有很多军界的要人，无法一一讲述；
他们有时特别威名远扬，
可都不适宜写进我的诗篇。

四

纳尔逊[③]曾经是大不列颠的战神，
可没过多就变了时尚；
特拉法尔加已无人提及，
和我们的英雄一起被人遗忘；
由于陆军声望日隆，
海军的人物也不得不受影响，
更加上陆军有王子的支持，
那么郝、邓肯[④]、纳尔逊则声名消亡。

五

不仅阿加门农[⑤]是个英雄，
在此前后也有数不清的豪杰，
勇敢相当，而又各具擅长；
只不过未在诗中宣扬，
就被世人遗忘。——我不想讥讽，
但实话实说，在当代我无法找到
能写入我诗篇的主角(就是这新诗)，
所以我就选中了唐璜。

---

① 巴那夫：法国大革命中的政治人物。
② 摩罗：法国大革命时的法军将领。
③ 纳尔逊：英国海军将领，在特拉法尔加海战中大败拿破仑的海军。
④ 邓肯：18世纪末的英国海军将领。
⑤ 阿加门农：古希腊出征特洛伊的联军统帅，荷马史诗中的英雄。

六

在故事中央开始讲述，这是史诗的惯用伎俩，
　(这种方式由荷拉斯①开创)
然后再倒叙主人公——
　诗人随心所欲地安排情节——
回顾的经历；当然那是坐在
　他的情人对面，酒足饭饱；
要么在宫廷，要么是乐园或花苑，
在情人眼里，出洞也胜过旅馆。

(拜伦.唐璜[M].宋珂，译.南昌：百花洲文艺出版社，2014.略有改动。)

思考练习

1.简述主人公的形象。

2.简述作品主题与艺术特色。

第五节　《致云雀》与《西风颂》

作者简介

波西·彼希·雪莱(1792—1822)，英国浪漫派诗人，生于霍舍姆附近的乡绅家庭。1804 年入伊顿公学，1810 年入牛津大学，因婚姻被父亲逐出家门，两年后妻子却投河自尽，社会的责难和迫害变本加厉地向他袭来。1818 年，雪莱和继妻离开英国，到了意大利，后因覆舟遇难。

重要作品有《伊斯兰的起义》《解放了的普罗米修斯》《钦契》等。雪莱颂扬被压迫者，憧憬社会平等。他的诗歌激情澎湃，形象生动，语言清新。

作品导读

《致云雀》表达了诗人的愿望和抱负。云雀是理想化的诗人，它是欢乐的精灵，它的冲天飞翔和美妙歌声、它的无拘无束，都体现了诗人的特点。每节诗四短一长，像云雀在几声短促的鸣声之后再拖长一鸣。

《西风颂》同样具有象征意义，这不羁的精灵在送旧迎新，诗人预言人类美好的未来——“春天”为期不远了。全诗气势磅礴，回肠荡气，令人感奋。

---

① 荷拉斯：古罗马诗人。

作品赏析

致云雀

你好啊，欢乐的精灵！
你似乎从不是飞禽，
从天堂或天堂的邻近，
以酣畅淋漓的乐音，
不事雕琢的艺术，倾吐你的衷心。

向上，再向高处飞翔，
从地面你一跃而上，
像一片烈火的轻云
掠过蔚蓝的天心，
永远歌唱着飞翔，飞翔着歌唱。

地平线下的太阳，
放射出金色的电光，
晴空里霞蔚云蒸，
你沐浴着明光飞行，
似不具形体的喜悦刚开始迅疾的远征。

淡淡的紫色黎明
在你航程周围消融，
像昼空里的星星，
虽然不见形影，
却可以听得清你那欢乐的强音——

那犀利无比的乐音，
似银色星光的利箭，
它那强烈的明灯，
在晨曦中暗淡，
直到难以分辨，却能感觉到就在空间。
整个大地和大气，

响彻你婉转的歌喉，
仿佛在荒凉的黑夜，
你一片孤云背后，
明月射出光芒，清辉洋溢宇宙。

我们不知，你是什么，
什么和你最为相似？
从霓虹似的彩霞
也降不下这样美的雨，
能和当你出现时降下的乐曲甘霖相比。

像一位诗人，隐身
在思想的明辉之中，
吟诵着即兴的诗韵，
直到普天下的同情
都被未曾留意过的希望和忧虑唤醒；

像一位高贵的少女，
居住在深宫的楼台，
在寂寞难言的时刻，
排遣她为爱所苦的情怀，
甜美有如爱情的歌曲溢出闺阁之外；

像一只金色的萤火虫，
在凝露的深山幽谷，
不显露它的行踪，
把晶莹的流光传播，
在遮断我们视线的芳草鲜花丛中；

像一朵让自己的绿叶
荫蔽着的玫瑰，
遭受到热风的摧残，
直到它的芳菲

以过浓的香甜使鲁莽的飞贼沉醉；

晶莹闪烁的草地，
春霖洒落的声息，
雨后苏醒的花蕾，
称得上明朗、欢悦、
清新的一切，都不及你的音乐。

飞禽或是精灵，有什么
甜美的思绪在你心头？
我从没有听到过
爱情或是醇酒的颂歌
能够迸涌出这种神圣的极乐音流。

赞婚的合唱也罢，
凯旋的欢歌也罢，
和你的乐声相比，
不过是空洞的浮夸，
人们可以觉察，其中总有着贫乏。

什么样的物象或事件，
是你欢乐乐曲的源泉？
什么田野、波涛、山峦？
什么空中陆上的形态？
是你对同类的爱，还是对痛苦的绝缘？

有你明澈强烈的欢快，
倦怠永不会出现，
烦恼的阴影从来
近不得你的身边，
你爱，却从不知晓过分充满爱的悲哀。

是醒来或是睡去，

你对死的理解一定比
我们凡人梦想到的
更加深刻真切，否则
你的乐曲音流，怎能像液态的水晶涌泻？

我们瞻前顾后，为了
不存在的事物自扰，
我们最真挚的笑，
也交织着某种苦恼，
我们最美的音乐是最能倾诉哀思的曲调。

可是，即使我们能摈弃
憎恨、傲慢和恐惧，
即使我们生来不会
抛洒一滴眼泪，
我也不知，怎能接近于你的欢愉。

比一切欢乐的音律
更加甜蜜美妙，
比一切书中的宝库
更加丰盛富饶，
这就是鄙弃尘土的你啊，你的艺术技巧。

教给我一半，你的心
必定熟知的欢欣，
和谐、炽热的激情
就会流出我的双唇，
全世界就会像此刻的我——侧耳倾听。

（雪莱.雪莱诗选[M].江枫，译.长沙：湖南人民出版社，1980.略有改动。）

西风颂

一

呵，狂野的西风，你把秋气猛吹，

不露脸便将落叶一扫而空，
犹如法师赶走了群鬼，

赶走那黄绿红黑紫的一群，
那些染上了瘟疫的魔怪——
呵，你让种子长翅腾空，

又落在冰冷的土壤里深埋，
像尸体躺在坟墓，但一朝
你那青色的东风妹妹回来，

为沉睡的大地吹响银号，
驱使羊群般的蓓蕾把大气猛喝，
就吹出遍野嫩色，处处香飘。

狂野的精灵！你吹遍了大地山河，
破坏者，保护者，听吧——听我的歌！

二

你激荡长空，乱云飞坠
如落叶；你摇撼天和海，
不许它们像老树缠在一堆；

你把雨和电赶了下来，
只见蓝空上你骋驰之处
忽有万丈金发披开，

像是酒神的女祭司勃然大怒，
愣把她的长发遮住了半个天，
将暴风雨的来临宣布。

你唱着挽歌送别残年，
今夜这天空宛如圆形的大墓，

罩住了混浊的云雾一片，

却挡不住电火和冰雹的突破，
更有黑雨倾盆而下！呵，听我的歌！

三

你惊扰了地中海的夏日梦，
它在清澈的碧水里静躺，
听着波浪的催眠曲，睡意正浓，

朦胧里它看见南国港外石岛旁，
烈日下古老的宫殿和楼台
把影子投在海水里晃荡，

它们的墙上长满花朵和藓苔，
那香气光想想也叫人醉倒！
你的来临叫大西洋也惊骇，

它忙把海水劈成两半，为你开道，
海底下有琼枝玉树安卧，
尽管深潜万丈，一听你的怒号

就闻声而变色，只见一个个
战栗，畏缩——呵，听我的歌！

四

如果我能是一片落叶随你飘腾，
如果我能是一朵流云伴你飞行，
或是一个浪头在你的威力下翻滚，

如果我能有你的锐势和冲劲，
即使比不上你那不羁的奔放，
但只要能拾回我当年的童心，

我就能陪着你遨游天上，
那时候追上你未必是梦呓，
又何至沦落到这等颓丧，

祈求你来救我之急！
呵，卷走我吧，像卷落叶，波浪，流云！
我跌在人生的刺树上，我血流遍体！

岁月沉重如铁链，压着的灵魂
原本同你一样，高傲，飘逸，不驯。

五

让我做你的竖琴吧，就同森林一般，
纵然我们都叶落纷纷，又有何妨！
我们身上的秋色斑斓，

好给你那狂飙曲添上深沉的回响，
甜美而带苍凉。给我你迅猛的劲头！
豪迈的精灵，化成我吧，借你的锋芒，

把我的腐朽思想扫出宇宙，
扫走了枯叶好把新生来激发；
凭着我这诗韵做符咒，

犹如从未灭的炉头吹出火花，
把我的话散布在人群之中！
对那沉睡的大地，拿我的嘴当喇叭。

吹响一个预言！呵，西风，
如果冬天已到，难道春天还用久等？

（雪莱.英国诗选[M].王佐良，译.上海：上海译文出版社，2011.略有改动。）

思考练习

1.简述《致云雀》的主题思想和艺术特色。

2.简述《西风颂》的象征内涵。

第六节　《秋颂》

作者简介

约翰·济慈(1795—1821),英国浪漫派诗人。他15岁成为孤儿,只好给医生当学徒。1820年肺病恶化,到意大利疗养,之后在罗马去世。他擅长写抒情诗,对大自然有独特感受。

作品导读

《秋颂》采用拟人化手法,把金秋催熟果实和庄稼的景象,写得形象、喜人,呈现出一派生机。诗人对色彩、声音和香味十分敏感。

作品赏析

秋颂

一

雾气洋溢、果实圆熟的秋,
你和成熟的太阳成为友伴;
你们密谋用累累的珠球缀满茅屋檐下的葡萄藤蔓;
使屋前的老树背负着苹果,
让熟味透进果实的心中,
使葫芦胀大,鼓起了榛子壳,
好塞进甜核;又为了蜜蜂
一次一次开放过迟的花朵,
使它们以为日子将永远暖和,
因为夏季早填满它们的黏巢。

二

谁不经常看见你伴着谷仓?
在田野里也可以把你找到,

你有时随意坐在打麦场上，
让发丝随着簸谷的风轻飘；
有时候，为罂粟花香所沉迷，
你倒卧在收割一半的田垄，
让镰刀歇在下一畦的花旁；
或者，像拾穗人越过小溪，
你昂首背着谷袋，投下倒影，
或者就在榨果架下坐几点钟，
你耐心瞧着徐徐滴下的酒浆。

三

呵，春日的歌哪里去了？但不要
想这些吧，你也有你的音乐——
当波状的云把将逝的一天映照，
以胭红抹上残梗散碎的田野，
这时呵，河柳下的一群小飞虫
就同奏哀音，它们忽而飞高，
忽而下落，随着微风的起灭；
篱下的蟋蟀在歌唱；在园中
红胸的知更鸟就群起呼哨；
而群羊在山圈里高声咩叫；
丛飞的燕子在天空呢喃不歇。

（济慈.穆旦译文集[M].穆旦，译.北京：人民文学出版社，2005.略有改动。）

思考练习

1.简述《秋颂》所表达的思想感情。

2.简述《秋颂》的艺术特色。

3.简析这首诗歌的主旨。

第七节 《双城记》(节选)

作者简介

查尔斯·狄更斯(1812—1870)，全名查尔斯·约翰·赫法姆·狄更斯，是19世纪英国最伟大的现实主义作家。他出生在朴次茅斯一个海军小职员家庭。少年时因家庭生活窘迫，只能断断续续入校求学，后被迫到工场做童工。15 岁以后，他当过律师事务所学徒、录事和法庭记录员，20 岁开始当报馆采访员。

1837 年他完成了第一部长篇小说《匹克威克外传》，这是他的第一部现实主义小说。后来他的创作日渐成熟，先后出版了《雾都孤儿》《老古玩店》《董贝父子》《大卫·科波菲尔》《艰难时世》《双城记》《远大前程》等。1870 年 6 月 9 日卒于罗切斯特附近的盖茨山庄。

狄更斯注重描写生活在英国社会底层的“小人物”的生活遭遇，深刻地反映了当时英国复杂的社会现实，为英国批判现实主义文学的开拓和发展作出了卓越的贡献。他的作品在英国文学发展史上具有深远的影响。

作品导读

《双城记》是一部以法国大革命为背景的长篇历史小说。故事将巴黎、伦敦两个大城市联系起来，围绕着梅尼特医生一家和以德发日夫妇为首的圣安东尼区展开。小说里描写了贵族是如何残害百姓的。人民心中积压的对贵族的刻骨仇恨，导致了法国大革命。书名中的“双城”指的是巴黎与伦敦。

小说深刻地揭露了法国大革命前被深深激化的社会矛盾，强烈地抨击贵族阶级的荒淫残暴，并深切地同情苦难中的下层人民。作品尖锐地指出，人民群众的忍耐是有限度的，在贵族阶级的残暴统治下，人民群众迫于生计，必然奋起反抗。这种反抗是正义的。小说还描绘了起义人民攻击巴士底狱的壮观场景，表现了人民群众的伟大力量。作者站在人道主义的立场上，既反对残酷压迫人民的暴政，又反对革命人民过于极端的暴力。但《双城记》备受争议，因为在狄更斯笔下，失控阶段的革命演变成了巨大灾难。狄更斯批判革命人民的盲目屠杀，他们在憎恨贵族社会的残酷压迫的同时，自己也变成了一种畸形的社会阶层，除了仇恨和报复，一无所有。

狄更斯反对滥杀无辜，反对任何形式的暴力。他认识到革命思想的到来是不可避免的；但当革命来临，并带来许多可怕的情况和血腥场面时，他转而反对革命。狄更斯的态度从原先的支持革命转变为后来的否定革命，前后形成了巨大的反差，但有一个一致的标准：反对暴力和滥杀无辜，强调人文主义和爱。狄更斯主张非暴力社会改革，他反对在暴力中革命。他认为革命暴力不能解决根本问题，只有凭借理性与宽容、善良和爱才能建立一个和平与和谐的社会。

作品赏析

双城记（节选）

那是最美好的时代，那是最糟糕的时代；那是智慧的年头，那是愚昧的年头；那是信仰的时期，那是怀疑的时期；那是光明的季节，那是黑暗的季节；那是希望的春天，那是失望的冬天；我们全都在直奔天堂，我们全都在直奔相反的方向——简而言之，那时跟现在非常相像，某些最喧嚣的权威坚持要用形容词的最高级来形容它。说它好，是最高级的；说它不好，也是最高级的。

英格兰宝座上有一个大下巴的国王和一个面貌平庸的王后；法兰西宝座上有一个大下巴的国王和一个面貌姣好的王后。对两国支配着国家全部财富的老爷来说，国家大局足以万岁千秋乃是比水晶还清楚的事。

那是耶稣纪元一千七百七十五年。灵魂启示在那个受到欢迎的时期跟现在一样在英格兰风行一时。骚斯柯特太太刚满了她幸福的二十五岁，王室卫队一个先知的士兵已宣布这位太太早已做好安排，要使伦敦城和西敏寺陆沉，从而为她崇高形象的出现开辟道路。即使雄鸡巷的幽灵在咄咄逼人地发出它的预言之后销声匿迹整整十二年，去年的精灵们咄咄逼人发出的预言仍跟她差不多，只是少了几分超自然的独创性而已。前不久英国国王和英国百姓才得到一些人世间的消息。那是从远在美洲的英国臣民的国会传来的。说来奇怪，这些信息对于人类的影响竟然比雄鸡巷魔鬼的子孙们的预言还要巨大。

法兰西的灵异事物大体不如她那以盾和三叉戟为标志的姐妹那么受宠。法兰西正在一个劲儿地往坡下滑，印制着钞票，使用着钞票。除此之外她也在教士们的指引下建立些仁慈的功勋，寻求点乐趣。比如判决一个青年斩去双手，用钳子拔掉舌头，然后活活烧死，因为他在一群和尚的肮脏仪仗队从五六十码之外他看得见的地方经过时，竟然没有跪倒在雨地里向它致敬。而在那人被处死时，生长在法兰西和挪威森林里的某些树木很可能已被“命运”这个樵夫看中，要砍倒它们，锯成木板，做成一种在历史上以恐怖著名的可以移动的架子，其中包含了一个口袋和一把铡刀。而在同一天，巴黎近郊板结的土地上某些农户的简陋的小破屋里也很可能有一些大车在那儿躲避风雨。那些车很粗糙，溅满了郊野的泥浆，猪群在它旁边嗅着，家禽在它上面栖息。这东西也极有可能已被“死亡”这个农民看中，要在革命时给它派上死囚囚车的用场。可是那“樵夫”和“农民”尽管忙个不停，却总是默不作声，蹑手蹑脚，不让人听见。因此若是有人猜想到他们已在行动，反倒会被看作是无神论和大逆不道。

英格兰几乎没有秩序和保障，难以为民族自夸提供佐证。武装歹徒胆大包天的破门抢劫和拦路翦径在京畿重地每天晚上出现。有公开的警告发表：各家各户，凡要离城外出，务须把家具什物存入家具店的仓库，以保安全。黑暗中的强盗却是大白天的城市商人。他若是被他以“老大”的身份抢劫的同行认了出来，遭到挑战，便潇洒地射穿对方的脑袋，然后扬长而去。七个强盗抢劫邮车，被押车卫士击毙了三个，卫士自己也不免“因为弹尽援绝”被那四个强盗杀死，然后邮件便被从从容容地弄走。伦敦市的市长大人，一个神气十足的大员，在特恩安森林被一个翦径的强徒喝住，只好乖乖地站住不动。那强盗竟当着众随员的面把那个显赫人物掳了个精光。伦敦监狱的囚犯跟监狱看守大打出手；法律的最高权威对着囚犯开枪，大口径短枪枪膛里填进了一排又一排的子弹和铁砂。小偷在法庭的客厅里扯下了贵族大人脖子上的钻石十字架。火枪手闯进圣一嘉尔斯教堂去检查私货，暴民们却对火枪手开枪。火枪手也对暴民还击。此类事件大家早已习以为常，见惯不惊。在这样的情况之下刽子手不免手忙脚乱。这种人无用胜于有用，却总是应接不暇。他们有时把各色各样的罪犯一大排一大排地挂起来。有时星期二抓住的强盗，星期六就绞死；有时就在新门监狱把囚犯成打成打地用火刑烧死；有时又在西敏寺大厅门前焚烧小册子。今天处决一个穷凶极恶的杀人犯，明天杀死一个只抢了农家孩子六便士的可怜的小偷。

诸如此类的现象，还加上一千桩类似的事件，就像这样在可爱的古老的一千七百七十五年相继发生，层出不穷。在这些事件包围之中，“樵夫”和“农民”仍然悄悄地干着活，而那两位大下巴和另外两张平常的和姣好的面孔却都威风凛凛，专横地运用着他们神授的君权。一千七百七十五年就是像这样表现出了它的伟大，也把成千上万的小人物带上了他们前面的路——我们这部历史中的几位也在其中。

（狄更斯.双城记[M].石永礼，等译.北京：人民文学出版社，1993.略有改动。）

思考练习

1.简述《双城记》的主题思想。

2.简述《双城记》的艺术特色。

第八节 《德伯家的苔丝》（节选）

作者简介

托马斯·哈代（1840—1928）出生于英国西南部多塞特郡，诗人、小说家。哈代一生共发表了14部长篇小说、4部短篇小说、8部诗集、1部史诗剧。代表作有《德伯家的苔丝》《无名的裘德》《还乡》《卡斯特桥市长》等。《无名的裘德》中讲述的作为男女主角的表兄妹的婚恋，导致哈代受到舆论攻击，自此哈代不再写小说。他晚年的主要作品有3卷诗剧《列王》。

哈代是横跨两个世纪的作家，早期和中期的创作以小说为主，继承和发扬了维多利亚时代的文学传统；晚年凭借诗歌拓展了英国20世纪文学的范畴。此外，还有许多以"威塞克斯故事"为总名的中短篇小说。

1910年，哈代获得英国文学成就奖。

作品导读

小说中的女主人公苔丝生于一个贫苦小贩家庭，父母要她到一个富老太婆家去攀亲戚，结果她被少爷亚雷·德伯诱奸，后来她与牧师的儿子安玑·克莱恋爱并订婚，在新婚之夜她把昔日的不幸向丈夫坦白，却没能得到原谅，之后两人分居，安玑·克莱去了巴西。几年后，苔丝再次与亚雷·德伯相遇，后者纠缠她，这时候她因家境窘迫不得不与仇人同居，不久安玑·克莱从国外回来，向苔丝表示悔恨。在这种情况下，苔丝痛苦地觉得是亚雷·德伯毁了她一生的幸福，愤而杀死了这个花花公子。最后她被捕并被处以绞刑。

哈代在小说的副标题中称女主人公为"一个纯洁的女人"，公开地向维多利亚时代虚伪的社会道德提出挑战。

哈代在书中描绘了新兴的工业和都市文明给古老的农村带来的冲击，揭露了禁锢民众思想、强调贞洁、压制妇女社会地位的虚伪道德。苔丝的悲剧命运反映了当时的时代背景：其一，经济衰落；其二，法律制度不公正；其三，宗教伪善；其四，资产阶级只有虚伪的道德。苔丝的悲剧是当时社会的产物，因此苔丝的悲剧也是社会的悲剧。

在下文所选部分中，克莱提议在他们的新婚之夜互相讲述彼此的过失，苔丝坦白了自己曾失身于亚雷的往事。这段对话非常精彩，具有浓厚的悲剧色彩，勾勒出了人物不同的性格特征，克莱的爱是狭隘而自私的，苔丝则爱得真实、爱得彻底。

作品赏析

德伯家的苔丝（节选）

苔丝的叙述完结了，连反复的申明和详细的解释，也都做完了。她的声调，自始至终，都差不多跟她刚一开口那时候一样的高低；她没说为自己开脱罪名的话，也没掉眼泪。

但是身外各种东西，在听她表明身世的过程中，连在外貌上，都好像经历了一番变化。壁炉里的残火，张牙怒目，鬼头鬼脑，仿佛表示对于苔丝的窘迫，丝毫都不关心。炉栏懒洋洋地把嘴咧着，也仿佛表示满不在乎。盛水的瓶子放出亮光来，好像只是在那儿一心一意研究颜色问题。身外一切东西，全都令人害怕地反复申明，自脱干系。然而无论哪样东西，实际上却和克莱吻苔丝那时候，并没有任何改变；或者不如说，无论哪样东西，本质上都没有任何改变，但是神情上却前后大不相同了。

她把故事说完了以后，他们从前耳边絮语的余韵，就好像一齐挤到他们脑子里面的角落里，在那儿反复重念，仿佛提示，他们从前的行动，全是盲目而愚昧的。

克莱做了一种不合时宜的举动：他拨弄起炉子里面的火来。他对于这段新闻，还没完全领会到它的意义呢。他拨完了火，站了起来；那时候，她这一番话的力量才完全发作；他脸上憔悴苍老了。他努力要把心思集中，就在地上一阵一阵地乱踩。他用尽了方法，都不能把杂念驱逐，所以才做出这种茫无目的的举动。他开口的时候，他的声音，是她所听见过他那富于变化的种种音调里最平常、最不恰当的那一种。

"苔丝！"

"啊，最亲爱的。"

"难道我当真得相信你这些话吗？看你的态度，我得相信你这些话是真的。唉！你不像是疯了的样子！你说的话应该是一派疯话才对呀！但是你又没疯……我的太太，我的苔丝……你没有什么可以证明你疯了吗？"

"我并没丧失神智。"她说。

"可是——"他恍恍惚惚地看着她，又头晕眼花地说，"你为什么不早告诉我哪？哦，不错，我想起来啦，你本来想要告诉我来着——可是我那时候没让你说！"

克莱说这些话和别的话，只是表面上虚应故事罢了，他心里还是照旧像瘫痪了一般。他转身走去，俯在一把椅子背儿上。苔丝跟着他走到屋子中间他所在的地方，站在那儿，拿两只没有眼泪的眼睛瞅着他。跟着她就在他脚旁跪下，跪下以后，又趴在地上，缩成一团。

"你看着咱们俩爱的份儿上，饶恕了我吧！"她口干唇焦地低声说，"我已经饶恕了你了！"

他没回答，她又说——

"你也像我饶恕你那样，饶恕了我吧！我饶恕你了，安玑。"

"你吗，不错，你饶恕了我了。"

"但是你可不能饶恕我，是不是？"

"唉，苔丝，这不是什么饶恕不饶恕的问题！你从前是一个人，现在又是另一个人了。哎呀，老天爷——饶恕两个字，怎么能应用到这样一桩离奇古怪、障目隐形的魔法幻术上哪！”

他说到这儿，就住了口，琢磨这几个字眼儿，于是忽然又狞笑起来，笑得迥异自然，阴森可怕，赛过地狱里的笑声。

（哈代.德伯家的苔丝[M].张谷若，译.北京：人民文学出版社，1984.略有删改。）

思考练习

1.简述作品的艺术特色。

2.简述作品的主题意蕴。

第九节 《悲惨世界》（节选）

作者简介

维克多·雨果（1802—1885），19世纪法国浪漫主义文学的代表作家，法国文学史上卓越的资产阶级民主作家，被人们称为“法兰西的莎士比亚”。

雨果的创作历程超过60年，其作品包括26卷诗歌、20卷小说、12卷剧本、21卷哲理论著，合计79卷。其代表作有长篇小说《巴黎圣母院》《九三年》《悲惨世界》，短篇小说《“诺曼底”号遇难记》等。

作品导读

《悲惨世界》的内容覆盖了拿破仑战争和之后十几年的时间。故事以主人公土伦苦刑犯冉·阿让的个人经历为主线，融进了法国的历史、革命、战争、道德哲学、法律、正义、宗教信仰等内容。

作品以冉·阿让出狱后的种种经历贯穿全书，深刻反映了时代的问题。雨果在作品中融入了从拿破仑在滑铁卢失败到人民因反对“七月王朝”起义这一阶段的情况，反映了当时的社会生活和政治状况。作品不但描述了获释犯人冉·阿让和流浪妇女芳汀的不幸生活以及芳汀的私生女珂赛特的悲惨遭遇，而且揭示了当时社会中勤劳善良的劳动人民遭受歧视和压迫的不公平命运。雨果还在作品中揭露了当时残酷不公的法典和秩序，猛烈抨击了那种人们饿死可以而偷面包却要坐牢的社会制度，谴责了那些安于现状和铁石心肠的市民在面对处于困境中的他人时那种袖手旁观的冷漠态度。

作品赏析

悲惨世界（节选）

八 维克杜尼昂夫人为世道人心花了三十五法郎

芳汀看到自己能够生活，也就有了暂时的快乐。能够老老实实地自食其力，那真是天幸！她确实又有了爱好劳动的心情。她买了一面镜子，欣赏自己的青春、美丽的头发和美丽的牙齿，忘了许多事情，只惦念她的珂赛特和可能有的前途，她几乎成了快乐的人了。她租了一间小屋子，又以将来的工资作担保，买了些家具，这是她那种轻浮习气的残余。

她不能对人说她结过婚，因此她避免谈到她的小女儿，这是我们已经约略提到过的。

起初，我们已经看见，她总按时付款给德纳第家。因为她只知道签名，就不得不找一个代写书信的人写信给他们。

她时常寄信。这就引起旁人的注意。在女车间里，大家开始叽叽喳喳谈论起来了，说芳汀"天天寄信"，说她有一些"怪举动"。

天地间的怪事莫过于侦察别人的一些和自己绝不相干的事了。"为什么那位先生老去找那个棕发姑娘呢？""为什么某先生到了星期四总不把他的钥匙挂在钉子上呢？""他为什么总走小街呢？""为什么那位太太总在到家以前就下马车呢？""她的信笺匣盛满了信笺，为什么还要派人去买一扎呢？"诸如此类的话。世间有许多人为了揭开谜底，尽管和他们绝不相干，却肯花费比做十桩善事还要多的金钱、时光和心血。并且，做那种事，不取报酬，只图一时快意，为好奇而好奇。他们可以从早到晚，一连几天地尾随这个男人或那个女人，在街角上、胡同里的门洞下面，在黑夜里冒着寒气冒着雨，窥伺几个钟头，买通眼线，灌醉马车夫和仆役，收买女仆，串通看门人。究竟是为了什么？毫无目的，纯粹是因为一种要看见、要知道、要洞悉隐情的欲望，纯粹是由于要卖弄一下自己那颗消息灵通的心。一旦隐情识破、秘密公开、疑团揭穿，跟着就发生许多祸害、决斗、破产、倾家、生路断绝的事情，其实这些事对他们来说毫无利害关系，纯粹出自本能，他们只为"发觉了一切"而感到极大的快乐。这是多么令人痛心的事。

某些人仅仅为了饶舌的需要便不惜刻薄待人。他们的会话，客厅里的促膝谈心，候见室里的飞短流长都好像是那种费柴的壁炉，需要许多燃料，那燃料，便是他们四邻的人。

大家对芳汀注意起来了。

此外，许多妇女还嫉妒她的金发和玉牙。

确实有人看见她在车间里和大家一道时常常转过头去揩眼泪。那正是她惦念她孩子的时刻，也许又同时想起了她爱过的那个人。

摆脱旧恨的萦绕确是一种痛苦的过程。

确实有人发现她每月至少要写两封信，并且老是一个地址，写了还要贴邮票，有人把那地址找来了："孟费郿客店主人德纳第先生"。那个替她写字的先生是一个不吐尽心中秘密便不能把红酒灌满肚子的老头儿，他们把他邀到酒店里来闲谈。简单地说，他们知道芳汀有个孩子。"她一定是那种女人了。"恰巧有个长舌妇到孟费郿去走了一趟，和德纳第夫妇谈了话，回来时她说："花了我三十五法郎，我心里畅快了。我看见了那孩子。"

做这件事的长舌妇是个叫维克杜尼昂夫人的母夜叉，她是所有人的贞操的守卫和司阍。维克杜尼昂夫人有五十六岁，不但老，而且丑，嗓子颤抖，心思诡戾。那老婆子却有过青春，这真是怪事。在她的妙龄时期，正当九三年，她嫁给一个从隐修院里逃出来的修士，这修士戴上红帽子，从圣伯尔纳的信徒一变而为雅各宾派。他给她受过不少折磨，她守寡以来，虽然想念亡夫，为人却是无情、粗野、泼辣、锋利、多刺而且几乎有毒。她是一棵受过僧衣挨蹭的荨麻。到复辟时代，她变得很虔诚，由于她信仰上帝的心非常热烈，神甫们也就不再追究她那修士而原谅了她。她有一份小小的财产，已经大吹大擂地捐给一个宗教团体了。她在阿拉斯主教教区里很受人尊敬。这位维克杜尼昂夫人到孟费郿去了一趟，回来时说："我看见了那孩子。"

这一切经过很费了些时日。芳汀在那厂里已经一年多了。一天早晨，车间女管理员交给她五十法郎，说是市长先生交来的，还向她说，她已不是那车间里的人了，并且奉市长先生之命，要她离开孟费。

恰巧这又是德纳第妈妈在要求她从六法郎加到十二法郎以后，又强迫她从十二法郎加到十五法郎的那个月。

芳汀窘极了。她不能离开那地方，她还欠了房租和家具费。五十法郎不够了清债务。她吞吞吐吐说了一些求情的话。那女管理员却叫她立刻离开车间。芳汀究竟还只是一个手艺平凡的工人。她受不了那种侮辱，失业还在其次，她只得离开车间，回到自己的住处。她的过失，到现在已是众所周知的了。

她觉得自己连说一个字的勇气都没有。有人劝她去见市长先生，她不敢。市长先生给了她五十法郎，是因为他为人厚道，撵她走是因为他正直。她在这项决定下屈服了。

九 维克杜尼昂夫人大功告成

看来那修士的未亡人是起了积极作用的。

可是马德兰先生完全不知道这件事的经过。这不过是充满人间的那种瞒上欺下的手法而已。按照马德兰先生的习惯，他几乎从来不去女车间。他委托一个老姑娘全面照顾车间，那老姑娘是由本堂神甫介绍给他的，他对那女管理员完全信任，她为人也确实可敬，稳重、公平、廉洁、满腔慈悲，但是她的慈悲只限于施舍方面，至于了解人和容忍人的慈悲就比较差了。马德兰先生把一切事都委托给她。世间最善良的人也常有不得不把自己的权力托付给别人的时候。那女管理员便用了那种全权委托和她自以为是的见解，提出了那件案子，加以判断，作出决定，定了芳汀的罪。

至于那五十法郎，是她从马德兰先生托她在救助工人时不必报销的一笔款子里挪用的。

芳汀便在那地方挨家挨户找人雇她当仆人。没有人要她。她也不能离开那座城。向她收家具（什么家具！）费的那个旧货贩子向她说："假使您走，我就叫人把您当作贼逮捕。"向她要房租的房主人向她说："您又年轻又好看。您总应当有法子付钱。"她把那五十法郎分给房主人和旧货贩子，把家具的四分之三退还给那商人，只留下非要不可的一部分，无工作，无地位，除卧榻之外一无所有，还欠着一百法郎左右的债。

她去替兵营里的士兵们缝粗布衬衫，每天可以赚十二个苏。她在这十二个苏中，得替她女儿花十个。从那时起，她才没有按时如数付钱给德纳第夫妇。

这时，有个老妇人，那个平时在芳汀夜晚回家时替她点上蜡烛的老妇人，把过苦日子的艺术教给她，在贫苦的生活后面，还有一种一无所有的生活。那好像是两间屋子，第一间是暗的，第二间是黑的。

芳汀学会了怎样在冬天完全不烤火，怎样不理睬一只每两天来吃一文钱粟米的小鸟，怎样拿裙子做被、拿被做裙，怎样在从对面窗子射来的光线里吃饭，以图节省蜡烛。我们不能一一知道某些终身潦倒的弱者，一贫如洗而又诚实自爱，怎样从一个苏里想办法。久而久之，那种方法便成为一种技能。芳汀得了那种高妙的技能，胆子便也壮了一点。

当时，她对一个邻妇说："怕什么！我常对自己说，只睡五个钟头，其余的时间我全拿来做缝纫，我总可以马马虎虎吃一口饭。而且人在发愁时吃得也少些。再说，有痛苦，有忧愁，一方面有点面包，一方面有些烦恼，这一切已足够养活我了。"

如果能在这样的苦况里得到她的小女儿，那自然是一种莫大的幸福。她想把她弄来。但是怎么办！害她同吃苦吗？况且她还欠了德纳第夫妇的钱！怎么还清呢？还有旅费！怎么付呢？

把这种可以称为安贫方法的课程教给她的那个老妇人是一个叫作玛格丽特的圣女，她矢志为善，贫而待贫人以善，甚至待富人也一样，在写字方面，她勉强能签“玛格丽特”，并且信仰上帝，她的知识，也就只有信仰上帝。

世间有许多那样的善人，他们一时居人之下，有一天他们将居人之上。这种人是有前程的。

起初，芳汀惭愧到不敢出门。

当她走在街上时，她猜想得到，别人一定在她背后用手指指着她；大家都瞧着她，却没有一个人招呼她；路上那些人的那种冷酷的侮蔑态度，像一阵寒风似的，直刺入她的灵和肉。

在小城里，一个不幸的妇人，处在众人的嘲笑和好奇下，就仿佛是赤裸裸无遮蔽似的。在巴黎，至少，没有人认识你，彼此不相识，倒好像有了件蔽体的衣服。唉！她多么想去巴黎！不可能了。

她已经受惯贫苦的滋味，她还得受惯遭人轻视的滋味。她渐渐打定了主意。两三个月过后，她克服了羞耻心理，若无其事地出门上街了。“这和我一点不相干。”她说。她昂着头，带点苦笑，在街上往来，她感到自己已变成不懂羞耻的人了。

维克杜尼昂夫人有时看见她从她窗子下面走过，看出了“那家伙”的苦难，又想到幸而有她，“那家伙”才回到“她应有的地位”，她心里一阵高兴。黑心人自有黑幸福。

过度的操劳使芳汀疲乏了，她原有的那种干咳病开始恶化。她有时对她的邻居玛格丽特说：“您摸摸看，我的手多么热。”

但在早晨，每当她拿着一把断了的旧梳子去梳她那一头光泽照人，细软如丝的头发的那片刻，她还能得到一种顾影自怜的快感。

十 大功告成的后果

她是在冬季将完时被撵走的。夏季过了，冬季又来。日子短，工作也少些。冬季完全没有热，完全没有光，完全没有中午，紧接着早晨的是夜晚、迷雾、黄昏，窗棂冥黯，什物不辨。天好像是暗室中的透光眼，整日如坐地窖中。太阳也好像是个穷人。愁惨的季节！冬季把天上的水和人的心都变成了冰。她的债主们紧紧催逼她。

芳汀所赚的钱太少了。她的债越背越重。德纳第夫妇没有按时收着钱，便时常写信给她，信的内容使她悲哀，信的要求使她破产。有一天，他们写了一封信给她，说她的小珂赛特在那样冷的天气，还没有一点衣服，她需要一条羊毛裙，母亲应当寄去十个法郎，才能买到。她收到那封信，捏在手里搓了一整天。到了晚上，她走到街角上的一个理发店，取下她的梳子。她那一头令人叹赏的金丝发一直垂到她的腰际。

“好漂亮的头发！”那理发师喊着说。

“您肯出多少钱呢？”她说。

“十法郎。”

“剪吧。”

她买一条绒线编织的裙，寄给了德纳第。

那条裙子把德纳第夫妇弄到怒气冲天。他们要的原是钱。他们便把裙子给爱潘妮穿。可怜的百灵鸟仍旧临风战栗。

芳汀想：“我的孩子不会再冷了，我已拿我的头发做她的衣裳。”她自己戴一顶小扁帽，遮住她的光头，她仍旧是美丽的。

芳汀的心里起了一种黯淡的心思。当她看见自己已不能再梳头时，她开始怨恨她四周的一切。她素来是和旁人一样，尊敬马德兰伯伯的，但是，屡次想到撵她走的是他，使她受尽痛苦的也是他，她便连他也恨起来了，并且特别恨他。当工人们立在工厂门口，她从那儿经过时，便故意嬉皮笑脸地唱起来。

有个年老的女工，一次，看见她那样边唱边笑，说道：“这姑娘不会有好结果的。”

她姘识了一个汉子，一个不相干、她不爱的人，那完全是出自心中的愤懑和存心要胡作非为。那人是一个穷汉，一个流浪音乐师，一个好吃懒做的无赖，他打她，春宵既度，便起了厌恶的心，把她丢了。

她一心钟爱她的孩子。

她越堕落，她四周的一切便越黑暗，那甜美的安琪儿在她心灵深处也就越显得可爱。她常说：“等我发了财，我就可以有我的珂赛特在我身边了。”接着又一阵笑。咳嗽病没有离开她，并且她还盗汗。

她接到德纳第夫妇写来的一封信，信里说：“珂赛特害了一种地方病，叫作猩红热。非有价贵的药不行。这场病把我们的钱都花光了，我们再没有能力付药费了。假使您不在这八天内寄四十法郎来，孩子可完了。”

她放声大笑，向着她的老邻妇说：

“哈！他们真是好人！四十法郎！只要四十法郎！就是两个拿破仑！他们要我到什么地方去找呢？这些乡下人多么蠢！”

但当她走到楼梯上时又拿出那封信，凑近天窗，又念了一遍。

随后，她从楼梯上走下来，向大门外跑，一面跑，一面跳，笑个不停。

有个人碰见她，问她说：

“您有什么事快乐到这种样子？”

她回答说：

“两个乡下佬刚写了一封信给我，和我开玩笑，他们问我要四十法郎。这些乡下佬真行！”

她走过广场，看见许多人围着一辆怪车，车顶上立着一个穿红衣服的人，张牙舞爪，正对着观众们演说。那人是一个兜卖整套牙齿、牙膏、牙粉和药酒的走江湖的牙科医生。

芳汀钻到那堆人里去听演讲，也跟着其余的人笑，他说的话里有江湖话，是说给那些流氓听的，也有俗话，是说给正经人听的。那拔牙的走方郎中见了这个美丽的姑娘张着嘴笑，突然叫起来：

“喂，那位笑嘻嘻的姑娘，您的牙齿真漂亮呀！假使您肯把您的瓷牌卖给我，我每一个出价一个金拿破仑。”

“我的瓷牌？瓷牌是什么？”芳汀问。

“瓷牌，”那位牙科医生回答说，“就是门牙，上排的两个门牙。”

“好吓人！”芳汀大声说。

“两个拿破仑！”旁边的一个没有牙齿的老婆子瘪着嘴说，“这娘子多大的福气呀！”

芳汀逃走了，扪着自己的耳朵，免得听见那个人的哑嗓子。但是那人仍喊道：“您想想吧，美人！两个拿破仑大有用处呢。假使您愿意，今天晚上，你到银甲板客栈里来，您可以在那里找着我。”

芳汀回到家里，怒不可遏，把经过说给她那好邻居玛格丽特听：“您懂得这种道理吗？那不是个糟糕透顶的人吗？怎么可以让那种人四处走呢？拔掉我的两个门牙！我将变成什么怪样子！头发可以生出来，但是牙齿，呀，那个人妖！我宁肯从六层楼上倒栽葱跳下去！他告诉我说今天晚上，他在银甲板客栈。”

“他出什么价？”玛格丽特问。

“两个拿破仑。”

“就是四十法郎呵。”

“是呀，”芳汀说，“就是四十法郎。”

她出了一会神，跑去工作去了。一刻钟过后，她丢下她的工作，跑到楼梯上又去读德纳第夫妇的那封信。

她转来，向那在她身旁工作的玛格丽特说：

“猩红热是什么东西？您知道吗？”

“我知道，”那个老姑娘回答说，“那是一种病。”

“难道那种病需要很多药吗？”

“呵！需要许多古怪的药。”

“怎么会害那种病的？”

“就这样害的，那种病。”

“孩子也会害那种病吗？”

“孩子最容易害。”

“害了这种病会死吗？”

“很容易。”玛格丽特说。

芳汀走出去，又回到楼梯上，把那封信重念了一遍。

到晚上，她下楼，有人看见她朝着巴黎街走去，那正是有许多客栈的地方。

早晨，天还没亮，玛格丽特走进芳汀的房间（她们每天都这样一同工作，两个人共点一支烛），她看见芳汀坐在床上，面色惨白，冻僵了似的。她还没有睡。她的小圆帽落在膝头上。那支烛点了一整夜，几乎点完了。

玛格丽特停在门边。她见了那种乱七八糟的样子，大惊失色，喊道：

“救主！这支烛点完了！一定出了大事情！”

随后她看见芳汀把她的光头转过来向着她。

芳汀一夜工夫老了十岁。

“耶稣！”玛格丽特说，“您出了什么事，芳汀？”

“没有什么，”芳汀回答说，“这样正好。我的孩子不会死了，那种病，吓坏我了，现在她有救了。我也放了心。”

她一面说，一面指着桌子，把那两个发亮的拿破仑指给那老姑娘看。

“呀，耶稣上帝！”玛格丽特说，“这是一笔横财呵！您从什么地方找到这些金路易的？”

“我弄到手了。”芳汀回答。

同时她微笑着。那支烛正照着她的面孔。那是一种血迹模糊的笑容。一条红口涎挂在她的嘴角上，嘴里一个黑窟窿。

那两颗牙被拔掉了。

她把那四十法郎寄到孟费郿去了。

那却是德纳第夫妇谋财的骗局,珂赛特并没有害病。

芳汀把她的镜子丢到窗子外面。她早已放弃了二楼上的那间小屋子,搬到房顶下的一间用铁片闩着的破楼里去了;有许多房顶下的屋子,顶和地板相交成斜角,并且时时会撞你的头,她的房间便是那样的一间。贫苦人要走到他屋子的尽头,正如他要走到生命的尽头,都非逐渐弯腰不可。她没有床了,只留下一块破布,那便是她的被,地上一条草荐,一把破麦秸椅。她从前养的那棵小玫瑰花,已在屋角里枯萎了,没有人再想到它。在另一屋角里,有个用来盛水的奶油钵,冬天水结了冰,层层冰圈标志着高低的水面,放在那里已经很久了。她早已不怕人耻笑,现在连修饰的心思也没有了。最后的表现,是她常戴着肮脏的小帽上街。也许是没有时间,也许是不经意,她不再缝补她的衣衫了。袜跟破了便拉到鞋子里去,越破便越拉。这可以从那些垂直的皱纹上看出来。她用许多一触即裂的零碎竹布拼在她那件破旧的汗衫上。她的债主们和她吵闹不休,使她没有片刻的休息。她在街上时常碰见他们,在她的楼梯上又会时常碰见他们。她常常整夜哭,整夜地想,她的眼睛亮得出奇。并且觉得在左肩胛骨上方的肩膀时常作痛。她时时咳嗽。她恨透了马德兰伯伯,但是不出怨言。

她每天缝十七个钟头,但是一个以贱值包揽女囚工作的包工,忽然压低了工资,于是工作不固定女工的每日工资也减到了九个苏。十七个钟头的工作每天九个苏!她的债主们的狠心更是变本加厉。那个几乎把全部家具拿走了的旧货商人不停地向她说:“几时付我钱,贱货?”人家究竟要她怎么样,慈悲的上帝?她觉得自己已无路可走,于是在她心里便起了一种困兽的心情。正当这时,德纳第又有信给她,说他等了许久,已是仁至义尽了,他立刻要一百法郎,否则他就把那小珂赛特撵出去,她大病以后,刚刚复原,他们管不了天有多冷,路有多远,也只好让她去,假使她愿意,死在路边就是了。“一百法郎!”芳汀想道,“但是哪里有每天赚五个法郎的机会呢?”

“管他妈的!”她说,“全卖了吧。”

那苦命人做了公娼。

十一 基督救我们

芳汀的故事说明什么呢?说明社会收买了一个奴隶。

向谁收买?向贫苦收买。

向饥寒、孤独、遗弃、贫困收买。令人痛心的买卖。一个人的灵魂交换一块面包。贫苦卖出,社会买进。

耶稣基督的神圣法则统治着我们的文明,但是没有渗透到文明里去。一般人认为在欧洲的文明里已没有奴隶制度。这是一种误解。奴隶制度始终存在,不过只压迫妇女罢了,那便是娼妓制度。

它压迫妇女,就是说压迫柔情,压迫弱质,压迫美貌,压迫母性。这在男子方面绝不是什么微不足道的耻辱。

当这惨剧发展到了现阶段,芳汀已完全不是从前那个人了。她在变成污泥的同时,变成了木石。接触到她的人都感觉得到一股冷气。她以身事人,任你摆布,不问你是什么人,她满脸屈辱和怨愤。生活和社会秩序对她已经下了结论。她已经受到她要受到的一切。她已经感受了一切,容忍了一切,体会了一切,放弃了一切,失去了一切,痛哭过一切。她忍让,她那种忍让之类似冷漠,正如死亡之类似睡眠。她不再逃避什么,也不再怕什么。即使满天的雨水都落在她头上,整个海洋都倾泻在她身上,对她也没有什么关系!她已是一块浸满了水的海绵。

至少她是那么想的,但是如果自以为已经受尽命中的折磨,自以为已经走到什么东西的尽头,那可就想错了。

唉!那种凌乱杂沓、横遭蹂躏的生灵算什么呢?他们的归宿在哪里?为什么会那样?

能够回答这些问题的,他就会看透人间的黑暗。

他是唯一的。他叫作上帝

(雨果.雨果文集[M].孙利虹,译.西宁:青海人民出版社,1999.略有改动。)

思考练习

1.简述《悲惨世界》的主题思想和艺术特色。

2.简述作品的框架结构。

第十节　《红与黑》(节选)

作者简介

司汤达(1783—1842),19世纪法国批判现实主义文学的奠基者,原名马利-亨利·贝尔,“司汤达”(又译斯丹达尔)是他的笔名,代表著作有《阿尔芒斯》《红与黑》《帕尔马修道院》等。

1783年1月23日,司汤达生于法国格勒诺布尔一个有产者家庭,少年时代在法国资产阶级革命的氛围中长大,崇敬拿破仑,并多次随拿破仑的大军征战欧洲。1814年波旁王朝复辟后侨居米兰,同意大利爱国主义者有来往,后被驱逐出境,回到巴黎。

他的作品大部分在1831年后写成。1842年3月23日于巴黎逝世。

作品导读

《红与黑》的主人公于连是小业主的儿子，凭着聪明才智，在当地市长家当家庭教师，但却与市长夫人勾搭成奸，事情败露后逃离市长家，进了神学院。经神学院院长举荐，到巴黎给极端保王党中坚人物拉莫尔侯爵当私人秘书，很快得到侯爵的赏识和重用。与此同时，于连又与侯爵的女儿有了私情。最后在教会的策划下，市长夫人被逼写了一封告密信揭发他，使他的飞黄腾达毁于一旦。他在气愤之下，开枪击伤市长夫人，被判处死刑，上了断头台。

小说描写了于连个人奋斗的悲剧，这在波旁王朝复辟时期是极为常见的社会现象。波旁王朝复辟后，许多小资产阶级青年失去了拿破仑时代靠个人天赋加官晋爵的机会。他们去等级森严的巴黎努力奋斗，但只有少数人成功，大多数人都失败了。这就是波旁王朝复辟后整整一代小资产阶级平民的现实遭遇，于连的人生正是这样一出富有时代特征的悲剧。

《红与黑》打破了学院古典主义因循守旧，向中世纪和古希腊、古罗马取材的传统，把社会现实生活引入小说，为19世纪现实主义小说开了先河。

作品赏析

红与黑（节选）

他正要给富凯写信，取消原来的决定，十一点的钟声响了。他转动房门的钥匙，弄得哗啦哗啦响，像是已把自己锁在了屋里。他蹑手蹑脚地去观察整座房子，尤其是仆人们住的五楼。没有任何异常。德-拉莫尔夫人的一个女仆在举行晚会，男仆们在兴高采烈地喝潘趣酒。“笑成这样的那些人，”于连想，“大概不参加夜里的行动，他们应该更严肃才是。”

最后，他到花园的一个黑乎乎的角落里站定。“如果他们的计划是瞒着家里的仆人，他们会让负责抓我的人从花园的墙上爬过来。

“如果德-克鲁瓦泽努瓦先生在这件事中稍许冷静些，他应该在我进入她的房间之前就让人把我抓起来，让他想娶的人的名誉少受些损害。”

他作了一番军事侦察，而且非常精确。“事关我的名誉，”他想，“如果我干出什么蠢事，我自己都认为没有理由对自己说‘我没有想到’。”

天气晴朗，没什么主意好打。十一点左右，月亮升起来了，十二点半的时候，已经把府邸朝花园的那面墙照得通亮。

“她真是疯了。”于连心想。一点的钟声响了，诺贝尔伯爵的窗子还有灯光。于连一辈子还没有这么害怕过，他只看到这次出击的种种危险，没有丝毫的热情。

他去搬那架巨大的梯子，等了五分钟，看看她会不会改变主意；一点五分，他把梯子靠在玛蒂尔德的窗口上。他手上拿着枪，慢慢地往上爬，奇怪居然没有受到攻击。他到了窗前的时候，窗子无声地开了。

“您来啦，先生，”玛蒂尔德对他说，非常激动，“我看了您一个钟头了。”

于连感到很局促，不知如何是好，他根本就没有爱情。窘迫中，他想应该大胆，就试图拥抱玛蒂尔德。

“不！”她说，把他推开。

他很高兴遭到拒绝，急忙向周围扫了一眼；月光很亮，照得德-拉莫尔小姐房间里的影子分外的黑。“很可能那边藏着一些人，而我看不见。”他想。

“您衣服的侧兜里放的是什么？”玛蒂尔德对他说，很高兴找到了话题。她感到不同寻常的痛苦，一个出身高贵的女孩子自然具有的那种矜持感和羞怯感又占了上风，折磨着她。

“我有各种武器和手枪。”于连答道，因为找到点儿什么说而跟她一样高兴。

“应该把梯子拉上来。”玛蒂尔德说。

“梯子太大，会碰碎下面客厅或夹层的玻璃窗。”

“不应该碰碎玻璃窗，”玛蒂尔德试着用平常谈话的口气，可是不行，“我看您可以用绳子拴在梯子的第一蹬上，把梯子放倒。我屋里经常准备着绳子。”

“这是一个动了情的女人！”于连想，“她敢说出她爱上了。她在这些预防措施中表现出如此的冷静、如此的聪明，足以让我知道，我并没有战胜德-克鲁瓦泽努瓦先生，我真愚蠢，我不过是接替了他罢了。事实上，这有什么关系！难道我爱她吗？他有一个接替者，这会让他大为恼火，这个接替者是我，就更让他恼火，在这个意义上我战胜了侯爵。昨天晚上在托尔托尼咖啡馆他是多么傲慢地看着我呀，竟然装作没有认出我来！后来他实在躲不过去了，但他向我致意时神情多么凶恶！”

于连把绳子系在梯子的一端，慢慢地放倒。身子尽量探出阳台外，不让梯子碰着玻璃窗。“这可是个杀死我的好机会，如果有人藏在玛蒂尔德的房里。”然而到处依然是一片沉寂。

梯子触到地面，于连设法让它顺卧在墙边种着奇花异草的花坛里。

“我母亲看见她的美丽的花草都被压坏了，”玛蒂尔德说，“会说什么呀！……得把绳子扔掉。”她又极其冷静地说：“如果有人看见绳子直通到阳台上，那可就说不清了。”

“怎么我的出去？”于连学着克里奥尔语，开玩笑地说。（家里有个女仆出生在圣多明各。）

“您从门口出去。”玛蒂尔德说，对这个主意感到很高兴。

“啊！这个人真配得上我全部的爱！”她想。

于连刚把绳子扔进花园，玛蒂尔德就一把抓住了他的胳膊。他以为敌人来了，猛地转过身，同时拔出了匕首。她相信听见了一个窗子打开的声音。他们屏住呼吸，一动不动，月亮正照着他们。声音没有再出现，不必再紧张了。

这时，窘迫又开始了，双方都深有所感。于连看了看，门上的插销都插上了；他还想看看床下，但是不敢；那底下可能安置了一两个仆人。最后，他害怕日后会责备自己不谨慎，还是看了看。

玛蒂尔德陷在极度羞怯引起的苦恼中，她憎恶自己的处境。

“您是怎么处理我的信的？”她终于问道。

“多好的机会啊，如果这些先生们在偷听，他们可该为难了，战斗也能避免了！”于连想。

“第一封藏在一本很大的新载《圣经》里，昨晚的驿车已把它带到很远的地方了。”

他讲了种种细节，声音清晰，好让可能藏在两个衣橱里的人听清楚，他没敢查那两个衣橱。

“另外两封也到了邮局，要和第一封走同样的路线。”

“伟大的天主！为什么要有这么多的戒备？”玛蒂尔德惊讶地问。

“我为什么要说谎呢？”于连想，就把他的猜疑和盘托出。

“原来这就是你的信写得那么冷淡的原因啊！”玛蒂尔德叫道，口吻中疯狂多于温柔。

于连没有注意到这个细微的差别。话中的“你”让他昏了头，至少他的疑心已化为乌有，他大着胆子把这个如此美丽、使他如此敬重的姑娘抱在怀里。他完全没有遭到拒绝。

他又求助于记忆，像从前在贝藏松和阿芒达-比奈在一起时那样，背诵了好几句《新爱洛绮斯》中最美的句子。

“你有男子汉的胆量，”她说，没有怎么听他那些漂亮句子，“我承认，我想考验考验你的勇气。你最初的那些猜疑和你的决心证明了你比我想象的还要勇敢。”

玛蒂尔德努力用“你”来称呼他，显然，比起说话的内容，她把更多的注意力花在这种奇特的说话方式上了。这种剥除了温情的你我相称没有使于连感到一点点快乐；他奇怪怎么一点儿幸福感也没有，最后，他为了有所感，就求助于理智。他看到自己受到这个女孩子的敬重，而她是那么高傲，从不无保留地称赞人；如此这般，他终于感到一种自尊心得到满足的幸福。

说真的，这不是他有时在德-莱纳夫人身边得到的那种精神上的满足。在这最初时刻萌发的情感中，一点儿柔情解结的东西也没有。那是一种野心实现后感到的狂喜，而于连恰恰是有野心的。他又谈起他猜疑的那些人和他想出来的种种防范措施。他一边谈，一边想着如何利用他的胜利。

玛蒂尔德还是很窘迫，好像给自己的行为吓呆了，能找到一个话题，自然也显得很高兴。他们谈到以后见面的办法。讨论再次证明了他的才智和勇气，他心里美滋滋的。他们要对付的是些很精明的人，小唐博肯定是个奸细，但是玛蒂尔德和他也不是笨蛋。说到底，到图书室会面不是最容易的吗？

“我可以去府里任何地方而不引起疑心，”于连说，“甚至几乎能去德-拉莫尔夫人的卧室。”要到她女儿的卧室必得经过她的卧室。如果玛蒂尔德认为还是爬梯子好，他会怀着一颗欣喜若狂的心来冒这个小小的危险。

玛蒂尔德听他说话，对他那志得意满的神气颇反感。“这么说他是我的主人了。”她心里说。她已经后悔了。她的理智对她刚刚干出的这件极其荒唐的事情深感厌恶。如果她能，她一定会把她自己和于连一起杀掉。当她的意志力暂时把悔恨压下去的时候，她又感到了羞怯，感到贞洁受到了伤害，因此痛苦不堪。她无论如何不曾料到自己会落到这种可怕的境地。

“不过我总得跟他说话呀，”她最后对自己说，“跟情人说话，这是理所应当的。”于是，为了履行一项义务，她怀着柔情把这几天她为他作出的决定一一讲给他听，不过这种柔情更多地表现在言辞里，而不是表现在她说话的声音里。

她曾经决定，如果他敢于像规定给他的那样，借助园丁的梯子爬进她的房间，她就把自己给了他。但是，把这种温情脉脉的话说出口，不会有人比她的口吻更冷淡、更客气了。到此为止，这次幽会一直是冷冰冰的。这简直是把爱情当成了仇恨。对于一个不谨慎的女孩子来说，这是怎样的道德教训啊！为了这样的一刻，值得毁掉自己的未来吗？

经过长时间的犹豫，玛蒂尔德终于做了他可爱的情妇。一个肤浅的观察者可能会觉得这犹豫乃是一种最坚决的仇恨的结果，殊不知，一个女人自然萌生的情感要收回去有多么难啊，即使碰上她那样坚强的意志也一样。

实际上，他们的热狂有些勉强。热烈的爱情与其说是现实，不如说是一种模仿的式样。

德-拉莫尔小姐认为她是在对自己和情人尽义务。“可怜的孩子，”她对自己说，“他表现出了十足的勇气，他应该幸福，不然就是我没有性格。”然而，她宁愿以永恒的不幸为代价，摆脱她正在履行的残酷职责。

不管她对自己的强迫多么可怕，她还是完全地履行了诺言。

没有任何悔恨，也没有任何责备，来破坏这个夜晚，在于连看来，这一夜与其说是幸福的，还不如说是奇特的。伟大的天主！跟他最后在维里埃度过的那二十四小时相比，有多大的不同啊！“巴黎的这些高雅规矩找到了败坏一切甚至爱情的秘诀。”他对自己说，不过这对他就极不公正了。

他站在大衣橱里，脑子里尽是这样的想法。那是在听见隔壁德-拉莫尔夫人的房里第一声响动时，玛蒂尔德让他钻进去的。玛蒂尔德跟着母亲望弥撒去了，女仆们很快离开了套房。于连赶在她们回来结束工作之前，很容易地溜走了。

他骑上马，到巴黎附近一片森林中寻了个最僻静的地方。他感到幸福，更感到惊奇。幸福不时地占据他的心，就像一个年轻少尉有了什么惊人之举，一下子被司令官提升为上校了；他感到自己上升得很高很高。前一天还在他上面的那一切，如今在他旁边了，或者在他下面了。渐渐地，他越走越远，幸福也随之增加了。

如果他的心灵里没有丝毫的柔情，那是因为玛蒂尔德对待他的全部行为，不管听上去多么奇怪，是在履行一种责任。对她来说，那天夜里发生的一件件事都平淡无奇，她没有发现小说里说的那种圆满的极乐，她只发现了不幸和羞耻。

“是我弄错了？难道我对他没有爱情？”她对自己说。

（司汤达.红与黑[M].许渊冲，译.重庆：重庆出版社，2008.略有改动。）

思考练习

1.简述《红与黑》的悲剧意识。

2.简述于连的典型形象。

第十一节　《高老头》(节选)

作者简介

奥诺雷·德·巴尔扎克(1799—1850),法国批判现实主义文学的代表作家,被称为“现代法国小说之父”,生于法国中部图尔市的一个小资产阶级家庭。1816年入法律学校学习,毕业后不顾父母反对,毅然走上文学创作道路,但是第一部作品——五幕诗体悲剧《克伦威尔》却完全失败。而后他与人合作,进行滑稽小说和神怪小说的创作,曾一度弃文从商,经营企业,出版名著丛书等,均告失败。商业和企业上的失败使他债台高筑,但也为他日后创作打下了坚实的生活基础。1829年,他发表长篇小说《朱安党人》,迈出了现实主义创作的第一步;1831年出版的《驴皮记》使他声名大震。1834年,《高老头》完成,这是巴尔扎克最优秀的作品之一。

巴尔扎克要使自己成为文学上的拿破仑。他一生创作甚丰,写出了91部小说,塑造了2 472个栩栩如生的人物形象,他的这91部小说合称《人间喜剧》。《人间喜剧》被誉为“资本主义社会的百科全书”。但他为早期的债务和写作所累,终因劳累过度于1850年8月18日与世长辞。

作品导读

《高老头》着重揭露、批判的是资本主义世界中人与人之间赤裸裸的金钱关系。小说以1819年底到1820年初的巴黎为背景,主要写两个有交叉的故事:退休面粉商高老头被两个女儿冷落,悲惨地死在伏盖公寓的阁楼上;青年拉斯蒂涅在巴黎社会的腐蚀下不断发生改变,但仍然坚守着正义与道德。同时还穿插了鲍赛昂夫人和伏脱冷的故事。通过寒酸的公寓和豪华的贵族沙龙这两个主要舞台的不断交替出现,作家描绘了一幅幅巴黎社会物欲横流、极端丑恶的画面,披露了在金钱势力支配下资产阶级的道德沦丧和人与人之间的冷酷无情,揭示了在资产阶级的进攻下贵族阶级的必然灭亡,真实地反映了波旁王朝复辟时期的特征。

《高老头》这部作品在展示社会生活的广度和深度方面,在反映作家世界观的进步性和局限性方面,在表现《人间喜剧》的艺术成就和不足之处方面,都具有代表意义。其艺术风格最能体现巴尔扎克作品的特点。

作品赏析

高老头(节选)

第二天下午两点左右,皮安训要出去,叫醒拉斯蒂涅,接他的班。高老头的病势上半天又加重许多。

"老头儿活不到两天了,也许还活不到六小时,"医学生道,"可是他的病,咱们不能置之不理。还得给他一些费钱的治疗。咱们替他当看护是不成问题,我可没有钱。他的衣袋,柜子,我都翻遍了,全是空的。他神志清楚的时候我问过他,他说连一个子儿都没有了。你身上有多少,你?"

"还剩二十法郎,我可以去赌,会赢的。"

"输了怎么办?"

"问他的女婿女儿去要。"

皮安训道:"他们不给又怎么办?眼前最急的还不是钱,而是要在他身上贴滚热的芥子膏药,从脚底直到大腿的半中间。他要叫起来,那还有希望。你知道怎么做的。再说,克利斯朵夫可以帮你忙。我到药剂师那儿去做个保,赊欠药账。可惜不能送他进我们的医院,招呼得好一些。来,让我告诉你怎么办;我不回来,你不能离开他。"

他们走进老人的屋子,欧也纳看到他的脸变得没有血色,没有生气,扭做一团,不由得大吃一惊。

"喂,老丈,怎么样?"他靠着破床弯下身去问。

高里奥眨巴着黯淡的眼睛,仔细瞧了瞧欧也纳,认不得他。大学生受不住了,眼泪直涌出来。

"皮安训,窗上可要挂个帘子?"

"不用。气候的变化对他已经不生影响。他要有冷热的知觉倒好了。可是咱们还得生个火,好煮药茶,还能作好些旁的用处。等会我叫人送些柴草来对付一下,慢慢再张罗木柴。昨天一昼夜,我把你的柴跟老头儿的泥炭都烧完了。屋子潮得厉害,墙壁都在淌水,还没完全烘燥呢。克利斯朵夫把屋子打扫过了,简直像马房,臭得要命,我烧了些松子。"

拉斯蒂涅叫道:"我的天!想想他的女儿哪!"

"他要喝水的话,给他这个。"医学生指着一把大白壶。"倘若他哼哼唧唧地叫苦,肚子又热又硬,你就叫克利斯朵夫帮着给他来一下……你知道的。万一他兴奋起来说许多话,有点儿精神错乱,由他去好了。那倒不是坏现象,可是你得叫克利斯朵夫上医院来。我们的医生,我的同事,或是我,我们会来给他做一次灸。今儿早上你睡觉的时候,我们会诊过一次,到的有迎尔博士的一个学生,圣父医院的主任医师跟我们的主任医师。他们认为颇有些奇特的症候,必须注意病势的进展,可以弄清科学上的几个要点。有一位说,血浆的压力要是特别加在某个器官上,可能引发一些特殊的现象。所以老头一说话，你就得留心听，看是哪一类的思想，是记忆方面的，智力方面的，还是判断方面的；看他注意物质的事还是情感的事；是否计算，是否回想过去；总之你想法给我们一个准确的报告。病势可能急转直下，他会像现在这样人事不知地死去。这一类的病怪得很。倘若在这个地方爆发，"皮安训指了指病人的后脑，"说不定有些出奇出怪的病状：头脑某几个部分会恢复机能，一下子死不了。血浆能从脑里回出来，至于再走什么路，只有解剖尸体才能知道。残废院内有个痴呆的老人，充血跟着脊椎骨走；人痛苦得不得了，可是活在那儿。"

高老头忽然认出了欧也纳，说道：

"她们玩得痛快吗？"

"哦！他只想着他的女儿，"皮安训道，"昨夜他和我说了上百次：她们在跳舞呢！她购跳舞衣衫去了——他叫她们的名字。那声音把我听得哭了，真是要命！他叫：但斐纳！我的小但斐纳！娜齐！真的！简直叫你止不住眼泪。"

"但斐纳，"老人接口说，"她在这儿，是不是？我知道的。"

他眼睛忽然骨碌碌地乱转，瞪着墙壁和房门。

"我下去叫西尔维预备芥子膏药，"皮安训说，"这是替他上药的好机会。"

拉斯蒂涅独自陪着老人，坐在床脚下，定睛瞧着这副嘴脸，觉得又害怕又难过。

"特-鲍赛昂太太逃到乡下去了，这一个又要死了，"他心里想，"美好的灵魂不能在这个世界上待久的。真是，伟大的感情怎么能跟一个猥琐、狭小、浅薄的社会沆瀣一气呢？"

他参加的那个盛会的景象在脑海中浮起来，同眼前这个病人垂死的景象成为对比。皮安训突然奔进来叫道：

"喂，欧也纳，我才见到我们的主任医师，就奔回来了！要是他忽然清醒，说起话来，你把他放倒在一长条芥子膏药上，让芥末把颈窝到腰部下面一齐裹住；再叫人通知我们。"

"亲爱的皮安训！"欧也纳说。

"哦！这是为了科学。"医学生说，他的热心像一个刚改信宗教的人。

欧也纳说："那么只有我一个人是为了感情照顾他了。"

皮安训听了并不生气，只说："你要看到我早上的模样，就不会说这种话了。告诉你，朋友，开业的医生眼里只有疾病，我还看见病人呢。"

他走了。欧也纳单独陪着病人，唯恐高潮就要发作。不久高潮果然来了。

“啊！是你，亲爱的孩子。”高老头认出了欧也纳。

“你好些了吗？”大学生拿着他的手问。

“好一些。刚才我的脑袋好似夹在钳子里，现在松一点儿了。你可曾看见我的女儿？她们马上要来了，一知道我害病，会立刻赶来的。从前在于西安街，她们服侍过我多少回！天哪！我真想把屋子收拾干净，好招待她们。有个年轻人把我的泥炭烧完了。”

欧也纳说：“我听见克利斯朵夫的声音，他替你搬木柴来，就是那个年轻人给你送来的。”

“好吧！可是拿什么付账呢？我一个钱都没有了，孩子。我把一切都给了，一切。我变了叫花子了。至少那件金线衫好看吗？（哎哟！我痛！）谢谢你，克利斯朵夫。上帝会报答你的，孩子。我啊，我什么都没有了。”

欧也纳凑着男佣人的耳朵说：“我不会教你和西尔维白忙的。”

“克利斯朵夫，是不是我两个女儿告诉你就要来了？你再去一次，我给你五法郎，对她们说我觉得不好，我临死之前还想拥抱她们，再看她们一次。你这样去说吧，可是别过分吓了她们。”

克利斯朵夫看见欧也纳对他递了个眼色，便动身了。

“她们要来了，”老人又说，“我知道她们的脾气。好但斐纳，我死了，她要怎样地伤心呀！还有娜齐也是的。我不愿意死，因为不愿意让她们哭。我的好欧也纳，死，死就是再也看不见她们。在那个世界里，我要闷得发慌哩。看不见孩子，做父亲的等于入了地狱；自从她们结了婚，我就尝着这个味道。我的天堂是于西安街。嗳！喂，倘使我进了天堂，我的灵魂还能回到她们身边吗？听说有这种事情，可是真的？我现在清清楚楚看见她们在于西安街的模样。她们一早下楼，说：爸爸，你早。我把她们抱在膝上，用种种花样逗她们玩儿，跟她们淘气。她们也跟我亲热一阵。我们天天一块儿吃中饭，一块儿吃晚饭，总之那时我是父亲，看着孩子直乐。在于西安街，她们不跟我犟嘴，一点不懂人事，她们很爱我。天哪！干吗她们要长大呢？（哎哟！我痛啊；头里在抽。）啊！啊！对不起。孩子们！我痛死了。要不是真痛，我不会叫的，你们早已把我训练得不怕痛苦了。上帝呀！只消我能握着她们的手，我就不觉得痛啦。你想她们会来吗？克利斯朵夫蠢极了！我该自己去的。他倒有福气看到她们。你昨天去了跳舞会，你告诉我呀，她们怎么样？她们一点不知道我病了，可不是？要不她们不肯去跳舞了，可怜的孩子们！噢！我再也不愿意害病了。她们还少不了我呢。她们的财产遭了危险，又是落在怎样的丈夫手里！把我治好呀，治好呀！（噢！我多难过！哟！哟！哟！）你瞧，非把我医好不行，她们需要钱，我知道到哪儿去挣。我要上奥特赛去做淀粉。我才精明呢，会赚他几百万。（哦呀！我痛死了！）"

高里奥不出声了，仿佛集中全身的精力熬着痛苦。

"她们在这儿，我不会叫苦了，干吗还要叫苦呢？"

他迷迷糊糊昏沉了好久。克利斯朵夫回来，拉斯蒂涅以为高老头睡熟了，让佣人高声汇报他出差的情形。

"先生，我先上伯爵夫人家，可没法跟她说话，她和丈夫有要紧事儿。我再三央求，特-雷斯多先生亲自出来对我说：高里奥先生快死了是不是？哎，再好没有。我有事，要太太待在家里。事情完了，她会去的——他似乎很生气，这位先生。我正要出来，太太从一扇我看不见的门里走到穿堂，告诉我：克利斯朵夫，你对我父亲说，我同丈夫正在商量事情，不能来。那是有关我孩子们生死的问题。但等事情一完，我就去看他——说到男爵夫人吧，又是另外一桩事儿！我没有见到她，不能跟她说话。老妈子说：啊！太太今儿早上五点一刻才从跳舞会回来；中午以前叫醒她，一定要挨骂的。等会儿她打铃叫我，我会告诉她，说她父亲的病更重了。报告一件坏消息，不会嫌太晚的——我再三央求也没用。哎，是呀，我也要求见男爵，他不在家。"

"一个也不来，"拉斯蒂涅嚷道，"让我写信给她们。"

"一个也不来，"老人坐起来接着说，"她们有事，她们在睡觉：她们不会来的。我早知道了。直要临死才知道女儿是什么东西！唉！朋友，你别结婚，别生孩子！你给他们生命，他们给你死。你带他们到世界上来，他们把你从世界上赶出去。她们不会来的！我已经知道了十年。有时我心里这么想，只是不敢相信。"

他每只眼中冒出一颗眼泪，滚在鲜红的眼皮边上，不掉下来。

"唉！倘若我有钱，倘若我留着家私，没有把财产给她们，她们就会来，会用她们的亲吻来舐我的脸！我可以住在一所公馆里，有漂亮的屋子，有我的仆人，生着火；她们都要哭作一团，还有她们的丈夫，她们的孩子。这一切我都可以到手。现在可什么都没有。钱能买到一切，买到女儿。啊！我的钱到哪儿去了？倘若我还有财产留下，她们会来伺候我，招呼我；我可以听到她们，看到她们。啊！欧也纳，亲爱的孩子，我唯一的孩子，我宁可给人家遗弃，宁可做个倒楣鬼！倒楣鬼有人爱，至少那是真正的爱！啊，不，我要有钱，那我可以看到她们了。唉，谁知道？她们两个的心都像石头一样。我把所有的爱在她们身上用尽了，她们对我不能再有爱了。做父亲的应该永远有钱，应该拉紧儿女的缰绳，像对付狡猾的马一样。我却向她们下跪。该死的东西！她们十年来对我的行为，现在到了顶点。你不知道她们刚结婚的时候对我怎样的奉承体贴！（噢！我痛得像受毒刑一样！）我才给了她们每人八十万，她们和她们的丈夫都不敢怠慢我。我受到好款待：好爸爸，上这儿来；好爸爸，往那儿去。她们家永远有我的一份刀叉。我同她们的丈夫一块儿吃饭，他们对我很恭敬，看我手头还有一些呢。为什么？因为我生意的底细，我一句没提。一个给了女儿八十万的人是应该奉承的。他们对我那么周到，体贴，那是为我的钱啊。世界并不美。我看到了，我！她们陪我坐着车子上戏院，我在她们的晚会里爱待多久就待多久。她们承认是我的女儿，承认我是她们的父亲。我还有我的聪明呢，嗨，什么都没逃过我的眼睛。我什么都感觉到，我的心碎了。我明明看到那是假情假意，可是没有办法。在她们家，我就不像在这儿饭桌上那么自在。我什么话都不会说。有些漂亮人物咬着我女婿的耳朵问：

——那位先生是谁啊？

——他是财神，他有钱。

——啊，原来如此！

“人家这么说着，恭恭敬敬瞧着我，就像恭恭敬敬瞧着钱一样。即使我有时叫他们发窘，我也补赎了我的过失。再说，谁又是十全的呢？（哎哟！我的脑袋简直是块烂疮！）我这时的痛苦是临死以前的痛苦，亲爱的欧也纳先生，可是比起当年娜齐第一次瞪着我给我的难受，眼前的痛苦算不了什么。那时她瞪我一眼，因为我说错了话，丢了她的脸；唉，她那一眼把我全身的血管都割破了。我很想懂得交际场中的规矩，可是我只懂得一样：我在世界上是多余的。第二天我上但斐纳家去找安慰，不料又闹了笑话，惹她冒火。我为此急疯了。八天工夫我不知道怎么办。我不敢去看她们，怕受埋怨。这样，我便进不了女儿家的大门。哦！我的上帝！既然我吃的苦，受的难，你全知道，既然我受的千刀万剐，使我头发变白，身子磨坏的伤，你都记在账上，干吗今日还要我受这个罪？就算太爱她们是我的罪过，我受的刑罚也足够补赎了。我对她们的慈爱，她们都狠狠地报复了，像刽子手一般把我上过毒刑了。唉！做老子的多蠢！我太爱她们了，每次都回头去迁就她们，好像赌棍离不开赌场。我的嗜好，我的情妇，我的一切，便是两个女儿，她们俩想要一点儿装饰品什么的，老妈子告诉了我，我就去买来送给她们，巴望得到些好款待！可是她们看了我在人前的态度，照样来一番教训。而且等不到第二天！喝，她们为着我脸红了。这是给儿女受好教育的报应。我活了这把年纪，可不能再上学校啦。(我痛死了,天哪!医生呀!医生呀!把我脑袋劈开来,也许会好些。)我的女儿呀,我的女儿呀,娜齐,但斐纳!我要看她们。叫警察去找她们来,抓她们来!法律应该帮我的,天性,民法,都应该帮我。我要抗议。把父亲踩在脚下,国家不要亡了吗?这是很明白的。社会,世界,都是靠父道做轴心的;儿女不孝父亲,不要天翻地覆吗?哦!看到她们,听到她们,不管她们说些什么,只要听见她们的声音,尤其但斐纳,我就不觉得痛苦。等她们来了,你叫她们别那么冷冷地瞧我。啊!我的好朋友,欧也纳先生,看到她们眼中的金光变得像铅一样不灰不白,你真不知道是什么味儿。自从她们的眼睛对我不放光辉之后,我老在这儿过冬天;只有苦水给我吞,我也就吞下了!我活着就是为受委屈,受侮辱。她们给我一点儿可怜的,小小的,可耻的快乐,代价是教我受种种的羞辱,我都受了,因为我太爱她们了。老子偷偷摸摸地看女儿!听见过没有?我把一辈子的生命给了她们,她们今天连一小时都不给我!我又饥又渴,心在发烧,她们不来疏解一下我的临终苦难。我觉得我要死了。什么叫作践踏父亲的尸首,难道她们不知道吗?天上还有一个上帝,他可不管我们做老子的愿不愿意,要替我们报仇的。噢!她们会来的!来啊,我的小心肝,你们来亲我呀;最后一个亲吻就是你们父亲的临终圣餐了,他会代你们求上帝,说你们一向孝顺,替你们辩护!归根结底,你们没有罪。朋友,她们是没有罪的!请你对大家都这么说,别为了我难为她们。一切都是我的错,是我纵容她们把我踩在脚下的。我就喜欢那样。这跟谁都不相干,人间的裁判,神明的裁判,都不相干。上帝要是为了我责罚她们,就不公平了。我不会做人,是我糊涂,自己放弃了权利。为她们我甚至堕落也甘心情愿!有什么办法!最美的天性,最优秀的灵魂,都免不了溺爱儿女。我是一个糊涂蛋,遭了报应,女儿七颠八倒的生活是我一手造成的,是我惯了她们。现在她们要寻欢作乐,正像她们从前要吃糖果。我一向对她们百依百顺。小姑娘想入非非的欲望,都给她们满足。十五岁就有了车!要什么有什么。罪过都在我一个人身上,为了爱她们而犯的罪。唉,她们的声音能够打开我的心房。我听见她们,她们在来啦。哦!一定的,她们要来的。法律也要人给父亲送终的,法律是支持我的。只要叫人跑一趟就行。我给车钱。你写信去告诉她们,说我还有几百万家私留给她们!我敢起誓。我可以上奥特赛去做高等面食。我有办法。计划中还有几百万好赚。哼,谁也没有想到。那不会像麦子和面粉一样在路上变坏的。嗳,嗳,淀粉哪,有几百万好赚啊!你告诉她们有几百万绝不是扯谎。她们为了贪心还是肯来的;我宁愿受骗,我要看到她们。我要我的女儿!是我把她们生下来的!她们是我的!"他一边说一边在床上挺起身子，给欧也纳看到一张白发凌乱的脸，竭力装作威吓的神气。

欧也纳说："嗳，嗳，你睡下吧。我来写信给她们。等皮安训来了，她们要再不来，我就自个儿去。"

"她们再不来，"老人一边大哭一边接了一句，"我要死了，要气疯了，气死了！气已经上来了！现在我把我这一辈子都看清楚了。我上了当！她们不爱我，从来没有爱过我！这是摆明的了。她们这时不来是不会来的了。她们越拖，越不肯给我这个快乐。我知道她们。我的悲伤，我的痛苦，我的需要，她们从来没体会到一星半点，连我的死也没有想到；我的爱，我的温情，她们完全不了解。是的，她们把我糟蹋惯了，在她们眼里我所有的牺牲都一文不值。哪怕她们要挖掉我眼睛，我也会说：挖吧！我太傻了。她们以为天下的老子都像她们的一样。想不到你待人好一定要人知道！将来她们的孩子会替我报仇的。唉，来看我还是为她们自己啊。你去告诉她们，说她们临死要受到报应的。犯了这桩罪，等于犯了世界上所有的罪。去啊，去对她们说，不来送我的终是忤逆！不加上这一桩，她们的罪过已经数不清啦。你得像我一样地去叫：哎！娜齐！哎！但斐纳！父亲待你们多好，他在受难，你们来吧！——唉！一个都不来。难道我就像野狗一样的死吗？爱了一辈子的女儿，到头来反给女儿遗弃！简直是些下流东西，流氓婆；我恨她们，咒她们；我半夜里还要从棺材里爬起来咒她们。嗳，朋友，难道这能派我的不是吗？她们做人这样恶劣，是不是！我说什么？你不是告诉我但斐纳在这儿吗？还是她好。你是我的儿子，欧也纳。你，你得爱她，像她父亲一样的爱她。还有一个是遭了难。她们的财产呀哦！上帝！我要死了，我太苦了！把我的脑袋割掉吧，留给我一颗心就行了。"

"克利斯朵夫，去找皮安训来，顺便替我雇辆车。"欧也纳嚷着。他被老人这些呼天抢地的哭诉吓坏了。

"老伯，我到你女儿家去把她们带来。"

"把她们抓来，抓来！叫警卫队，叫军队！"老人说着，对欧也纳瞪了一眼，闪出最后一道理性的光，"去告诉政府，告诉检察官，叫人替我带来！"

"你刚才咒过她们了。"

老人愣了一愣，说："谁说的？你知道我是爱她们的，疼她们的！我看到她们，病就好啦……去吧，我的好邻居，好孩子，去吧，你是慈悲的。我要重重地谢你；可是我什么都没有了，只能给你一个祝福，一个临死的人的祝福。啊！至少我要看到但斐纳，吩咐她代我报答你。那个不能来，就带这个来吧。

告诉她，她要不来，你不爱她了。她多爱你，一定会来的。哟，我渴死了，五脏六腑都在烧！替我在头上放点儿什么吧。最好是女儿的手，那我就得救了，我觉得……天哪！我死了，谁替她们挣钱呢？我要为她们上奥特赛去，上奥特赛做面条生意。”

欧也纳搀起病人，用左臂扶着，另一只手端给他一杯满满的药茶，说道：“你喝这个。”

“你一定要爱你的父母，”老人说着，有气无力地握着欧也纳的手，“你懂得吗，我要死了，不见她们一面就死了。永远口渴而没有水喝，这便是我十年来的生活……两个女婿断送了我的女儿。是的，从她们出嫁之后，我就没有女儿了。做老子的听着！你们得要求国会定一条结婚的法律！要是你们爱女儿，就不能把她们嫁人。女婿是毁坏女儿的坏蛋，他把一切都污辱了。再不要有结婚这回事！结婚抢走我们的女儿，教我们临死看不见女儿。为了父亲的死，应该订一条法律。真是可怕！报仇呀报仇呀！是我女婿不准她们来的呀。杀死他们！杀雷斯多！杀纽沁根！他们是我的凶手！不还我女儿，就要他们的命！唉！完啦，我见不到她们了！她们！娜齐，但斐纳，喂，来呀，爸爸出门啦……”

“老伯，你静静吧，别生气，别多想。”

“看不见她们，这才是我的临终苦难！”

“你会看见的。”

“真的！”老人迷迷惘惘地叫起来，“噢！看到她们！我还会看到她们，听到她们的声音。那我死也死得快乐了。唉，是啊，我不想活了，我不希罕活了，我痛得越来越厉害了。可是看到她们，碰到她们的衣衫，唉！只要她们的衣衫，衣衫，就这么一点儿要求！只消让我摸到她们的一点儿什么！让我抓一把她们的头发……头发……”

他仿佛挨了一棍，脑袋往枕上倒下，双手在被单上乱抓，好像要抓女儿们的头发。

他又挣扎着说：“我祝福她们，祝福她们。”

然后他昏过去了。皮安训进来说：

“我碰到了克利斯朵夫，他替你雇车去了。”

他瞧了瞧病人，用力揭开他的眼皮，两个大学生只看到一只没有颜色的灰暗的眼睛。

“完啦，”皮安训说，“我看他不会醒了。”

他按了按脉，摸索了一会，把手放在老头儿心口。

"机器没有停。像他这样反而受罪，还是早点去的好！"

"对，我也这么想。"拉斯蒂涅回答。

"你怎么啦？脸色发白像死人一样。"

"朋友，我听他又哭又叫，说了一大堆。真有一个上帝！哦，是的，上帝是有的，他替我们预备着另外一个世界，一个好一点儿的世界。咱们这个太混账了。刚才的情形要不那么悲壮，我早哭死啦，我的心跟胃都给揪紧了。"

"喂，还得办好多事，哪儿来的钱呢？"

拉斯蒂涅掏出表来：

"你送当铺去。我路上不能耽搁，只怕赶不及。现在我等着克利斯朵夫，我身上一个钱都没有了，回来还得付车钱。"

拉斯蒂涅奔下楼梯，上海尔特街特-雷斯多太太家去了。刚才那幕可怕的景象使他动了感情，一路义愤填胸。他走进穿堂求见特-雷斯多太太，人家回报说她不能见客。

他对当差说："我是为了她马上要死的父亲来的。"

"先生，伯爵再三吩咐我们……"

"既然伯爵在家，那么告诉他，说他岳父快死了，我要立刻和他说话。"

欧也纳等了好久。

"说不定他就在这个时候死了。"他心里想。

当差带他走进第一客室，特-雷斯多先生站在没有生火的壁炉前面，见了客人也不请坐。

"伯爵，"拉斯蒂涅说，"令岳在破烂的阁楼上就要断气了，连买木柴的钱也没有；他马上要死了，但等见一面女儿……"

"先生，"伯爵冷冷地回答，"你大概可以看出，我对高里奥先生没有什么好感。他教坏了我太太，造成我家庭的不幸。我把他当作扰乱我安宁的敌人。他死也好，活也好，我全不在意。你瞧，这是我对他的情分。社会尽可以责备我，我才不在乎呢。我现在要处理的事，比顾虑那些傻瓜的闲言碎语紧要得多。至于我太太，她现在那个模样没法出门，我也不让她出门。请你告诉她父亲，只消她对我，对我的孩子，尽完了她的责任，她会去看他的。要是她爱她的父亲，几分钟内她就可以自由……"

"伯爵，我没有权利批评你的行为，你是你太太的主人。可是至少我能相信你是讲信义的吧？请你答应我一件事，就是告诉她，说她父亲没有一天好活了，因为她不去送终，已经在咒她了！"

雷斯多注意到欧也纳愤愤不平的语气，回答道："你自己去说吧。"

拉斯蒂涅跟着伯爵走进伯爵夫人平时起坐的客厅。她泪人儿似的埋在沙发里，那副痛不欲生的模样叫他看了可怜。她不敢望拉斯蒂涅，先怯生生地瞧了瞧丈夫，眼睛的神气表示她精神肉体都被专横的丈夫压倒了。伯爵侧了侧脑袋，她才敢开口：

"先生，我都听到了。告诉我父亲，他要知道我现在的处境，一定会原谅我。我想不到要受这种刑罚，简直受不了，可是我要反抗到底。"她对她的丈夫说。"我也有儿女。请你对父亲说，不管表面上怎么样，在父亲面前我并没有错。"她无可奈何地对欧也纳说。

那女的经历的苦难，欧也纳不难想象，便呆呆地走了出来。听到特-雷斯多先生的口吻，他知道自己白跑了一趟，阿娜斯大齐已经失去自由。

接着他赶到特-纽沁根太太家，发觉她还在床上。

"我不舒服呀，朋友，"她说，"从跳舞会出来受了凉，我怕要害肺炎呢，我等医生来……"

欧也纳打断了她的话，说道："哪怕死神已经到了你身边，爬也得爬到你父亲跟前去。他在叫你！你要听到他一声，马上不觉得你自己害病了。"

"欧也纳，父亲的病也许不像你说的那么严重。可是我要在你眼里有什么不是，我才难过死呢；所以我一定听你的吩咐。我知道，倘若我这一回出去闹出一场大病来，父亲要伤心死的。我等医生来过了就走。"她一眼看不见欧也纳身上的表链，便叫道："哟！怎么你的表没有啦？"

欧也纳脸上红了一块。

"欧也纳！欧也纳！倘使你已经把它卖了，丢了……哦！那太岂有此理了。"

大学生伏在但斐纳床上，凑着她耳朵说：

"你要知道么？哼！好，告诉你吧！你父亲一个钱没有了，今天晚上要把他入殓的尸衣都没法买。你送我的表在当铺里，我钱都花光了。"

但斐纳猛地从床上跳下，奔向书柜，抓起钱袋递给拉斯蒂涅，打着铃，嚷道：

"我去我去，欧也纳。让我穿衣服，我简直是禽兽了！去吧，我会赶在你前面！"她回头叫老妈子："丹兰士，请老爷立刻上来跟我说话。"

欧也纳因为能对垂死的老人报告有一个女儿会来，几乎很快乐地回到圣-日内维新街。他在但斐纳的钱袋里掏了一阵打发车钱，发觉这位那么有钱那么漂亮的少妇，袋中只有七十法郎。他走完楼梯，看见皮安训扶着高老头，医院的外科医生当着内科医生在病人背上做灸。这是科学的最后一套治疗，没用的治疗。

“替你做灸你觉得吗？”内科医生问。

高老头看见了大学生，说道：

“她们来了是不是？”

外科医生道：“还有希望，他说话了。”

欧也纳回答老人：“是的，但斐纳就来了。”

“呃！”皮安训说，“他还在提他的女儿，他拼命地叫她们，像一个人吊在刑台上叫着要喝水……”

“算了吧，”内科医生对外科医生说，“没法的了，没救的了。”

皮安训和外科医生把快死的病人放倒在发臭的破床上。

医生说：“总得给他换套衣服，虽则毫无希望，他究竟是个人。”他又招呼皮安训：“我等会儿再来。他要叫苦，就给他横膈膜上搽些鸦片。”

两个医生走了，皮安训说：

“来，欧也纳，拿出勇气来！咱们替他换上一件白衬衫，换一条褥单。你叫西尔维拿了床单来帮我们。”

欧也纳下楼，看见伏盖太太正帮着西尔维摆刀叉。拉斯蒂涅才说了几句，寡妇就迎上来，装着一副又和善又难看的神气，活现出一个满腹猜疑的老板娘，既不愿损失金钱，又不敢得罪主顾。

“亲爱的欧也纳先生，你和我一样知道高老头没有钱了。把被单拿给一个正在翻眼睛的人，不是白送吗？另外还得牺牲一条做他入殓的尸衣。你们已经欠我一百四十四法郎，加上四十法郎被单，以及旁的零星杂费，跟等会儿西尔维要给你们的蜡烛，至少也得二百法郎；我一个寡妇怎受得了这样一笔损失？天啊！你也得凭凭良心，欧也纳先生。自从晦气星进了我的门，五天工夫我已经损失得够了。我愿意花三十法郎打发这好家伙归天，像你们说的。这种事还要叫我的房客不愉快。只要不花钱，我愿意送他进医院。总之你替我想想吧。我的铺子要紧，那是我的，我的性命呀。”

欧也纳赶紧奔上高里奥的屋子。

“皮安训，押了表的钱呢？”

“在桌子上，还剩三百六十多法郎。欠的账已经还清。当票压在钱下面。”“喂，太太，”拉斯蒂涅愤愤地奔下楼梯，说，“来算账。高里奥先生在府上不会耽久了，而我……”

“是的，他只能两脚向前地出去的了，可怜的人。”她一边说一边数着二百法郎，神气之间有点高兴，又有点倔强。

"快点儿吧。"拉斯蒂涅催她。

"西尔维,拿出褥单来,到上面去给两位先生帮忙。"

"别忘了,西尔维,"伏盖太太凑着欧也纳的耳朵说,"她两晚没有睡觉了。"

欧也纳刚转身,老寡妇立刻奔向厨娘,咬着她耳朵吩咐:

"你找第七号褥单,那条旧翻新的。反正给死人用总是够好的了。"

欧也纳已经在楼梯上跨了几步,没有听见房东的话。

皮安训说:"来,咱们替他穿衬衫,你把他扶着。"

欧也纳站在床头扶着快死的人,让皮安训脱下衬衫。老人做了个手势,仿佛要保护胸口的什么东西,同时哼哼唧唧,发出些不成音的哀号,犹如野兽表示极大的痛苦。

"哦!哦!"皮安训说,"他要一根头发链子和一个小小的胸章,刚才咱们做灸拿掉的。可怜的人,给他挂上。喂,在壁炉架上面。"

欧也纳拿来一条淡黄带灰的头发编成的链子,准是高里奥太太的头发。胸章的一面刻着"阿娜斯大齐",另外一面刻着"但斐纳"。这是他永远贴在心头的心影。胸章里面藏着极细的头发卷,大概是女儿们极小的时候剪下来的。发辫挂上他的脖子,胸章一碰到胸脯,老人便心满意足地长叹一声,叫人听了毛骨悚然。他的感觉这样振动了一下,似乎往那个神秘的区域,发出同情和接受同情的中心,隐没了。抽搐的脸上有一种病态的快乐的表情。思想消灭了,情感还存在,还能发出这种可怕的光彩,两个大学生看着大为感动,涌出几颗热泪掉在病人身上,使他快乐得直叫:

"噢!娜齐!但斐纳!"

"他还活着呢。"皮安训说。

"活着有什么用?"西尔维说。

"受罪——!"拉斯蒂涅回答。

皮安训向欧也纳递了个眼色,教他跟自己一样蹲下身子,把胳膊抄到病人腿肚子下面,两人隔着床做着同样的动作,托住病人的背。西尔维站在旁边,但等他们抬起身子,抽换被单。高里奥大概误会了刚才的眼泪,使出最后一些气力伸出手来,在床的两边碰到两个大学生的脑袋,拼命抓着他们的头发,轻轻地叫了声:"啊!我的儿哪!"整个灵魂都在这两句里面,而灵魂也随着这两句喁语飞逝了。

"可怜可爱的人哪。"西尔维说,她也被这声哀叹感动了。这声哀叹,表示那伟大的父爱受了又惨又无心的欺骗,最后激动了一下。

这个父亲的最后一声叹息还是快乐的叹息。这叹息说明了他的一生，他还是骗了自己。大家恭恭敬敬地把高老头放倒在破床上。从这个时候起，喜怒哀乐的意识消灭了，只有生与死的搏斗还在他脸上印着痛苦的标记。整个的毁灭不过是时间问题了。

“他还可以这样地拖几小时，在我们不知不觉的时候死去。他连临终的痰厥也不会有，脑子全部充血了。”

这时楼梯上有一个气咻咻的少妇的脚声。

“来得太晚了。”拉斯蒂涅说。

来的不是但斐纳，是她的老妈子丹兰士。

“欧也纳先生，可怜的太太为父亲向先生要钱，先生和她大吵。她晕过去了，医生也来了，恐怕要替她放血。她嚷着：爸爸要死了，我要去看爸爸呀！叫人听了心惊肉跳。”

“算了吧，丹兰士。现在来也不中用了，高里奥先生已经昏迷了。”

丹兰士道：“可怜的先生，竟病得这样凶吗？”

“你们用不着我了，我要下去开饭，已经四点半了。”西尔维说着，在楼梯台上几乎觉得撞在特-雷斯多太太身上。

伯爵夫人的出现叫人觉得又严肃又可怕。床边是黑的，只点着一支蜡烛。瞧着父亲那张还有几分生命在颤动的脸，她掉下泪来。皮安训很识趣地退了出去。

“恨我没有早些逃出来。”伯爵夫人对拉斯蒂涅说。

大学生悲伤地点点头。她拿起父亲的手亲吻。

“原谅我，父亲！你说我的声音可以把你从坟墓里叫回来，哎！那么你回来一会儿，来祝福你正在忏悔的女儿吧。听我说啊——真可怕！这个世界上只有你会祝福我。大家恨我，只有你爱我。连我自己的孩子将来也要恨我。你带我一块儿去吧，我会爱你，服侍你。噢！他听不见了，我疯了。”

她双膝跪下，疯子似的端详着那个躯壳。

“我什么苦都受到了，”她望着欧也纳说，“特-脱拉伊先生走了，丢下一身的债，而且我发觉他欺骗我。丈夫永远不会原谅我了，我已经把全部财产交给他。唉！一场空梦，为了谁来！我欺骗了唯一疼我的人！（她指着她的父亲）我辜负他，嫌弃他，给他受尽苦难，我这该死的人！”

“他知道。”拉斯蒂涅说。

高老头忽然睁了睁眼，但只不过是肌肉的抽搐。伯爵夫人表示希望的手势，同弥留的人的眼睛一样凄惨。

“他还会听见我吗？——哦，听不见了。”她坐在床边自言自语。

特-雷斯多太太说要守着父亲，欧也纳便下楼吃饭。房客都到齐了。

“喂，”画家招呼他，“看样子咱们楼上要死掉个把人了吧？”

“查理，找点儿不凄惨的事开玩笑好不好？”欧也纳说。

“难道咱们就不能笑了吗？”画家回答，“有什么关系，皮安训说他已经昏迷了。”

“嗳！”博物院管事接着说，“他活也罢，死也罢，反正没有分别。”“父亲死了！”伯爵夫人大叫一声。

一听见这声可怕的叫喊，西尔维、拉斯蒂涅、皮安训一齐上楼，发觉特-雷斯多太太晕过去了。他们把她救醒了，送上等在门外的车；欧也纳嘱咐丹兰士小心看护，送往特-纽沁根太太家。

“哦！这一下他真死了。”皮安训下楼说。

“诸位，吃饭吧，汤冷了。”伏盖太太招呼众人。

两个大学生并肩坐下。

欧也纳问皮安训：“现在该怎么办？”

“我把他眼睛闭上了，四肢放得端端正正。等咱们上区公所报告死亡，那边的医生来验过之后，把他包上尸衣埋掉。你还想怎么办？”

“他不能再这样嗅他的面包了。”一个房客学着高老头的鬼脸说。

“要命！”当助教的叫道，“诸位能不能丢开高老头，让我们清静一下？一个钟点以来，只听见他的事儿。巴黎这个地方有桩好处，一个人可以生下，活着，死去，没有人理会。这种文明的好处，咱们应当享受。今天死六十个人，难道你们都去哀悼那些亡灵不成？高老头死就死吧，为他还是死的好！要是你们疼他，就去守灵，让我们消消停停地吃饭。”

“噢！是的，”寡妇道，“他真是死了的好！听说这可怜的人苦了一辈子！”

在欧也纳心中，高老头是父爱的代表，可是他身后得到的唯一的诔词，就是上面这几句。十五位房客照常谈天。欧也纳和皮安训听着刀叉声和谈笑声，眼看那些人狼吞虎咽、不关痛痒的表情，难受得心都凉了。他们吃完饭，出去找一个神甫来守夜，给死者祈祷。手头只有一点儿钱，不能不看钱办事。晚上九点，遗体放在便榻上，两旁点着两支蜡烛，屋内空空的，只有一个神甫坐在他旁边。临睡之前，拉斯蒂涅向教士打听了礼忏和送葬的价目，写信给特-纽沁根男爵和特-雷斯多伯爵，请他们派管事来打发丧费。他要克利斯朵夫把信送出去，方始上床。他疲倦之极，马上睡着了。

早上，皮安训和拉斯蒂涅亲自上区公所报告死亡；中午，医生来签了字。

过了两小时，一个女婿都没送钱来，也没派人来，拉斯蒂涅只得先开销了教士。西尔维讨了十法郎去缝尸衣。欧也纳和皮安训算了算，死者的家属要不负责的话，他们倾其所有，只能极勉强地应付一切开支。把尸身放入棺材的差事，由医学生担任了去；那口穷人用的棺木也是他向医院特别便宜买来的。他对欧也纳说：

“咱们给那些混蛋开一下玩笑吧。你到拉希公墓去买一块地，五年为期；再向丧礼代办所和教堂定一套三等丧仪。要是女婿女儿不还你的钱，你就在墓上立一块碑，刻上几个字：

特-雷斯多伯爵夫人暨特-纽沁根男爵夫人之尊翁

高里奥先生之墓

大学生二人捐资代葬。”

欧也纳在特-纽沁根夫妇和特-雷斯多夫妇家奔走毫无结果，只得听从他朋友的意见。在两位女婿府上，他只能到大门为止。门房都奉有严令，说：

“先生跟太太谢绝宾客。他们的父亲死了，悲痛得了不得。”

欧也纳对巴黎社会已有相当经验，知道不能固执。看到没法跟但斐纳见面，他心里感到一阵异样的压迫，在门房里写了一个字条：

“请你卖掉一件首饰，使你父亲下葬的时候成个体统。”

他封了字条，吩咐男爵的门房递给丹兰士送交女主人；门房却送给男爵，被他往火炉里一扔了事。欧也纳部署停当，三点左右回到公寓，望见小门口停着口棺木，在静悄悄的街头，搁在两张凳上，棺木上面连那块黑布也没有遮盖到家。他一见这光景，不由得掉下泪来。谁也不曾把手蘸过的蹩脚圣水壶，浸在盛满圣水的镀银盘子里。门上黑布也没有挂。这是穷人的丧礼，既没排场，也没后代，也没朋友，也没亲属。皮安训因为医院有事，留了一个便条给拉斯蒂涅，告诉他跟教堂办的交涉。他说追思弥撒价钱贵得惊人，只能做个便宜的晚祷；至于丧礼代办所，已经派克利斯朵夫送了信去。欧也纳看完字条，忽然瞧见藏着两个女儿头发的胸章在伏盖太太手里。

“你怎么敢拿下这个东西?”他说。

“天哪！难道把它下葬不成?”西尔维回答，“那是金的啊。”

“当然——！”欧也纳愤愤地说，“代表两个女儿的只有这一点东西，还不给他带去吗?”

柩车上门的时候，欧也纳叫人把棺木重新搞上楼，他撬开钉子，诚心诚意地把那颗胸章，姐妹俩还年轻，天真，纯洁，像他在临终呼号中所说的“不懂得犟嘴”的时代的形象，挂在死人胸前。除了两个丧礼执事，只有拉斯蒂涅和克利斯朵夫两人跟着拖车，把可怜的人送往圣-丹蒂安-杜-蒙，离圣-日内维新街不远的教堂。灵柩被放在一所低矮黝黑的圣堂前面。大学生四下里张望，看不见高老头的两个女儿或者女婿。除他之外，只有克利斯朵夫因为赚过他不少酒钱，觉得应当尽一尽最后的礼数。两个教士，唱诗班的孩子，和教堂管事都还没有到。拉斯蒂涅握了握克利斯朵夫的手，一句话也说不上来。

"是的，欧也纳先生，"克利斯朵夫说，"他是个老实人，好人，从来没大声说过一句话，从来没损害别人，也从来没干过坏事。"

两个教士，唱诗班的孩子，教堂的管事，都来了。在一个宗教没有余钱给穷人作义务祈祷的时代，他们做了尽七十法郎所能办到的礼忏：唱了一段圣诗，唱了《解放和来自灵魂深处》。全部礼忏花了二十分钟。送丧的车只有一辆，给教士和唱诗班的孩子乘坐，他们答应带欧也纳和克利斯朵夫同去。教士说：

"没有送丧的行列，我们可以赶一赶，免得耽搁时间。已经五点半了。"

正当灵柩上车的时候，特-雷斯多和特-纽沁根两家有爵徽的空车忽然出现，跟着柩车到拉希公墓。六点钟，高老头的遗体下了墓穴，周围站着女儿家中的管事。大学生出钱买来的短短的祈祷刚念完，那些管事就跟神甫一齐溜了。两个盖坟的工人，在棺木上扔了几铲子土挺了挺腰；其中一个走来向拉斯蒂涅讨酒钱。欧也纳掏来掏去，一个子儿都没有，只得向克利斯朵夫借了一法郎。这件很小的小事，忽然使拉斯蒂涅大为伤心。白日将尽，潮湿的黄昏使他心里乱糟糟的；他瞧着墓穴，埋葬了他青年人的最后一滴眼泪，神圣的感情在一颗纯洁的心中逼出来的眼泪，从它堕落的地下立刻回到天上的眼泪。他抱着手臂，凝神瞧着天空的云。克利斯朵夫见他这副模样，径自走了。

拉斯蒂涅一个人在公墓内向高处走了几步，远眺巴黎，只见巴黎蜿蜒曲折地躺在塞纳河两岸，慢慢地亮起灯火。他的欲火炎炎的眼睛停在王杜姆广场和安伐里特宫的穹窿之间。那便是他不胜向往的上流社会的区域。面对这个热闹的蜂房，他射了一眼，好像恨不得把其中的甘蜜一日吸尽。同时他气概非凡地说了句：

"现在咱们俩来拼一拼吧！"

然后拉斯蒂涅为了向社会挑战，到特-纽沁根太太家吃饭去了。

（巴尔扎克.高老头[M].傅雷，译.北京：人民文学出版社，1978.略有删改。）

思考练习

1.简述《高老头》中高老头的形象及意义。

2.简述拉斯蒂涅这个艺术形象。

第十二节 《黄昏的和声》

作者简介

沙尔·波德莱尔(1821—1867),法国19世纪最著名的现代派诗人,象征派诗歌先驱,在欧美诗坛具有重要地位,其作品《恶之花》是19世纪最具影响力的诗集之一。从1843年起,波德莱尔开始陆续创作后来收入《恶之花》的诗歌。诗集出版不久后,他便因"有碍公共道德及风化"等罪名受到轻罪法庭的判罚。1861年,波德莱尔申请加入法兰西学士院,后退出。作品有《恶之花》《巴黎的忧郁》《美学珍玩》《可怜的比利时!》等。

作品导读

这首诗是波德莱尔的代表作之一,也是欧洲象征主义诗歌的代表作,它形象地表现了象征主义诗歌的特点和美学追求。

诗人用黄昏的意象来表达自己与情人在一起的美好时光里的欢乐、痛苦和圣洁的感情。诗中的每一个意象都是诗人情感的流露。那花的战栗就是诗人的战栗,那幽咽的声音就是诗人心的哭泣声,那天空的凄愁象征着诗人忧郁的心境。诗人奔走在这喧嚣的世界,体味情感的波澜,在万物中、在它们的动静中寻找诗的意象,寻找心灵的象征,摹画心灵的美。诗人的美是忧郁的,那花、那音乐、那天空都蒙着重重的帷幕,沉沉的。

作品赏析

黄昏的和声

时候已到,每朵花在枝上微颤,
宛如一只香炉那样喷云吐雾,
声音和芳香在暮霭之中旋舞,
忧郁的华尔兹,使人倦的昏眩!
宛如一只香炉那样喷云吐雾;
小提琴像受折磨的心在抖颤;
忧郁的华尔兹,使人倦的昏眩!
天空像临时祭坛美丽而愁苦。
小提琴像受折磨的心在抖颤,

温柔的心憎恨黑茫茫的虚无！
天空像临时祭坛美丽而愁苦；
太阳在自己凝固的血中消散。
温柔的心憎恨黑茫茫的虚无，
将辉煌的昔日残余搜集齐全！
太阳在自己凝固的血中消散……
像圣体发光，你形象使我目眩！

（波德莱尔.波德莱尔诗歌精选[M].郑克鲁，译.太原：北岳文艺出版社，2000.略有改动。）

思考练习

1.简述这首诗歌的音韵美。

2.简述诗歌所表达的情思。

第十三节　《泪洒在我的心头》

作者简介

保罗·魏尔伦(1844—1896)，法国诗人，象征主义派别的早期领导人。象征主义者尝试使诗歌从传统的题材和形式中脱离出来。

魏尔伦的诗歌以优雅、精美且富有音乐性而著称。他在梅斯出生，1871 年在巴黎深受年轻诗人亚瑟·兰波影响。与妻子分居后，他和兰波过上了波希米亚式的生活，并沦落成酒鬼。1873 年在与兰波争吵时开枪打伤了他，因此被判入狱两年。

他的著作包括《农神体诗》《美好之歌》《智慧》《过去》《平行》等。

作品导读

《泪洒在我的心头》写得真挚深沉，如怨如诉，抒发了爱情受到挫折时的内心痛苦，采用大量谐韵和叠韵，营造出凄怆的气氛和意境。

作品赏析

泪洒在我的心头

雨轻轻洒落在城里
——阿蒂尔·兰波

泪洒在我的心头，
仿佛雨落在城里。

是什么样的悲愁
潜入到我的心头?

啊,这雨声多凄清,
敲打地面和屋顶!
对于烦恼的心灵,
雨之歌多么凄清!
泪落得无缘无故,
在这沮丧的心上。
什么!彼此心不负?
这悲哀无缘无故。

这是最深的悲愤,
因为我一无所知,
没有爱也没有恨,
我的心多么悲愤。

(魏尔伦.失恋者之歌:法国爱情诗选[M].郑克鲁,译.上海:上海译文出版社,1990.略有删改。)

思考练习

1.简述作品的艺术美。

2.简述作品所传递的情思。

第十四节 《纪念碑》

作者简介

亚历山大·谢尔盖耶维奇·普希金(1799—1837),是19世纪气势恢宏的俄国文学的源头。他以自己的诗歌、小说和戏剧开创了俄国文学的新时代,因而被称为“俄国文学之父”、“俄国诗歌的太阳”(高尔基)、“青铜骑士”。

普希金诸体皆擅,为俄国民族文学和文学语言的发展作出了突出贡献,在诗歌、小说、戏剧乃至童话等文学领域都给俄国文学创立了典范。普希金还被高尔基誉为“一切开端的开端”。他出身于贵族家庭,童年开始写诗,在沙皇政府专为培养贵族子弟而设立的皇村高等学校学习。学习期间受到当时进步的十二月党人及一些进步思想家的影响。后来发表的不少诗作抨击农奴制度,歌颂自由与进步。普希金的主要作品除了诗歌，还有长篇小说《上尉的女儿》《叶甫盖尼·奥涅金》等。普希金因创作活动遭到沙皇政府迫害，1837 年在一次有阴谋的决斗中遇害。他的创作对俄国文学和语言的发展影响深远。

作品导读

普希金的诗歌颂理想、赞美自由、抨击农奴制度、同情劳动人民，在当时产生了极大的反响。诗人短暂的一生和他辉煌的诗歌成就，高高树立起一座俄国现实主义诗歌不朽的丰碑。

全诗以直接抒情为主，表现诗人对于献身诗歌艺术和崇高理想的思考。这首诗是在沙皇专治下写成的，诗人敢于藐视残暴的统治者，表现了执着追求理想，为真理、为正义、为人民而讴歌、献身的大无畏精神。

作品赏析

纪念碑

我为自己竖起了一座天然的纪念碑，
人们的道路通向那里，再也不会荒芜，
它抬起了自己不屈的头，
高过亚历山大的纪念石柱。

不，我不会完全死去——我的心灵
通过珍秘的琴声将超越我的骨灰、避免腐朽，——
我将永享荣誉，即使在这月光下的世界
哪怕只有一个诗人居留。

我的名字将传遍伟大的俄罗斯，
她那各族的语言将把我呼唤：
高傲的斯拉夫、芬兰，至今野蛮的通古斯，
还有卡尔梅克，草原的伙伴。

我之所以久久地为人民所喜爱，
是因为我曾用诗歌激起了他们善良的感情，
是因为我在这残酷的时代歌颂过自由，
并且为倒下的人们祈求过宽容。

啊，诗神，永远听从上帝的旨意吧，
既不要怕凌辱，也不希求桂冠，
赞誉和诽谤，都可以漠不关心，
更不要和愚蠢的人们争辩。

（普希金.俄国诗选[M].魏荒弩，译.长沙：湖南人民出版社，1998.略有删改。）

思考练习

1.简述作品的主题意蕴和艺术特点。

2.简述“纪念碑”的象征意义。

第十五节　《死魂灵》(节选)

作者简介

尼古拉·瓦西里耶维奇·果戈理(1809—1852)，为俄国文学贡献了卓越的小说和戏剧作品，俄国批判主义文学由此形成波澜壮阔的大潮。代表作有《死魂灵》(或译《死农奴》)和《钦差大臣》。1809 年，果戈理生于乌克兰波尔塔瓦省米尔格拉德县一个小地主家庭。孩提时期的果戈理就对戏剧产生了浓厚的兴趣。果戈理从小就把文学看作为人类服务的高尚事业，为此曾不断试笔，但未获成功。1830 年春，《祖国纪事》杂志正式发表了他的中篇小说《圣诞节前夜》，同年 5 月，他同仰慕已久的普希金相识，结下了深厚的友情。这为果戈理走上文坛奠定了基础。1831 年至 1832 年，果戈理相继出版了《狄康卡近乡夜话》第一、二部，作品给他带来巨大声誉。1835 年相继出版的小说集《米尔格拉德》和《小品集》，代表着他迈出了创作的新步伐，标志着他从浪漫主义向现实主义的过渡和跨越。《米尔格拉德》中包括《旧式地主》《塔拉斯·布尔巴》《地鬼》和《两个伊凡吵架的故事》4 部中篇小说。1835 年创作的剧本《结婚》，揭示了婚姻中的等级观念和金钱关系。1836 年正式发表了讽刺喜剧《钦差大臣》。1842 年 5 月正式出版小说《死魂灵》。1852 年，果戈理烧掉《死魂灵》第二卷的手稿，不久后去世。

作品导读

《死魂灵》是俄国批判现实主义文学发展的基石，也是果戈理现实主义创作发展的顶峰。

小说讲述一个投机钻营的骗子、假装成六等文官的乞乞科夫买卖死魂灵(俄国的地主们将他们的农奴叫作“魂灵”)的故事。乞乞科夫来到某市后先用一个多星期的时间打通了上至省长下至建筑技师的大小官员的关系，而后去市郊向地主们收买已经死去但尚未注销户口的农奴，准备把他们当作活的农奴抵押给监管委员会，骗取大笔押金。他走访了一个又一个地主，经过激烈的讨价还价，买到一大批死魂灵，当他高高兴兴地凭着早已打通的关系迅速办好了法定的买卖手续后，其罪恶勾当被人揭穿，检察官竟被谣言吓死，乞乞科夫只好匆忙逃走。

在《死魂灵》中，果戈理通过五个地主形象，说明了俄国腐朽的农奴制不仅摧残了农奴，而且摧残了农奴主，由此得出结论：农奴制必须取消。作者通过乞乞科夫的形象，表现了新兴资产阶级的罪孽、人性的异化，以及人在畸形的环境（寄生生活）和欲望（金钱占有欲）驱使下会变成非人。

作品赏析

死魂灵(节选)

很早以前，在我的少年时代，在我那一去不复返地飞闪过去的童年时代，当我头一次走近一个不熟识的地方时，总是兴致勃勃的：不管是一处田庄也好，一座贫穷的小县城也好，一个村子也好，一片郊区也好，孩子的好奇的眼光到处都可以发现许多新奇有趣的东西。任何一幢建筑物，任何一件只要带有一点引人注目的特点的东西，都会使我止步停留，惊讶不已。不论是式样千篇一律的、有半数窗户是装饰性的、孤零零地耸立在一群小市民的圆木矮平房中间的官府房子，也不论是粉刷得雪白的新建教堂上面的、整个儿包着白铁皮的造型严谨的巍峨圆穹顶，不论是市集，也不论是在闹市里碰上的小县城的一个油头粉面的花花公子，——所有这一切都逃不过稚嫩而敏感的目光。我把鼻子伸出我那辆赶路的大车，忙不停地张望着，至今未曾见过的一件上衣的款式啦，在蔬菜铺的店堂里闪现的一木箱一木箱的钉子啦，葡萄干啦，肥皂啦，远远望去黄澄澄一片的松香啦，还有一桶一桶从莫斯科运来的已经发硬的糖果啦，我都会看得津津有味，一个踽踽独行的、只有上帝才知道从哪个省份给打发来尝味一下小县城的寂寞无聊的步兵军官啦，一个穿着一件腰眼里打褶子的短褂、乘着二轮马车匆匆而过的商人啦，我也会看得出神，遐想联翩，探究起他们颠沛困苦的生活来。只要有小县城的一个公务员走过，我便会沉思起来：他这会儿是上哪里去？到一个什么同事家里消磨一个夜晚呢，还是直接赶回自己的家，趁天色还没有全黑，在台阶上偷闲坐上半个来小时，然后同母亲、妻子、小姨以及全家老小一起坐下来吃晚饭？我也会猜想，当汤已经喝过，一个戴着铜币编制的颈圈的女婢或者一个穿着肥厚短褂的小厮拿来一支插在经久耐用的土制烛台上的油脂蜡烛的时候，他们一家人在谈些什么？当我临近随便哪一位地主的田庄的时候，我总好奇地打量着那一座高高的狭长的木造钟楼，或者一座宽大阴沉的木造的古老教堂。远处，透过青翠碧绿的树林，隐约闪现着地主宅第的红屋顶和白烟囱，这总使我觉得是那么诱人，我焦灼地等待着，等那些遮蔽房屋的树木向两边闪开，让房屋整个儿地展现在我的眼前，唷，在那个年代，它的外貌丝毫不显得俗气，我还会根据房屋的外貌竭力揣测：地主本人是一个什么样的人物？他是胖还是瘦？他是有儿子呢，还是有整整六个女儿，和有了她们就少不了的清脆悦耳的笑声、花样百出的游嬉，而最小的妹妹准是一个美人儿？她们是不是个个都长着黑眼珠？地主本人是一个嘻嘻哈哈的快活人，还是像九月底的秋天那样阴沉忧郁，整日价望着日历，絮絮叨叨地尽说些惹年轻人厌烦的关于黑麦和小麦的庄稼事儿？

现在，我是无动于衷地驶近任何一座不熟识的村子，无动于衷地望着它的平庸俗气的外貌；我的冷了下去的眼光觉得腻烦，我不再感到欢乐有趣，在以往的年代里会在我的脸上即刻激起反应、引起我欢笑和难以穷竭的言语的那些东西，现在都不留痕迹地闪滑过去，冷淡的沉默封锁住我一动也不动的嘴唇。哦，我的青春！哦，我的蓬勃的朝气！

当乞乞科夫正在沉思，暗笑庄稼汉给普柳什金起的绰号的时候，他却没有注意到，马车已经驶到有许多农舍和街巷的广阔村子的中心来了。不过，他很快就发现了这一点，因为圆木铺的路面让他受到了很沉重的一震，跟这比起来，城里的石子路面真算不得什么了。这些圆木像钢琴的键盘一样，忽而高，忽而低，一不留神，不是后脑勺撞出一个包，就是前额碰出一块青斑，再不然就是自己咬痛了自己的舌尖。他在所有的木头建筑物上都看出了某种特别陈旧衰朽的迹象：农舍上的圆木颜色发黑，旧得不堪；许多屋顶千疮百孔，像筛子一样；有些屋顶上只剩下了马头，两边只剩下一根根肋骨似的柱子。看来，是屋主人自己把椽子和板壁从屋子上拆走的，他们的想法当然也挺有道理：雨天农舍遮不了身，晴天屋子自己又不会漏水，和娘们儿厮混根本用不着这些屋子，反正小酒店里和大路上到处有的是地方，总之一句话，你爱上哪儿去都成。农舍的窗户都没有玻璃，有的窗洞里塞着一块破布或者一件粗呢大褂；屋顶下面搭着带有栏杆的小凉台，那是有些俄国农舍不知道为什么原因总要搭上一个的，凉台歪斜污黑，谈不上有什么诗情画意。从农舍的后面望去，在许多地方成排地竖立着巨大的麦垛，堆放的日子显然挺长久了；麦垛的颜色已经变得像烧制得很坏的旧砖头，上面长出了各种各样、乱七八糟的东西，旁边甚至还盘绕着灌木。麦子看来是归地主老爷的。在麦垛和破旧的屋顶后面，一片晴空底下，有两座紧挨着的乡村教堂，随着轻便折篷马车打弯的方向，忽而右忽而左地高高耸起，一眨眼又隐没不见了：一座空关着，是木造的；另一座是砖砌的，淡黄色的墙上布满污迹和裂缝。老爷的宅第先是不时隐约显露出它的局部，直到那一连串农舍的尽头处方才整个儿敞露出来，在那儿，取代农舍的是一大片荒芜的菜园，或者是一块白菜地，围着低矮的、有的地方已经断折的篱笆。这座古怪的城堡很长，长得出奇，看起来像一个衰朽不堪的残疾人。它有些地方是一层楼，有些地方是两层楼；在那不能完全遮盖它的衰败相的灰暗的屋顶上面，竖着两座遥遥相对的望楼，两座望楼都已经摇摇欲坠，一度鲜明光亮的油漆全部剥落了。屋子的墙壁有些地方仿佛龇牙咧嘴似的露出着光秃秃的、抹过泥灰的木架子，可以看出它们熬过了各种各样的恶劣天气，熬过了雨淋风吹和骤然多变的秋季天气。窗户只有两扇打开着，其余的都关得严严实实，拉下了百叶窗，甚至钉上了木板。连这两扇窗户也不大透光，其中的一扇还贴着用包装食糖的蓝色纸头剪成的暗沉沉的三角糊窗纸。

一座古老的、广阔的花园在屋子后面延伸开去，先是朝向村子，然后渐渐隐没在田野中间，虽说它蔓草丛生，荒凉寂寞，却似乎只有它在给这偌大的村子带来生气，也似乎只有它那一片别有情趣的荒芜景色充盈着诗情画意。无拘无束、繁衍枝蔓的树梢连成一片，横陈在天际，宛如一片片绿色的浮云和密密层层形状不严整的、微微抖动的华盖。一株被暴风雨和雷电折断了树梢的白桦树，从这片绿树丛中耸起它那粗壮的白色躯干，伫立在空中，像一根端正挺拔的、莹洁璀璨的大理石圆柱；往上看不见柱头，而只见劈断的、翘起一角的斜面，像是一顶深色的帽子套在雪白的圆柱上，或者是一只黑色的鸟儿蹲在那里。下面，蛇麻草紧紧压住成片的接骨木、花楸果和榛树，然后沿着这整片密如藩篱的树丛的顶端蜿蜒而过，终于爬了上去，盘绕直达备受摧折的白桦树的半腰。到了白桦树的半腰，蛇麻草又从那儿往下牵攀，搭住别的树的枝梢，或者就悬挂在空中，把自己尖细的钩形叶瓣卷成一个个小圆圈，让它们随风飘荡。被阳光照耀着的苍翠密林在有些地方彼此岔离开去，露出一片嵌在它们中间的未被阳光照到的凹地，有如张开着一只黑沉沉的大嘴。这片土地整个儿笼罩着阴影，在它黑洞洞的深处隐隐约约闪现出一条曲折狭窄的小径，一排倒塌的栏杆，一座摇摇欲坠的凉亭，一株衰朽的、有洞孔的杨柳树干，一丛颜色发白的灌木，它的枝叶都被密密的荒草野荆窒闷得枯萎了，盘错虬结在一起，像一团团浓密的毛鬃从柳树后面戳出着，最后，是枫树的新生幼嫩的分枝，从旁边伸出它的巴掌般大的碧绿叶瓣，阳光不知怎么的钻到了一片叶瓣下面去，忽然使它变得通体透明、火红，在这浓重的黑暗中奇妙地闪闪发光。在花园顶靠边的一头，好几株修长的、跟别的树不一般高的白杨树，在它们颤动的梢顶上高高举着一只只巨大的鸦窠。有几株树的枝条已经折裂，但还没有全断，跟枯叶一起低低地垂挂着。总之，一切都美妙极了，那是不论大自然，也不论艺术家，都怎样也构思不出来的，只有当大自然和艺术家结合在一起，只有当大自然用它的刻刀对人工的、经常是缺乏性灵的、过于烦琐的作品加以最后的雕琢，删削笨重累赘的大块文章，剔除趣味粗俗的精细工整，弥补寒碜的、把构思立意袒露无遗的破绽和疏漏，给只求均衡整齐的冷漠风格创造出来的一切注入奇异的温暖，——只有在那个时候，才会形成这一美妙的杰作。

转过一个弯或者两个弯之后，我们的主人公终于到了那幢邸宅的门前，此刻邸宅显得更加凄凉了。青苔已经盖满了围墙和大门上腐朽的木料。一大簇显然日见破败的房屋：下房、谷仓、地窖，挤满了大院；这些房屋的左右两边都可以看见有门通向别的院子。一切都说明：这儿有过一段时间家业经营的规模是非常大的，可是，在今天，一切都显得凄惨冷落了。看不到一点能使画面蓬勃有生气的景象，没有不时打开的门，没有川流不息、出出进进的人，没有任何热热闹闹的家务操劳和繁忙！只有一扇大门敞开着，那是因为一个庄稼汉赶着一辆满载货物、盖着蒲席的大车驶了进去，他的出现仿佛是特地为了活跃一下这块已经死去的地方：在别的时候，连这扇大门也是紧紧关闭着的，因为有一把巨大的锁挂在铁环里面。乞乞科夫很快就在一幢房子旁边发现了一个人影，这人正在跟赶着大车来的那个庄稼汉吵架。他很久都识别不出这是一个男人还是一个女人。她身上的那件衣服实在不伦不类，很像是女人的睡袍，头上戴着一顶乡下女仆戴的小圆帽，只有那条嗓子他觉得比起女人的来似乎嫌沙哑了一点。“噢，是个女的！”他自个儿寻思道，但转念一想，“噢，不是的！”“当然是个女的！”他再仔细打量了一下之后，终于这么说。对方也在盯着看他，来客在她的眼里仿佛是一件挺希罕的东西，因为她不仅打量了他，而且打量了谢里方，甚至把马也从头到尾都细细地看遍了。凭她腰里挂的那串钥匙和她刚才骂庄稼汉时用的那番相当粗野的话，乞乞科夫断定，这准是一个管家婆。

“我问你，大娘，”他跨下马车，说，“老爷在家吗？……”

“不在家。”管家婆没有听完他的问话，就打断他说。可是后来，隔了一分钟光景，找补了一句：“您来干吗？”

“有事哟。”

“请里屋来吧!”管家婆说着转过了身子,于是让他看到,她的背脊沾满了面粉,下面的衣服上有一个大窟窿。

他一跨进宽敞而昏暗的门廊,就仿佛进了地窖,有股子冷气向他迎面吹来。过了门廊,他踏进一间也很昏暗的屋子,只因为门的下面有一条阔缝透进一道光线,屋内方才略微有点亮光。他推开了这扇门,终于见着了阳光。可是,眼前的一片凌乱又叫他大吃一惊,仿佛这幢房子里正在洗刷地板,把全部家具暂时一古脑儿都堆到这儿来了。在一张桌子上甚至搁着一把断了腿的椅子,旁边是一座停摆的钟,钟摆上已经结了蛛网。也就在那儿,靠墙放着一口橱,里面有老式的银器、长颈玻璃酒瓶和中国瓷器。写字台原是镶嵌螺钿的,现在好多处螺钿已经剥落,只剩下几条填过胶的淡黄的槽痕,台上放的东西五花八门:一叠字迹密密的小纸片,上面压着一块有卵形把手的、颜色已经发绿的大理石镇纸,一本红色书脊皮封面的古旧的书,一只整个儿干瘪得不比榛果大的柠檬,一段圈手椅上的断把手,一杯不知是什么名堂的饮料,里面浮着三只苍蝇,上面盖着一页信,一小段火漆,还有一小片不知打哪儿拣来的破烂布头,两支蘸过墨水的、干得活像害痨病的鹅毛笔,一根完全发了黄的、可能还是法国人入侵莫斯科之前主人剔过牙齿的牙签。

墙上胡乱地、挨得紧紧地挂着好几幅画:一幅发了黄的长条版画画的不知是哪一场战争,上面有挺大的战鼓,头戴三角军帽、张口呐喊的士兵和淹进水里的战马,画没有配上玻璃,装在一个四角饰有纤巧的青铜嵌线和也是青铜的环形花纹的红木画框里。在这些画的旁边,一幅发了黑的巨幅油画足足占了半堵墙,画的是花卉、水果、一个剖开的西瓜、一个野猪头和一只倒悬的野鸭。天花板正中挂着一盏套着麻布罩的枝形吊灯,灰尘满布,挺像一只蚕茧,里面蜷伏着一条蚕。靠近墙犄角的地板上堆着许多更不雅观的、根本不配放在桌上的破烂。至于那里堆的是些什么,可真难以判断啦,因为尘垢积得这么厚,任何人用手去一碰,手就会变得像戴上了手套;只有一段断掉的木锹和一只旧的皮靴跟戳在外面让人看得比较清楚。要不是放在桌上的那顶破旧睡帽作证,无论如何也说不上这屋子是有人住着的。正当他在仔细端详这全部古怪的陈设的时候,边门打开了,他在院子里照过面的那个管家婆走了进来。可是这下子他看清了,这与其说是个女管家,还不如说是个男管家:女管家至少不刮胡子的呀,而这一位,恰恰相反,是刮胡子的,不过看来是难得刮一次,因为他的整个下巴颏和下腮帮子活像马厩里刷马用的铁丝篦。乞乞科夫摆出一副探询的神情,焦灼地等着,看管家要对他说些什么话。那管家也在等着,看乞乞科夫要对他说些什么话。乞乞科夫不料会碰上这样古怪的尴尬场面，终于熬不住，决心发问了：

“老爷在家吗？在自己房里，是不是？”

“主人就在这儿。”管家说。

“哪儿呀？”乞乞科夫又问了一遍。

“怎么啦，老爷子，您是瞎了眼，还是怎么的？”管家说，“哎呀呀！要知道，主人就是我呀！”

这时候，我们的主人公不由地往后退了一步，直瞪瞪地望着他。形形色色的人他见过不少，甚至连我和读者也许一辈子也没有机会见到的人物，他都见识过；可是，像这样的一位，他还没有看见过。这位先生的相貌倒也没有什么特别之处：和许多清瘦的老年人的脸几乎一样，只是下巴颏朝前突出得挺厉害，因此，一开口他就得用手帕把它捂住，免得唾沫横飞；一双小眼睛还没有失去光泽，在翘得高高的眉毛底下骨碌碌地转动着，像是两只小老鼠从暗洞里探出它们尖尖的嘴脸，竖起耳朵，掀动着胡髭，在察看有没有猫儿或者淘气的孩子守候在什么地方，并且疑虑重重地往空中嗅着鼻子。倒是他那身装束要别致得多，随便你用什么法子，花多大力气，也研究不出来他的这件睡袍是用什么料子做成的：袖管和衣襟乌黑油亮，简直像是做靴筒的上等鞣皮，背后原是两片下摆的地方飘挂着四片下摆，棉絮成团地从那儿直往外钻。系在他脖颈上的也是一件莫名其妙的玩意儿：不知是袜子，还是吊袜带，还是肚兜，反正说什么也不是领带。总之一句话，要是乞乞科夫在随便一个什么地方的教堂门口碰上了他，凭他这副打扮准会布施给他一个铜板的。因为我们的主人公有一个值得称道的长处，他的心肠挺软，他总不忍心见到穷人而不给一个铜板的。可是现在，站在他面前的不是一个穷要饭的，站在他面前的是一位地主呀。这位地主拥有一千多个农奴，哪一家也找不出像他那样多的麦谷、面粉和仅是成垛地堆在田里的粮食，哪一家的储藏室、粮仓和栈房里也没有堆积着那样多的布匹、呢料、硝过的和没有硝过的羊皮、晒干的鱼、各种各样的菜蔬或者瓜果菌蕈。如果有谁到他的作坊大院里去瞧一眼，看到堆放在那儿的各种木材和永远不派用处的器皿，他准怀疑自己别是闯进了莫斯科的木器市场，那是手疾眼快的姑姑奶奶们，身后带着厨娘，为办货而每日必去之处，那儿各式各样以树木为材的器具白花花地堆积如山——榫合的，车光的，手雕的，编织的，真是应有尽有：木桶，木盆，双耳木坛，有盖的木甏，带嘴的和不带嘴的木壶，圆形的小口木罐，柳条筐，妇女放麻线和其他小零碎的篮筐，又细又弯的白杨木条编的箩筐，桦树皮编的小圆盒，以及许许多多不论富的还是穷的俄罗斯人都要用的好东西。旁人看来，普柳什金要这些多得数不清的东西有什么用处呢？这些东西哪怕给两处像他的村子那样大小的田庄用，一辈子也用不完，——可是，他连这些还嫌少。既然不满足于已经有的，他就每天在自己的村子里满街地转，桥墩下张张，屋梁下望望，凡是落进他眼里的东西——一只旧鞋跟、一片娘儿们用过的脏布、一枚铁钉、一块碎陶瓷片，他都捡回自己的家，放进乞乞科夫在墙犄角发现的那堆破烂里。“瞧，那打鱼的又干他的营生去啦！”庄稼汉们见到他出门搜捕猎物，就这么说。的确，他走过之后街巷已经不用再打扫了：曾有一回，一位过路军官失落了一根马刺，一眨眼这马刺就进入了那堆破烂里；如果哪个女人在井旁一不留神，丢下了一只水桶，他立刻把水桶也拎走了。不过，要是眼快的庄稼汉当场逮住了他，那他倒也不争辩，就交出那偷得的东西；可是，一旦东西进入了那堆破烂，那么，一切全完啦：他会赌咒发誓，说东西是他的，是他从哪儿、向谁买来的，或者是祖老太爷手里传下来的。即使在他自己的房间里，不论在地板上见到什么——一小段火漆也好，一小角纸片也好，一小截鹅毛笔也好，他都要一一捡起来，搁到写字台或者窗台上去。

可是，有过那么一段时光，他只是一个克勤克俭的当家人！他有妻室儿女，左邻右舍常常上他家去串门吃饭，聆听和学习他的持家之道和精打细算的本领。一切都显得生机勃勃，有条不紊：水磨、制毡机在辘辘转动，呢绒厂、木工车床、纺织工场都在不歇地工作；主人犀利的目光射进每一个角落、每一件事情，好比一只勤奋的蜘蛛在它那张苦心经营的网上忙碌而又灵活地上下奔走。他的脸上虽然从来不曾反映出过分强烈的情感，但是眼睛里却透露出智慧；他的谈话充满着经验和世故，因此客人都乐意听他讲话；殷勤、健谈的女主人素有好客的美名；迎面走出来的是他的两个可爱的女儿，两人都长着淡黄的头发，都像蔷薇花那样娇艳；跳跳蹦蹦出来的是他的儿子，一个活泼淘气的小家伙，见人就拥抱接吻，而不大问这是不是叫客人高兴。屋里的窗户统统打开着，阁楼上住着一位法国教师，他胡子刮得精光，打枪是个能手：每到午饭时刻总要带回几只鹌鹑和野鸭作为添菜，但有时也会只带回几个麻雀蛋，那时他就叫人煎了自己享用，因为全家上下再没有人要吃煎蛋的。阁楼上还住着一位他的女同胞——两位小姐的教师。主人总是穿着常礼服来到饭桌旁，衣服虽说穿得有点旧了，但是干干净净，肘弯处都还完整，哪儿也不见一个补丁。可是，善良贤惠的女主人去世了；一部分钥匙，连同一部分琐屑的操心事，从此落到了他的身上。普柳什金变得更加不知安宁，并且像所有的鳏夫一样，变得更加多疑和吝啬起来。对大女儿亚历山德拉·斯捷潘诺夫娜他不能够事事放心，并且他也的确没错，因为隔了不久亚历山德拉·斯捷潘诺夫娜就和一个天晓得属于哪个骑兵团的上尉私奔了，她知道父亲出于一种古怪的成见不喜欢军官，似乎军官个个都是赌棍和败家子，所以和上尉在某处一个乡村教堂里匆匆举行了婚礼。对她的出走父亲只送去了诅咒，倒也不费神去把她追回。家里变得更加空荡荡了。在主人的身上吝啬开始暴露得更加明显，他那粗硬头发里冒出的星星白发，吝啬的忠实朋友，又进一步助长了这种恶习的发展；法国教师被辞退了，因为儿子已经到了供职的年龄；法国太太给撵走了，因为在亚历山德拉·斯捷潘诺夫娜被人诱拐的丑事里面她并不是清白无辜的；儿子一到了省城，原来应该依照父亲的意见在民政厅里谋一个实实在在的差事的，结果却进了兵团，并且只是在进了军界之后，为了要钱做制服，方才写信禀告父亲的。他得到的回复，极其自然的是俗话所说的"碰了一鼻子的灰"。最后，连唯一留在家里陪伴在他身边的女儿也死了，从此之后，老头儿一个人成了他全部家产的看守、保管和主人。孤独的生活给吝啬这一恶习增添了丰富的养料。而吝啬，正如大家所知道的，有狼一般的胃口，越吃越贪婪。在他的身上，人的感情本来就不深厚，现在一分钟一分钟地枯竭下去，于是，在这片废墟里每天都要消失掉一点东西。正好在这当口，仿佛有意证实他对军人的看法似的，他的儿子打牌把钱输得精光，他出自真心地给儿子寄去了作为父亲的诅咒，从此之后他再也不去过问，儿子是活在人间，还是已经死了。他屋里的窗户逐年一扇一扇地被关上，最后只剩下两扇开着，而其中的一扇，如读者已经看到的，还给糊上了纸；主要的家计一年胜似一年地被荒废了，他那狭隘的目光所关注的只是他收集在自己房间里的一些碎纸片和破鹅毛笔；对待上他家去收购农产品的顾客，他越来越寸步不让；顾客们讲价钱讲得唇焦舌敝，最后都不再上他的门了，他们说，这简直是魔鬼，而不是人；干草和粮食在霉烂，禾垛变成真正的粪堆，只差在上面栽种白菜，地窖里面粉结成了石块，非得劈碎了才能够用，呢料、麻布和粗布简直碰都碰不得：一碰就会化成一团团的飞尘。他有些什么家私，一共有多少，连他自己都已经记不清楚，他只记得，在他那口橱里的哪一个地方搁着一只酒瓶，里面有点喝剩的陈酒，在瓶上他亲手做过记号，以防有人把酒偷喝掉，也还记得在哪儿有一截鹅毛笔或者一小段火漆。尽管如此，田庄里租税收入照旧不变：庄稼汉得照旧如数送来地租，每个农妇得照旧缴上那么多的胡桃，织布女工得照旧织出那么多的麻布——然后，所有这些东西全被堆进储藏室，渐渐烂掉，被虫蛀空，连他本人最后也成了人类身上一个被蠹蚀的空洞。亚历山德拉·斯捷潘诺夫娜曾经带着一个小男孩儿来过约莫两回，想能不能好歹得到点东西；看来，和骑兵上尉一起东飘西荡的军伍生活并不像婚前想象得那样美妙。普柳什金虽然宽恕了她，甚至把放在桌子上的一颗纽扣给外孙玩了一会儿，可是，一个钱也没有给她。亚历山德拉·斯捷潘诺夫娜第二回来的时候带了两个小孩儿，还送给他一个当茶点的甜圆面包和一件新睡袍，因为爸爸身上的那件不仅叫她看了心中有愧，而且也使她感到脸上无光。普柳什金和两个外孙亲热了一番，把他们抱在膝盖上，一个放在右腿上，一个放在左腿上，颠得他们完全像骑在马上一样，面包和睡袍都收下了，可是一丝一毫也没有送给女儿；亚历山德拉·斯捷潘诺夫娜就此两手空空地走了。

现在，在乞乞科夫面前就站着这样一位地主！应该说，在一切事物都喜爱舒展而不喜爱蜷缩的俄罗斯，这种现象是罕见的，若和就在邻近出现的一位地主相比，那会显得格外稀奇，因为那位地主逞着俄罗斯人的豪放性格和大爷脾气，整日价恣意地寻欢作乐，或者如俗话所说，过着花天酒地的生活。一个没有见过世面的过路人看到那位地主的府第，准会惊叹不止，停下脚步，他弄不明白，是哪一位有财有势的天潢贵胄竟然纡尊降贵厕身到一群愚昧无知的小地主中间来啦：他那一幢幢白色的石砌房屋，上面竖着无数的烟囱、望楼、风标，四周被成群的边屋和各式客房团团围着，望过去简直像是一座座宫殿。他还能缺什么呢？演戏，舞会，这都有啦；花园里通宵达旦地灯火通明，飘荡着嘹亮的音乐声。有半省的人士盛装艳服兴高采烈地在树底下游嬉，尽管在这个时候，从树丛深处会像舞台布景似的探出一条枝桠，那枝桠在人工光线的照耀下已经失去了原有翠绿的颜色，而越往上升它越阴暗，越森严，等到横陈在夜空中间，它那黑影更是显得狰狞可怕，还有那些严峻的树梢，在高处抖动着树叶，一步步往漆黑的夜色里退去，仿佛十分憎恶地面上照亮它们根部的浮华虚幻的光彩似的，——尽管这样，却没有一个人感觉到在这一片人为的光明中含有着什么荒唐的、令人心寒的迹象。

普柳什金一言不发地站着已经有好几分钟了，而乞乞科夫被主人的外貌和他屋内的种种景象分散了注意力，一时也还不知道把话从何谈起。他久久想不出用什么措辞来说明他这次登门拜访的原因。他差点已经要说出诸如此类的话来：久闻他德高望重，品格不凡，所以认为自己责无旁贷必须登门拜谒，表示钦慕。可是转念一想，立刻觉得这未免过分了。他从眼梢里把室内的全部陈设再打量了一下，觉得“德高望重”和“品格不凡”这些字眼完全可以用“自奉甚俭”和“持家有方”来替代，于是，他把话作了如此修改之后说：久闻他自奉甚俭，治理田产有方，所以认为自己责无旁贷必须登门亲睹仪容，并表敬意。当然，可以举出另外一个更为合适的理由，可是一时脑子里实在转不出别的念头来了。

普柳什金听了只是努动嘴唇咕哝了一声，由于他的牙齿全都掉光了，他到底说了些什么，一点也听不清楚，但意思大致是这样的："什么敬意，去你的吧！"不过，因为在我们的国家里好客之风是这样盛行，连吝啬鬼也无法破例，所以，他接着就略微清楚一点地找补了一句："请坐，请！"

"我好久不见有客来啦，"他说道，"不过，说句实话，有客来，我不见得有多大的好处。现在就兴互相串门这种挺不像话的风气，却把田庄上多少事儿都撂下不管……再说，你还得喂他们的马干草吃！我是早就吃过午饭啦，我的厨房坏得不成样子，连烟囱也全塌啦；要是在灶里生个火呀，还准惹出一场火灾来哩。"

"原来是这样！"乞乞科夫自个儿心里想道，"幸亏我在索巴凯维奇家里吃了一个奶渣饼和一块羊胸脯子。"

"还有人这么挖苦我，说是走遍整个田庄也难找出一把干草来！"普柳什金接着说道，"不过也确实，干草哪能积得起来呢？地只有一小块，庄稼汉又懒，都不爱干活，尽想到酒店里去喝一盅……眼看老来要去讨饭喽！"

"可是，我常听人家提起……"乞乞科夫谦恭地说，"您有一千多个魂灵哩。"

"那是谁说的？您呀，老爷子，您该朝说这话的人眼睛里啐一口唾沫才对！这个促狭鬼，看来他是想跟您开个玩笑。说是有上千个魂灵，可是你去算一算看，一场空啊！这三年来该死的热病就把我的好大一批庄稼汉给折磨死啦。"

"真有这样的事！死了许多吗？"乞乞科夫挺感兴趣地叫了起来。

"是啊，许多人送了命。"

"那么请问，数目有多少呢？"

"八十来个。"

"真的？"

"我不会撒虚谎，老爷子。"

"请容许我再问一声，这些个魂灵，我想，您是从最近一次人口调查后算起的吧？"

"要是这样，还得谢天谢地啰，"普柳什金说道，"糟就糟在，要是从那个时候算起，就得有一百二十个啦。"

"真的吗？整整一百二十个？"乞乞科夫又尖声叫了起来，这回他惊讶得连嘴也有点合不拢了。

"我老啦，老爷子，不兴撒谎啦，我是六十开外的人啦！"普柳什金说道。

对于这样几乎是高兴的叫喊他似乎有点生气。乞乞科夫发觉，对别人的痛苦这样无动于衷的确不成体统，所以他赶紧长叹了一声，并且说他对此深深感到同情。

“可惜同情不能当饭吃，”普柳什金说道，“就说住在我附近的那个上尉吧，鬼知道他是打哪儿来的，尽说是我的亲戚，开口‘大伯’，闭口‘大伯’，还吻我的手哩，而一同情起来，就那么拉直了嗓门哭呀喊的，差点儿把你的耳朵给震聋啦。一张脸哪，通红通红的，大概老是在没命地灌烧酒。他那几个钱肯定是在当军官那会儿输光了，要不就是给一个女戏子骗走了，所以他这才来同情个没完！”

乞乞科夫竭力解释，他的同情和上尉的完全不一样，并且他不讲空话，而准备用行动来加以证实，接着，他不再耽误正事，立刻直截爽快地声明，他愿意担负所有那些死得如此悲惨的农奴的人头税。这个建议看来完全出乎普柳什金的意料。他瞪大了眼睛，朝乞乞科夫看了许久，方才问道：

“您老爷子有没有干过军职？”

“没有啊，”乞乞科夫相当机警狡猾地回答道，“我原是做文职的。”

“文职？”普柳什金把这个字眼重复了一遍，于是就努动起嘴唇来，仿佛在嚼食什么东西似的，“可这是怎么回事呢？这不是叫您自己明吃亏吗？”

“只要您高兴，我就是吃亏也心甘情愿呀。”

“哎呀，老爷子！哎呀，我的救命恩人！”普柳什金尖声叫了起来，他快活得没有觉察，此刻从他的鼻孔眼里极不美观地挂出一条像浓咖啡那样颜色的烟丝般的东西，并且睡袍下摆也豁了开来，露出了极不雅观的衬裤。“您这下可叫老人宽心啦！哎呀，我的老天爷！哎呀，我的大圣人！……”普柳什金再也说不下去了。可是，不到一分钟的工夫，那么突然出现在他泥塑木雕般的脸上的欢乐，也就那么突然消逝不见了，仿佛它压根儿不曾有过似的，接着他的脸上重又恢复了一副忧心忡忡的神气。他甚至用手帕抹了一下脸，然后把它揉成一团，拭起自己的上嘴唇皮来了。

“请容许我问一声，您可别生气啊，您怎么就决定每年由您来付这笔人头税啦？那么，钱是给我，还是给公家呢？”

“我看咱们就这么办：咱们立一个买卖契据，好像他们都还活着似的，而您好像是把他们卖给了我。”

“好哇，立个买卖契据。”普柳什金说着迟疑不决起来，并且又开始咬他的嘴唇皮了，“可是，立买卖契据——都得花钱呀。那些文书老爷心可黑啦！从前，花上半卢布，再添上一袋面粉，就能够对付过去啦，可是现在，你得孝敬满满的一车麦谷，外加一张红票子，瞧，有多么贪财！我真不明白，怎么教士们对这些全都不闻不问呢，该出来教训几句吧，不管怎么说，对上帝的话总违拗不得的。”

“可你这个人哪，我看，准会违拗！”乞乞科夫自个儿心里这样想，可是嘴上立刻说，出于对他的崇敬，连立契据的费用也情愿由自己来负担。

一听到连立契据的费用都归他来负担，普柳什金断定，来客是一个十足地道的傻瓜，只是装成原是吃文职饭的样儿，而实际上十拿九稳当过军官，也是个追女戏子的色鬼。不过，尽管这样想，他也掩盖不住自己的高兴，因此，不仅祝愿来客太平如意，而且不曾问问清楚他是不是已经有了子息，就还祝愿他的子女也太平如意。他走到窗口，用手指敲了敲玻璃，叫了一声：“喂，普罗什卡！”立刻听到有人慌慌张张奔进门廊，在那里忙乱了一阵子，把皮靴跺得橐橐的响，最后门打开了，走进了普罗什卡，这是一个十三岁上下的男孩儿，穿着一双大得出奇的长筒皮靴，一走路脚几乎就要从里面滑出来。普罗什卡怎么会有这样大的靴子呢，这一点立刻就可以明白啦：原来普柳什金不管家里有多少仆人，只给他们大伙儿备一双靴子，并且靴子总得放在门廊里。每个被唤进老爷里屋去的仆人通常都光着脚连奔带跳地穿过整个院子，可是，进了门廊就得穿上靴子，这样才可以走进房间。一出房门，他又得脱下靴子，仍旧放在门廊里，再光着脚板走回去。如果在秋天，尤其是在早晨初降薄霜的日子里，有人往窗外望一眼的话，他准能看见所有的仆人都在一蹦三跳，动作之迅捷是连戏院里最矫健灵活的舞蹈演员也未必能够做到的。

“老爷子，您来瞧瞧这副嘴脸！”普柳什金手指着普罗什卡的脸，对乞乞科夫说道，“人蠢得像根木头，可是只消你放下一点东西，他转眼就偷走啦！喂，你来干什么的，蠢货，你说，来干什么的？”说到这儿他把话停了一下，但普罗什卡也还是不搭腔。“听着，把茶炊烧旺了端来，喏，拿着钥匙，交给玛芙拉，叫她上储藏室去。那里架子上有个烤干的甜面包，就是亚历山德拉·斯捷潘诺夫娜带来的那个，拿它来当茶点！……站住，你急着上哪儿？蠢货！嗐，蠢货！哎呀，真是一个蠢货！你脚底抹了油，还是怎么的？……你先把话听明白了：面包上面的一层说不定有点坏了，那就叫她用刀刮掉，面包屑可别扔了，要放到鸡棚里去。不过，你得留神点，你这个小子不许踏进储藏室，要不，你听明白了！我就给你点桦树笤帚的滋味尝尝！我看，现在你的胃口敢情正好着，那好，让它再好一点！不信，你倒进储藏室去试试，反正我待会儿就从窗口看着。对他们这种人一点都不能够相信。”当普罗什卡拖着他那双大皮靴给打发走了之后，他转过脸对乞乞科夫说道。在这之后，他甚至对乞乞科夫也不时投去充满狐疑的眼光。他开始觉得这样不同寻常的慷慨大度简直是难以置信的，他心里寻思道："鬼才知道他哩，说不定他和所有那些败家子一样，只不过是个牛皮大王，吹得天花乱坠，无非是为了好跟你聊上一阵子，把茶喝个痛快，完了就拍拍屁股走啦！"于是，既是出于谨慎，同时也是由于想对来客略微加以一点考验，他说，要是能够快一点立下契据，倒也不坏，因为口说无凭，对人他不能够完全放心。天有不测风云，人有旦夕祸福呀。

乞乞科夫声明，哪怕即刻立下契据，他都愿意，并且提出只需给他一份全部农奴的名单就行了。

这使普柳什金放下了心。现在，他显然在筹划办一件什么事情。果然，他摸出钥匙，走到碗橱跟前，打开橱门，在杯子和碗碟之间翻寻摸索了半天，最后说："怎么也找不到哇，可是我明明有一瓶上等的甜酒，除非被人偷喝掉啦！这批人真是十足的强盗坯！哦，可别就是它！"乞乞科夫看见他双手捧着一只酒瓶，瓶上积满灰尘，活像套着一件毛线衫。"还是我那死去的内人做的，"普柳什金接着说道，"管家这鬼婆子大概就顺手把它一撂，连瓶塞都没塞上，混账！有多少个小虫子和各种各样的脏东西会落到里面去哟，不过我已经把脏东西统统掏出来啦，现在挺干净的啦，让我来敬您一杯。"

可是，乞乞科夫竭力谢绝了这样的甜酒，他说，他已经喝过了，也吃过了。"已经喝过了，也吃过了！"普柳什金说道，"当然，当然，上等人嘛，不管走到哪儿，一眼就看得出来，他不吃，却总是饱饱的；不比那种偷鸡摸狗的，任凭你给他吃多少，也填不饱他的肚子……就说那个上尉吧，一进门就直嚷嚷：'大伯，拿点吃的来吧！'可我哪儿是他的什么大伯，就像他成不了我爷爷一样。准是自己家里没得吃的，这才串门来啦！对，您说要一份所有那些懒鬼的花名册？没问题，凡是我知道的，我已经把他们统统专门抄在一张纸上啦，为的是一旦来调查人口，就可以把他们全部一笔勾销。"普柳什金戴上眼镜，在纸堆里翻寻起来。在解开一捆捆纸片的时候，他请客人吃了那么多的灰尘，害得后者打了一个喷嚏。后来他终于抽出一张上下四周都写满了字的小纸片，农奴的姓名像蚊子那样密密麻麻地占满了纸片。那里各式各样的姓名都有：巴拉摩诺夫、庇缅诺夫、班台莱依摩诺夫，甚至还出现了一个格利戈里·达耶兹查依—涅—达耶杰施；总共有一百二十多个。见到这样一个大数目，乞乞科夫禁不住微微笑了一笑。他把名单小心翼翼地放进口袋，提醒普柳什金说，为了签订契据，他务必进城一趟。

"进城？那怎么行？……这个家怎么能够丢下？要知道我的底下人不是贼，就是骗子手，一天工夫就会把我偷个精光，叫我连外套也没得钉子好挂啦。”

“那么，您就没有一个熟人了吗？”

“能有谁是熟人呢？所有我的熟人不是死了，就是和我断了来往。哦，老爷子！怎么没有，有哇！”他尖声叫了起来。“厅长本人就和我认识，早先常上我这儿来串门的，怎么不认识呢？还是小学同班，一块儿爬过篱笆来着！怎么不熟呢？熟极啦！要不就给他写封信吧！”

“当然得给他写。”

“怎么不熟呢，熟极啦！还是小学里的伙伴哩。”

说着，在这张呆木的脸上蓦地闪现一道温暖的亮光，这并不是感情的流露，而是感情的某种苍白的影子，一种类似溺水的人出乎意外地浮出了水面，引起聚在岸边的人群一阵欢叫的现象。喜出望外的兄弟姊妹们从岸上抛去绳索，盼望会不会再次冒出他的背脊或者挣扎得已经乏力的手臂，可是，一切都是枉然，——那次的出现已经是最后的一次了。四周一片沉寂，在那之后重归平静的无情流水的表面显得更加可怕和空虚了。同样，普柳什金的脸，当一刹那在它上面闪现的感情消逝之后，也显得更加麻木，更加猥琐了。

“桌上原有小半张白纸的呀，”他说道，“可现在不知到哪儿去了。我的底下人全是些混账东西！”说着他开始往桌上桌下张望，四处翻寻，最后喊叫起来：“玛芙拉！来哪，玛芙拉！”应声来了一个女人，手里端着一只碟子，上面放着读者久闻其名的面包干。于是，主仆之间发生了这样一段对话：

“你这个强盗婆，把纸藏到哪儿去啦？”

“老天在上，老爷，除了您自己盖在酒盅上的那张小纸片，我没见过什么纸。”

“可我从你那双贼眼里就看得出来，是你捞走的。”

“我把它捞去干吗？我要纸一点用处也没有；我又不识文断字。”

“你撒谎，你把它给那个教堂打杂的去了。他是识得几个字的，所以你就拿去给他啦。”

“可人家教堂打杂的要纸的话，他自己会弄到的。他才没见过您那张破纸哩。”

“那你就等着吧，到了末日审判那一天，为了这一桩罪过，魔鬼要用铁枷来烙你！你等着吧，看他们把你烙得个皮焦肉烂哇哇叫！”

“凭什么要烙我呀，那小半张纸我又没沾过手。说我有什么别的女人家的短处倒也罢了，可还没人编排过我偷东西哩。”

“可魔鬼就是要烙你！他们一边说：‘你这滑头，你欺骗了老爷，这下要给你点厉害看看！'一边就用烧红的铁枷来烙你！"

"可我会说：'冤枉！老天在上，冤枉，我没拿过……'咦，它明明就在桌上。看您总是平白无故地冤枉人！"

普柳什金果真看到了那小半张纸，一时说不出话来，他努动了一下嘴唇，又开口说道："哟，你怎么敢这样放肆？好一张利嘴！你说她一句，她就回敬十句！去拿个火来让我把信封上。慢着，我看你准会随手抓根油脂蜡烛来的，油脂这玩意儿好烧，一烧就没了，只是叫人糟蹋钱，你还是给我拿根松明来得了！"

玛芙拉走了，普柳什金往圈手椅里坐定，拿起一支鹅毛笔，把小半张纸翻来转去琢磨了半天，看看能不能从它上面再裁下小半张来，可是他最后断定，那是万万办不到的了；他把笔伸进里面装着一种起了霉花的液体、底上还积了许多苍蝇的墨水壶，蘸了一蘸之后开始写了；他把字母一个个描绘得跟乐谱上的音符一样，每分每秒钟都在稳住他的大有满纸挥洒之势的手腕，让一行一行字贴得挺紧挺紧，一边还不无遗憾地想：无论如何还会留下很多完全空白的地方。

一个人居然会堕落到这样卑微、悭吝、丑恶的地步！居然会变得这样厉害！这像是真实的吗？一切都和真实的一样，在一个人的身上什么变化都是可能发生的。今天一个热情如焚的年轻人，如果看见自己到了暮年的画像，也许会惊骇万分，慌忙后退的。所以，当你们向温柔的青年时代告别，跨入严酷的、使人心肠变硬的成年的时候，你们要把人的全部感情带着上路，可千万不要把它们在中途失落了，不然的话，往后就找不回来啦！那等待在前面的老年阴森可怕极了，无论什么东西它都不会归还给你们的！坟墓要比它仁慈一些，在坟墓上还会写着：某人安葬于此！可是，在失去人性的老年的冰冷麻木的脸上，你们可什么也别想看到啊。

"您有没有什么朋友，"普柳什金一边折着信纸，一边说道，"需要逃掉的魂灵？"

"您还有逃掉的魂灵？"乞乞科夫定了定神，赶紧追问道。

"正是有啊。我的女婿已经查对过了。照他的说法，人好像全都早已逃得没踪没影啦。不过，他是军人，要说敲响马刺行个礼儿，那他倒挺在行，但要跑跑法院告状打官司……"

"那么，他们的数目是多少呢？"

"也有七十来个。"

"真的？"

“老天在上，不假！要知道我这儿年年有人逃跑。农奴百姓嘴馋得很，加上闲散就养成了好吃懒做的坏习气，可我连自个儿都没有什么东西吃……要是有人想买他们，不论出什么价钱，我都乐意卖。您不妨告诉贵友：只消找回十个，他就有好大的一笔出息啦。要知道，一个纳税农奴现在时价要值五百卢布哪。”

“不，关于这桩买卖咱们可不能让朋友探到半点风声。”乞乞科夫自个儿心里想道，接着他说明，这样的朋友是怎么也找不到的，还说光是告这个状就要破费更多的钱，因为跟法院千万沾不得边，还是敬而远之为妙；不过，他又说，既然普柳什金的确如此窘困，他于心不忍，准备出……可是，这区区小数甚至不值一提。

“可您到底能出多少呢？”普柳什金问道，露出一副贪婪的神色，活像一个犹太人；两只手有如水银般地抖索起来。

“依我看，每个农奴二十五戈贝。”

“那您怎么个买法，现付吗？”

“对，马上付现钱。”

“不过，老爷子，看我一贫如洗的分上，您就出四十戈贝吧。”

“最尊敬的先生，”乞乞科夫说道，“别说四十戈贝，就是五百卢布我也肯出！我心甘情愿地出，因为我亲眼看见一位可敬的忠厚长者由于心地善良的缘故正在受苦受难。”

“老天在上，正是这样！老天在上，千真万确！”普柳什金说着垂下了头，悲痛欲绝地摇了摇，“都是吃了心地善良的苦啊。”

“您瞧，我一眼就明白了您的品格。那么，我怎么能够要买一个农奴而舍不得五百卢布呢？可是，我苦于没有资财，要是再加上五戈贝，那好，我同意，这样每个魂灵就卖到三十戈贝啦。”

“哦，老爷子，全凭您的一句话啦，您哪怕再添加两个戈贝吧。”

“好，我再加两个戈贝。您一共有多少逃奴？您好像说过有七十个？”

“不。细算下来总共有七十八个。”

“七十八，七十八，每个魂灵三十戈贝，那就是……”这时我们的主人公至多考虑了一秒钟便脱口而出：那就是二十四卢布九十六戈贝！”他的算术本领是十分高明的。他立刻要普柳什金写了一张收据，付了钱给他；普柳什金伸出双手接过了钱，那么小心翼翼地往写字台跟前捧去，仿佛捧的是一种液体，每走一步都怕把它泼翻似的。到了写字台旁，他把钱再数看了一遍，然后又是非常小心翼翼地把它们放进一只抽屉里去，钱就注定要被埋在那里，直等到他村里的两位教士，卡尔普神父和波里卡尔普神父，护送他本人入土，叫他的女婿和女儿，可能还有那位硬和他攀亲道故的上尉，高兴得无法形容的那天为止。把钱藏好之后，普柳什金就往圈手椅里坐定，这时他好像再也找不出谈话的资料了。

“怎么，您已经打算走啦?”当他发现乞乞科夫微微一动的时候说道，而乞乞科夫只是想从口袋里摸出手帕罢了。

这一问提醒了他：的确没有必要再在这儿磨蹭了。“对，我该走了!"说着他拿起了帽子。

“那么茶呢?”

“不了，茶最好还是改日来喝吧。”

“那怎么办，我已经吩咐人烧茶炊去了。说句实话，我本人根本不爱喝茶，喝这玩意儿费钱得很，何况糖又狠命地涨了价。普罗什卡！不用烧茶炊啦！面包干交给玛芙拉，听见没有。叫她放回原来的地方去，不，你还是拿到这儿来，我自己送回去。再会啦，老爷子，愿上帝保佑您，至于信呢，烦劳您转交给厅长啦。对，不妨让他看了，他是我的老朋友。怎么不是呢！我和他原是小学里的同班呀!”

说完，这个怪物，这个缩头缩脑的干瘪老头儿把他送出了前院，客人一走，普柳什金就吩咐把大门立刻锁上，然后到各个储藏室走了一圈，看看那些看守是不是都在各自的岗位上，而他们个个正站在各处的墙犄角边，手里拿着木锹，用一只空桶代替铁板在嘭嘭地敲着；接着他拐进厨房，借口要尝尝底下人伙食的好坏，把麦糊菜汤吃了个够，又把所有的仆人一个不漏地臭骂了一顿，骂他们手脚不干净，品行不规矩，在这之后他方才返回自己的房间。等到只有他一个人的时候，他甚至盘算了一下，他该怎样感谢来客的这种确实无与伦比的慷慨大量才好。“我要送给他一件东西，”他自个儿心里想，“送给他一只怀表，这可是一只挺好的银表，不比什么镀金的或者青铜的，虽说有点坏了，但他可以给自己修一修。他还是一个年轻人，为了讨未婚妻的喜欢，他需要有只怀表！不，”他思忖了一会儿之后，又对自己说，“我不如写在遗嘱里，等我死了留赠给他，好让他时时刻刻怀念我。”

可是，我们的主人公纵然没有怀表，心情也快乐非凡。这样意外的收获的确是一份名副其实的厚礼。不管怎么说，明摆着不仅有死掉的魂灵，还有逃掉的魂灵，并且总共有二百多个！当然，在他驶进普柳什金的村子的时候，他已经预感到会有些油水可捞，但是像这样的好买卖他可万万没有料想到。一路上他异乎寻常地快活，不时吹着口哨，还把拳头凑在嘴边，鼓动着嘴唇，像吹喇叭似的吹着，最后索性哼起一首歌子来，曲调是那样的别致，以致谢里方听着听着，后来微微地摇晃了一下脑袋，说："瞧人家老爷是怎样唱的！"当他们驶近城关时，暮色已浓。阴影完全和光点浑然一体，连景物本身似乎也化成模模糊糊的一片了。斑斓多彩的拦路杆蒙上了一层难以分辨的颜色；站岗哨兵的胡髭仿佛长到了额骨上，比眼睛高出许多，并且脸上似乎压根儿没有鼻子。车轮的隆隆声和车身的颠簸使人觉察到马车已经走上了石子路。街灯还没有点上，只有在几处地方从人家的窗户里开始陆续射出灯光，而在那些静街僻巷里有人在吵嘴，有人在说话，凡是有大批士兵，马车夫，工匠和一种裹着红披巾、光脚穿着皮鞋、像蝙蝠般在十字街头窜来窜去的闺秀模样的特殊人物的都市，一到夜间总少不了这样的一派风光。对这些人乞乞科夫一概不曾留意，他甚至没有发现有许多摇晃着手杖的瘦个儿官员，他们大概到城外溜达了一程之后正在往家里走吧。只是偶尔有几声仿佛是娘儿们的叫喊传到了他的耳朵里："你胡说，酒鬼！我根本没让他那么胡来！"或者是"别动手呀，粗坯，上局子里去好了，到了那儿我再跟你讲个明白！……"总而言之，是一些叫一个二十岁的沉溺于幻想的年轻人听了之后准会一下子臊得浑身冒汗的话，因为那时候他刚看完戏往家里走，脑子里装的尽是西班牙的小巷，月夜，手抱三弦琴、披着一头鬈发的美妙女郎的姿影。还有什么幻想、什么美梦没有在他的脑海里浮现呢？此刻，他正在九天之上，到了席勒身边做客——可是，突然在他的头上，有如一声霹雳，响起了那些大煞风景的脏话，于是，他发现自己重又回到了地上，甚至就在干草市场上，甚至就在那家小酒店的近旁，并且生活仍旧像平日一样在他的面前搔首弄姿，令人作呕。

终于马车猛烈地往上一跳，随即像坠入地洞似的驶进了旅馆的大门。出来迎接乞乞科夫的是彼得卢什卡，他一只手撩起他那件常礼服的一角下摆，——因为他不喜欢下摆叉开着，——另外一只手搀扶着乞乞科夫跨出车门。旅馆伙计也奔了出来，手里举着一支蜡烛，肩上搭着一块抹布。见到老爷回来，彼得卢什卡是否高兴，这就不得而知啦，只见他和谢里方相互眏了一下眼睛，同时他那张平时板着的面孔这下子仿佛略微开朗了一些。

"您出门时间够长的啦。"旅馆伙计一边照着楼梯，一边说道。

"是啊，"乞乞科夫跨上楼梯的时候说，"那么你好吗？"

"托老天爷的福，好，"旅馆伙计点头哈腰地回答道，"昨儿来了一位中尉模样的军官，住在十六号房间。"

"中尉？"

"不清楚是什么官，梁赞来的，栗色的马。"

“好，好，往后你做事也还得巴结哟!”乞乞科夫说着走进了自己的房间。经过过道时，他耸了耸鼻子，对彼得卢什卡说:“你至少也得把窗户打开呀!”

“我是把它们打开过的。”彼得卢什卡说，但他明明是撒了一个谎。不过，老爷也知道他撒谎，可是已经不想劳神去予以驳斥了。旅途归来他觉得筋疲力尽。他要了一份只有乳猪肉的最清淡的晚餐，吃罢赶紧脱下衣服，一钻进被窝他便入睡了，睡得挺熟、挺香，这种入睡的本领实在奇妙，只有既不为痔疮、跳蚤所苦，又与过度发达的智力无缘的那些幸运儿方才能够享受如此的美梦。

(果戈理.死灵魂[M].满涛，许庆道，译.北京：人民文学出版社，1983.)

思考练习

1.简述吝啬鬼普柳什金的外部特征。

2.简述《死灵魂》的现实意义。

3.论述《死灵魂》中描写“破败场景”的意义。

第十六节 《罪与罚》(节选)

作者简介

费奥多尔·米哈伊洛维奇·陀思妥耶夫斯基(1821—1881)，俄国作家，出生于小贵族家庭，童年在莫斯科和乡间度过。1846年发表第一部长篇小说《穷人》，受到高度评价。1848年发表中篇小说《白夜》。1849年因参加反农奴制活动而被流放到西伯利亚，在此期间发表了长篇小说《被侮辱和被损害的》《罪与罚》《白痴》《群魔》《卡拉马佐夫兄弟》等作品。

陀思妥耶夫斯基的小说戏剧性强，情节发展快，接踵而至的灾难性事件往往伴随着复杂激烈的心理斗争和痛苦的精神危机，以此揭露资产阶级关系的纷繁复杂、矛盾重重和深刻的悲剧性。

作品导读

小说中，穷大学生拉斯科利尼科夫受无政府主义思想毒害，认为自己是个超人，可以为所欲为。为生计所迫，他杀死放高利贷的老太婆阿廖娜和她无辜的妹妹莉扎薇塔，制造了一起震惊全俄的凶杀案。经历了一场痛苦的忏悔后，他最终在基督徒索尼娅姑娘的规劝下，投案自首，被判流放西伯利亚。作品着重刻画主人公犯罪后的心理变化，揭示了俄国下层人民的苦难生活。

小说反映的主题具有现实意义：人们愿意去神化基督教，其最终目的是安慰自己，因为这样可以让人找到一个精神上的支撑点。于是，在以基督教为背景的文化语境中，西方作家正视人的局限性、不足和致恶性，认为人应在破除恶性的过程中虔诚向善。这样，人类就能以接受苦难的方式来赎罪并得救，在与罪恶激烈的抗争中发展和完善自己，从而使“罪与罚”命题变得丰富和深刻。“罪与罚”母题研究深化了“人”的问题意识，突出了人类的精神存在价值。陀思妥耶夫斯基对“罪与罚”的独到认识，打破了纯宗教意义的“罪与罚”面貌，同时又建立了一种全新的“人的宗教”。

作品赏析

罪与罚（节选）

后来拉斯科利尼科夫有机会得知，那个小市民和他老婆究竟是为什么叫莉扎薇塔上他们那儿去。事情很平常，并没有任何特殊情况。有一家外地来的人家，家境败落，要卖掉旧东西、衣服等等，全都是女人用的。因为在市场上卖不合算，所以要找个代卖东西的女小贩，而莉扎薇塔正是干这一行的：她给人代卖东西，拿点儿佣金，走东家串西家地跑生意，而且经验丰富，因为她为人诚实，不讨价还价：她说个什么价，就照这个价钱成交。一般说，她话不多，而且就像已经说过的，她又挺和气，胆子也小……

可是最近一段时间，拉斯科利尼科夫变得迷信起来。过了很久以后，他身上还留有迷信的痕迹，几乎是不可磨灭了。后来他总是倾向于认为，在整个这件事情上，似乎有某种奇怪和神秘的东西，仿佛有某些特殊的影响和巧合。还在去年冬天，他认识的一个大学生波科列夫要去哈尔科夫的时候，有一次在谈话中把老太婆阿廖娜·伊万诺芙娜的地址告诉了他，以备他如有急需，要去抵押什么东西。很久他都没去找她，因为他在教课，生活还勉强能够过得去。一个半月以前他想起了这个地址；他有两样可以拿去抵押的东西：父亲的一块旧银表和一枚镶着三颗红宝石的小金戒指，这是妹妹在临别时送给他作纪念的。他决定拿戒指去；找到老太婆以后，虽然还不了解她为人有什么特殊的地方，但第一眼看上去，就对她有一种无法克服的厌恶情绪，从她那里拿了两张“一卢布的票子”，顺路去一家很蹩脚的小饭馆吃东西。他要了一杯茶，坐下来，陷入沉思。就像小鸡要破壳而出那样，他的脑子里忽然出现一个奇怪的想法，这想法使他非常、非常感兴趣。

几乎紧挨着他，另一张小桌旁坐着一个大学生和一个年轻军官，他根本不认识这个大学生，也不记得以前见过他。大学生和军官打了一盘台球，然后坐下来喝茶。突然他听到大学生对军官谈起那个放高利贷的阿廖娜·伊万诺芙娜，说她是十四等文官的太太，还把她的地址告诉了他。单单是这一点就让拉斯科利尼科夫觉得有点儿奇怪了：他刚刚从她那儿来，恰好这里就在谈论她。当然，这是巧合，然而这时他正无法摆脱一个极不寻常的印象，而这里恰好有人仿佛是在讨好他：那个大学生突然把这个阿廖娜·伊万诺芙娜各方面的详细情况都讲给他的朋友听。

"她这个人挺有用，"他说，"总是能从她那儿弄到钱。她很有钱，就跟犹太人一样，可以一下子借出去五千卢布，不过，就是只值一卢布的抵押品，她也不嫌弃。我们有很多人去过她那儿。不过她是个坏透了的缺德鬼……"

于是他开始叙述，她是多么狠心，反复无常，只要抵押品过期一天，这件东西就算完了。她借给的钱只有抵押品价值的四分之一，却要收取百分之五、甚至百分之七的月息，等等。大学生滔滔不绝地说个不停，还告诉那个军官，除此而外，老太婆有个妹妹，叫莉扎薇塔，这个矮小可恶的老太婆经常打她，完全拿她当奴隶使唤，当她是个小孩子，可是莉扎薇塔至少有两俄尺八俄寸高……

"不是吗，这也是十分罕见的现象啊！"大学生提高声调说，并且哈哈大笑起来。

他们又谈起莉扎薇塔来了。谈论她的时候，大学生特别高兴，而且一直在笑，那军官很感兴趣地听着，还请大学生让这个莉扎薇塔到他那里去，给他补内衣。拉斯科利尼科夫连一句话也没听漏，一下子就了解到了一切：莉扎薇塔是妹妹，是老太婆的异母妹妹，她已经三十五岁了。她白天夜里都给姐姐干活，在家里既是厨娘，又是洗衣妇，除此而外，还做针钱活儿拿出去卖，甚至去给人家擦地板，挣来的钱全都交给姐姐。不经老太婆允许，她不敢自作主张接受任何定做的东西或替人家干活。老太婆已经立下遗嘱，莉扎薇塔自己也知道，根据遗嘱，除了一些动产、椅子以及诸如此类的东西，她连一个钱也得不到；所有的钱都指定捐献给H省的一座修道院，作为永久追荐她亡魂的经费。莉扎薇塔是个普通市民，而不是官太太，她没出嫁，长得不好看，身体的各部分极不相称，个子高得出奇，一双很长的外八字脚，总是穿一双破羊皮鞋，可是挺爱干净。使大学生感到惊奇和好笑的，主要是莉扎薇塔经常怀孕……

"你不是说她是个丑八怪吗？"军官说。

"不错，她皮肤那么黑，真像是个男扮女装的士兵，不过，你要知道，她可根本不是丑八怪。她的脸和眼睛那么善良。甚至是非常善良。证据就是——许多人都喜欢她。她那么安详，温顺，唯命是从，很随和，什么她都同意。她笑起来甚至还挺好看呢。”

“这么说你也喜欢她了,不是吗?”军官笑了起来。

“由于她怪。不,我要告诉你一件事。我真想杀了这个该死的老太婆,抢走她的钱,请你相信,我一点儿也不会感到良心的谴责。”大学生激动地又加上了一句。

军官又哈哈大笑起来。拉斯科利尼科夫却不由地战栗了一下。这多么奇怪!

“对不起,我要向你提一个严肃的问题,”大学生激动起来,“当然,刚才我是开玩笑,不过你看:一方面是个毫无用处、毫无价值、愚蠢凶恶而且有病的老太婆,谁也不需要她,恰恰相反,她对大家都有害,她自己也不知道,她为什么活着,而且要不了多久,老太婆自己就会死掉。你明白我的意思吗?明白吗?”

“嗯,我明白。”军官凝神注视着情绪激动的大学生,回答说。

“你听我说下去。另一方面,一些年轻的新生力量,由于得不到帮助,以致陷入绝境,这样的人成千上万,到处都是!千百件好事和创举,可以用注定要让修道院白白拿去的、老太婆的那些钱来兴办,并使之得到改善!成千上万的人也许能走上正路;几十个家庭也许会免于贫困、离散、死亡、堕落,不至给送进性病医院,——而这一切都可以用她的钱来办。杀死她,拿走她的钱,为的是日后用这些钱献身于为全人类服务、为大众谋福利的事业。做千万件好事,能不能赎一桩微不足道的小罪,使罪行得到赦免,你认为呢?牺牲一个人的性命,成千上万人就可以得救,不至受苦受难,不至妻离子散。一个人的死换来百人的生——这不就是数学吗!再说,以公共利益来衡量,这个害肺病的、愚蠢凶恶的老太婆的生命又有什么意义呢?不过像只虱子,或者蟑螂罢了,而且还不如它们呢,因为老太婆活着是有害的。她吸别人的血,她吃人:前两天她还满怀仇恨地咬了莉扎薇塔的手指头,差点儿给咬断了!”

“当然啦,她不配活着,”军官说,“不过,要知道,这是天意。”

“唉,老兄,要知道,天意也可以改正,可以引导,不然就会陷入偏见。不然的话,那就连一个伟人也不会有了。大家都说‘责任,良心’,我绝不反对责任和良心,不过,我们是怎样理解责任和良心的呢?别忙,我再向你提一个问题。你听着!”

“不,你先别忙,我向你提个问题。你听着!”

“好,提吧!”

“嗯,现在你大发议论,夸夸其谈,可是请你告诉我:你会亲自去杀死这个老太婆吗，还是不会呢？”

“当然不会！我是为了正义……但这不是我的事……”

“可照我看，既然你自己下不了决心，那么这就谈不上什么正义！走，咱们再去打盘台球吧！”

拉斯科利尼科夫心情异常激动。当然，这些话全都是最普通和最常听到的，他已经听到过不止一次了，只不过是用另外的形式表达出来的，谈的也是另外一些话题，都是青年的议论和想法。但为什么恰恰是现在，他自己头脑里刚刚产生了……完全一模一样的想法，他就恰好听到了这样的谈话和这样的想法？而且为什么恰巧是在这个时候，他从老太婆那儿出来，刚刚产生了这个想法，恰好就听到了关于这个老太婆的谈话？……他总觉得，这种巧合是很奇怪的。在事情的继续发展中，小饭馆里这场毫无意义的谈话竟对他产生了极不寻常的影响：仿佛这儿真的有什么定数和上天的指示似的……

……

从干草广场回来以后，他急忙坐到沙发上，一动不动地坐了整整一个小时。这时天已经黑了，他没有蜡烛，而且根本就没产生点蜡烛的想法。他始终想不起来：那时候他是不是想过什么？最后，他感觉到不久前发作过的热病又发作了，在打冷战，于是怀着喜悦的心情想，可以在沙发上躺下了。不久强烈的睡意袭来，像铅一般沉重，压到了他的身上。

他睡的时间异常久，而且没有做梦。第二天早晨十点钟走进屋里来的娜斯塔西娅好不容易才叫醒了他。她给他送来了茶和面包。茶又是喝过后兑了水，冲淡了的，而且又是盛在她自己的茶壶里。

“瞧你睡得这么熟！”她气呼呼地叫嚷，“他老是睡！”

他努力欠起身来。他头痛；他本来已经站起来了，在他这间小屋里转了个身，又一头倒到沙发上。

“又睡！”娜斯塔西娅大声喊，“你病了，还是怎么的？”

他什么也没回答。

“要喝茶吗？”

“以后再喝。”他又合上眼，翻身对着墙壁，努力说了这么一句。娜斯塔西娅在他旁边站了一会儿。

“也许真的病了。”她说，于是转身走了。

下午两点她又进来了，端来了汤。他还像不久前那样躺着。茶放在那儿，没有动过。娜斯塔西娅甚至见怪了，恼怒地推他。

“干吗老是睡！”她厌恶地瞅着他，高声叫喊。他欠起身，坐起来，可是什么也没对她说，眼睛看着地下。

“是不是病了？”娜斯塔西娅问，又没得到回答。

“你哪怕出去走走也好哇，”她沉默了一会儿，说，“哪怕去吹吹风也好。要吃点儿东西吗？”

“以后再吃，”他有气无力地说，“你走吧！”说着挥了挥手。

她又站了一会儿，同情地瞅了瞅他，就出去了。

过了几分钟，他抬起眼来，好长时间看着茶和汤。然后拿起面包，拿起汤匙，开始喝汤。

他吃了不多一点儿，没有胃口，只吃了三四汤匙，仿佛是不知不觉吃进去的。头痛稍减轻了些。吃过午饭，他又伸直身子躺到沙发上，可是已经睡不着了，而是脸朝下埋在枕头里，一动不动地趴在沙发上。各种各样的幻想，出现在他的头脑里，都是一些稀奇古怪的幻想。他最经常梦想的是，他在非洲的某个地方，在埃及，在一片绿洲上。商队在休息，骆驼都安安静静地躺着；四周棕榈环绕；大家正在用餐。他却一直在喝水，径直从小溪里舀水喝，小溪就在身旁潺潺地流着。那么凉爽，不可思议、奇妙无比、清凉的淡蓝色溪水流过五彩斑斓的石头，流过那么干净、金光闪闪的细沙……突然他清清楚楚听到了当当的钟声。他战栗了一下，清醒过来，微微抬起头朝窗子望了望，揣测现在是什么时候，突然他完全清醒了，一下子跳起来，就像是有人把他从沙发上揪了下来。他踮着脚尖走到门前，轻轻地把门打开一条缝，侧耳倾听楼下的动静。他的心在狂跳，跳得可怕。但楼梯上静悄悄的，好像大家都已经睡了……他觉得奇怪和不可思议：他竟能从昨天起就这么迷迷糊糊一直睡到现在，还什么都没做，什么也没准备好……而这时候大概已经打过六点了……睡意和昏昏沉沉的感觉已经消失，代替它们突然控制了他的，是一阵异常狂热、又有些惊慌失措的忙乱。不过要准备的事情并不多。他集中注意力，尽量把一切都考虑到，什么也不要忘记；而心一直在狂跳，跳得这么厉害，连呼吸都感到困难了。第一，得做个环扣，把它缝到大衣上，——这只要一分钟就够了。他伸手到枕头底下摸了摸，从胡乱塞在枕头下的几件内衣中摸到一件已经破旧不堪、没洗过的衬衫。他从这件破衬衫上撕下一条一俄寸宽、八俄寸长的破布，再把这条破布对折起来，从身上脱下那件宽大、结实、用一种厚布做成的夏季大衣(他的唯一一件外衣)，动手把布条的两端缝在大衣里子的左腋下面。缝的时候，他两手发抖，但是尽力克制住，缝上以后，他又把大衣穿上，从外面什么也看不出来。针和线他早就准备好了，用纸包着，放在小桌子上。至于那个环扣，这是他自己很巧妙的发明：环扣是用来挂斧头的。拿着斧头在街上走当然不行。如果把斧头藏在大衣底下,还是得用手扶着它,那就会让人看出来。现在有了环扣,只要把斧头挂进环扣里,斧头就会一路上稳稳地挂在里面,挂在腋下。把一只手伸进大衣侧面的衣袋里,就能扶着斧柄,以免它晃来晃去。因为大衣很宽大,真像条口袋,所以从外面看不出他隔着衣袋用手扶着什么东西。这个环扣也是他在两星期前就想好了的。

缝好了环扣,他把几只手指伸进他的"土耳其式"沙发与地板之间的窄缝里,在靠左边的角落上摸索了一阵,掏出早已准备好、藏在那里的那件抵押品。不过这根本不是什么抵押品,只不过是一块刨光的小木板,大小和厚薄很像个银烟盒。这块小木板是他一次出去散步时,在一个院子里偶然拾到的,那院子的厢房里不知有个什么作坊。后来他又给这块小木板加上了一片光滑的薄铁片,——大概是从什么东西上拆下来的破铁片,——也是那时候从街上拾来的。他把小木板和铁片叠放在一起,铁片比木板小些,他用线十字交叉把它们牢牢捆在一起,然后用一张干净的白纸把它们整整齐齐、十分考究地包上,再扎起来,扎得很不容易解开。这是为了在老太婆解结的时候分散她的注意力,这样就可以利用这一短暂的时间了。加上铁片,是为了增加重量,让老太婆至少在头一分钟不至于猜到这"玩意儿"是木头的。这一切都暂时藏在他的沙发底下。他刚把抵押品拿出来,突然院子里什么地方有人大声喊:

"早就过六点了!"

"早就过了! 我的天哪!"

他冲到门口,侧耳谛听,一把抓起帽子,像只猫一样,小心翼翼、悄无声息地走下一共有十三级的楼梯。现在他必须去做的是一件最重要的事情——从厨房里偷一把斧头。干这件事得用斧头,这是他早已决定了的。他还有一把花园里修枝用的折刀,但是他不能指望用折刀去干这件事,尤其不能指望自己会有那么大的力气,因此最后决定用斧头。顺便指出,在这件事情上,他已经作出的一切最终决定都有一个特点。这些决定都有这么一个特性:决定越是已经最终确定下来,在他看来就越觉得它们荒谬,不合理。尽管他一直在进行痛苦的内心斗争,但是在这段时间里,他却始终不能确信自己的计划是可以实现的。

即使他的确已经把一切,直到最后一个细节,都详细研究过,而且作出了最后决定,再也没有任何怀疑了,——可现在似乎他还是会像放弃一件荒谬、骇人听闻、不可能实现的事情一样,放弃这一计划。而实际上尚未解决的难题和疑问还多得不计其数。至于上哪儿去弄斧头,这件不足道的小事却丝毫也不让他担心，因为这再容易不过了。是这么回事：娜斯塔西娅经常不在家，特别是晚上，她要么去邻居家串门，要么上小铺里去买东西，厨房门却总是敞着。就是为此，女房东常跟她吵架。那么到时候只要悄悄溜进厨房，拿了斧头，然后，过了一个钟头（等一切都已经办完以后），再溜进去，放还原处就行了。不过还是有些疑问：就假定说，过一个钟头他就回来，把斧头放回去吧，可是万一娜斯塔西娅突然回来了呢。当然啦，得从门旁走过去，等她再出去。可是万一这时候她发现斧头不见了，动手寻找，大声嚷嚷起来呢，——那可就要引起怀疑，或者至少也是件会引起猜疑的事。

不过这还都是些他没开始考虑、也没时间考虑的小事。他考虑的是主要问题，至于那些小事，留待以后，等他自己对一切都已深信不疑的时候再说。但要对一切深信不疑，这似乎是根本不可能实现的。至少他自己觉得是这样。例如，他无论如何也不能设想，有朝一日他会结束考虑，站起来，真的上那里去……就连不久前他作的那次试探（也就是为了最后察看那个地方而作的访问），他也只不过是去试探一下而已，而远不是当真的，而是这样："让我"，他这样对自己说，"让我去试试看吧，干吗只是幻想呢！"——可是他立刻感到受不了了，十分痛恨自己，唾弃这一切，并逃之夭夭。然而，以道德观点来看，是否允许做这样的事，就这方面的问题所作的一切分析却已经结束了：诡辩犹如剃刀一般锋利，论据丝毫不容反驳，他自己已经没有有意识的反对意见了。但是尽管如此，他还是简直不相信自己，并执拗地、盲目地试探着从各方面寻找反驳的理由，仿佛有人强迫他、诱使他去这么做。最后一天来得这么突然，一切好像一下子都决定了，这一天几乎完全是在机械地影响他：仿佛有人拉住他的手，无法抗拒地、盲目地、以一种超自然的力量不容反对地拉着他跟随着自己。就好像他衣服的一角让车轮轧住，连他也给拖到火车底下去了。

最初，——不过，已经是很久以前了，——有一个问题使他很感兴趣：为什么几乎一切罪行都这么容易被发觉和败露，而且几乎所有罪犯都会留下如此明显的痕迹？他逐渐得出各种各样很有意思的结论，照他看，最主要的原因与其说在于掩盖罪行，实际上是不可能的，不如说在于犯罪者本人；罪犯本人，而且几乎是每一个罪犯，在犯罪的那一瞬间都会意志衰退、丧失理智，恰恰相反，正是在最需要理智和谨慎的那一瞬间，幼稚和罕见的轻率却偏偏取代了意志和理智。根据他的这一信念，可以得出结论：这种一时糊涂和意志衰退犹如疾病一般控制着人，渐渐发展，到犯罪的不久前达到顶点；在犯罪的那一瞬间以及此后若干时间内，这种状态仍然保持不变，至于这会持续多久，就要看各人的情况了;以后也会像各种疾病一样消失。问题是:是疾病产生犯罪呢,还是犯罪本身由于它的特殊性质总是伴随着某种类似疾病的现象?他尚未感觉到自己能解决这个问题。

得出这样的结论以后,他断定,他本人,在他这件事情上,不可能发生这一类病态心理变化,在实行这一经过深思熟虑的计划时,他绝不会失去理智和意志,而这仅仅是因为,他所筹划的——"不是犯罪"……使他得以作出最终决定的整个过程,我们就略而不谈了吧;就是不谈这些,我们也已经扯得太远了……我们只补充一点,这件事情中那些实际的、纯粹技术性的困难,在他的头脑里只起最次要的作用。"只要对这些困难保持清醒的头脑和意志,到时候,到必须了解一切细节、了解事情的一切微妙之处的时候,一切困难都会克服的……"但事情并未开始。他一直完全不相信自己的最后决定,而当时候到了,却一切都不是那么一回事,不知怎的似乎那么突然,甚至几乎是出乎意料。

他还没下完楼梯,一个最微不足道的意外情况就使他束手无策、不知所措了。他走到和往常一样总是敞着的、女房东的厨房门前,小心翼翼地往厨房里瞟了一眼,想事先看清:娜斯塔西娅不在的时候,女房东本人是不是在那儿,如果她不在厨房里,那么她的房门是不是关好了。以免他进去拿斧头的时候,她从自己屋里朝外张望,恰好看见。但是突然看到,这一次娜斯塔西娅不但在家,在厨房里,而且还在干活,正从篮子里拿出几件内衣,分别晾到绳子上去,这时他感到多么惊讶!她一看到他,立刻停住不晾衣服了,回过头来望着他,一直到他走了过去。他转眼望着别处,走了过去,装作什么也没看见。但事情已经完了,因为没有斧子!他受到了一次可怕的打击。

"我凭什么,"走到大门口的时候,他想,"我凭什么断定这个时候她一定不在家?为什么,为什么,为什么我想当然作出这样的判断?"他仿佛吃了一次败仗,甚至感到自尊心受了伤害。由于愤怒,他想嘲笑自己……他心中隐隐升起一股兽性的怒火。

在大门口他犹豫不决地站住了。他不愿为了做做样子,就这样到街上去散步;回家去吧——他就更不愿意了。"而且失去了一个多好的机会啊!"他含糊不清地说,无目的地站在大门口,正对着管院子的人那间阴暗的小屋,小屋的门也在敞着。突然他战栗了一下。离他两步远的管院子的人的小屋里,一条长凳底下,靠右边有个什么东西亮闪闪的,闯入他的眼帘……他向四面张望了一下,一个人也没有。他踮着脚尖走到管院子的人的住房门前,下了两级台阶,用微弱的声音喊了一声管院子的。"果然,不在家!不过,就在附近什么地方，就在院子里，因为房门大敞着。”他飞速奔向斧头（这是一把斧头），从长凳子底下把放在两块劈柴之间的斧头拖了出来；他没出屋，就在那儿把斧头挂到环扣上，双手插进衣袋，然后走出管院子的人的小屋；谁也没有发觉！“理智不管用，魔鬼来帮忙！”他古怪地冷笑着想。这一机会使他受到极大的鼓舞。

他在路上慢慢地走着，神情庄重，不慌不忙，以免引起怀疑。他很少看过路的行人，甚至竭力完全不看他们的脸，尽可能不惹人注意。这时他想起了他那顶帽子。“我的天哪！前天我就有钱了，可是没能换一顶制帽！”他从心里咒骂自己。

他偶然往一家小铺里望了一眼，看到壁上的挂钟已经七点过十分了。得赶快走，可同时又得绕个弯儿：从另一边绕到那幢房子那儿去……

从前他偶然想象这一切的时候，有时他想，他会很害怕。但现在他并不十分害怕，甚至完全不觉得害怕。此时此刻，他感兴趣的甚至是一些不相干的想法，不过感兴趣的时间都不久。路过尤苏波夫花园[①]的时候，他想起建造高大喷泉的计划，甚至对此很感兴趣，他还想到，这些喷泉会使所有广场上的空气都变得十分清新。渐渐地他产生了这样的信念：如果把夏季花园[②]扩大到马尔索广场，甚至和米哈依洛夫宫周围的花园连成一片，那么对于城市将是一件十分美好、极其有益的事。这时他突然对这样一种现象产生了兴趣：为什么恰恰是在所有大城市里，人们并不是由于需要，但不知为什么却特别喜欢住在城市里那些既无花园，又无喷泉，又脏又臭，堆满各种垃圾的地区？这时他想起自己在干草广场上散步的情况，霎时间清醒起来。“胡思乱想，”他想，“不，最好什么也别想！”

“大概那些给押赴刑场的人就是像这样恋恋不舍地想着路上碰到的一切东西吧。”这个想法在他脑子里忽然一闪，不过仅仅是一闪而过，就像闪电一样；他自己赶快熄灭了这个想法的火花……不过，已经不远了，瞧，就是这幢房子，就是这道大门。不知什么地方钟当地一声响。“怎么，莫非已经七点半了吗？不可能，大概这钟快了！”

他运气不错，进大门又很顺利。不仅如此，甚至好像老天帮忙似的，就在这一瞬间，刚刚有一辆装干草的大车在他前面驶进了大门，他从门口进去的这段时间，大车完全遮住了他，大车刚从大门驶进院子，一眨眼的工夫，他就

---

① 尤苏波夫花园是尤苏波夫公爵的私人花园，在叶卡捷林戈夫斯基大街（现在的李姆斯基－科萨科夫大街）对面的花园街上，现在是儿童公园。

② 最有名的古老花园之一。

从右边溜了进去。可以听到，大车的另一边有好几个人的声音在叫喊、争吵，可是谁也没有发觉他，迎面也没遇到任何人。冲着这个正方形大院子的许多窗户这时候全都敞着，不过他没抬头——没有力气抬头。去老太婆那儿的楼梯离得不远，一进大门往右拐就是。他已经到了楼梯上……

他松了口气，用一只手按住怦怦狂跳不已的心，马上摸了摸那把斧头，又一次把它扶正，然后小心翼翼、悄悄地上楼，不时侧耳倾听。不过那时候楼梯上也阒无一人；所有房门都关着；没遇到任何人。不错，二楼一套空房子的房门大敞着，有几个油漆工在里面干活，不过他们也没看他。他站了一会儿，想了想，然后继续往上走。"当然啦，最好这儿根本没有这些人，不过……上面还有两层楼呢。"

啊，这就是四楼了，这就是房门，这就是对面那套房子；那套房子是空着的。三楼上，老太婆住房底下的那套房子，根据一切迹象来看，也是空着的：用小钉钉在门上的名片取下来了——搬走了！……他感到呼吸困难。有一瞬间一个想法在他脑子里一闪而过："是不是回去呢？"可是他没有回答自己的问题，却侧耳倾听老太婆住房里的动静：死一般的寂静。随后他又仔细听了听楼梯底下有没有动静，很用心地听了很久……然后，最后一次朝四下里望了望，悄悄走到门前，让自己心情平静下来，再一次摸摸挂在环扣上的斧头。"我脸色是不是发白……白得很厉害吗？"他不由得想，"我是不是显得特别激动不安？她很多疑……是不是再等一等……等心不跳了？……"

但心跳没有停止，恰恰相反，好像故意为难似的，跳得越来越厉害，越来越厉害……他忍不住了，慢慢把手伸向门铃，拉了拉铃。过了半分钟，又拉了拉门铃，拉得更响一些。

没有反应。可别胡乱拉铃，而且他这样做也不合适。老太婆当然在家，不过她疑心重重，而且就只有她独自一个人。他多少有点儿了解她的习惯……于是又一次把耳朵紧贴在门上。是他的听觉如此敏锐呢（一般说这是难以设想的），还是当真可以听清里面的声音，不过他突然听到了仿佛是手摸到门锁把手上的小心翼翼的轻微响声，还听到了仿佛是衣服碰到门上的窸窸窣窣响声。有人不动声色地站在门锁前，也像他在外面这样，躲在里面侧耳谛听，而且好像也把耳朵贴到了门上……

他故意稍动了动，稍微提高声音含糊不清地说了句什么，以免让人看出他在躲躲藏藏；然后又第三次拉了拉门铃，不过拉得很轻，大模大样地，让人听不出有任何急不可耐的情绪。后来回想起这一切，清晰地、鲜明地回忆起这一切时，这一分钟已永远铭刻在他的心中；他不能理解，他打哪儿来的这么多花招，何况他的头脑这时已失去思考能力，连自己的身躯他也几乎感觉不到了……稍过了一会儿，听到了开门钩的响声——

（陀思妥耶夫斯基.罪与罚[M].非琴，译.南京：译林出版社，1994.略有改动。）

思考练习

1.结合《罪与罚》，论述陀思妥耶夫斯基的创作特点。

2.简述作品的主题思想和艺术特色。

第十七节　《安娜·卡列尼娜》（节选）

作者简介

列夫·尼古拉耶维奇·托尔斯泰（1828—1910），19世纪中期俄国批判现实主义作家、思想家、哲学家，代表作有《战争与和平》《安娜·卡列尼娜》《复活》等。托尔斯泰出身于贵族家庭，1840年入喀山大学，1847年退学回故乡后在自己领地上作改革农奴制的尝试。1851—1854年在高加索军队中服役并开始写作。1854—1855年参加克里米亚战争。1855年11月到彼得堡进入文学界。1857年托尔斯泰出国，看到了资本主义社会的重重矛盾，但找不到消灭社会罪恶的途径，只好呼吁人们按照"永恒的宗教真理"生活。1860—1861年，为考察欧洲教育，托尔斯泰再度出国，结识赫尔岑，听狄更斯演讲，会见普鲁东。1863—1869年托尔斯泰创作了长篇历史小说《战争与和平》。1873—1877年经12次修改，他完成其第二部里程碑式巨著《安娜·卡列尼娜》。19世纪70年代末，托尔斯泰的世界观发生巨变，之后他写成了《忏悔录》。他在后期创作的作品有：剧本《黑暗的势力》《教育的果实》，中篇小说《魔鬼》《伊凡·伊里奇之死》《克莱采奏鸣曲》《哈泽·穆拉特》，短篇小说《舞会之后》，长篇小说《复活》。《复活》是他长期思想、艺术探索的总结。托尔斯泰晚年力求过简朴的平民生活，1910年10月从家中出走，11月7日病逝于一个小站，享年82岁。

作品导读

《安娜·卡列尼娜》是托尔斯泰创作的长篇小说，也是其代表作品。在这一作品中，贵族妇女安娜追求爱情幸福，却在卡列宁的虚伪、伏伦斯基的冷漠和自私面前碰得头破血流，最终落得卧轨自杀、陈尸车站的下场。庄园主列文反对土地私有制，抵制资本主义制度，同情贫苦农民，却又无法摆脱贵族习气而陷入无法解脱的矛盾之中。矛盾的时期、矛盾的制度、矛盾的人物、矛盾的心理，使全书在矛盾的旋涡中颠簸。这部小说是新旧交替时期紧张惶恐的俄国社会的写照。

该书通过女主人公安娜追求爱情的悲剧和列文在农村面临危机时进行的改革与探索这两条线索，描绘了俄国从莫斯科到外省乡村广阔而丰富多彩的图景，先后描写了150多个人物，是一部社会百科全书式的作品。

作品赏析

安娜·卡列尼娜(节选)

伏伦斯基跟着列车员登上车厢，在入口处站住了，给一位下车的太太让路。伏伦斯基凭他丰富的社交经验，一眼就从这位太太的外表上看出，她是上流社会的妇女。他道歉了一声，正要走进车厢，忽然觉得必须再看她一眼。那倒不是因为她长得美，也不是因为她整个姿态所显示的风韵和妩媚，而是因为经过他身边时，她那可爱的脸上现出一种异常亲切温柔的神态。他转过身去看她，她也向他回过头来。她那双深藏在浓密睫毛下闪闪发亮的灰色眼睛，友好而关注地盯着他的脸。仿佛在辨认他似的，接着又立刻转向走近来的人群，仿佛在找寻什么人。在这短促的一瞥中，伏伦斯基发现她脸上有一股被压抑着的生气，从她那双亮晶晶的眼睛和笑盈盈的樱唇中掠过，仿佛她身上洋溢着过剩的青春，不由自主地忽而从眼睛的闪光里，忽而从微笑中透露出来。她故意收起眼睛里的光辉，但它违反她的意志，又在她那隐隐约约的笑意中闪烁着。伏伦斯基走进车厢。伏伦斯基的母亲是个黑眼睛、鬈头发的干瘪老太太。她眯缝着眼睛打量儿子，薄薄的嘴唇露出一丝笑意。她从座位上站起身来，把手提包递给侍女，伸出一只皮包骨头的小手给儿子亲吻，接着又托起儿子的脑袋，在他的脸上吻了吻。

“电报收到了？你身体好吗？赞美上帝！”

“您一路平安吧？”儿子说，在她旁边坐下来，不由自主地倾听门外一个女人的声音。他知道这就是刚才门口遇见的那位太太在说话。

“我还是不同意您的话。”那位太太说。

“这是彼得堡的观点，夫人。”

“不是彼得堡的观点，纯粹是女人家的观点。”她回答。

“那么让我吻吻您的手。”

“再见，伊凡·彼得罗维奇。请您去看看我哥哥来了没有，要是来了，叫他到我这儿来。”那位太太在门口说，说完又回到车厢里。

“怎么样，找到哥哥了吗？”伏伦斯基伯爵夫人问那位太太。

伏伦斯基这才想起，她就是卡列宁夫人。

“您哥哥就在这儿，”他站起来说。“对不起，我刚才没认出您来。说实在的，我们过去见面的时间太短促，您一定不会记得我了。”伏伦斯基一面鞠躬，一面说。

“哦，不，”她说，“我可以说已经认识您了，因为您妈妈一路上尽是跟我谈您的事情。”终于让那股按捺不住的生气从微笑中流露出来。

“哥哥我可还没见到呢。”

“你去把他找来，阿历克赛。”老伯爵夫人说。

伏伦斯基走到站台上，叫道：

“奥勃朗斯基！这儿来！”

但安娜不等哥哥走过来，一看到他，就迈着矫健而又轻盈的步子下了车。等哥哥一走到她面前，她就用一种使伏伦斯基吃惊的果断而优美的动作，左手搂住哥哥的脖子，迅速地把他拉到面前，紧紧地吻了吻他的面颊。伏伦斯基目不转睛地瞧着她，自己也不知道为什么，一直微笑着。但是一想到母亲在等他，就又回到车厢里。

“她挺可爱，是不是？”伯爵夫人说到卡列宁夫人，“她丈夫让她同我坐在一起，我很高兴。我同她一路上尽是谈天。噢，我听说你……你一直还在追求理想的爱情。这太好了，我的宝贝，太好了。”

“我不知道您指的是什么，妈妈，”儿子冷冷地回答，“那么妈妈，我们走吧。”

安娜又走进车厢，来同伯爵夫人告别。

“您瞧，伯爵夫人，您见到了儿子，我见到了哥哥，”她快活地说，“我的故事全讲完了，再没有什么可讲的了。”

“哦，不，”伯爵夫人拉住她的手说，“我同您在一起，就是走遍天涯也不会觉得寂寞的。有些女人就是那么可爱，你同她谈话觉得愉快，不谈话同她一起坐坐也觉得愉快。您就是这样一位女人。您不必为您的儿子担心，总不能一辈子不离开呀！”

安娜挺直身子，一动不动地站着。她的眼睛含着笑意。

“安娜·阿尔卡迪耶夫娜有个八岁的儿子，”伯爵夫人向儿子解释说，“她从没离开过儿子，这回把儿子留在家里，她总是不放心。”

“是啊，伯爵夫人同我一路上谈个没完，我谈我的儿子，她谈她的儿子。”安娜说。她的脸上又浮起了微笑，一个对他而发的亲切的微笑。

“这一定使您感到很厌烦吧。”伏伦斯基立刻接住她抛给他的献媚之球，应声说。不过，安娜显然不愿继续用这种腔调谈下去，就转身对伯爵夫人说：

“我真感谢您。我简直没留意昨天一天是怎么过的。再见，伯爵夫人。”

“再见，我的朋友，”伯爵夫人回答，“让我吻吻您漂亮的脸。不瞒您说，我这老太婆可真的爱上您了。”

这句话尽管是老一套，安娜却显然信以为真，并且感到很高兴。她涨红了脸，微微弯下腰，把面颊凑近伯爵夫人的嘴唇，接着又挺直身子，带着荡漾在嘴唇和眼睛之间的微笑，把右手伸给伏伦斯基。伏伦斯基握了握她伸给他的手，安娜也大胆地紧紧握了握他的手。她这样使劲握手使伏伦斯基觉得高兴。安娜迅速地迈开步子走出车厢。她的身段那么丰满，步态却那么轻盈，真使人感到惊奇。

“她真可爱!”老太婆说。

她的儿子也这样想。伏伦斯基目送着她，直到她那婀娜的身姿看不见为止。伏伦斯基脸上一直挂着微笑。他从窗口看着她走到哥哥面前，拉住他的手，热烈地对他说话。说的显然是同他伏伦斯基不相干的事。这使他感到不快。

“哦，妈妈，您身体好吗?”他又一次对母亲说。

“很好，一切都很好。阿历山大长得很可爱，玛丽雅长得挺漂亮。她真好玩。”

伯爵夫人又说起她最得意的事——孙儿的洗礼。她就是为这事特地到彼得堡去了一次。她还谈到皇上赐给她大儿子的特殊恩典。

“啊，拉夫伦基来了，”伏伦斯基望着窗外说，“您要是愿意，现在可以走了。”

伯爵夫人的老当差走进车厢报告说，一切准备就绪。伯爵夫人站起来准备动身了。

“走吧，现在人少了。”伏伦斯基说。

侍女拿着手提包，牵着狗；老当差和搬运工拿着其他行李。伏伦斯基挽着母亲的手臂。他们走出车厢的时候，忽然有几个人神色慌张地从他们身边跑过。戴着颜色与众不同的制帽的站长也跑过去了。显然是出了什么事。已经下车的旅客也纷纷跑回来。

“什么？……什么？……自己扑上去的！……轧死了！……”过路人中传出这一类呼声。

奥勃朗斯基挽住妹妹的手臂，也神色慌张地走回来。他们在车厢门口站住，避开拥挤的人群。

太太们走到车厢里，伏伦斯基同奥勃朗斯基跟着人群去打听这场车祸的详情。

一个看道工，不知是喝醉了酒，还是由于严寒蒙住耳朵，没有听见火车倒车，竟被轧死了。

不等伏伦斯基和奥勃朗斯基回来，太太们已从老当差那儿打听到了详细经过。

奥勃朗斯基和伏伦斯基都看到了血肉模糊的尸体。奥勃朗斯基显然很难过。他皱着眉头，眼看就要哭出来了。

"哎呀，真可怕！哎呀，安娜，还好你没看见！哎呀，真可怕！"他喃喃地说。

伏伦斯基不作声。他那张俊美的脸很严肃，但十分平静。

"哎呀，伯爵夫人，您还好没看见，"奥勃朗斯基说，"他老婆也来了……看见她真难受……她一头扑在尸体上。据说，家里有一大帮子人全靠他一个人养活。真可怜！"

伏伦斯基瞅了她一眼，立刻走下车去。

"我马上回来，妈。"他从门口回过头来说。

几分钟以后，当他回来的时候，奥勃朗斯基已经在同伯爵夫人谈论那个新来的歌星了，但伯爵夫人却不耐烦地望着门口，等儿子回来。

"现在我们走吧。"伏伦斯基走进来说。

他们一起下了车。伏伦斯基同母亲走在前面。安娜同她哥哥走在后面。在车站出口处，站长追上了伏伦斯基。

"您给了我的助手两百卢布。请问您这是赏给谁的？"

"给那个寡妇，"伏伦斯基耸耸肩膀说，"这还用问吗？"

"是您给的吗？"奥勃朗斯基在后面大声问。他握住妹妹的手说："真漂亮！真漂亮！他这人挺可爱，是吗？再见，伯爵夫人。"

他同妹妹站住了，找寻她的侍女。

他们出站的时候，伏伦斯基家的马车已经走了。从站里出来的人们还纷纷议论着刚才发生的事。

"死得真惨哪！"一位先生在旁边走过说，"听说被轧成两段了。"

"我的看法正好相反，这是最好过的死法，一眨眼就完了。"另一个人说。

"怎么不采取一些预防措施啊！"第三个人说。

安娜坐上马车。奥勃朗斯基惊奇地看到她的嘴唇在哆嗦，她好容易才忍住眼泪。

"你怎么啦，安娜？"他们走了有几百码路，他问道。

"这可是个凶兆。"她说。

“胡说八道！”奥勃朗斯基说，“最要紧的是你来了。你真不能想象，我对你抱有多大的希望啊！”

“你早就认识伏伦斯基了？”她问。

“是的。不瞒你说，我们都希望他同吉娣结婚呢。”

“是吗？”安娜悄悄地说。“哦，现在来谈谈你的事吧！”她接着说，抖了抖脑袋，仿佛要从身上抖掉什么妨碍她的累赘似的。“让我们来谈谈你的事。我接到你的信就来了。”

“是啊，如今全部希望都在你身上了！”奥勃朗斯基说。

“那么，你把事情经过都给我讲讲吧。”

奥勃朗斯基就讲了起来。

到了家门口，奥勃朗斯基扶妹妹下了车，叹了一口气，握了握她的手，自己就到官厅办公去了。

(托尔斯泰.安娜·卡列尼娜[M].草婴，译.上海：上海译文出版社，1982.)

思考练习

1.简述主人公安娜的性格特点。

2.简述作品的主题思想和艺术特点。

第十八节　《玩偶之家》(节选)

作者简介

亨利克·易卜生(1828—1906)，挪威戏剧大师，现代欧洲戏剧的奠基人。其作品强调个人在生活中的快乐，无视传统社会的陈腐礼仪。代表作有诗剧《彼尔·京特》，社会悲剧《玩偶之家》《群鬼》《人民公敌》《海达·加布勒》，象征性剧作《野鸭》《当我们死而复醒时》等。其象征性剧作是反映其“精神死亡”思想的作品。

作品导读

《玩偶之家》是一部典型的社会问题剧，主要围绕过去被宠爱的女主人公娜拉的觉醒展开，最后以娜拉的出走结束全剧。《玩偶之家》通过女主人公娜拉与丈夫海尔茂之间由相亲相爱转为决裂的过程，探讨了资产阶级的婚姻问题，暴露了男权社会与妇女解放之间的矛盾冲突，进而向资产阶级社会的宗教、法律、道德提出挑战，激励人们尤其是妇女为挣脱传统观念的束缚、为争取自由平等而斗争。

《玩偶之家》是一部三幕戏剧。故事中，女主人公娜拉为给丈夫海尔茂治病，瞒着丈夫伪造签名向柯洛克斯泰借钱，无意犯了伪造字据罪。多年后，海尔茂升职为经理，开除了柯洛克斯泰，后者拿字据要挟娜拉，海尔茂知情后勃然大怒，骂娜拉是“坏东西”“罪犯”“下贱女人”，说自己的前程全被她毁了，而当危机解除后，又立刻恢复了对妻子的甜言蜜语。娜拉认清了自己在家庭中“玩偶”般从属于丈夫的地位，当丈夫自私、虚伪的丑恶灵魂暴露无遗的时候，她断然出走。

《玩偶之家》中塑造的女性形象——娜拉，成了爱情话语的牺牲品，曾一度陷入失语状态。海尔茂在名誉和妻子之间进行选择的时候，不惜以牺牲妻子为代价来挽回自己的面子。从娜拉和海尔茂的关系看，婚姻是一个以男人为中心的堡垒，女人在这样的堡垒里是无论如何也找不到幸福出路的。娜拉虽然在男权社会中处于从属地位，却一步一步走向了抗争和独立，在不断寻找婚姻幸福出路的过程中，完成了对自己的救赎和解放。《玩偶之家》通过中产阶级出身的妇女——娜拉追求生活意义和人的权利的觉悟过程，揭露了资产阶级社会的丑恶，歌颂了妇女的解放。

作品赏析

玩偶之家(节选)

(还是那间屋子。桌子在正中，四面围着椅子。桌上点着灯。通门厅的门敞着。楼上有跳舞音乐的声音。

林丹太太坐在桌子旁边，用手翻弄一本书。她想看书可是没心绪。她时不时朝着通门厅的门望一眼，仔细听听有没有动静。)

林丹太太 (看表)还没来，时候快过去了。只怕是他没有——(再听)喔，他来了。(走进门厅，轻轻开大门，门外楼梯上有轻微的脚步声。她低声说进来，这儿没别人。

柯洛克斯泰 (在门洞里)我回家时候看见你留下的字条儿。这是怎么回事?

林丹太太 我一定得跟你谈一谈。

柯洛克斯泰 当真?我一定得在这儿谈了?

林丹太太 我不能让你到我的公寓去。公寓只有一个门，出入不方便。你进来，这儿只有咱们两个人，女佣人已经睡觉了，海尔茂夫妻在楼上开跳舞会。

柯洛克斯泰 (走进屋子来)啊!海尔茂夫妻今天晚上还跳舞?

林丹太太 为什么不可以?

柯洛克斯泰 问得对，为什么不可以?

林丹太太 尼尔，现在咱们谈一谈。

柯洛克斯泰 咱们还有什么可谈的?

林丹太太 要谈的话多得很。

柯洛克斯泰 我可没想到。

林丹太太 那是因为你从来没有真正了解我。

柯洛克斯泰 有什么可以了解的？这是世界上最平常的事——一个没良心的女人有了更好的机会就把原来的情人扔掉了。

林丹太太 你真把我当作那么没良心的人，你以为那时候我丢下你心里好受吗？

柯洛克斯泰 有什么不好受？

林丹太太 尼尔，你当真这么想？

柯洛克斯泰 要是你心里不好受，你为什么写给我那么一封信？

林丹太太 那是没办法。既然那时候我不能不跟你分手，我觉得应该写信让你死了心。

柯洛克斯泰 （捏紧双手）原来是这么回事。总之一句话——一切都是为了钱！

林丹太太 你别忘了我那时候有个无依无靠的母亲，还有两个小弟弟。尼尔，看你当时的光景，我们一家子实在没法子等下去。

柯洛克斯泰 也许是吧，可是你也不应该为了别人就把我扔下，不管那别人是谁。

林丹太太 我自己也不明白。我时常问自己当初到底该不该把你扔下。

柯洛克斯泰 （和缓了一点）自从你把我扔下之后，我好像脚底下落了空。你看我现在的光景，好像是个翻了船、死抓住一块船板的人。

林丹太太 救星也许快来了。

柯洛克斯泰 前两天救星已经到了我跟前，可是偏偏你又出来妨碍我。

林丹太太 我完全不知道，尼尔。今天我才知道我到银行里就是顶你的缺。

柯洛克斯泰 你既然这么说，我就信你的话吧。可是现在你已经知道了，你是不是打算把位置让给我？

林丹太太 不，我把位置让给你对你一点儿益处都没有。

柯洛克斯泰 喔，益处，益处！不论有益处没益处，我要是你，我一定会把位置让出来。

林丹太太 我学会了做事要谨慎。这是阅历和艰苦给我的教训。

柯洛克斯泰 阅历教训我不要相信人家的甜言蜜语。

林丹太太 那么，阅历倒是给了你一个好教训。可是你应该相信事实吧？

柯洛克斯泰 这话怎么讲？

林丹太太 你说你像翻了船、死抓住一块破船板的人。

柯洛克斯泰 我这话没说错。

林丹太太 我也是翻了船、死抓住一块破船板的人。没有人需要我纪念，没有人需要我照应。

柯洛克斯泰 那是你自愿。

林丹太太 那时候我只有一条路。

柯洛克斯泰 现在呢？

林丹太太 尼尔，现在咱们两个翻了船的人凑在一块儿，你看怎么样？

柯洛克斯泰 你说什么？

林丹太太 两个人坐在筏子上总比各自抱着一块破板子希望大一点。

柯洛克斯泰 克立斯替纳！

林丹太太 你知道我进城干什么？

柯洛克斯泰 难道你还想着我？

林丹太太 我一定得工作，不然活着没意思。现在我回想我一生从来没闲过。工作是我一生唯一最大的快乐。现在我一个人过日子，空空洞洞，孤孤单单，一点儿乐趣都没有。一个人为自己工作没有乐趣。尼尔，给我一个人，给我一件事，让我的工作有个目的。

柯洛克斯泰 我不信你这一套话。这不过是女人一股自我牺牲的浪漫热情。

林丹太太 你什么时候看见过我有那种浪漫思想？

柯洛克斯泰 难道你真愿意——？你知不知道我的全部历史？

林丹太太 我知道。

柯洛克斯泰 你知道不知道人家对我的看法？

林丹太太 你刚才不是说，当初要是有了我，你不会弄到这步田地吗？

柯洛克斯泰 那是一定的。

林丹太太 现在是不是太晚了？

柯洛克斯泰 克立斯替纳，你明白自己说的什么话吗？我想你明白，从你脸上我可以看得出。这么说，难道你真有胆量——

林丹太太 我想弄个孩子来照顾，恰好你的孩子需要人照顾。你缺少一个我，我也缺少一个你。尼尔，我相信你的良心。有了你，我什么都不怕。

柯洛克斯泰 （抓紧她两只手）谢谢你，谢谢你，克立斯替纳！现在我要努力做好人，让人家看我像你看我一样。哦，我忘了——

林丹太太 （细听楼上的音乐）嘘！这是特兰特拉土风舞！快走，快走！

柯洛克斯泰 为什么？这是怎么回事？

林丹太太 你没听见楼上的音乐吗？这是末一个节目，这个一完事他们就要下来了。

柯洛克斯泰 是，是，我就走。可是走也没有用。你当然不知道我对付海尔茂夫妻的手段。

林丹太太　我都知道，尼尔。

柯洛克斯泰　知道了你还有胆量——

林丹太太　我知道一个人在走投无路的时候什么手段都会使出来。

柯洛克斯泰　喔，我恨不能取消这件事。

林丹太太　现在还来得及。你的信还在信箱里。

柯洛克斯泰　真的吗？

林丹太太　真的，可是——

柯洛克斯泰　（仔细瞧她）难道你的目的就在这上头，你一心想救你的朋友。老实告诉我，是不是这么回事？

林丹太太　尼尔，一个女人为了别人把自己出卖过一次，不会出卖第二次。

柯洛克斯泰　我要把那封信要回来。

林丹太太　不行，不行。

柯洛克斯泰　我一定得把信要回来。我要在这儿等海尔茂回家，叫他把信还给我，我只说信里说的是辞退我的事，现在我不要他看那封信。

林丹太太　尼尔，你千万别把信要回来。

柯洛克斯泰　老实告诉我，你把我弄到这儿来是不是就为这件事？

林丹太太　一起头我很慌张，心里确实有这个打算。可是现在一天已经过去了，在这一天里头，我在这儿看见了许多想不到的事。海尔茂应该知道这件事。这件害人的秘密事应该全部揭出来。他们夫妻应该彻底了解，不许再那么闪闪躲躲，鬼鬼祟祟。

柯洛克斯泰　好吧，要是你愿意冒险，你就这么办吧。可是有件事我可以帮忙，我马上就去办。

林丹太太　（细听）快走！快走！舞会散了，咱们再等下去就不行了。

柯洛克斯泰　我在街上等你。

林丹太太　好，你一定得送我回家。

柯洛克斯泰　我从来没像今天这么快活！

（柯洛克斯泰走大门出去。屋子与门厅之间的门还是开着。）

林丹太太　（整理屋子，把自己的衣帽归置在一块儿）多大的变化！多大的变化！现在我的工作有了目标，我的生活有了意义！我要为一个家庭谋幸福！万一做不成，绝不是我的错。我盼望他们快回来。（细听）喔，他们回来了！让我先穿上衣服。

（她拿起帽子和大衣。外面传来海尔茂和娜拉的说话声音。门上锁一转，娜拉几乎硬被海尔茂拉进来。娜拉穿着意大利服装，外面裹着一块黑的大披肩。海尔茂穿着大礼服，外面罩着一件附带假面具的黑舞衣，敞着没扣好。）

娜　拉　（在门洞里跟海尔茂挣扎）不，不，不，我不进去！我还要上楼去跳舞。我不愿意这么早回家。

海尔茂　亲爱的娜拉，可是——

娜　拉　亲爱的托伐，我求求你，咱们再跳一点钟。

海尔茂　一分钟都不行。好娜拉，你知道这是咱们事先说好的。快进来，在这儿你要凉了。（娜拉尽管挣扎，还是被他轻轻一把拉进来。）

林丹太太　你们好！

娜　拉　克立斯替纳！

海尔茂　什么！林丹太太！这么晚你还上这儿来？

林丹太太　是，请你别见怪。我一心想看看娜拉怎么打扮。

娜　拉　你一直在这儿等我们？

林丹太太　是，我来晚了一步，你们已经上楼了，我不看见你，舍不得回去。

海尔茂　（把娜拉的披肩揭下来）你仔细赏鉴吧！她实在值得看，林丹太太，你说她漂亮不漂亮？

林丹太太　真漂亮。

海尔茂　她真是美极了。谁都这么说。可是这小宝贝脾气真倔强。我不知该把她怎么办。你想，我差不多是硬把她拉回来的。

娜　拉　喔，托伐，今天你不让我在楼上多待一会儿——哪怕是多待半点钟——将来你一定会后悔。

海尔茂　你听她说什么，林丹太太！她跳完了特兰特拉土风舞，大家热烈鼓掌，难怪大家都鼓掌，她实在跳得好，不过就是表情有点儿过火，严格说起来，超过了艺术标准。不过那是小事情，主要的是，她跳得很成功，大家全都称赞她。难道说，大家鼓完掌我还能让她待下去，减少艺术的效果？那可使不得。所以我就一把挽着我的意大利姑娘——我的任性的意大利姑娘——一阵风儿似的转了个圈儿，四面道过谢，像小说里描写的，一转眼漂亮的妖精就不见了！林丹太太，下场时候应该讲效果，可惜娜拉不懂这道理。嘿，这屋子真热！（把舞衣脱下来扔在椅子上，打开自己书房的门）什么！里头这么黑？哦，是了。林丹太太，失陪了。（进去点蜡烛。）

娜　拉　（提心吊胆地急忙低问）事情怎么样？

林丹太太　（低声回答）我跟他谈过了。

娜　拉　他——

林丹太太　娜拉，你应该把这件事全部告诉你丈夫。

娜　拉　（平板的声调）我早就知道。

林丹太太　你不用怕柯洛克斯泰。可是你一定得对你丈夫说实话。

娜　拉　我不说实话怎么样？

林丹太太　那么，那封信去说实话。

娜　拉　谢谢你，克立斯替纳，现在我知道怎么办了。嘘！

海尔茂　（从书房出来）怎么样，林丹太太，你把她仔细赏鉴过没有？

林丹太太　赏鉴过了。现在我要走了。明天见。

海尔茂　什么！就要走？这块编织的活计是你的吗？

林丹太太　（把编织活计接过来）是，谢谢，我差点儿忘了。

海尔茂　你也编织东西？

林丹太太　是。

海尔茂　你不该编织东西，你应该刺绣。

林丹太太　是吗，为什么？

海尔茂　因为刺绣的时候姿态好看得多。我做个样儿给你瞧瞧！左手拿着活计，右手拿着针，胳臂轻轻地伸出去，弯弯地拐回来，姿态多美。你看对不对？

林丹太太　大概是吧。

海尔茂　可是编织东西的姿势没那么好看，你瞧，胳臂贴紧了，针儿一上一下的——有点中国味儿。刚才他们的香槟酒真好喝！

林丹太太　明天见，娜拉，别再固执了。

海尔茂　说得好，林丹太太！

林丹太太　海尔茂先生，明天见。

海尔茂　（送她到门口）明天见，明天见，一路平安。我本来该送你回去，可是好在路很近。再见，再见。（林丹太太走出去，海尔茂披上大衣回到屋子里）好了，好容易才把她打发走。这个女人真啰唆！

娜　拉　你累了吧，托伐？

海尔茂　一点儿都不累。

娜　拉　也不想睡觉？

海尔茂　一点儿都不想。精神觉得特别好。你呢？你好像又累又想睡。

娜　拉　是，我很累。我就要去睡觉。

海尔茂　你看！我不让你再跳舞不算错吧？

娜　拉　喔，你做的事都不错。

海尔茂 （**亲她的前额**）我的小鸟儿这回说话懂道理。你看见没有，今儿晚上阮克真高兴！

娜　拉 是吗？他居然很高兴？我没跟他说过话。

海尔茂 我也只跟他说了一两句。可是我好久没看见他兴致这么好了。（**对着她看了会儿，把身子凑过去**）回到自己家里，静悄悄的只有咱们两个人，滋味多么好！喔，迷人的小东西！

娜　拉 别那么瞧我。

海尔茂 难道我不该瞧我的好宝贝——我一个人儿的亲宝贝？

娜　拉 （**走到桌子那边去**）今天晚上你别跟我说这些话。

海尔茂 （**跟过来**）你血管里还在跳特兰特拉——所以你今天晚上格外惹人爱。你听，楼上的客要走了。（**声音放低些**）娜拉，再过一会儿整个这所房子里就静悄悄的没有声音了。

娜　拉 我想是吧。

海尔茂 是啊，我的娜拉。咱们出去做客的时候我不大跟你说话，我故意避开你，偶尔偷看你一眼，你知道为什么？因为我心里好像觉得咱们偷偷地在恋爱，偷偷地订了婚，谁也不知道咱们的关系。

娜　拉 是，是，是，我知道你的心都在我身上。

海尔茂 到了要回家的时候，我把披肩搭上你的滑溜的肩膀，围着你的娇嫩的脖子，我心里好像觉得你是我的新娘子，咱们刚结婚，我头一次把你带回家——头一次跟你待在一块儿——头一次陪着你这娇滴滴的小宝贝！今天晚上我什么都没想，只是想你一个人。刚才跳舞的时候我看见你那轻巧活泼的身段，我的心也跳得按捺不住了，所以那么早我就把你拉下楼。

娜　拉 走开，托伐！撒手，我不爱听这些话。

海尔茂 什么？你成心逗我吗，娜拉？你不爱听！难道我不是你丈夫？（**有人敲大门。**）

娜　拉 （**吃惊**）你听见没有？

海尔茂 （**走到门厅里**）谁？

阮　克 （**在外面**）是我。我能不能进来坐会儿？

海尔茂 （**低声嘀咕**）讨厌！这时候他还来干什么？（**高声**）等一等！（**开门**）请进，谢谢你从来不肯过门不入。

阮　克 我走过这儿好像听见你说话的声音，因此就忍不住想进来坐一坐。（**四面望望**）啊，这个亲热的老地方！你们俩在这儿真快活，真舒服！

海尔茂　刚才你在楼上好像也觉得很受用。

阮　克　很受用，为什么不受用？一个人活在世界上能享受为什么不享受，能享受多少就算多少，能享受多久就算多久。今晚的酒可真好。

海尔茂　香槟酒特别好。

阮　克　你也觉得好？我喝了那么多，说起来别人也不信。

娜　拉　托伐喝的香槟酒也不少。

阮　克　是吗？

娜　拉　真的，他喝了酒兴致总是这么好。

阮　克　辛苦了一天，晚上喝点儿酒没什么不应该。

海尔茂　辛苦了一天！这句话我可不配说。

阮　克　（在海尔茂肩膀上拍一下）我倒可以说这句话。

娜　拉　阮克大夫，你是不是刚做完科学研究？

阮　克　一点儿都不错。

海尔茂　你听！小娜拉也谈起科学研究来了！

娜　拉　结果怎么样，是不是可以给你道喜？

阮　克　可以。

娜　拉　这么说，结果很好？

阮　克　好极了，对大夫也好，对病人也好，结果是确实无疑的。

娜　拉　（追问）确实无疑？

阮　克　绝对地确实无疑。知道了这样的结果，你说难道我还不应该痛快一晚上？

娜　拉　不错，很应该，阮克大夫。

海尔茂　我也这么说，只要你明天不还账。

阮　克　在这世界上没有白拿的东西，什么全都得还账。

娜　拉　阮克大夫，我知道你很喜欢化装跳舞会。

阮　克　是，只要有新奇打扮，我就喜欢。

娜　拉　我问你，下次化装跳舞去咱们俩应该打扮什么？

海尔茂　不懂事的孩子！已经想到下次跳舞会了！

阮　克　你问咱们俩打扮什么？我告诉你，你打扮个仙女。

海尔茂　好，可是仙女该怎么打扮？

阮　克　仙女不用打扮，只穿家常衣服就行。

海尔茂　你真会说！你自己打扮什么角色呢？

阮　克　喔，我的好朋友，我早打定主意了。

海尔茂 什么主意?

阮 克 下次开化装跳舞会的时候,我要扮隐身人。

海尔茂 这话真逗人。

阮 克 我要戴一顶大黑帽子——你们没听说过眼睛瞧不见的帽子吗?帽子一套在头上,人家就看不见你了。

海尔茂 (忍住笑)是,是。

阮 克 哦,我忘了进来干什么了。海尔茂,给我一支雪茄烟——要那种黑的哈瓦那。

海尔茂 请。(把雪茄烟盒递过去。)

阮 克 (拿了一支烟,把烟头切掉)谢谢。

娜 拉 (给他划火柴)我给你点烟。

阮 克 谢谢,谢谢!(娜拉拿着火柴,阮克就着火点烟)现在我要跟你们告别了!

海尔茂 再见,再见!老朋友!

娜 拉 阮克大夫,祝你安眠。

阮 克 谢谢你。

娜 拉 你也应该照样祝我。

阮 克 祝你?好吧,既然你要我说,我就说。祝你安眠,谢谢你给我点烟。

(阮克向他们点点头,走出去。)

海尔茂 (低声)他喝得太多了。

娜 拉 (心不在焉)大概是吧。(海尔茂从衣袋里掏出一串钥匙来走进门厅)托伐,你出去干什么?

海尔茂 我把信箱倒一倒,里头东西都满了,明天早上报纸装不下了。

娜 拉 今晚你工作不工作?

海尔茂 你不是知道我今晚不工作吗?唔,这是怎么回事?有人弄过锁。

娜 拉 弄过锁?

海尔茂 一定是。这是怎么回事?我想佣人不会——这儿有只撅折的头发夹子。娜拉,这是你常用的。

娜 拉 (急忙接嘴)一定是孩子们——

海尔茂 你得管教他们别这么胡闹。好!好容易开开了。(把信箱里的信件拿出来,朝着厨房喊道)爱伦,爱伦,把门厅的灯吹灭了。(拿着信件回到屋里,关上门)你瞧,攒了这么一大堆。(把整叠信件翻过来)哦,这是什么?

娜 拉 (在窗口)那封信!喔,托伐,别看!

海尔茂 有张名片,是阮克大夫的。

娜 拉 阮克大夫的?

海尔茂 (瞧名片)阮克大夫,这两张名片在上头,一定是他刚扔进去的。

娜 拉 名片上写着什么没有?

海尔茂 他的名字上头有个黑十字。你瞧,多么不吉利!好像他给自己报死信。

娜 拉 他是这意思。

海尔茂 什么!你知道这件事?他跟你说过什么没有?

娜 拉 他说了。他说给咱们这两张名片的意思就是跟咱们告别。他以后就在家里关着门等死。

海尔茂 真可怜!我早知道他活不长,可是没想到这么快!像一只受伤的野兽爬到窝里藏起来!

娜 拉 一个人到了非死不可的时候最好还是静悄悄地死。托伐,你说对不对?

海尔茂 (走来走去)这些年他跟咱们的生活已经结合成一片,我不能想象他会离开咱们。他的痛苦和寂寞比起咱们的幸福好像乌云衬托着太阳,苦乐格外分明。这样也许倒好——至少对他很好。(站住)娜拉,对于咱们也未必不好。现在只剩下咱们俩,靠得更紧了。(搂着她)亲爱的宝贝!我总是觉得把你搂得不够紧。娜拉,你知不知道,我常常盼望有桩事情感动你,好让我拼着命,牺牲一切去救你。

娜 拉 (从他怀里挣出来,斩钉截铁的口气)托伐,现在你可以看信了。

海尔茂 不,不,今晚我不看信。今晚我要陪着你,我的好宝贝。

娜 拉 想着快死的朋友你还有心肠陪我?

海尔茂 你说的不错。想起这件事咱们心里都很难受。丑恶的事情把咱们分开了,想起死人真扫兴。咱们得想法子撇开这些念头。咱们暂且各自回到屋里去吧。

娜 拉 (搂着他脖子)托伐!明天见!明天见!

海尔茂 (亲她的前额)明天见,我的小鸟儿。好好儿睡觉,娜拉,我去看信了。

(他拿了那些信走进自己的书房,随手关上门。)

娜 拉 (瞪着眼瞎摸,抓起海尔茂的舞衣披在自己身上,急急忙忙,断断续续,哑着嗓子,低声自言自语)从今以后再也见不着他了!永远见不着了、永远见不着了。(把披肩蒙在头上)也见不着孩子们了!永远见不着了!喔,漆黑冰凉的水!没底的海!快点完事多好啊!现在他已经拿着信了,正在看!喔,还没看。再见,托伐!再见,孩子们!

(她正朝着门厅跑出去,海尔茂推开门,手里拿着一封拆开的信,站在门口。)

海尔茂 娜拉!

娜　拉　(叫起来)啊！

海尔茂　这是谁的信？你知道信里说的什么事？

娜　拉　我知道。快让我走！让我出去！

海尔茂　(拉住她)你上哪儿去！

娜　拉　(竭力想脱身)别拉着我，托伐。

海尔茂　(惊慌倒退)真有这件事？他信里的话难道是真的？不会，不会，不会是真的。

娜　拉　全是真的。我只知道爱你，别的什么都不管。

海尔茂　哼，别这么花言巧语的！

(娜拉想出去投水自杀。)

娜　拉　(走近他一步)托伐！

海尔茂　你这坏东西——干的好事情！

娜　拉　让我走——你别拦着我！我做的坏事不用你担当！

海尔茂　不用装腔作势给我看。(**把出去的门锁上**)我要你老老实实把事情招出来，不许走。你知道不知道自己干的什么事？快说！你知道吗？

娜　拉　(**眼睛盯着他，态度越来越冷静**)现在我才完全明白了。

海尔茂　(**走来走去**)嘿！好像做了一场噩梦醒过来！这八年工夫——我最得意、最喜欢的女人——没想到是个伪君子，是个撒谎的人——比这还坏——是个犯罪的人。真是可恶极了！哼！哼！(**娜拉不作声，只用眼睛盯着他**)其实我早就该知道。我早该料到这一步。你父亲的坏德性——(**娜拉正要说话**)少说话！你父亲的坏德性你全都沾上了——不信宗教，不讲道德，没有责任心。当初我给他遮盖，如今遭了这么个报应！我帮你父亲都是为了你，没想到现在你这么报答我！

娜　拉　不错，这么报答你。

海尔茂　你把我一生幸福全都葬送了。我的前途也让你断送了。喔，想起来真可怕！现在我让一个坏蛋抓在手心里。他要我怎么样我就得怎么样，他要我干什么我就得干什么。他可以随便摆布我，我不能不依他。我这场大祸都是一个下贱女人惹出来的！

娜　拉　我死了你就没事了。

海尔茂　哼，少说骗人的话。你父亲以前也老有那么一大套。照你说，就是你死了，我有什么好处？一点儿好处都没有。他还是可以把事情宣布出去，人家甚至还会疑惑我是跟你串通一气的，疑惑是我出主意撺掇你干的。这些事情我都得谢谢你——结婚以来我疼了你这些年，想不到你这么报答我。现在你明白你给我惹的是什么祸吗？

娜　拉　（冷静安详）我明白。

海尔茂　这件事真是想不到，我简直摸不着头脑。可是咱们好歹得商量个办法。把披肩摘下来。摘下来，听见没有！我先得想个办法稳住他，这件事无论如何不能让人家知道。咱们俩表面上照样过日子——不要改样子，你明白不明白我的话？当然你还得在这儿住下去。可是孩子不能再交在你手里。我不敢再把他们交给你——唉，我对你说这么一句话心里真难受，因为你一向是我最心爱并且现在还——可是现在情形已经改变了。从今以后再说不上什么幸福不幸福，只有想法子怎么挽救、怎么遮盖、怎么维持这个残破的局面——（门铃响起来，海尔茂吓了一跳）什么事？三更半夜的！难道事情发作了？难道他——娜拉，你快藏起来，只推托有病。

（娜拉站着不动。海尔茂走过去开门。）

爱　伦　太太，您有封信。

海尔茂　给我。（把信抢过来，关上门）果然是他的。你别看。我念给你听。

娜　拉　快念！

海尔茂　（凑着灯看）我几乎不敢看这封信。说不定咱们俩都会完蛋。也罢，反正总得看。（慌忙拆信，看了几行之后发现信里夹着一张纸，马上快活得叫起来）娜拉！（娜拉莫名其妙地看着他。）

海尔茂　娜拉！喔，别忙！让我再看一遍！不错，不错！我没事了！娜拉，我没事了！

娜　拉　我呢？

海尔茂　自然你也没事了，咱们俩都没事了。你看，他把借据还你了。他在信里说，这件事非常抱歉，要请你原谅，他又说他现在交了运——喔，管他还写些什么。娜拉，咱们没事了！现在没人能害你了。喔，娜拉，娜拉咱们先把这害人的东西消灭了再说。让我再看看（朝着借据瞟了一眼）喔，我不想再看它，只当是做了一场梦。（把借据和柯洛克斯泰的两封信一齐都撕掉，扔在火炉里，看它们烧）好！烧掉了！他说自从二十四号起——喔，娜拉，这三天你一定很难过。

娜　拉　这三天我真不好过。

海尔茂　你心里难过，想不出好办法，只能——喔，现在别再想那可怕的事情了。我们只应该高高兴兴多说几遍“现在没事了，现在没事了！”听见没有，娜拉！你好像不明白。我告诉你，现在没事了。你为什么绷着脸不说话？喔，我的可怜的娜拉，我明白了，你以为我还没饶恕你。娜拉，我赌咒，我已经饶恕你了，我知道你干那件事都是因为爱我。

娜　拉　这倒是实话。

海尔茂　你正像做老婆的应该爱丈夫那样爱我。只是你没有经验，用错了方法。可是难道因为你自己没主意，我就不爱你吗？我决不会。你只要一心一意依赖我，我会指点你，教导你。正因为你自己没办法，所以我格外爱你，要不然我还算什么男子汉大丈夫？刚才我觉得好像天要塌下来，心里一害怕，就说了几句不好听的话，你千万别放在心上。娜拉，我已经饶恕你了。我赌咒不再埋怨你。

娜　拉　谢谢你宽恕我。（从右边走出去。）

海尔茂　别走！（向门洞里张望）你要干什么？

娜　拉　（在里屋）我去脱掉跳舞的服装。

海尔茂　（在门洞里）好，去吧。受惊的小鸟儿，别害怕，定定神，把心静下来。你放心，一切事情都有我。我的翅膀宽，可以保护你。（在门口走来走去）喔，娜拉，咱们的家多可爱，多舒服！你在这儿很安全，我可以保护你，像保护一只鹰爪子底下救出来的小鸽子一样。我不久就能让你那颗扑扑跳的心定下来，娜拉，你放心，到了明天，事情就不一样了，一切都会恢复老样子。我不用再说我已经饶恕你了，你心里自然会明白我不是说假话。难道我舍得把你撵出去？别说撵出去，就说是责备，难道我舍得责备你？娜拉，你不懂得男子里的好心肠。要是男人饶恕了他老婆——真正饶恕了她，从心坎儿里饶恕了她——他心里会有一股没法子形容的好滋味。从此以后他老婆越发是他私有的财产。做老婆的就像重新投了胎，不但是她丈夫的老婆，而且还是她丈夫的孩子。从今以后，你就是我的孩子，我的吓坏了的可怜的小宝贝。别着急，娜拉，只要你老老实实对待我，你的事情都有我作主，都有我指点。（娜拉换了家常衣服走进来）怎么，你还不睡觉？又换衣服干什么？

娜　拉　不错，我把衣服换掉了。

海尔茂　这么晚换衣服干什么？

娜　拉　今晚我不睡觉。

海尔茂　可是，娜拉——

娜　拉　（看自己的表）时候还不算晚。托伐，坐下，咱们有好些话要谈一谈。（她在桌子一头坐下。）

海尔茂　娜拉，这是什么意思？你的脸色冰冷铁板似的——

娜　拉　坐下。一下子说不完。我有好些话跟你谈。

海尔茂　（在桌子那一头坐下）娜拉，你把我吓了一大跳。我不了解你。

娜　拉　这话说得对，你不了解我，我也到今天晚上才了解你。别打岔。听我说下去。托伐，咱们必须把总账算一算。

海尔茂　这话怎么讲？

娜　拉　（顿了一顿）现在咱们面对面坐着，你心里有什么感想？

海尔茂　我有什么感想？

娜　拉　咱们结婚已经八年了，你觉得不觉得，这是头一次咱们夫妻正正经经谈谈话？

海尔茂　正正经经！这四个字怎么讲？

娜　拉　这整整的八年——要是从咱们认识的时候算起，其实还不止八年，咱们从来没在正经事情上谈过一句正经话。

海尔茂　难道要我经常用你不能帮我解决的事情麻烦你？

娜　拉　我不是指着你的业务说。我说的是，咱们从来没坐下来正正经经细谈过一件事。

海尔茂　我的好娜拉，正经事跟你有什么相干？

娜　拉　咱们的问题就在这儿！你从来就没了解过我。我受足了委屈，先在我父亲手里，后来又在你手里。

海尔茂　这是什么话！你父亲和我这么爱你，你还说受了我们的委屈！

娜　拉　（摇头）你们何尝真爱过我，你们爱我只是拿我当消遣。

海尔茂　娜拉，这是什么话！

娜　拉　托伐，这是老实话。我在家跟父亲过日子的时候，他把他的意见告诉我，我就跟着他的意见走，要是我的意见跟他不一样，我也不让他知道，因的他知道了会不高兴。他叫我“泥娃娃孩子”，把我当作一件玩意儿，就像我小时候玩儿我的泥娃娃一样。后来我到你家来住着——

海尔茂　用这种字眼形容咱们的夫妻生活简直不像话！

娜　拉　（满不在乎）我是说，我从父亲手里转移到了你手里。跟你在一块儿，事情都由你安排。你爱什么我也爱什么，或者假装爱什么——我不知道是真还是假——也许有时候真，有时候假。现在我回头想一想，这些年我在这儿简直像个要饭的叫花子，要一日，吃一日。托伐，我靠着给你要把戏过日子。可是你喜欢我这么做。你和我父亲把我害苦了。我现在这么没出息都要怪你们。

海尔茂　娜拉，你真不讲理，真不知好歹！你在这儿过的日子难道不快活？

娜　拉　不快活。过去我以为快活，其实不快活。

海尔茂 什么！不快活！

娜 拉 说不上快活，不过说说笑笑凑小热闹罢了。你一向待我很好。可是咱们的家只是一个玩儿的地方，从来不谈正经事。在这儿我是你的“泥娃娃老婆”，正像我在家里是我父亲的“泥娃娃女儿”一样。我的孩子又是我的泥娃娃。你逗着我玩儿，我觉得有意思，正像我逗孩子们，孩子们也觉得有意思。托伐，这就是咱们的夫妻生活。

海尔茂 你这段话虽然说得太过火，倒也有点儿道理。可是以后的情形就不一样了。玩儿的时候过去了，现在是受教育的时候了。

娜 拉 谁的教育？我的教育还是孩子们的教育？

海尔茂 两方面的，我的好娜拉。

娜 拉 托伐，你不配教育我怎样做个好老婆。

海尔茂 你怎么说这句话？

娜 拉 我配教育我的孩子吗？

海尔茂 娜拉！

娜 拉 刚才你不是说不敢再把孩子交给我吗？

海尔茂 那是气头儿上的话，你老提它干什么！

娜 拉 其实你的话没说错。我不配教育孩子。要想教育孩子，先得教育我自己。你没资格帮我的忙。我一定得自己干。所以现在我要离开你。

海尔茂 （跳起来）你说什么？

娜 拉 要想了解我自己和我的环境，我得一个人过日子，所以我不能再跟你待下去。

海尔茂 娜拉！娜拉！

娜 拉 我马上就走。克立斯替纳一定会留我过夜。

海尔茂 你疯了！我不让你走！你不许走！

娜 拉 你不许我走也没用。我只带自己的东西。你的东西我一件都不要，现在不要，以后也不要。

海尔茂 你怎么疯到这步田地！

娜 拉 明天我要回家去——回到从前的老家去。在那儿找点事情做也许不大难。

海尔茂 喔，像你这么没经验——

娜 拉 我会努力去吸取。

海尔茂 丢了你的家，丢了你丈夫，丢了你儿女！不怕人家说什么话！

娜 拉 人家说什么不在我心上。我只知道我应该这么做。

海尔茂　这话真荒唐！你就这么把你最神圣的责任扔下不管了？

娜　拉　你说什么是我最神圣的责任？

海尔茂　那还用我说？你最神圣的责任是你对丈夫和儿女的责任。

娜　拉　我还有别的同样神圣的责任。

海尔茂　没有的事！你说的是什么责任？

娜　拉　我说的是我对自己的责任。

海尔茂　别的不用说，首先你是一个老婆，一个母亲。

娜　拉　这些话现在我都不信了。现在我只信，首先我是一个人，跟你一样的一个人——至少我要学做一个人；托伐，我知道大多数人赞成你的话，并且书本里也是这么说的。可是从今以后我不能一味相信大多数人说的话，也不能一味相信书本里说的话。什么事情我都要用自己的脑子想一想，把事情的道理弄明白。

海尔茂　难道你不明白你在自己家庭的地位？难道在这些问题上没有颠扑不破的道理指导你？难道你不信仰宗教？

娜　拉　托伐，不瞒你说，我真不知道宗教是什么。

海尔茂　你这话怎么讲？

娜　拉　除了行坚信礼的时候牧师对我说的那套话，我什么都不知道。牧师告诉过我，宗教是这个，宗教是那个。等我离开这儿一个人过日子的时候我也要把宗教问题仔细想一想。我要仔细想一想牧师告诉我的话究竟对不对，对我合用不合用。

海尔茂　喔，从来没听说过这种话！并且还是从这么个年轻女人嘴里说出来的！要是宗教不能带你走正路，让我唤醒你的良心来帮助你——你大概还有点道德观念吧？要是没有，你就干脆说没有。

娜　拉　托伐，这小问题不容易回答。我实在不明白。这些事情我摸不清。我只知道我的想法跟你的想法完全不一样。我也听说，国家的法律跟我心里想的不一样，可是我不信那些法律是正确的。父亲病得快死了，法律不许女儿给他省烦恼，丈夫病得快死了，法律不许老婆想法子救他的性命！我不信世界上有这种不讲理的法律。

海尔茂　你说这些话像个小孩子。你不了解咱们的社会。

娜　拉　我真不了解。现在我要去学习。我一定要弄清楚，究竟是社会正确，还是我正确。

海尔茂　娜拉，你病了，你在发烧说胡话。我看你像精神错乱了。

娜　拉　我的脑子从来没像今天晚上这么清醒、这么有把握。

海尔茂 你清醒得、有把握得要丢掉丈夫和儿女？

娜　拉 一点不错。

海尔茂 这么说，只有一句话讲得通。

娜　拉 什么话？

海尔茂 那就是你不爱我了。

娜　拉 不错，我不爱你了。

海尔茂 娜拉！你忍心说这话！

娜　拉 托伐，我说这话心里也难受，因为你一向待我很不错。可是我不能不说这句话。现在我不爱你了。

海尔茂 （勉强管住自己）这也是你清醒的有把握的话？

娜　拉 一点不错。所以我不能再在这儿待下去。

海尔茂 你能不能说明白我究竟做了什么事使你不爱我？

娜　拉 能，就因为今天晚上奇迹没出现，我才知道你不是我理想中的那等人。

海尔茂 这话我不懂，你再说清楚点。

娜　拉 我耐着性子整整等了八年，我当然知道奇迹不会天天有，后来大祸临头的时候，我曾经满怀信心地跟自己说："奇迹来了！"柯洛克斯泰把信扔在信箱里以后，我绝没想到你会接受他的条件。我满心以为你一定会对他说："尽管宣布吧"，而且你说了这句话之后，还一定会——

海尔茂 一定会怎么样？叫我自己的老婆出丑丢脸，让人家笑骂？

娜　拉 我满心以为你说了那句话之后，还一定会挺身出来，把全部责任担在自己肩膀上，对大家说，"事情都是我干的"。

海尔茂 娜拉——

娜　拉 你以为我会让你替我担当罪名吗？不，当然不会。可是我的话怎么比得上你的话那么容易叫人家信？这正是我盼望它发生又怕它发生的奇迹。为了不让奇迹发生，我已经准备自杀。

海尔茂 娜拉，我愿意为你日夜工作，我愿意为你受穷受苦。可是男人不能为他爱的女人牺牲自己的名誉。

娜　拉 千千万万的女人都为男人牺牲过名誉。

海尔茂 喔，你心里想的嘴里说的都像个傻孩子。

娜　拉 也许是吧。可是你想和说的也不像我可以跟他过日子的男人。后来危险过去了——你不是怕我有危险，是怕你自己有危险——不用害怕了，你又装作没事人了。你又叫我跟从前一样乖乖地做你的小鸟儿，做你的泥娃娃，说什么以后要格外小心保护我，因为我那么脆弱不中用。（**站起**

来)托伐,就在那当口我好像忽然从梦中醒过来,我简直跟一个生人同居了八年,给他生了三个孩子。喔,想起来真难受!我恨透了自己没出息!

海尔茂　(伤心)我明白了,我明白了,在咱们中间出现了一道深沟。可是,娜拉,难道咱们不能把它填平吗?

娜　拉　照我现在这样子,我不能跟你做夫妻。

海尔茂　我有勇气重新再做人。

娜　拉　在你的泥娃娃离开你之后——也许有。

海尔茂　要我跟你分手!不,娜拉,不行!这是不能设想的事情。

娜　拉　(**走进右边屋子**)要是你不能设想,咱们更应该分开。(**拿着外套、帽子和旅行小提包又走出来,把东西搁在桌子旁边椅子上。**)

海尔茂　娜拉,娜拉,现在别走。明天再走。

娜　拉　(**穿外套**)我不能在生人家里过夜。

海尔茂　难道咱们不能像哥哥妹妹那么过日子?

娜　拉　(**戴帽子**)你知道那种日子长不了。(**围披肩**)托伐,再见。我不去看孩子了。我知道现在照管他们的人比我强得多。照我现在这样子,我对他们一点儿用处都没有。

海尔茂　可是,娜拉,将来总有一天——

娜　拉　那就难说了。我不知道我以后会怎么样。

海尔茂　无论怎么样。你还是我的老婆。

娜　拉　托伐,我告诉你。我听人说,要是一个女人像我这样从她丈夫家里走出去,按法律说,她就解除了丈夫对她的一切义务。不管法律是不是这样,我现在把你对我的义务全部解除。你不受我拘束,我也不受你拘束。双方都有绝对的自由。拿去,这是你的戒指。把我的也还我。

海尔茂　连戒指也要还?

娜　拉　要还。

海尔茂　拿去。

娜　拉　好。现在事情完了。我把钥匙都搁这儿。家里的事佣人都知道——她们比我更熟悉。明天我动身之后,克立斯替纳会来给我收拾我从家里带来的东西。我会叫她把东西寄给我。

海尔茂　完了!完了!娜拉,你永远不会再想我了吧?

娜　拉　喔,我会时常想到你,想到孩子们,想到这个家。

海尔茂　我可以给你写信吗?

娜　拉　不,千万别写信。

海尔茂 可是我总得给你寄点儿——

娜　拉 什么都不用寄。

海尔茂 你手头不方便的时候我得帮点忙。

娜　拉 不必，我不接受生人的帮助。

海尔茂 娜拉，难道我永远只是个生人？

娜　拉 （拿起手提包）托伐，那就要等奇迹中的奇迹发生了。

海尔茂 什么叫奇迹中的奇迹？

娜　拉 那就是说，咱们俩都得改变到——喔，托伐，我现在不信世界上有奇迹了。

海尔茂 可是我信。你说下去！咱们俩都得改变到什么样子——

娜　拉 改变到咱们在一块儿过日子真正像夫妻。再见。（她从门厅走出去。）

海尔茂 （倒在靠门的一张椅子里，双手蒙着脸）娜拉！娜拉！（四面望望，站起身来）屋子空了。她走了。（心里闪出一个新希望）啊！奇迹中的奇迹——

（楼下砰的一响传来关大门的声音。）

（易卜生.玩偶之家[M].潘家询，译.北京：人民文学出版社，1995.略有改动。）

思考练习

1.简述《玩偶之家》中第三幕的艺术特征。

2.简述主人公娜拉的性格特点。

第十九节　《谷子熟了……》与《自由、爱情》

作者简介

裴多菲(1823—1849)，匈牙利爱国诗人和英雄，革命民主主义者，也是匈牙利民族文学的奠基人。在瑟克什堡大血战中同沙俄军队作战时牺牲，年仅 26 岁。他的诗歌主要是号召人民摆脱奥地利的统治，废除封建制，诗中激情澎湃。

重要诗作有《雅诺士勇士》《民族之歌》《使徒》等。

作品导读

《谷子熟了……》是一首爱情诗，以成熟的谷子为喻，比喻新鲜而贴切。

《自由、爱情》是一首言志诗，感情高尚，铿锵有力，如雷霆万钧，令人难忘。

作品赏析

谷子熟了……

谷子成熟了，
天天都很热，
到了明天早晨，
我就去收割。
我的爱也成熟了，
很热的是我的心；
但愿你，亲爱的，
就是收割的人！

（裴多菲.裴多菲诗选[M].孙用，译.北京：人民文学出版社，1979.）

自由、爱情

生命诚宝贵，
爱情价更高；
若为自由故，
二者皆可抛！

（裴多菲.裴多菲诗选[M].殷夫，译.北京：人民文学出版社，1979.）

思考练习

1.简述《谷子熟了……》的结构特点。

2.简述《自由、爱情》的主旨。

第二十节　《红字》（存目）

作者简介

纳撒尼尔·霍桑（1804—1864），美国心理分析小说的开创者，也是美国文学史上首位写作短篇小说的作家，被称为美国 19 世纪最伟大的浪漫主义小说家。

霍桑出生于美国马萨诸塞州萨莱姆的一个破落的贵族世家，幼年丧父，同寡母一道住在位于萨莱姆镇的外公家，自幼性格孤高自许、焦虑多疑。童年的不幸和压抑的生活氛围使他内心有一种“痛苦的孤独感”，他对社会改革毫无兴趣，对资本主义经济迅速发展无法理解。外公家笃信基督教的清教，霍桑受到了清教的影响。1825 年，霍桑从波登大学毕业后，回到萨莱姆，创作并发表了几十篇短篇小说。1839 年，霍桑在波士顿海关工作了两年多之后，进入了“布鲁克农庄”，接触超验主义思想，并结识了超验主义思想的代表人爱默生和梭罗等人。此后，霍桑又赴萨莱姆海关上任，萨莱姆海关的生活对他创作《红字》有着直接的影响。《红字》的出版巩固了他在美国文坛的地位，也对后世产生了巨大的影响。霍桑被评价为“一个生活的旁观者”，这一人生态度表现了他热衷于观察人的内心。他深受原罪思想的影响，而且认为原罪代代相传，倡导人们以善行来洗刷罪恶、净化心灵。

其代表作包括长篇小说《红字》《七角楼房》，短篇小说集《重讲一遍的故事》《古宅青苔》《雪影》等。其中《红字》已成为世界文学经典。

作品导读

《红字》发表于 1850 年，讲述了发生在北美殖民时期的恋爱悲剧。女主人公海丝特·白兰嫁给了医生奇林渥斯，他们之间却没有爱情。在孤独中白兰与牧师丁梅斯代尔相恋并生下女儿珠儿。白兰被当众惩罚，戴上标志“通奸”的红色 A 字示众，然而白兰拒不说出孩子的父亲。小说惯用象征手法，人物、情节和语言都颇具主观想象色彩，在描写中又常把人的心理活动和直觉放在首位。因此，它不仅是美国浪漫主义小说的代表作，同时也被称为美国心理分析小说的开创篇。

小说以两百多年前的殖民地时代的美洲为背景，但揭露的却是 19 世纪资本主义发展时期美利坚合众国社会典法的残酷、宗教的欺骗性和道德的虚伪。主人公白兰被写成了崇高道德的化身。她不但感化了表里不一的丁梅斯代尔，同时也在感化着充满罪恶的社会。

至于她的丈夫奇林渥斯，小说则把他写成了一个一心只想窥秘复仇的影子式的人物。他在小说中只起情节铺垫的作用。

作品赏析

红字(存目)

思考练习

1.简述作品的主题思想和艺术特色。

2.简述珠儿这个艺术形象。

第二十一节　《啊，船长！我的船长！》

作者简介

沃尔特·惠特曼(1819—1892)生于长岛，父亲是一名建筑工人。他是美国现代诗歌的开山鼻祖，19世纪最杰出的浪漫主义诗人。他崇尚平等，歌唱自我，热爱人民。代表作是《草叶集》。其采用自由体，气势恢宏，汪洋恣肆，奔放不羁。

作品导读

《啊，船长！我的船长！》为悼念林肯遇刺而作。以船长比喻这位主张废奴的总统，再恰当不过。全诗写得雄健、悲壮、优美。

作品赏析

啊，船长！我的船长！

啊，船长，我的船长！我们艰苦的航程已经终结，
这只船安然渡过了一切风浪，我们寻求的奖赏已经获得。
港口在望，我听见钟声在响，人们都在欢呼，
目迎着我们的船从容返航，它显得威严而英武。
可是，啊，心啊！心啊！心啊！
啊，殷红的鲜血长流，
在甲板上，那里躺着我的船长，
他已倒下，已死去，已冷却。

啊，船长，我的船长！起来吧，起来听听这钟声，
起来，——旌旗正为你招展——军号正为你发出颤音。
为你，送来了这些花束和花环。
为你，熙攘的群众在呼唤，转动着多少殷切的脸。
这里，船长！亲爱的父亲！
你头颅下边是我的手臂！
在甲板上像是在一场梦里，
你已倒下，已死去，已冷却。

我们的船长不作回答，他的双唇惨白而寂静，

我的父亲不能感觉我的手臂，他已没有脉息、没有知觉，
我们的船已安全抛锚停泊，已经结束了它的航程，
胜利的船从险恶的旅途归来，我们寻求的已赢得。
欢呼吧，啊，海岸！轰鸣，啊，洪钟！
可是，我却轻移悲伤的步履，
在甲板上，那里躺着我的船长，
他已倒下，已死去，已冷却。

（惠特曼.草叶集选[M].楚图南，译.北京：人民文学出版社，1995.略有改动。）

思考练习

1. 全诗采用象征手法，船长掌舵的那条“船”象征什么？
2.“从容返航”的具体意义是什么？

第二十二节 《汤姆·索亚历险记》（存目）

作者简介

马克·吐温（1835—1910），美国作家、演说家。他的原名是塞缪尔·郎荷恩·克莱门斯。“马克·吐温”是他的笔名，原是密西西比河水手使用的表示在航道上所测水的深度的术语。代表作品有小说《百万英镑》《汤姆·索亚历险记》《哈克贝利·费恩历险记》等。马克·吐温 12 岁时，父亲去世，他只好停学，到工厂当小工。后来他又换了不少职业，曾做过密西西比河的领航员、矿工及新闻记者工作，而后渐渐地着手写一些有趣的小品，开始了自己的写作生涯。他于 1910 年 4 月 21 日去世，安葬于纽约州艾玛拉。

马克·吐温一生写了大量作品，题材涉及小说、剧本、散文、诗歌等。从内容上说，他的作品批判了不合理现象和人性的丑恶之处，表达了作家强烈的正义感和对普通人民的关心；从风格上说，幽默和讽刺是他的写作特点。他经历了美国从初期资本主义到帝国主义的发展过程，其思想和创作也表现为从轻快调笑到辛辣讽刺再到悲观厌世，前期以辛辣的讽刺见长，到了后期语言更为激烈。

马克·吐温是美国批判现实主义文学的奠基人，他的主要作品大多已有中文译本。2006 年，马克·吐温被美国的权威期刊《大西洋月刊》评为影响美国的 100 位人物第 16 名。

作品导读

19 世纪 70 年代，美国资本主义进入了垄断时期。庞大的、机器轰鸣的工厂的出

现，集体化的大生产组合以及大刀阔斧的进取精神促使美国工业突飞猛进，使得以往平静而又无多少竞争的年代里的礼貌行为和道德涵养准则逐渐失去了栖身之地。因此，大发展的社会对维多利亚时代的温文尔雅的摒弃是不可避免的。特别是南北战争，它像一种催化剂，在摧毁了奴隶制的同时，也加速了维多利亚时代社会结构的崩溃，把年轻人推进向传统宣战的潮流，使他们体内潜藏已久的被压抑的暴力迸发出来，去摧毁那个不合时宜的19世纪社会。

马克·吐温就是在这个大历史背景下创作《汤姆·索亚历险记》的，因此这部作品具有深远的历史意义。他把自己的童年生活经历浓缩进了这部小说，但又注入了他自己的思想和时代缩影，使它脱离了一般的、庸俗的儿童回忆格调，让它充满了时代的活力。

小说的故事发生在19世纪上半叶美国密西西比河畔的一个普通小镇上。主人公汤姆·索亚天真活泼、敢于探险、追求自由，不堪忍受束缚个性、枯燥乏味的生活，幻想干一番英雄事业。小说的时代在南北战争前，写的虽是圣彼得堡小镇，但该镇某种程度上可以说是当时美国社会的缩影。小说通过主人公的冒险经历，对当时虚伪庸俗的社会习俗、伪善的宗教仪式和刻板陈腐的学校教育进行了讽刺和批判，以欢快的笔调描写了少年儿童自由活泼的心灵。

汤姆幼年丧母，由姨妈收养。聪明顽皮的汤姆受不了姨妈和学校老师的管束，常常逃学闯祸。一天深夜，他与好朋友哈克贝利·费恩到墓地玩耍，无意中目睹了一起凶杀案。因为害怕被凶手发现他们知道这件事，汤姆、哈克贝利带着另一个小伙伴一起逃到一座荒岛上做起了“海盗”，弄得家里以为他们被淹死了，结果他们却出现在了自己的“葬礼”上。经过激烈的思想斗争，汤姆终于勇敢地站出来，指证了凶手。不久之后，在一次野餐活动中，他与心爱的姑娘贝姬在一个岩洞里迷路了，整整三天三夜饥寒交迫，面临着死亡的威胁。后来他们终于成功脱险，和好友哈克贝利一起找到了凶手埋藏的宝藏。

作品赏析

汤姆·索亚历险记（存目）

思考练习

1.简述主人公的性格特点。

2.简述作品主题和艺术特色。

第六章　20 世纪欧美文学

第一节　概　述

20 世纪是一个复杂多变的时代，在这个时代，欧美文学逐渐呈现出多元发展的姿态，也有了许多新的特点。一方面，随着世界统一市场的形成和各民族相互交往的增加，欧美文学已不再局限于欧洲和美国，拉美和澳大利亚的文学也取得了令人瞩目的成就；另一方面，随着社会矛盾的激化和悲观主义哲学的流行，人们已不再认为能真实地认识和反映生活，也不再相信种种抽象的理想，浪漫主义和现实主义都不再一统文坛，形形色色的现代主义流派开始兴起并成为 20 世纪世界文学的主潮之一。此外，随着无产阶级革命运动的发展和社会主义制度在一些国家的建立，无产阶级革命文学和社会主义文学也成为世界文学中一道独特的风景线。

现代主义是 19 世纪末至 20 世纪诞生并流行于 20 世纪的许多文学流派的总称，主要包括象征主义、表现主义、未来主义、超现实主义、意识流小说等十多种文学流派。它的思想基础是非理性主义哲学，如叔本华和尼采的唯意志论、柏格森的生命哲学、弗洛伊德的精神分析学等。它的基本特点是主张反传统，着力表现的是人在现代社会中的扭曲和异化；表现手法上追求新奇和怪诞，语言往往晦涩难懂；人物形象的塑造不再遵循典型个性化规律，甚至只是抽象概念的符号；特别重视对人物内心世界的挖掘，人物的活动日益从外部世界退回到内部世界。

象征主义在 19 世纪 70 年代兴起于法国，19 世纪 80 年代正式成为一个流派，它的先驱是波德莱尔，而法国诗人莫雷亚斯于 1886 年发表的《象征主义宣言》标志着这一流派的正式诞生。代表人物主要有法国的瓦雷里、比利时的梅特林克、奥地利的里尔克、爱尔兰的叶芝、英国的 T.S.艾略特、俄国的勃洛克等。

表现主义产生于德国，最初流行于绘画领域，后来扩展至文学领域。表现主义强调“艺术是表现，不是再现”。它的先驱是瑞典作家斯特林堡，其《鬼魂奏鸣曲》等剧作把鬼魂搬上舞台，让死尸、幻影、亡魂、活人同时登场。代表作家有奥地利的卡夫卡、德国的凯泽、捷克的恰佩克、美国的奥尼尔等。

未来主义是一个激进的反传统的文学流派，否定传统文化，赞美现代工业文明，着力表现速度和力量的美。创始人是意大利诗人马里内蒂，1909年他撰写并发表了《未来主义宣言》，标志着这个流派的诞生。未来主义的重要作家还有意大利的帕拉采斯基、法国的阿波利奈尔和俄国的马雅可夫斯基等。

超现实主义兴起于第一次世界大战时期的法国。1924年，布勒东发表《超现实主义宣言》，宣称在现实世界之外，还有一个更为真实的“无意识”世界。代表作家除了布勒东，还有阿拉贡、艾吕雅等。

意识流小说在20世纪二三十年代流行于欧美。它不注重环境、人物和情节的描写，而致力于表现人物意识的流动状态；不受物理时空和逻辑的制约，时空跳跃、多变；多用自由联想、内心独白、象征和暗示等表现手法。代表作家及作品有：法国普鲁斯特的《追忆逝水年华》，其以“我”对往事的追忆为主线，展示了“我”出生于富裕家庭却精神空虚的庸俗生活；英国沃尔夫的《墙上的斑点》《到灯塔去》；美国福克纳的《喧哗与骚动》，其反映了南方望族康普生家族的没落，小说创造了复合意识流方法，在运用意识流手法发掘人物的内心生活方面达到了新的高度。此外，还有爱尔兰的乔伊斯、苏联的别雷等。

后现代主义反对现代主义将文学变成精神贵族的深奥、晦涩的文字迷宫，主张把文学拉回到生活世界，变成普通人的轻松通俗的文字游戏。但在表现全面异化和精神危机方面，它与现代主义是一脉相承的，实质上是现代主义的发展和继续。

存在主义滥觞于20世纪30年代的法国，二战后达到发展的顶峰。它是现代派文学中声势最大、风靡全球的一种文学潮流。存在主义文学与存在主义哲学关系密切。存在主义文学的特征是理性多于形象；核心是“存在先于本质”“世界是荒谬的”“人生是痛苦的和自由选择”。“荒谬”和“痛苦”是存在主义文学的基本主题。艺术上，存在主义文学寓哲理于形象中，不拘一格地运用表现手法，甚至将传统的和现代的表现手法并用。存在主义作家主要有萨特、加缪、波伏瓦、梅勒。

荒诞派戏剧出现于20世纪50年代法国文坛，后发展至欧美各国。它强调表现抽象的主观感受，喜欢采用漫画式的夸张和比喻，情节没有连贯性，人物缺乏鲜明个性，常用东拉西扯的对话表现人的孤独，还常借助各种特设的灯光、道具布景，使整个舞台成为荒诞世界的象征性场景。代表作家有法国的贝克特和尤奈斯库、英国的品特、美国的阿尔比等。

新小说派在20世纪50年代崛起于法国，反对传统小说以人物为中心的写作方式及其中虚构的故事情节、有序的结构和“陈旧”的语言，主张以“物”来取代人，对“物”作细致的物理性描写，主张建立一个“纯属内心世界的时间和空间”，描写人物意识深处的真实。代表作家有罗伯·格里耶、萨洛特、布托和西蒙等。

黑色幽默文学在20世纪60年代流行于美国，又叫黑色喜剧、荒诞小说，深受存在主义思潮影响，擅长用夸张、反讽的手法揭示社会和人生荒诞、乖谬的本质，故意用轻松调侃的态度面对悲剧性的事件。代表作家有冯内古特、海勒、巴思和品钦等。

魔幻现实主义产生于20世纪三四十年代的拉美，60年代以后成为拉美文学主潮。它的特点是把现实与神话、真情与梦幻巧妙结合，给现实披上光怪陆离的外衣，使现实具有浓郁的魔幻色彩。代表作家有哥伦比亚的马尔克斯、危地马拉的阿斯图里亚斯和墨西哥的鲁尔福等。

垮掉的一代是第二次世界大战后美国的一个现代主义文学流派。其成员大多是年轻的文化人。他们对战后现实不满，对未来丧失信心，同时又慑于麦卡锡主义的压力，因而采取一种脱俗的方式向社会挑战，对一切传统观念嗤之以鼻，拒不承担任何社会责任，厌弃工作和学业，把吸毒、参禅、流浪、纵欲当作主要的生活内容。他们不仅反对传统的价值观和风尚习俗，反对资本主义社会和现行政策，同时也敌视共产主义，逃避现实，厌恶政治，企图在禅宗胜景中求得解脱和精神上的慰藉。代表作家及作品有艾伦·金斯堡的《嚎叫》和杰克·克茹亚克的《小城镇与大都会》等。

思考练习

1.简述现代主义文学的特征。

2.简述存在主义文学的特征。

第二节　《约翰·克利斯朵夫》(存目)

作者简介

罗曼·罗兰(1866—1944)，19世纪末至20世纪上半叶法国最杰出的现实主义作家，1915年诺贝尔文学奖得主。1866年1月29日在法国中部高原上的小镇克拉姆西出生，从小在谙熟音乐的母亲的熏陶下对音乐产生了极大兴趣；1880年，随父母迁居巴黎；1886年中学毕业后考入巴黎高等师范学校；1889年毕业后，通过会考取得了中学教师终身职位的资格，并开始与他崇拜的托尔斯泰通信；1889—1891年，在罗马的法国学校就读，此后多次去意大利、贝鲁特、比利时和荷兰等地旅游，收集创作素材；之后入罗马法国考古学校当研究生；归国后在巴黎高等师范学校和巴黎大学讲授艺术史，并从事文艺创作。

他的小说特点被人们归纳为“用音乐写小说”。另外，罗曼·罗兰一生还为争取人类自由、民主与光明进行不屈的斗争。他积极投身进步的政治活动，声援西班牙人民的反法西斯斗争，并出席巴黎保卫和平大会，对人类进步事业作出了一定的贡献。

主要作品有:《群狼》《丹东》《七月十四日》等8部戏剧,《贝多芬传》《米开朗琪罗传》《托尔斯泰传》等3部传记,《约翰·克利斯朵夫》等长篇小说及《哥拉·布勒尼翁》等中篇小说。

作品导读

《约翰·克利斯朵夫》是罗曼·罗兰于1912年完成的一部长篇小说,通过主人公一生的经历反映现实社会的一系列矛盾冲突,宣扬人道主义和英雄主义。小说描写了主人公奋斗的一生:从儿时音乐才能的觉醒,到青年时代对权贵的蔑视和反抗,再到成年后在事业上的追求和成功,最后达到精神宁静的崇高境界。

《约翰·克利斯朵夫》是一部多主题小说。在小说的扉页上,罗曼·罗兰说将小说献给"各国的受苦、奋斗而必战胜的自由灵魂"。可见,对"生命力"的歌颂是作品的核心和灵魂。主人公约翰·克利斯朵夫的许多事迹都是以贝多芬为原型创作的。作者将贝多芬的音乐精神和"力"的特质融于克利斯朵夫的性格之中,借用一个音乐家的奋斗经历来倡导其英雄主义、人道主义和理想主义,表现了作者"和谐""统一"的艺术思想和美学理念。对生命力的歌颂是通过克利斯朵夫反抗命运、战胜内心的过程和音乐的对比冲突来体现的,比如克利斯朵夫爱的力量和恨的力量的对比,克利斯朵夫与自身内心软弱斗争的对比等。罗曼·罗兰让克利斯朵夫成为人类和谐精神的本体象征,在对立矛盾中达到神圣的"统一"。不仅人物个性、人物配置上体现出复调的对比和统一,而且从各个侧面丰富的克利斯朵夫性格的发展,反映了作者希望人类精神完善发展的美好愿望。

作品赏析

约翰·克利斯朵夫(存目)

思考练习

1.简述作品的主题思想。

2.简述作品的艺术特色。

第三节 《追忆似水年华》(节选)

作者简介

马塞尔·普鲁斯特(1871—1922),20世纪法国最伟大的小说家之一,意识流文学的先驱与大师,也是20世纪世界文学史上最伟大的小说家之一。普鲁斯特出生于一个非常富有的家庭，自幼体质孱弱、生性敏感、富于幻想，这对他文学禀赋的发掘起到了促进作用。他从中学时开始写诗，为报纸写专栏文章，后入巴黎大学和政治科学学校钻研修辞和哲学，对柏格森直觉主义的潜意识理论进行研究并尝试将其运用到小说创作中。可以说柏格森、弗洛伊德是他一生文艺创作的导师。1984 年 6 月，法国《读书》杂志公布了由法国、西班牙、联邦德国、英国、意大利报刊评选出的十名欧洲“最伟大作家”，普鲁斯特名列第六。

作品导读

《追忆似水年华》是一部与传统小说不同的长篇小说。全书以叙述者“我”为主体，将所见所闻、所思所感融为一体，其中既有对社会生活、人情世态的真实描写，又有对作者自我追求、自我认识的内心经历的记录。除叙事以外，还包含有大量的感想和议论。整部作品没有中心人物，没有完整的故事，没有波澜起伏和贯穿始终的情节线索。它大体以叙述者的生活经历和内心活动为轴心，穿插描写了大量的人物事件，犹如一棵枝丫交错的大树，可以说是在一部主要小说上生出许多独立成篇的其他小说，也可以说是一部“交织着好几个主题曲的巨大交响乐”。

作者通过故事套故事、故事与故事交叉重叠的方法，描写了众多的人物、事件，展示了一幅 19 世纪与 20 世纪之交法国上流社会的生活图景。这里有姿色迷人、谈吐高雅而又无聊庸俗的盖尔芒夫人，有道德堕落、行为丑恶的变性人渣琉斯男爵，有纵情声色的浪荡公子斯万等。此外，小说也描写了一些与上流社会有关联的作家、艺术家，他们大都生前落魄失意，而作品却永世长存。小说还描写了一些下层的劳动者。《追忆似水年华》这部长篇巨著通过上千个人物的活动，冷静、真实、细致地再现了法国上流社会的生活习俗、人情世态。因此，有些西方评论家把它与巴尔扎克的《人间喜剧》相提并论，称之为“风流喜剧”。

作品赏析

追忆似水年华（节选）

往事也一样。我们想方设法追忆，总是枉费心机，绞尽脑汁都无济于事。它藏在脑海之外，非智力所能及；它隐蔽在某件我们意想不到的物体之中（藏匿在那件物体所给予我们的感觉之中），而那件东西我们在死亡之前能否遇到，则全凭偶然，说不定我们到死都碰不到。

这已经是很多很多年前的事了，除了同我上床睡觉有关的一些情节和环境外，贡布雷的其他往事对我来说早已化为乌有。可是有一年冬天，我回到家里，母亲见我冷成那样，便劝我喝点茶暖暖身子。而我平时是不喝茶的，所以我先说不喝，后来不知怎么又改变了主意。母亲着人拿来一块点心，是那种又矮又胖、名叫“小玛德莱娜”的点心，看来像是用扇贝壳那样的点心模子做的。那天天色阴沉，而且第二天也不见得会晴朗，我的心情很压抑，无意中舀了一勺茶送到嘴边。起先我已掰了一块“小玛德莱娜”放进茶水准备泡软后食用。带着点心渣的那一勺茶碰到我的上颚，顿时使我浑身一震，我注意到我身上发生了非同小可的变化。一种舒坦的快感传遍全身，我感到超尘脱俗，却不知出自何因。我只觉得人生一世，荣辱得失都清淡如水，背时遭劫亦无甚大碍，所谓人生短促，不过是一时幻觉；那情形好比恋爱发生的作用，它以一种可贵的精神充实了我。也许，这感觉并非来自外界，它本来就是我自己。我不再感到平庸、猥琐、凡俗。这股强烈的快感是从哪里涌出来的？我感到它同茶水和点心的滋味有关，但它又远远超出滋味，肯定同味觉的性质不一样。那么，它从何而来？又意味着什么？哪里才能领受到它？我喝第二口时感觉比第一口要淡薄，第三口比第二口更微乎其微。该到此为止了，饮茶的功效看来每况愈下。显然我所追求的真实并不在于茶水之中，而在于我的内心。茶味唤醒了我心中的真实，但并不认识它，所以只能泛泛地重复几次，而且其力道一次比一次弱。我无法说清这种感觉究竟证明什么，但是我只求能够让它再次出现，原封不动地供我受用，使我最终彻悟。我放下茶杯，转向我的内心。只有我的心才能发现事实真相。可是如何寻找？我毫无把握，总觉得心力不逮；这颗心既是探索者，又是它应该探索的场地，而它使尽全身解数都将无济于事。探索吗？又不仅仅是探索：还得创造。这颗心灵面临着某些还不存在的东西，只有它才能使这些东西成为现实，并把它们引进光明中来。

（普鲁斯特.追忆似水年华[M].李恒基，等译.南京：译林出版社，2008.略有改动。）

思考练习

1.简述作品的艺术风格。

2.简述作品的结构和主题思想。

第四节　《禁闭》（存目）

作者简介

萨特（1905—1980），法国20世纪最重要的哲学家之一，法国无神论存在主义的主要代表人物，最积极的西方社会主义倡导者之一，一生中拒绝接受任何奖项，包括

1964 年的诺贝尔文学奖。他在战后的历次斗争中都站在正义的一边，对各种被剥夺权利者表示同情，反对冷战。他也是优秀的文学家、戏剧家、评论家和社会活动家。

作品导读

《禁闭》是法国作家萨特于 1945 年创作的戏剧。作为萨特最具代表性的哲理剧，其深刻含义和深远影响已经远远超出了戏剧范畴，萨特通过《禁闭》一作探讨人与他人的关系问题，以戏剧的形式重申了他的存在主义观点。

《禁闭》主要描述了三个死后被投入地狱的罪人——邮政局小职员伊内丝、巴黎贵妇艾丝黛尔、报社编辑加尔散，以及作为过场人物的地狱听差。当他们在地狱密室初相遇时，彼此之间设防戒备，相互隐瞒生前劣迹：加尔散竭力要让他人相信自己是英雄，实际上他是个在二战中因临阵脱逃被处死的胆小鬼，同时又是个沉溺酒色、折磨妻子的虐待狂；艾丝黛尔掩饰色情狂的身份和杀婴罪责，诡称自己是个为了年老的丈夫断送了青春的贞洁女子；伊内丝则充满敌意地牢记“他人”的存在以求尽可能地遮掩自己同性恋的往昔。但是，他们不仅封闭自己，而且“拷问”他人，每个人无时不在“他人的目光”中存在并受到审视与监督。由于他们生前恶习不改，真实面目迅速暴露。暴露之后，便无顾忌。三人之间形成了相互追逐又相互排斥的双向型三角关系：加尔散希望得到伊内丝而拒绝艾丝黛尔；伊内丝希望得到艾丝黛尔而拒绝加尔散；艾丝黛尔希望得到加尔散而拒绝伊内丝。三个痛苦的灵魂像坐上了旋转木马，永在相互追逐又永远追逐不到。相互的追逐成了痛苦的煎熬，谁也不能得到，谁也不能安宁，谁也不能退场，其苦状若身陷无间地狱。最终加尔散悟得地狱之中并无刑具的道理：“何必用烤架呢，他人就是地狱！”剧作以加尔散无可奈何地说“好吧，让我们继续下去吧”一言收场。

作品赏析

禁闭（存目）

思考练习

1.简述作品的主题思想。

2.简述作品的艺术特点。

第五节　《等待戈多》(存目)

作者简介

塞缪尔·贝克特(1906—1989)是活跃于 20 世纪法国的爱尔兰作家，创作领域包括戏剧、小说和诗歌，尤以戏剧成就最高。他是荒诞派戏剧的重要代表人物。1969 年，他因“以一种新的小说与戏剧的形式，以崇高的艺术表现人类的苦恼”而获得诺贝尔文学奖。

作品导读

《等待戈多》(也被译为《等待果陀》)是爱尔兰现代主义剧作家塞缪尔·贝克特的两幕悲喜剧，1953 年首演。《等待戈多》表现的是一个“什么也没有发生，谁也没有来，谁也没有去”的悲剧。作品着重表现人的心态、心理活动以及心理活动障碍。作品中的人物没有鲜明的性格，作品没有连贯的故事情节。

《等待戈多》是戏剧史上真正的革新之作，也是第一部演出成功的荒诞派戏剧。

当代戏剧学者沁费尔得指出：“就贝克特而言，他的剧作对人生所作的阴暗描绘，我们尽可以不必接受，然而他对于戏剧艺术所作的贡献却足以赢得我们的感谢和尊敬。他使我们重新想起，戏剧从根本上不过是人在舞台上的表演，他提醒了我们，华丽的布景、逼真的道具、完美的服装、波澜起伏的情节，尽管有趣，但对于戏剧艺术却不是非有不可的。”

作品赏析

等待戈多(存目)

思考练习

1.思考为何要等待戈多？

2.简述作品的构思与艺术特点。

第六节　《不能承受的生命之轻》(存目)

作者简介

米兰·昆德拉(1929—)，捷克裔法国小说家，1929 年生于捷克斯洛伐克的布尔诺，自 1975 年起，在法国定居。长篇小说《玩笑》《生活在别处》《告别圆舞曲》《笑忘录》

《不能承受的生命之轻》《不朽》，以及短篇小说集《好笑的爱》是作者以母语捷克文写成的。而长篇小说《慢》《身份》《无知》、随笔集《小说的艺术》《被背叛的遗嘱》《帷幕》以及《相遇》则是以法文写成的。《雅克和他的主人》系作者戏剧代表作。

作品导读

小说描写了托马斯与特丽莎、萨丽娜之间的感情生活，但不是一个男人和两个女人的三角性爱故事，它是一部哲理小说，小说从“永恒轮回”的讨论开始，把读者带入了对一系列问题的思考中，比如轻与重、灵与肉。

小说的故事发生在1968年苏俄入侵捷克斯洛伐克时期，民主改革的气息演变成专横压榨之风潮，本书剖示隐秘的爱情，探讨爱的真谛，涵盖了男女之爱、朋友之爱、祖国之爱。在欲望之下，每个人对各类型的爱皆有自由选择的权利，自应负起诚恳执着的义务。人生责任是一个沉重的负担，却也是最真切实在的，摆脱了负担，一切将变得毫无意义。本书更多地探讨了人生的意义所在：人生是要有一种信念的，不能全交给机遇和偶然。

作品赏析

不能承受的生命之轻（存目）

思考练习

1.简述作品中“轻”的内涵。

2.简述作品的主题与艺术特色。

第七节 《流浪的星星》（节选）

作者简介

勒克莱齐奥（1940—），法国著名文学家，20世纪后半叶法国新寓言派代表作家之一，也是现今法国文坛的领军人物之一，与莫迪亚诺、佩雷克并称为“法兰西三星”。在1994年的法国读者调查中，克莱齐奥成为最受读者欢迎的作家。2008年获得诺贝尔文学奖。代表作品有《诉讼笔录》《战争》《流浪的星星》《饥饿间奏曲》等。

作品导读

该小说讲述了从1940年至1982年，时间跨度达40年的故事：二战中法国尼斯后方的一个村庄被意大利人占据，作为犹太人，女孩艾斯苔尔安静幸福的童年生活被打破，随之而来的是恐惧和逃亡，还有父亲的离世。弱小的她感到绝望与无助，只得把所有的希望都寄托在传说中的家园——耶路撒冷。主人公艾斯苔尔和母亲都坚信，只要到了那里，她们就会彻底告别苦难、得到救赎。作者诗化地将耶路撒冷比作人间的伊甸园，那里没有战火硝烟，没有种族歧视，弥漫着和平气息，充满人间关爱。但当面对艰难境况和阻挠时，艾斯苔尔开始怀疑这梦想中的精神家园到底是不是真的存在。最后她们抵达了圣城，发现这个城市也处在战乱之中，灰尘四起，喷泉枯涸。这与曾支撑她们走下去的精神家园，那个想象中的“光明之城”，有着天壤之别。

主人公在矛盾中挣扎、质疑、惶惑，最终在自然空间中释放人性，完成了对人性的整合以及顿悟生命后的体认。

作品赏析

流浪的星星(节选)

只要听见水声，她就知道冬日将尽了。冬天，雪覆盖了整个村庄，房顶、草坪一片皑皑。檐下结满了冰凌。随后太阳开始照耀.冰雪融化，水一滴滴地沿着房椽、沿着侧梁、沿着树枝滴落下来，汇聚成溪，小溪再汇聚成河，沿着村里的每一条小路欢舞雀跃，倾泻而下。

也许正是这水声唤起了她最古老的记忆。她想起了在山间度过的第一个冬天，还有春天的水声叮咚。是什么时候呢，她走在爸爸妈妈的中间，就在这村中的小路上，他们拉着她的手。她的一只胳膊简直有点吊，因为爸爸是那么高。而水就这样从四面八方流淌下来，一路奏着叮叮咚咚的音乐，潺潺流转。每次她忆起这个场景，总是想笑，因为那是一种轻柔而略略有点异样的声音，宛如轻抚。是的，她那会儿确实笑了，就在她爸爸妈妈中间，那水滴，那小河回应着她的笑声，一滑而过，一路流去……

而今天，在夏日的灼热里，在这碧蓝的天空下，她感到有那样一种幸福，那样一种盈溢了全身，简直——叫人有点害怕的幸福。她尤其喜欢村庄上方那一片绿草萋萋的山坡，斜斜地伸往天际。可她从来没有到坡顶去过，因为据说那儿有蛇。她在田边走了一小会儿，只一会儿，为了感受一下泥土的清香，还有那摩挲着唇际的草尖。有些地方草高极了，完全淹没了她的身子。她十三岁，她叫艾莲娜·格莱芙，但是她的父亲总是叫她艾斯苔尔。

六月初，学校关了门，因为老师塞利曼病了。原本还有个老师，亨里齐·费恩，专门在早上给学生上课的，可是他不愿意一个人来。对于孩子们来说，这个已开始的假期似乎会有点嫌长。他们还不知道，他们当中的许多人将眼看着他们的假期以死亡而告终。

每天早晨，太阳一升起来，孩子们就全都匆匆忙忙地出了门，直到中饭时间才会回家，然后扔下饭碗再跑，在田间追逐嬉闹，或是在村里的小路上玩球，那只用自行车车胎皮补了好几次的破球。

夏季刚刚开始，大部分孩子就已经像个野人了，脸、手、腿全都被太阳晒成了赤褐色的，头发上沾满了草棍，衣服也扯得破破烂烂，土迹斑斑。艾斯苔尔很喜欢在每天早上和这群孩子一道跑出去，塞利曼先生的班级倾巢出动，男孩，女孩，犹太孩子和村里的孩子，全混在一起，个个都那么喧杂吵闹，衣衫褴褛。一大早，她就和他们奔跑在尚散发着清香的村路上，接着，他们穿过大广场，激起一片狗吠，还有坐在那里晒太阳的老人的抱怨声。小溪穿街而过，他们就沿着街衢往河的方向奔去，穿过截断河流的田野，一直跑到村里的墓地那儿。太阳烈的时候，他们就在冰凉的激流里洗澡。男孩子就留在原处，女孩子则溯流而上，躲在大块的岩石后面。但是她们知道男孩子还是会穿过荆棘尾随而来，偷看她们，而她们总是发出尖叫，把水往他们身上乱泼一气。

艾斯苔尔是所有的女孩子里最疯的一个，她的黑色髦发剪得很短，脸被晒成赤褐色。每回她母亲看见她回来吃饭，总是会对她说："艾斯苔尔，你简直像个茨冈人！"她父亲倒是很喜欢她这样，他用西班牙语叫着她的名字："艾斯苔利塔，小星星。"

是她父亲第一次带她去看村庄上方的那块草地，就在激流的上游。稍远处，有一条公路通往山峦和松林，但那边是另外一个世界了。加斯帕里尼说冬天里会有狼群在松林中出没，说如果在夜里仔细听，就能听见狼在嚎叫，远远的。可是艾斯苔尔夜里躺在床上听过，却从来也没有听见什么狼嚎。也许是水声太响了，小溪一直在村道中间流淌着，从来没有间断过。

有一天，那还是夏季来临以前，她父亲一直把她领到山谷的进口，在那里，小河变成了一股蓝色的水流，在岩石间跳来跳去。山谷的两边耸立着高高的山脉，仿佛城墙，覆满了森林。她父亲指着山谷深处，指着那乱糟糟的层峦叠嶂对她说："往那儿，就是意大利。"艾斯苔尔试着猜测山的另一边究竟有些什么。"意大利是不是很远？"她问。父亲就回答她说："如果你能像鸟儿那样飞起来，你今天晚上就能到那里了。可是你需要走很长很长时间，也许要两天。"她真想做只小鸟，好当天就能飞到意大利。而自此之后，她的父亲再也没有跟她说过意大利，还有山那边的任何事情。

意大利人，人们只在村中看到过。他们住在终点旅馆，那是一座高大的白色建筑，在广场上就可以看到旅馆绿色的百叶窗。大部分时间，他们都待在旅馆里，在底层的饭厅聊天或是打牌。天气晴朗的时候他们也会到广场上来，三两成群地，在广场上来回散步，都是些士兵或者警察。孩子们总是低声嘲笑着他们那种饰有鸡毛的帽子。而当艾斯苔尔和其他女孩子跑过，这些宪兵也和她们开句把玩笑，法语和意大利语混杂着说。每天，犹太人都得到旅馆前去排一次队，划个到，再核对一下配给证。每回艾斯苔尔都陪着她的妈妈和爸爸。他们一起走进阴暗的大厅。宪兵在门口放了一张饭店的桌子，每个进门的人报了自己的名字后，他们就在名单上圈个圈。

但是，艾斯苔尔的父亲并不恨意大利人。他说他们没有德国人那么坏。有一天，在艾斯苔尔家厨房召开的一次会上，有人说了意大利人的坏话，她父亲还发了火。"闭嘴，"他说，"在利比埃尔省长要把我们交给德国人的时候，正是他们救了我们。"但是他几乎闭口不提战争，是的，对这一切，他都几乎闭口不提：对犹太人，因为他不信犹太教，他是共产党。塞利曼先生提出要把艾斯苔尔送到村庄上方的小木屋里去接受宗教教育时，她的父亲拒绝了，而村里的犹太孩子几乎每晚都去。于是她遭到了其他孩子的嘲笑，他们冲着她叫goy，就是异教徒的意思，他们还叫她"共产党"。可是她父亲就是不肯让步。他只是说："随他们说去好了，他们比你忘得还快。"果然，塞利曼先生班上的孩子很快忘记了这些，他们不再喊她"异教徒"或是"共产党"了。而且，别的孩子中也有不去参加宗教训导的，像加斯帕里尼，或者像特里斯当。特里斯当有一半英国血统，而他的母亲是意大利人，一个有着一头褐色头发，并且总是戴着大大的帽子的美丽妇人。

艾斯苔尔很喜欢亨里齐·费恩先生，那是为着钢琴的缘故。他住在一座破烂不堪的小楼的底层，就在广场的低处，通往坟墓的那条街上。这不是一座漂亮的住宅，甚至人们说有点阴森，因为宅子废弃的花园长满了乌鸦草，而小楼的百叶窗也总是紧闭着。亨里齐·费恩先生不上课的时候就把自己关在他的厨房里弹钢琴。这是村中唯一的一架钢琴，甚至是一直到尼斯或蒙特卡洛这一带山区的唯一一架钢琴。据说意大利人刚刚在旅馆住下的时候.那个叫作蒙多罗尼，也颇好音乐的宪兵队长曾想把钢琴搬到他们的饭厅里。但是费恩先生说："你们可以把钢琴搬走，因为你们是胜利者。不过你们要明白，我绝对不会到那里去为你们演奏的。"

他从不为任何人演奏。他独自一人生活在这座破败的房子里，有些个下午，艾斯苔尔经过那里时，可以听见从厨房的门缝里飘出的音乐声。那是一种如同春天的涓涓细流的声音，柔和，轻盈，莺莺流转，从四面八方同时流溢出来。艾斯苔尔总是会停下来，在栅栏附近侧耳倾听。曲子一结束，她就飞一般地溜走了，她怕被他看见。有一天，她和母亲谈到了钢琴的事情，她母亲才告诉她说费恩先生战前曾经是维也纳的著名钢琴家；晚上，他会在大厅里开音乐会，夫人们穿着晚礼服，先生们则穿着黑色燕尾服。德国人入侵奥地利，他们把所有的犹太人都关进了监狱，他们带走了费恩先生的妻子，而费恩先生却得以逃脱。但是从那天起，他就不愿意为任何人演奏了。他到村里来的时候，村里还没有钢琴。他从海边某地买了一架，装在小卡车里运来，用防雨布遮得严严实实的，然后他就把钢琴放到了他的厨房里。

现在艾斯苔尔知道了这一切，她勉强敢靠近栅栏了。她听着这些音符柔和地流淌出来，她觉得那里面有一种忧伤的东西，那种叫人泪盈双眼的忧伤。

这一天，天气热极了，村里的一切似乎都在沉睡，可艾斯苔尔一直跑到费恩先生的房前才停下，在园子里，有一棵大桑树。艾斯苔尔紧紧抓住栅栏，翻上墙头，躲在桑树的荫盖下。通过厨房的窗，她看见了费恩先生侧倾在钢琴上的身影。象牙色的琴键在昏冥中闪闪发光。音符流泻，似乎停顿犹豫着，又重新滑出来，那仿佛是一种语言，仿佛费恩先生自己也不是很清楚该从哪儿开始。艾斯苔尔用尽了一切气力朝里看，一直看到眼睛都痛了。而演奏这才真正地开始，曲子突然从钢琴里迸出来.随即盈满了整个屋子、花园，还有街衢，用它的力量、它的秩序侵满了一切，然后它变得柔和、神秘。现在它跳跃着，如同溪流里的水花在四处飞溅，它径直往天空的中心飞去，直入云霄。与天光交融混杂。它跃入所有的山峦，循溯到两条激流的源头，它有着河流的力量。

艾斯苔尔紧紧抓着生了锈的栏杆，倾听着费恩先生的语言。现在，他不再是学校里授课的老师。他在讲述着一些奇异的故事，一些她无法记住的故事，就像梦。在这些故事里，人们是那么自由，没有战争，没有德国人也没有意大利人，没有任何东西可以让人感到害怕，可以让生活停滞。但是，它们也是忧伤的，然后曲子渐渐缓下来，犹在询问。有一些时刻，仿佛一切都被摧毁了，一切，碎裂无复。最后是一片沉寂。

音乐声再度响起，艾斯苔尔仔仔细细地听着，每一句从琴键下不经意流淌出来的话语。她生命里从来没有过如此重要的东西，除了在有些时候，她母亲唱一支歌，或是她父亲给她读她喜欢听的故事的时候.就好像她听到匹克威克先生进了伦敦监狱或者尼古拉·尼可比见到了他的舅舅。

艾斯苔尔推开栅栏，穿过花园。她没有弄出一点声响，就走进了厨房，一直走到钢琴前。她注视着，在一个老人神经质般的十指下，每个象牙色的琴键深深地陷下去，准确、有力，她仔细地倾听着每一句话语。

突然，费恩先生停下了，一片寂静，厚重而难以忍受。艾斯苔尔不禁向后退去，费恩先生转向她。他那苍白的脸闪着光华，还有他那略显滑稽的山羊胡子。

他说："你叫什么名字？"

"艾莲娜。"艾斯苔尔回答道。

"那好，进来吧。"

一切都那么自然，好像他原本就认得这个小女孩似的。

然后他重新开始演奏，不再顾她。她就站在钢琴旁听着，连呼吸都不敢。她从未听到过如此美妙的音乐。在幽冥之中，黑色的钢琴抹去了一切。老人纤长的手指在琴键上奔忙，停下，再出发。时不时地，费恩先生翻寻着他的那堆簿子，上面记的都是些神秘的名字……

（勒克莱齐奥.巨人——勒克莱齐奥作品系列[M]. 赵英晖，译.北京：人民文学出版社，2010.略有改动。）

思考练习

1.简述作品的主题思想。

2.简述作品的艺术特点。

第八节 《华伦夫人的职业》(存目)

作者简介

萧伯纳(1856—1950)，19世纪末至20世纪上半叶英国最杰出的现实主义剧作家。他出生于爱尔兰都柏林一个小公务员家庭。

1925年，他因作品具有理想主义和人道主义而获诺贝尔文学奖，是世界著名的擅长幽默与讽刺的语言大师，同时他还是积极的社会活动家和费边社会主义的宣传者。他支持妇女的权利，呼吁选举制度的根本变革，倡导收入平等，主张废除私有财产。

萧伯纳的一生，是和社会主义运动密切相关的一生。他认真研读过《资本论》，公开声明"是一个普通的无产者""一个社会主义者"。他主张艺术应当反映迫切的社会问题，反对"为艺术而艺术"。其思想深受德国哲学家叔本华及尼采的影响，他也读过马克思的著作，不过他却主张用渐进的方法改变资本主义制度，反对暴力革命。

作品导读

在维多利亚时期，大多数女性没有特殊的技能，只能在劳动力密集型产业中从事普通劳动，在肮脏艰苦的工作环境里出卖廉价劳动力。作者真实地再现了维多利亚时期女性受到的社会压迫，尤其是经济压迫。正是由于社会的丑陋黑暗，一批代表时代发展的新女性出现了，薇薇便是其中的代表。萧伯纳借新女性薇薇之口，抨击了资本主义社会的虚伪残酷，矛头直指唯利是图、压迫女性的资产阶级，把社会现实赤裸裸地展现在读者面前，期望更多像薇薇一样的新女性出现，从而改变这个肮脏的世界。

《华伦夫人的职业》是萧伯纳的代表剧作，共四幕，1894 年首演。作品揭露了资本主义社会的经济基础，指出统治阶级的财富是建立在对人民的残酷剥削上的，在资产阶级社会没有道德可言。作者将此剧列入"不快意的戏剧"一类，作品批判不讲道德、贪婪、腐朽的资产阶级生活，揭发披华贵外衣者的堕落，但对华伦夫人这类人给予了深切同情，因为是罪恶的社会在逼良为娼。

作品赏析

华伦夫人的职业(存目)

思考练习

1.简述华伦夫人的性格特征。

2.简述作品的主题和艺术特色。

第九节 《虹》(存目)

作者简介

戴维·赫伯特·劳伦斯(1885—1930)，英国小说家、批评家、诗人、画家，20 世纪英国最独特和最具争议的作家之一。

他出生于英国中部诺丁汉郡的一个矿工家庭，当过屠户、会计、厂商雇员和小学教师，曾在国内外漂泊十多年，对现实抱批判否定态度。劳伦斯写过诗，但主要写长篇小说。他一生创作了 10 部长篇小说、11 部短篇小说集、4 部戏剧、10 部诗集、4 部散文集、5 部理论论著、3 部游记和大量的书信。代表作品有《儿子与情人》《虹》《恋爱中的女人》和《查泰莱夫人的情人》等。

作品导读

19 世纪末，英国的发展在帝国主义的竞争中逐渐缓慢下来，经济危机又给英国社会带来一片萧条的景象，1914 年第一次世界大战的爆发更是激化了国际国内的各种矛盾。对比维多利亚时代英国的强盛，人们对当时的秩序与传统制度的信心日渐丧失，精神与信仰的危机和对传统的反叛成为这一时期社会价值观念的主潮，反映在文学上则表现为"心理状态、道德理想和精神价值与维多利亚时代文学的态度、理想和价值几乎是背道而驰的”。另外，工业化极大地破坏了人与环境的和谐，导致人与大自然的天然联系被割断，并使人沦为机器的奴隶，英国社会进入一个“崩溃的个人与退步的整体、个人的绝对孤独及其社会关系的全面异化”的阶段。文学开始更多地转向人的内心，观照人的心灵。

长篇小说《虹》通过一家三代人的遭遇，描述了工业革命给传统的乡村带来的巨大变化，同时以极大的热情和深度，探索有关性的心理问题。

在《虹》中，第一代人的生活带有田园诗的色彩，同时也预示古老文明即将结束；第二代人精神的苦闷和呆滞的目光，是令人窒息的工业化社会的最好注解；第三代人的探索具有积极的社会意义，表达了人们要冲破狭窄的生活圈子、过上一种自然和谐的生活的愿望。

《虹》反映了当时的人，特别是女性，在处理两性关系中的矛盾冲突时及寻求自我和个性解放历程中的困惑与彷徨，也记述了作者自己在爱情和婚姻中的经历，反映了他对建立和谐的两性关系的渴望。

对两性伦理关系的观察是劳伦斯文学创作的重要出发点，他以此为平台来观察心理与现实的关系，用充满活力与激情的文字创作批判现代社会中人与人之间，尤其是两性关系之间的危机，向读者展示了资本主义文明高速发展时期工业文明对人的物化与异化。面对工业社会对人性的深刻异化，劳伦斯试图通过文学创作寻求理想的解决办法。

作品赏析

虹（存目）

思考练习

1.简述作品中“彩虹”意象的象征意义。

2.简述作品的主题思想。

第十节　《荒原》（存目）

作者简介

托马斯·斯特恩斯·艾略特（1888—1965），英国诗人、剧作家和文学批评家，诗歌现代派运动领袖，出生于美国密苏里州的圣路易斯城。代表作品有《荒原》《四个四重奏》等。

艾略特曾在哈佛大学学习哲学和比较文学，接触过梵文和东方文化，对黑格尔派的哲学家颇感兴趣，也曾受到法国象征主义文学的影响。1914年，艾略特结识了美国诗人庞德。第一次世界大战爆发后，他来到英国，并定居伦敦，先后做过教师和银行职员等。1922年发表的《荒原》为他赢得了国际声誉，被评论界看作20世纪最有影响力的一部诗作，被认为是英美现代诗歌的里程碑，是象征主义文学中最有代表性的作品。

1927年，艾略特获得英国国籍。1943年结集出版的《四个四重奏》使他获得了1948年的诺贝尔文学奖。他晚年致力于诗剧创作，1965年在伦敦逝世。

作品导读

《荒原》思维上的跳跃很大，意象之间、场面之间的衔接常常很突兀，诗人的情绪深藏在那些奇特的意象后面，这些意象与诗人的感情相对应，和众多的引语、典故、对话、场景一起，组成了一幅五光十色的图画，这幅图画具有不同的层次，包蕴着一团气氛，可以充分调动读者的想象力。

枯萎的荒原——庸俗丑恶、虽生犹死的人们——复活的希望，作为一条主线贯穿了全诗阴冷朦胧的画面，深刻地表现了人欲横流、精神堕落、道德沦丧、生活卑劣猥琐、丑恶黑暗的西方社会的本来面貌，传达出第一次世界大战后西方人对世界、对现实的厌恶，普遍存在的失望情绪和幻灭感，表现了一代人的精神病态和精神危机，从而否定了现代西方文明。同时，诗歌把西方社会的堕落归因于人的“原罪”，把恢复宗教精神当作拯救西方世界、拯救现代人的灵丹妙药，这是艾略特给出的答案。

《荒原》在艺术上的成就超过了现代派的其他诗作，是具有借鉴价值、值得认真研究的杰作。这首抒情长诗风格多样，表现手法不拘一格，糅合了象征主义、意象主义和玄学派的一些特点。诗中陈述与咏叹、抒情与讽刺、描绘与警示、庄严典雅的诗句与滑稽可哂的市井俗语，交织成五彩缤纷的景象。大量的典故（涉及36个作家、56部作品和6种外文）、比喻、暗示、联想、对应等象征主义手法及意象叠加、时空交错等现代诗歌表现手段，诗人用来得心应手。他甚至大胆采用了象征里套象征、神话里面套神话、神话和现实交错、古与今杂糅、虚与实融会的手法，使得诗歌高度的抽象化、哲理化有机地统一起来，极大地丰富了诗歌的表现手段，拓展了诗歌的思想内容。《荒原》在艺术表现上的不足是使用典故太多，且想象、联想和暗示都带有很大的随意性，造成诗歌晦涩难解，使一般读者望而却步。

作为西方现代主义的第一个流派，后期象征主义对文学的发展是有独特贡献的。它在艺术的创造、开拓方面所得到的成功经验，丰富了诗歌的表现手段，增强了诗歌的艺术感染力，影响了现代主义的各个流派；象征主义作家着力表现内心世界，也是对文学领域的拓展。但是，象征主义在艺术上过分追求表现形式而造成的神秘晦涩与内容上表现出来的悲观主义、宗教神秘主义和反动倒退的社会主张则是应当否定的。

作品赏析

荒原(存目)

思考练习

1.简述作品的主题思想。

2.简述作品的写作特点。

第十一节　《尤利西斯》(节选)

作者简介

詹姆斯·乔伊斯(1882—1941),爱尔兰作家、诗人,20世纪最伟大的作家之一,后现代文学的奠基者之一,其作品及“意识流”思想对世界文坛影响巨大。他自1920年起定居巴黎。其一生颠沛流离,辗转于欧洲各地,靠教授英语和写作糊口,晚年饱受眼疾之痛,几近失明。其作品结构复杂,用语奇特,极富独创性。

主要作品有:短篇小说集《都柏林人》,描写下层市民的日常生活,显示社会环境对人的理想和希望的毁灭;自传体小说《青年艺术家的自画像》,以大量内心独白描述人物心理及其周围世界;代表作长篇小说《尤利西斯》,表现现代社会中人的孤独与悲观;后期所作的长篇小说《芬尼根的守灵夜》,借用梦境表达对人类存在和命运的终极思考,语言极为晦涩难懂。

作品导读

《尤利西斯》讲述的是青年诗人斯蒂芬寻找一个精神上的象征性的父亲和布卢姆寻找一个儿子的故事。斯蒂芬已经有了一个生理上的父亲西蒙·迪达勒斯,但是斯蒂芬只把他当成肉体上的父亲,斯蒂芬认为自己有能力变得成熟,也可以成为一名父亲,然而,由于父亲西蒙·迪达勒斯的批评和缺乏理解并没有成功。因此斯蒂芬所寻找的父亲只能是一个象征性的父亲,这个父亲可以允许斯蒂芬自己也成为一名父亲。布卢姆寻找儿子从很大程度上讲则是因为他需要一个后代来巩固自己的身份和延续香火。由此可见,斯蒂芬和布卢姆两人都希望通过寻求为父之道来巩固身份。该文本以时间为序,描述了男主人公利奥波德·布卢姆于1904年6月16日1天18个小时之内的在都柏林的生活经历。乔伊斯通过描述一天内发生的单一事件向人们展示了一幅人类社会的缩影,通过对一个人一天日常生活和精神变化的细致刻画揭示了人类社会的悲与喜、英雄与懦夫的共存以及宏伟与沉闷的同现。

乔伊斯本人于1920年在书信中评论该作品：它是一部关于两个民族（以色列与爱尔兰）的史诗，同时是一个周游人体器官的旅行，也是一个发生在一天（一生）之间的小故事。

《尤利西斯》作为意识流小说的代表作，被誉为20世纪百大英文小说之首，并被奉为20世纪最伟大的小说

作品赏析

尤利西斯（节选）

可视事物无可避免的形式：至少是对可视事物，通过我的眼睛认知。我在这里辨认的是各种事物的标记，鱼的受精卵和海藻，越来越涌近的潮水，那只铁锈色的长筒靴。鼻涕绿，蓝银，铁锈：带色的记号。透明的限度。然而他补充说，在形体中。那么，他察觉事物的形体早于察觉其带色了。怎样察觉的？用他的头脑撞过，准是的。悠着点儿。他谢了顶，又是一位百万富翁。有学识者的导师。其中透明的限度。为什么说其中？透明，不透明。倘若你能把五指伸过去，那就是户，伸不过去就是门。闭上你的眼睛去看吧。

斯蒂芬闭上两眼，倾听着自己的靴子踩在海藻和贝壳上的声音。你好歹从中穿行着。是啊，每一次都跨一大步。在极短暂的时间内，穿过极小的一段空间。五，六：持续地。正是这样。这就是可听事物无可避免的形态。睁开你的眼睛。别，唉！倘若我从濒临大海那峻峭的悬崖之巅栽下去，就会无可避免地在空间并列着往下栽！我在黑暗中待得蛮惬意。那把梣木刀佩在腰间。用它点着地走：他们就是这么做的。我的两只脚穿着他的靴子，并列着与他的小腿相接。听上去蛮实，一定是巨匠造物主那把木槌的响声。莫非我正沿着沙丘走向永恒不成？喀嚓吱吱，吱吱，吱吱。大海的野生货币。迪希先生全都认得。

来不来沙丘，

母马玛达琳？

瞧，旋律开始了。我听见啦。节奏完全按四音步句的抑扬格在行进。不。在飞奔。母马玛达琳。

（乔伊斯.尤利西斯[M].萧乾，文洁若，译.哈尔滨：北方文艺出版社，2015.略有改动。）

思考练习

1.如何理解《奥德赛》和《尤利西斯》之间的对应性？

2.试分析《尤利西斯》中的内心独白、自由联想和蒙太奇等意识流技巧。

第十二节 《金色笔记》(存目)

作者简介

多丽丝·莱辛(1919—2013),笔名简·萨默斯,英国女作家,代表作有《金色笔记》等,被誉为继伍尔芙之后最伟大的女性作家,并多次获得诺贝尔文学奖提名以及多个世界级文学奖项。在2007年10月11日,瑞典皇家科学院诺贝尔奖委员会宣布将2007年诺贝尔文学奖授予这位英国女作家。她是迄今为止获奖时最年长的女性诺贝尔获奖者。2013年11月17日去世,享年94岁。

作品导读

《金色笔记》通过描写女主人公安娜的个人生活和追求,表现了20世纪50年代动荡不安的世界现状和人们的精神风貌,这也构成了作家对当代社会生活、人生信念、文学创作以及审美形式的思考与探索。这部小说在艺术形式上表现出大胆的改革与尝试。

作者把五本笔记穿插在这个故事之中,以此描写20世纪中期整个世界的风貌。其中黑色笔记描写主人公作为作家在非洲的经历,涉及殖民主义和种族主义问题;红色笔记写她的政治生活,记录她对斯大林主义由憧憬到幻灭的思想过程;黄色笔记是作者根据自己的爱情生活所创作的一个故事,题为《第三者的影子》;蓝色笔记是她的日记,记录了主人公的精神轨迹。四本笔记成为一个不安宁的灵魂的四道反光。而最后的金色笔记,却是作者对人生的一种哲理性总结。

2007年,瑞典皇家科学院将诺贝尔文学奖授予作为当代英国最重要的作家之一的多丽丝·莱辛。诺贝尔文学奖颁奖词称《金色笔记》为“一部先锋作品,是20世纪审视男女关系的巅峰之作”。

作品赏析

金色笔记(存目)

思考练习

1.简述作品的主题思想。

2.简述作品的艺术特点。

第十三节 高尔基“自传三部曲”(节选)

作者简介

马克西姆·高尔基(1868—1936),苏联无产阶级作家,社会主义现实主义文学的奠基人。1868年3月16日生于下诺夫戈洛德城的一个木工家庭。他出身贫苦,幼年丧父,11岁即为生计在社会上奔波,当过装卸工、面包房工人,贫民窟和码头成了他的“社会”大学的课堂。他与劳动人民同呼吸共命运,亲身经历了资本主义残酷的剥削与压迫。这对他的思想和创作发展具有重要影响。

高尔基刻苦自学文化知识,并积极投身革命活动,探求改造现实的途径。1892年发表处女作《马卡尔·楚德拉》,借此登上文坛。他的早期作品,杂存着现实主义与浪漫主义两种风格,这是无产阶级世界观形成前必然会经历的阶段。浪漫主义作品有《马卡尔·楚德拉》《伊则吉尔老婆子》《鹰之歌》等,赞美了热爱自由、向往光明与英雄业绩的坚强个性,表现了渴望战斗的激情;现实主义作品有《契尔卡什》《沦落的人们》《柯诺瓦洛夫》等,描写了人民的苦难生活及他们的崇高品德,表达了他们的激愤与抗争。这些作品的主人公大多是努力探求新的生活道路、思考生活的意义并充满激烈内心冲突的人物。1901年他创作了著名的散文诗《海燕之歌》,塑造了象征大智大勇革命者搏风击浪的勇敢的海燕形象,预告革命风暴即将到来,鼓舞人们去迎接伟大的战斗,这是一篇无产阶级革命战斗的檄文与颂歌,受到列宁的热情称赞。

1905年革命前夕,高尔基的创作转向了戏剧,1901—1905年,他先后写出了《小市民》《底层》《避暑客》《太阳的孩子们》和《野蛮人》等剧本。特别是《小市民》《底层》,其展现了现实生活中工人的新形象与新的精神面貌,表现了他们为自己权利而斗争的决心与乐观情绪。它们的上演,在当时俄国的剧坛上引起了轰动。

1906年,高尔基写成长篇小说《母亲》和剧本《敌人》,这两部最重要的作品标志着其创作达到了新的高峰。《母亲》塑造了世界文学史上第一批自觉为社会主义而斗争的无产阶级革命者的英雄形象,是社会主义现实主义文学的奠基作。列宁肯定了它的现实意义。

1905年革命失败后,高尔基赴美国及意大利写了一系列政论文章,抨击西方资本主义制度和充斥于思想、文学界的形形色色的反动思潮。1908年创作的中篇小说《忏悔》流露出唯心主义的造神论思想,受到列宁的严肃批评,并得到他的热情帮助。尽管如此,高尔基的作品的主导倾向仍然是积极的,充满革命的战斗精神。他对新的无产阶级文学创作方法的特征从理论上进行了许多探索,提出现实主义与浪漫主义相结合的观点。他在两次革命之间的创作成果颇丰,如《奥古洛夫镇》《夏天》《马特维·柯热米亚金的一生》《意大利童话》《俄罗斯童话》,以及稍后完成的自传体长篇小说三部曲的前两部《童年》和《在人间》。

十月革命之后的十年间，高尔基因身体欠佳，仅写了关于列宁及一些作家的独具艺术风格与重要文献价值的回忆录及自传体三部曲的最后一部《我的大学》和《阿尔塔莫诺夫家的事业》等几部作品。1921 年，他遵照列宁忠告，到国外养病。他从 1925 年起着手创作卷帙浩繁的具有史诗气魄的长篇巨著《克里姆·萨姆金的一生》，这是一部未完成的作品。到 1936 年去世前，他还写了《苏联游记》《英雄的故事》和剧作《耶戈尔·布雷乔夫等人》《托斯契加耶夫等人》《瓦萨·日烈兹诺娃》，以及大量的文艺理论、文学批评和政论文章，为马克思主义文艺理论和社会主义文化事业作出了重大贡献。

高尔基不仅是伟大的文学家，而且也是杰出的社会活动家。他组织成立了苏联作家协会，并主持召开了全苏第一次作家代表大会，号召培养文学新人，积极投身于保卫世界和平的事业。

作品导读

高尔基的"自传三部曲"包括《童年》《在人间》《我的大学》三部小说。它们分别描写了主人公阿廖沙童年时代在外祖父家度过的岁月，少年时代闯荡"人间"的生活状况，以及青年时代在喀山这座"生活大学"里的难忘经历。小说展现了 19 世纪七八十年代俄国社会生活的真实画面，阿廖沙的成长历程则在一定程度上再现了作家本人早年的成长道路。生动形象、丰富的场景和贯穿全书的积极的人生态度，使小说成为极具魅力的优秀作品。

《童年》描写了主人公阿廖沙在父亲去世后，随母亲寄住在外祖父家中时度过的岁月。其间，他得到外祖母的疼爱、呵护，受到外祖母所讲述的优美童话的熏陶，同时也亲眼看见了两个舅舅为争夺家产争吵打架以及在生活琐事中表现出来的自私、贪婪。这种现实生活中存在的善与恶、爱与恨给他留下了深刻的印象。阿廖沙就在这种"令人窒息的、充满可怕景象的狭小天地里"度过了自己的童年。

《在人间》是高尔基自传体小说三部曲中的第二部。阿廖沙 11 岁时，母亲不幸去世，外祖父也破了产，他无法继续过寄人篱下的生活，便走上社会，独立谋生。他先后在鞋店、圣像作坊当过学徒，也在绘图师家、轮船上做过杂工，饱尝了人世间的痛苦。在轮船上当洗碗工时，阿廖沙结识了正直的厨师斯穆雷，并在他的帮助下开始读书，这激发了他追求正义和真理的决心。五年后，阿廖沙怀着进大学的希望准备到喀山去。

《我的大学》是高尔基自传体小说三部曲中的最后一部。作品讲述了阿廖沙在喀山时期的生活。16 岁那年，他背井离乡，到喀山去上大学。梦想破灭后，他不得不为生存而奔波。住"大杂院"，卖苦力，同流浪汉接触，和形形色色的小市民、知识分子交往，他进了一所天地广阔的社会大学。在这所大学里，他经历了精神发展的复杂过程，经受住了多方面的生活考验，对人生的意义、对世界的复杂性进行了最初的探索。

这三部小说基于真实生活，又不受真实事件的局限。作家从自己的生活中截取了丰富的材料，经过提炼，将平凡生活中鲜活的一面展现在读者面前。小说中的人物形象生动、典型，不管是肖像描写还是心理刻画都令人叫绝。逼真的景物和风貌描写使作品犹如一幅俄罗斯的风俗画长卷，与小说的主题和人物的塑造相互呼应。

作品赏析

童年(节选)

有一天，酒馆女主人和外祖父吵架，她捎带着把没有参加吵架的外祖母也骂上了，骂得很凶，甚至向她扔红萝卜。

“您真糊涂，我的好太太。”外祖母安详地对她说，然而可把我气坏了，我决定对这个恶婆报复一次。

我想了又想，怎样才能给这个双下巴、细眼睛的红发胖女人来一次更痛的打击。

我观察邻人们的内讧，知道他们互相报复的方法是：切掉猫尾巴，把狗给毒死，打死公鸡和母鸡，或者半夜偷偷地进到仇人的地窖里，把煤油倒入腌白菜和王瓜的木桶里，把桶里的克瓦斯放出来，——但是这些办法都不合我的意；需要想一个更惊人、更厉害的方法。

我想到一个法子：我瞅酒馆女主人下地窖的时候，合上地窖的顶盖，锁上，我在上面跳了一通复仇者之舞，把钥匙扔到屋顶上，就一溜烟地跑到厨房里，外祖母正在那里做饭。她没有马上明白我为什么高兴，但当她弄明白后，狠狠地朝我的屁股拍了几巴掌，把我拖到院子里，叫我到房顶上去找钥匙。我对她的态度觉得很奇怪，我默默地把钥匙拿下来，躲到院子角落里看她释放被俘获的酒馆女主人，她们俩友善地一面走过院子，一面大笑。

“我叫你知道厉害。”酒馆女主人攥紧胖胖的拳头威吓我说，但她那看不见眼睛的胖面孔露出和蔼的笑意。外祖母揪住我的领子，把我拉到厨房里，问道：

“你干吗要这样做?”

“她拿胡萝卜打你嘛……”

“你是为了我吗？原来是这么回事！你瞧我把你这块废料塞到炉底下喂老鼠，你就知道了！你算什么保护者啊，一个小泡泡儿，一戳就破！你看我告诉外祖父——他不打掉你一层皮才怪呢！到顶楼念书去吧……”

她整天不理我，到晚上，在祈祷以前，她在床沿上坐下，教训了我几句让我永志不忘的话：

“阿廖沙，亲爱的孩子，你要记住：不要管大人的事！大人都学坏了，上帝正考验他们呢，你还没有受考验，你应当照着孩子的想法生活，等上帝来开你的心窍，指示你应当做什么，领你走那应走的道路。懂不懂？至于什么人犯了什么过失——这不是你的事。这让上帝来判断，惩罚。这要他来管，不是我们！”

她沉默了一会儿，嗅了嗅鼻烟，眯缝起右眼，补充说：

“是啊，谁犯了过错，大约连上帝也不是任何时候都弄得清楚的。”

“上帝不是什么都知道的吗？”我吃惊地问道。她轻轻地、悲哀地回答道：

“他要是什么都能知道，大约有很多事情人们就不会做了。他老人家从天上向人间、向我们大家看了又看，有时会大哭起来，一面哭一面说：‘我的人们啊，我亲爱的人们啊！噢啊，我是怎样可怜你们啊！’”

她自己也哭了，带着满脸的泪痕，到墙角祈祷去了。

从那时起，她的上帝对于我更亲近更可理解了。

（高尔基.童年[M].刘辽逸，译.北京：人民文学出版社，1988.略有改动。）

思考练习

1.简述《童年》里外祖母对阿廖沙的成长有哪些良好的影响。

2.简述《童年》里的阿廖沙的形象特征。

3.简述《童年》里外祖父和外祖母的形象。

第十四节　《狗之歌》

作者简介

叶赛宁（1895—1925），俄罗斯诗人，生于叶赛宁村，父亲是农民。1909 年进入教会师范学校，1912 年到莫斯科，当过店员和校对员，在沙尼亚夫斯基人民大学就读。1916 年入伍，次年离开。1921 年与邓肯结婚，至 1924 年分居，次年与托尔斯泰的孙女结婚。后因精神抑郁症自杀。主要作品有《扫墓日》《俄罗斯与革命》《苏维埃俄罗斯》《安娜·斯涅金娜》。他的诗反映了社会生活的变化和农村现实。

作品导读

《狗之歌》是一幕小小的悲剧，不过写的是一条母狗失去七只小狗的悲剧。母狗舐犊情深，把月牙当成了小狗。作者写得真切感人。

作品赏析

狗之歌

早上，在黑麦杆搭的狗窝里，

破草席上闪着金光：
母狗生下了一窝狗崽——
小狗，茸毛棕黄。

她不停地亲吻着子女，
直到黄昏还在给它们舔洗，
在她温暖的肚皮底下
雪花儿融成了水滴。

晚上，雄鸡蹲上了
暖和的炉台，
愁眉不展的主人走来，
把七条小狗装进了麻袋。

母狗在起伏的雪地上奔跑，
追踪主人的足迹。
她来到尚未冰封的水面，
凝视着泛起的涟漪。

她舔着两肋的汗水，
踉跄地返回家来，
茅屋上空的弯月，
她以为是自己的一只狗崽。

仰望着朦胧的夜空，
她发出了哀伤的吠声，
淡淡的月牙儿溜走了，
躲到山冈背后的田野之中。

于是她沉默了，仿佛挨了石头，
仿佛听到奚落的话语，
滴滴泪水流了出来，
宛如颗颗金星落进了雪地。

（叶赛宁.中学生阅读欣赏文库·外国文学编·诗歌卷[M].王守仁，译.哈尔滨：黑龙江教育出版社，2008.略有改动。）

思考练习

1.简述这首诗的思想意蕴。

2.简述这首诗的写作特点。

第十五节　《静静的顿河》（节选）

作者简介

米哈伊尔·亚历山大罗维奇·肖洛霍夫（1905—1984），苏联著名作家、苏联科学院院士，1905 年出生在顿河流域维约申斯克镇附近的克鲁日林村一个农民家庭。在肖洛霍夫 13 岁时，第一次世界大战爆发，他不得不中断学业，投身革命。17 岁时，肖洛霍夫到莫斯科，开始从事文学活动。1925 年，20 岁的肖洛霍夫带着妻子又回到了家乡顿河地区定居。也就是从这时起，年轻的肖洛霍夫开始创作《静静的顿河》。1939 年，获得列宁勋章；1941 年获斯大林文学奖；1965 年，瑞典皇家科学院以其“在描写苏联人民生活中的一个历史阶段的顿河史诗中所表现的艺术力量的正直”，授予肖洛霍夫诺贝尔文学奖。

作品导读

《静静的顿河》共四部，分别于 1928 年、1929 年、1933 年和 1940 年出版，前后历时 12 年。《静静的顿河》展示了 1912 到 1922 年间，俄国社会的独特群体——顿河地区的哥萨克人在第一次世界大战、二月革命和十月革命以及国内战争中的苦难。主人公葛利高里，是生长在顿河岸边的哥萨克人，他在妻子娜塔莉亚与情人阿克西妮亚之间摇摆不定，在革命与反革命之间摇摆不定，他既是英雄，又是受难者，他有着哥萨克人的一切美好品质——勇敢、正直、不畏强暴，而同时，他身上又带有哥萨克人的种种偏见和局限，在历史急变的关头，他徘徊于生活的十字路口。作者用悲剧手段，塑造了一个个性鲜明的男子汉形象，从葛利高里身上，读者能感觉出作者对人的尊重。

《静静的顿河》展现的是哥萨克人通过战争、痛苦和流血走向社会主义的过程。《静静的顿河》是一部描写在具有重大历史意义的时代中的人民生活的史诗，在不到五年的时间内，葛利高里一会儿投入红军，一会儿倒向白军，双手沾满了两方面的鲜血，他的矛盾和痛苦显然与他所属的特定群体有关。

作品赏析

静静的顿河(节选)

她走着，嘴里嚼着头巾的尖角，哭叫声在喉咙里直往上冲。一进门，就倒在地板上，眼泪、痛苦涌进头脑里的一片黑洞洞的空虚，憋得她喘不过气来……后来这些都过去了；只有心灵深处好像有什么锋利的东西在隐隐地刺她，折磨着她。

被牲口踩倒的麦子又立起来了。雨露阳光，使踩倒在地上的麦茎又挺立起来；起初，就像一个被不能胜任的重负压得弯着身子的人一样，后来就挺直身子，抬起头来，白昼又照样照耀着它，风又照样吹得它摇曳多姿了……

夜里，阿克西妮亚一面狂热地抚爱着丈夫，一面却在思念着另一个人，憎恨和热爱交织在心头。这个女人的脑子里又产生了重操旧业、进行新的犯罪的念头：她决心把葛利高里从幸福的、既未受过苦又未尝过爱情欢乐的娜塔莉亚·科尔舒诺娃手里夺回来。每天夜里她想出一大堆主意，在黑暗中眨着干枯的眼睛。司捷潘睡熟了，他那好看的脑袋沉重地压在她的右臂下，卷曲的长额发歪到了一边。他半张着嘴呼吸，一只黑手放在妻子的胸膛上，干活磨得粗糙的铁一样硬的手指头在抖动。阿克西妮亚想着，盘算着，不断地改变着主意。只有一点是毫不动摇地决定了的，那就是要把葛利高里从一切人的手里夺回来，像从前一样，用爱情把他浸起来，占有他。

在心灵深处，仿佛有什么尖利的、像没有拔出来的黄蜂刺，扎得她像挑脓一样疼痛难忍。

这是夜里，可是白天，阿克西妮亚却把全部思绪沉没到照料家业和忙乱中去了。有时，在什么地方碰上葛利高里，她总是脸色苍白，扭着那夜夜思念他的、丰美的身段走过去，诱惑、卖弄地直盯着他那野气十足的黑眼睛。

葛利高里每次跟她碰面以后，就会产生一种刺心的相思。他无缘无故地发脾气，向杜妮亚什卡、向母亲发脾气，常常拿起马刀，跑到后院，去砍插到地里的粗树枝，累得汗流满面，脸上凸起的肌肉在不停地颤动。一星期的工夫，竟砍了一大堆。潘苔莱·普罗珂菲耶维奇闪动着耳环和黄色的白眼珠，骂道："混账东西，你砍的足够编两道篱笆啦！瞧，原来是砍木头的能手，真是他妈的怪物。等去砍树枝的时候，有你砍的……等着吧，小伙子，等你去服役的时候，会让你砍个够！……在那里，你们这号人，很快就会叫你们服服帖帖……"

(肖洛霍夫.静静的顿河[M].金人，译.北京：人民文学出版社，1988.略有改动。)

思考练习

1.简述主人公葛利高里的性格特征。

2.分析作品的主题思想和艺术特色。

第十六节　《变形记》(存目)

作者简介

弗兰兹·卡夫卡(1883—1924),20 世纪德语小说家,本职工作为保险公司职员。1883 年出生在犹太商人家庭,18 岁入布拉格大学学习文学和法律,1904 年开始写作,主要作品为 4 部短篇小说集和 3 部长篇小说,可惜生前大多未发表,3 部长篇也均未写完。他生活在奥匈帝国即将崩溃的时代,深受尼采、柏格森哲学影响,对政治事件一直抱旁观态度,故其作品大都用变形荒诞的形象和象征直觉的手法表现被充满敌意的社会环境包围的孤立、绝望的个人。卡夫卡与法国作家马塞尔·普鲁斯特、爱尔兰作家詹姆斯·乔伊斯并称为西方现代主义文学的先驱和大师。

作品有《美国》《城堡》《诉讼》《变形记》《判决》《饥饿艺术家》《一次战斗纪实》《中国长城建造时》《往事一页》《城徽》《塞壬的沉默》《一道圣旨》等。

作品导读

卡夫卡生活于第一次世界大战前后动荡不安、物质主义盛行的年代,他一生中绝大部分时间生活在布拉格,而当时的布拉格正处在激烈的民族冲突与动荡中,“社会主义、犹太主义、德国民族主义、玩世不恭的思想、人道主义以及一切虚假的世界主义等各种信念都相互冲突”。

卡夫卡的父母都是讲德语的犹太人。父亲艰苦创业,白手起家,成为一个百货批发商。他未受过良好的文化教育,因而知识贫乏、头脑简单而务实,并且为人偏执、专横、粗暴,在家庭中对妻子和孩子实行家长式专制统治。卡夫卡一直生活在“专制犹如暴君”般的“父亲的阴影”中。

《变形记》共分三部分。第一部分,推销员格里高尔某天早上醒来后变成了甲虫,这一变故对其本人和家庭产生了很大的影响。格里高尔彷徨惊慌,忧郁无助。而此时并未得到帮助的他被大怒的父亲赶回了自己的卧室。

第二部分,变成甲虫的格里高尔,已然具有了甲虫的生活习惯,但是仍然具有人类的意识。已失业的他,仍旧关心父亲的债务问题、送妹妹去音乐学院的问题,关心家里的各种琐事。数日之后,全家人都将格里高尔视为累赘。父亲、母亲、妹妹对他的态度转变成了厌恶、嫌弃。

第三部分，为了继续生存，除了格里高尔的全家人只能打工挣钱，他们对变为甲虫的格里高尔忍无可忍。妹妹甚至提出将自己的亲哥哥赶出家门。格里高尔在亲情冷漠的情况下饥寒交迫，并且患病在身，但仍心系家人，不过他不由自主地垂倒在地板上，鼻孔呼出了最后一丝气息。他带着满腹的担忧和内疚看着家庭的不幸，而更不幸的是他终遭社会和家庭的唾弃，在无声无息中死去了。

通过变形，“格里高尔渴望的反抗的目的部分达到了。变形后他不用再去干那些讨厌的差事，也不用再煞费苦心地在渴求自由与承担对父母的责任之间进行选择。变成甲虫的结果使格里高尔既有可能获得自由，又‘不负罪责’，仅仅成为一个无妄之灾的受害者”。

社会性与个体性是一个独立的、完整的人所不可或缺的两个方面。《变形记》中的老板、秘书与家人们只看到了自己的利益，忽视了一个社会人所应有的对他者的温存与理解；而格里高尔又过于看重人的社会性，忽视了一个人最根本的存在前提——自我意识。《变形记》在对人与人之间的冷漠进行鞭辟入里的挞伐之时，也通过格里高尔的变形以及最后的死亡，揭示了一个普遍问题：忽视了个体性存在的人不可避免地会走向毁灭。

在《变形记》中，卡夫卡描绘了一个寓言式的虚幻世界，它象征着真实的现实世界。在这里，象征只是一种方式，揭示、暴露问题才是目的，该部作品真实地表现了黑暗的社会现实给人造成的压力、重负，它最后导致了人的精神扭曲。

作品赏析

变形记(存目)

思考练习

1.为什么说《变形记》表现了西方人的精神危机？

2.简述《变形记》的主题思想与艺术特色。

第十七节 《老人与海》(节选)

作者简介

厄纳斯特·海明威(1899—1961)，美国小说家、诺贝尔文学奖获得者。1899 年 7 月 21 日生于芝加哥市郊橡胶园小镇。1926 年出版了长篇小说《太阳照常升起》，初获成功，被斯坦因称为“迷惘的一代”。1929 年，反映第一次世界大战的长篇巨著《永别了，武器》的问世给作家带来了声誉。30 年代初，海明威到非洲旅行和狩猎，1935 年写成《非洲的青山》和一些短篇小说。1937 年发表了描写美国与古巴之间海上走私活动的小说《有钱人和没钱人》。西班牙内战期间，他 3 次以记者身份亲临前线，在炮火中写了剧本《第五纵队》，并于 1940 年创作了以美国人参加西班牙人民反法西斯战争为主线的长篇小说《丧钟为谁而鸣》。他曾与许多美国知名作家和学者一起捐款支援西班牙人民的正义斗争。1941 年偕夫人玛莎访问中国，支持我国抗日战争。后又以战地记者身份重赴欧洲，并多次参加战斗。战后客居古巴，潜心写作。1952 年，《老人与海》问世，深受好评，翌年获普利策奖，1954 年获诺贝尔文学奖。卡斯特罗掌权后，他离开古巴返美定居。因身上有多处旧伤且百病缠身，精神忧郁，1961 年 7 月 2 日用猎枪自杀。海明威去世后发表的遗作主要有《岛在湾流中》和《伊甸园》。

作品导读

《老人与海》是根据真人真事创作的，故事的背景是 20 世纪中叶的古巴。主人公是一位名叫桑提亚哥的老渔夫，配角是一个叫曼诺林的小孩。风烛残年的老渔夫一连八十四天都没有钓到一条鱼，但他仍不肯认输，终于在第八十五天钓到一条身长十八尺、体重一千五百磅的大马林鱼。大鱼拖着船往海里走，老人依然死拉着不放，即使没有水、没有食物、没有武器、没有助手、左手抽筋，他也丝毫不灰心。两天两夜之后，他终于杀死大鱼，把它拴在船边。但许多鲨鱼立刻前来抢夺他的战利品。他与它们战斗，到最后只剩下一支折断的舵柄。结果，大鱼仍难逃被吃光的命运，最终，老人筋疲力尽地拖回一副鱼骨架。他回到家躺在床上，只好在梦中寻回那美好的岁月，以忘却残酷的现实。

老人取得的每一点胜利都付出了沉重的代价，最后遭到无可挽救的失败。但是，从另外一种意义上来说，他又是一个胜利者。因为，他不屈服于命运，无论在怎样艰苦的环境里，他都凭着自己的勇气、毅力和智慧进行了奋勇的抗争。大马林鱼虽然没有保住，但他却捍卫了“人的灵魂的尊严”，显示了“一个人的能耐可以到达什么程度”，是一个胜利的失败者、一个失败的英雄。这样一个“硬汉”形象，正是典型的海明威式的小说人物。

作品对话简洁、明快、有力，修辞干净，韵调自然，形成了独特的创作风格。小说采用了纵式结构，使一系列情节按自然的时空顺序在两天时间内推进，这样剪裁实际上有许多东西并没有被真正剪裁掉，而是让读者自己去发现，获得“一石多鸟”的艺术效果，寓意深厚。

小说的故事非常紧凑，前后只有四天，线索清晰明了，中心集中突出，故事简洁明快，象征手法运用纯熟。

作品赏析

老人与海(节选)

他明白他如今终于给打败了,没法补救了,就回到船艄,发现舵把那锯齿形的断头还可以安在舵的狭槽里,让他用来掌舵。他把麻袋在肩头围好,使小船顺着航线驶去。航行得很轻松,他什么念头都没有,什么感觉也没有。他此刻超脱了这一切,只顾尽可能出色而明智地把小船驶回他家乡的港口。夜里有些鲨鱼来咬这死鱼的残骸,就像人从饭桌上捡面包屑吃一样。老人不去理睬它们,除了掌舵以外他什么都不理睬。他只留意到船舷边没有什么沉重的东西,小船这时驶来多么轻松,多么出色。

船还是好好的,他想。它是完好的,没受一点儿损伤,除了那个舵把。那是容易更换的。

他感觉到已经在湾流中行驶,看得见沿岸那些海滨住宅区的灯光了。他知道此刻到了什么地方,回家是不在话下了。不管怎么样,风总是我们的朋友,他想。然后他加上一句:有时候是。还有大海,海里有我们的朋友,也有我们的敌人。还有床,他想。床是我的朋友。光是床,他想。床将是样了不起的东西。吃了败仗,上床是很舒服的,他想。我从来不知道竟然这么舒服。那么是什么把你打败的,他想。“什么也没有”,他说出声来,“只怪我出海太远了。”

等他驶进小港,露台饭店的灯光全熄灭了,他知道人们都上床了。海风一步步加强,此刻刮得很猛了。然而港湾里静悄悄的,他直驶到岩石下一小片卵石滩前。没人来帮他的忙,他只好尽自己的力量把船划得紧靠岸边。然后他跨出船来,把它系在一块岩石上。

他拔下桅杆,把帆卷起,系住。然后他打起桅杆往岸上爬。这时候他才明白自己疲乏到什么程度。他停了一会儿,回头一望,在街灯的反光中,看见那鱼的大尾巴直竖在小船船艄后边。他看清它赤露的脊骨像一条白线,看清那带着突出的长嘴的黑乎乎的脑袋,而在这头尾之间却一无所有。

(海明威.老人与海[M].赵少伟,译.武汉:长江少年儿童出版社,2014.略有改动。)

思考练习

1.简述《老人与海》中的寓意与象征。

2.简述《老人与海》的主题思想和艺术特征。

3.《老人与海》中有三处描写桑提亚哥梦见狮子,这对塑造主人公的形象有何作用?

第十八节　《第二十二条军规》(存目)

作者简介

约瑟夫·海勒(1923—1999),美国小说家。1942年在美国空军服役,曾任空军中尉。第二次世界大战结束后,先后在美国纽约大学、哥伦比亚大学和英国牛津大学学习。1950年后任杂志编辑、大学教师。1961年发表成名作《第二十二条军规》,1974年出版第二部长篇小说《出了毛病》。后辞去工作,成为专业作家。

作品导读

该小说以第二次世界大战为背景,通过对驻扎在地中海的一个名叫皮亚诺扎岛(此岛为作者虚构)上的美国空军飞行大队中所发生的一系列事件的描写,揭示了一个非理性的、无秩序的、如梦魇一般的荒诞世界。

在该小说中,根据第二十二条军规,只有疯子才能获准免于飞行,但必须由本人提出申请。但飞行员一旦提出申请,恰好证明他是一个正常人,还是在劫难逃。第二十二条军规还规定,飞行员飞满25架次就能回国,但规定又强调,飞行员必须绝对服从命令,要不就不能回国。因此上级可以不断给飞行员增加飞行次数,而他不得违抗。

《第二十二条军规》揭示了美国社会对传统道德的背弃,已经成为一种美国式"黑色幽默"的主题。

作品赏析

第二十二条军规(存目)

思考练习

1.简述作品的主题思想。

2.简述作品的写作特点。

第十九节　《百年孤独》(节选)

作者简介

加夫列尔·加西亚·马尔克斯(1927—2014),哥伦比亚作家、记者和社会活动家,拉丁美洲魔幻现实主义文学的代表人物,20世纪最有影响力的作家之一,1982年诺贝尔文学奖得主。作为一个天才的、赢得广泛赞誉的小说家,马尔克斯被誉为"20世纪文学标杆”，他将现实主义与幻想结合起来，创造了一部风云变幻的哥伦比亚和整个南美大陆的神话般的历史。代表作有《百年孤独》《霍乱时期的爱情》等。

作品导读

《百年孤独》是马尔克斯创作的长篇小说，是其代表作，也是拉丁美洲魔幻现实主义文学的代表作，被誉为“再现拉丁美洲历史社会图景的鸿篇巨制”。从1830年至19世纪末的70年间，哥伦比亚爆发过几十次内战，数十万人因此丧生。该书以很大的篇幅描述了这方面的史实，并且通过书中主人公带有传奇色彩的经历将其表现了出来。

作品描写了布恩迪亚家族七代人的传奇故事，以及加勒比海沿岸小镇马贡多的百年兴衰，反映了拉丁美洲风云变幻的历史。作品融入神话传说、民间故事、宗教典故等神秘因素，巧妙地糅合了现实与虚幻，展现出一个瑰丽的想象世界。政客的虚伪、统治者的残忍、民众的盲从和愚昧等也被表现得淋漓尽致。

作家以生动的笔触，刻画了众多性格鲜明的人物，描绘了这个家族的孤独精神。在这个家族中，夫妻之间、父子之间、母女之间、兄弟姐妹之间，没有感情沟通，缺乏信任和了解。尽管很多人为打破孤独进行过种种艰苦的探索，但由于无法找到一种有效的办法把分散的力量统一起来，最后均以失败告终。这种孤独不仅弥漫在布恩迪亚家族和马贡多镇，而且渗入了狭隘思想，成为阻碍民族向上、国家进步的一大包袱。

作家写出这一点，是希望拉丁美洲民众团结起来，共同努力以摆脱孤独。所以，《百年孤独》中的孤独感，主要内涵应该是对整个饱经苦难的拉丁美洲被排斥在现代文明世界的进程之外的愤懑和抗议，是作家在对拉丁美洲近百年的历史，以及这块大陆上人民独特的生命力、生存状态、想象力进行研究之后形成的倔强的自信。布恩迪亚这个古老的家族也曾经在新文明的冲击下，努力地走出去寻找新的世界，尽管有过畏惧和退缩，可是他们还是抛弃了传统的外衣，希望融入这个世界。可是外来文明以一种侵略的态度吞噬着这个家族，于是他们就在这样一个开放的文明世界中持续着“百年孤独”。作者通过表现一种精神状态的孤独来批判外来者对拉美大陆的一种精神层面的侵略，以及西方文明对拉美的歧视与排斥。“羊皮纸手稿所记载的一切将永远不会重现，遭受百年孤独的家族，注定不会在大地上第二次出现了。”作者用一个毁灭的结尾表达了自己深深的愤懑。

作品赏析

百年孤独（节选）

翌年三月间，吉卜赛人又来了。他们这次带来了一架望远镜和一具放大镜，有鼓面那么大。他们公开展出，说这是阿姆斯特丹的犹太人的最新发明。

他们让一个吉卜赛女子坐在村子一头，把望远镜架在帐篷门口。人们只要花五个里亚尔然后把脑袋凑到望远镜后面，就可从看到那吉卜赛女郎，仿佛伸手可及。“科学把距离缩短了，”墨尔基阿德斯吹嘘说，“要不了多久，人们不用离开家门，就能看到世界上任何地方发生的事情。”一个炎热的中午，吉卜赛人又用那块巨型放大镜做了一次惊人的表演：他们在街心放了一堆干草，借助阳光的聚焦把草堆点燃了。霍塞·阿卡迪奥·布恩地亚虽然对磁铁试验的失败尚难以自慰，但这时，却又想出一个点子：利用这项发明制造作战武器。墨尔基阿德斯又一次劝阻他，但最后还是收下了两块磁铁和三块殖民地时期的金币，把放大镜换给了他。乌苏拉伤心地哭了。那三块金币是她父亲劳累一生积攒下来的一盒金币的一部分，她一直把钱盒埋藏在床下，想等个良机作本钱用。霍塞·阿卡迪奥·布恩地亚根本没想安慰她。他以科学家的献身精神，甚至不惜冒生命危险，一心扑到武器试验上去了。为了证实放大镜在敌军身上的威力，他竟亲自置身于太阳光的焦点下，结果多处灼伤，经久方愈。他的妻子被这危险的发明吓坏了。但是，他却不顾妻子的反对，差一点又把房子烧掉。他终日躲在自己的房间里，埋头计算着他的新式武器的战略威力，最后还编出了一本条理清晰得惊人、具有无可辩驳的说服力的教科书。他在书中附上了不少实验例证和好几幅图解，派一位信使把书送交政府当局。这个信使翻山越岭，在无边的沼泽地里迷过路，后来又跨越了许多奔腾的江河，在猛兽的袭击、绝望和疫病的折磨下险些丧生，最后才找到了驿道，跟骑骡的信使接上了头。虽然当时要去首都几乎是不可能的事，但霍塞·阿卡迪奥·布恩地亚保证，一旦政府下令，他将去尝试一下，以便把他的发明向军事首脑作实地表演，并要亲自为他们操演复杂的阳光战战术。他等候回音达数年之久，末了，等得不耐烦了，便当着墨尔基阿德斯的面哀叹试验失败。于是，吉卜赛人表示了他那令人信服的诚实品格：退还金币，换回放大镜，另外又送给霍塞·阿卡迪奥·布恩地亚几幅葡萄牙地图和几架航海仪器，还亲笔书写了一份关于修士埃尔曼的研究成果的简明提要，让他学会使用观象仪、罗盘和六分仪。霍塞·阿卡迪奥·布恩地亚在长达数月的雨季中闭门不出，躲在住宅后面的一间屋子里，免得别人打扰他的试验。他完全抛开家务，整夜整夜地观测星辰的移动。为了获得测定正午点的正确方法，他差一点中暑。当他能熟练地操作仪器时，他对空间有了认识。这使他足不出户就能泛舟神秘之海，漫游荒漠之地，还能跟显贵要人交往。正是在那时，他养成了自言自语的习惯，独自在家中晃悠，对谁也不理睬。与此同时，乌苏拉和孩子们却在菜园里胼手胝足地管理着香蕉、海芋、丝兰、山药、南瓜和茄子。

不久，也没有任何预兆，他突然中断所迷恋的工作，变得神志颠倒起来。连续几天他像着了魔似的，低声咕叨着一连串惊人的猜测，连他自己也不敢相信自己的想法。直到十二月的某个星期三午餐的时候，他才一下子卸脱了那折磨他的包袱。孩子们也许终生难忘父亲那天坐在饭桌上首时那副威严神态。长期的熬夜和过度的思索搞垮了他的身体，他发着高烧，抖抖索索地向他们透露了自己的发现：

“地球是圆的，像一个橘子一样。”

乌苏拉再也忍不住了。“你要发神经病，就一个人去发，”她吼叫着，“别拿你那吉卜赛式的怪想法往孩子们脑袋里灌！”霍塞·阿卡迪奥·布恩地亚听后无动于衷。他妻子一气之下把他的观象仪摔在地上打得粉碎，可是他没有被妻子的狂怒吓退，重新造了一架。他还把村里的男人都召集到自己的房间里，用谁也听不懂的理论向他们论证：只要一直朝东方航行，最后就能返回出发地点。全村的人都认为霍塞·阿卡迪奥·布恩地亚已经精神失常。这时，墨尔基阿德斯来了，这才把事情搞清楚。他当众夸赞霍塞·阿卡迪奥·布恩地亚的才智，说他仅凭天文估算便创造了一种理论。虽然这种理论在马贡多至今尚无人知晓，但已经为实践所证明。为了表示钦佩，他赠给霍塞·阿卡迪奥·布恩地亚一份礼品：一间炼金试验室。这对村子的未来产生了决定性的影响。

（马尔克斯.百年孤独[M].黄锦炎，沈国正，陈泉，译.杭州：浙江文艺出版社，1991.略有改动。）

思考练习

1.简述《百年孤独》的主题思想和艺术特色。

2.现代社会中，很多人都会产生孤独的情绪。请结合作品，谈谈人为何会产生孤独感。

第二十节 《你得继续绚丽地如花怒放》

作者简介

巴勃罗·聂鲁达（1904—1973），智利当代著名诗人。他从 13 岁开始发表诗作，1923 年出版第一部诗集《黄昏》，1924 年发表成名作《二十首情诗和一支绝望的歌》，自此登上智利诗坛。他的诗歌既继承了西班牙民族诗歌的传统，又接受了波特莱尔等法国现代派诗歌的影响；既吸收了智利民族诗歌特点，又从沃尔特·惠特曼的创作中找到了自己最倾心的形式。聂鲁达的诗有两个主题，一个是政治，另一个是爱情。他早期的爱情诗集《二十首情诗和一支绝望的歌》被认为是他最著名的作品之一。聂鲁达对中国和中国文化很有兴趣，一生中曾到过中国三次。1928 年他作为外交官赴缅甸上任时，来过中国，给宋庆龄颁发列宁国际和平奖，此行中，他还见到了茅盾、丁玲、艾青等中国文学界名流，并与他们进行了友好的交流。在访问中国时他得知，自己的中文译名中的“聂”字是由三只耳朵（繁体“聶”）组成的，于是说：“我有三只耳朵，第三只耳朵专门用来倾听大海的声音。”

作品导读

《你得继续绚丽地如花怒放》选自《爱情十四行诗》，诗人以遗言的形式向情人表达他的愿望，曲折地展示他的爱情。本诗构思独特，文采斐然。

作品赏析

你得继续绚丽地如花怒放

我死时我要你的手按上我的眼睛：
我要光明，要你可爱的手中的
麦穗的清香再一次在我身上飘过，
让我感到改变了我命运的温柔。

我要你活着，在我沉睡了等待你时，
我要你的耳朵继续听着风声，
闻着我们一起爱过的海的芬芳，
继续踩着我们踩过的沙滩。

我要我所爱的人继续活着；
我爱过你，歌唱过你，超过一切其他，
因此，你得继续绚丽地如花怒放，

为了让你做到我的爱要求你的一切，
为了让我的影子在你的头发上漫步，
为了让人们懂得我歌唱的缘由。

（聂鲁达.诗歌总集[M].王央乐，译.上海：上海文艺出版社，1984.略有改动。）

思考练习

1.简述这首诗歌的思想意蕴。

2.简述这首诗歌的写作特色。

第二部分

东方文学

第七章　古代亚非文学

第一节　概　述

亚非大陆是人类文明的发源地之一，在这四大文明的发源地上产生了辉煌的文学成果。亚非两大洲就地理位置而言，属于东方，故而亚非文学又称东方文学。古代亚非文学，指的是亚非地区原始社会末期到奴隶社会的文学，它源远流长、影响深远。

亚非文学的诞生远早于欧洲文学，希腊文学可以上溯至公元前 20 世纪，而古埃及和巴比伦文学则产生于公元前 30 世纪以前。

人类最早的文学出现在古老的亚洲。约公元前 5000 年至公元 5 世纪左右，亚非地区的人们创作了灿烂的口头文学和书面文学作品。这些作品表现了亚非各国人民由原始社会向奴隶制社会过渡时期及奴隶制社会和封建社会时期的生活图景。

亚非文学最早产生于西亚两河流域的苏美尔和阿卡德地区，到公元前 4000 年时已经有了较大发展。之后在巴比伦、古埃及、希伯来、叙利亚、古波斯和古印度等地，古代亚非文学开始繁荣，产生了丰富的神话传说、诗歌、故事和戏剧等。

1.主要的古代亚非文学样式

第一，神话传说是最早的口头文学形式，也是古代亚非文学的重要组成部分。这些神话传说对天地万物的来源、人类的产生都做了朴素的解释。古埃及有拉神开天辟地的神话；希伯来有耶和华创世的神话；古波斯人认为是神主马兹达在与恶魔阿赫里曼的斗争中创造了天国和尘世万物；古印度有水生金蛋，蛋成羊，羊成生主，生主以口创众神、身变万物的神话。在亚非的创世神话中，以巴比伦叙事诗《咏世界创造》中的神话最为生动。

古代亚非文学中也有不少解释四季变换、万物兴衰的神话。苏美尔神话《杜姆兹和印南娜》解释了季节变换，在巴比伦衍化成为神话《伊什塔尔下地府》，后经叙利亚辗转传到希腊，成为爱神与美神阿佛洛狄忒与美少年阿都尼的故事。

早期的亚非神话中都有关于洪水的神话故事。苏美尔神话中，洪水淹没世界 7 天

7 夜，只有虔诚的赛苏罗陀遵照神旨建造方舟躲过了洪水。苏美尔的这一神话在巴比伦史诗《吉尔伽美什》中再现，并深深影响了希伯来神话，留下了“诺亚方舟”的经典传说。

古代亚非文学以印度的神话成就最高。印度的《吠陀》和史诗《摩诃婆罗多》中保存了大量优美的神话传说。

第二，古代亚非文学中成就最高的是诗歌，有情歌、劳动歌谣、赞美诗、咏物诗、哲理诗、祈祷诗和史诗等。巴比伦史诗《吉尔伽美什》是人类文明之初的史诗，也是迄今为止发现的世界文学史上最早的一部完整史诗。从中可以看到人们对于人与自然关系的理解，人的主体意识的初步觉醒。吉尔伽美什和恩启都的关系形象地反映了古代两河流域苏美尔城邦奴隶制文化和闪族游牧原始文化的冲突与融合，史诗也表现了古代巴比伦人对生命奥秘和自然规律的探讨与认识。

印度史诗《摩诃婆罗多》和《罗摩衍那》规模庞大、内容丰富，除了浪漫神奇的故事，还有不少哲学、法律和伦理学的内容。印度的《摩诃婆罗多》的长度是荷马史诗的 8 倍，是篇幅最长的古代民族史诗。此外，还有古埃及的《亡灵书》、古印度的《吠陀》和希伯来的《旧约·诗篇》等大型抒情诗集。

第三，古代亚非文学的另外一个样式就是用散文体记述故事，包括历史故事、生活故事和寓言故事三大类。历史故事有《梅腾传》《旧约·以斯拉记》《尼希米记》等。生活故事有古埃及的《能说会道的农夫的故事》《塞努西的故事》《厄运被注定的王子》《昂普瓦塔两兄弟》，古印度的《鹦鹉故事》，希伯来的《旧约·路德记》等。古代亚非文学中的寓言故事属印度最丰富，如《佛本生故事》和《五卷书》。《佛本生故事》是一部规模庞大的佛教寓言集，共计 547 个故事，用巴利文写成。它讲述了佛祖释迦牟尼的故事，实则是对流传于民间的寓言故事的加工编订。《五卷书》以婆罗门教导王子为大框架，通过生动有趣的动物故事，在对飞禽走兽世界的描绘中，宣传婆罗门教的“修身处世统治论”，包括治国方略、处世经验、实用知识和道德规范等。其内容和框架式结构都对后世文学产生了深远影响。

第四，戏剧是古代亚非发展最慢的文学形式。古代亚非民族戏剧大多停留在原始歌舞和宗教祝祷阶段。希伯来的《旧约·约伯记》可以被看作亚非早期戏剧的雏形。古代戏剧在公元前后在印度获得了发展，如《舞论》《惊梦记》《小泥车》等。

2.古代亚非文学的主要特点

第一，劳动大众口头创作，形式多样。古代亚非文学的主要成就来自民间创作的口头文学，文人创作只占极小部分。

第二，文本庞杂，文学色彩粗放。文学与历史、哲学、政治、法律、宗教、道德伦理等方面的著作界限不分明，实属知识的汇编。

第三，突出集体力量，强调道德规范。古代亚非地区长期处于专制统治下，生产力低下，往往需要集体的力量才能抵抗外来灾害。在古代亚非人民的观念中“自我”是相对淡漠的，个人只有在集体和社会中才能意识“自我”。

第四，偏重于庄重肃穆、敦厚恬静的艺术风格。古代亚非人民受社会形态的影响，崇敬大自然，不是希冀征服和改良自然，而是渴求与之同一。这种自然观体现在文学中，就是中庸、恬静和温婉的艺术风格。

思考练习

1.简述古代亚非文学的主要样式。

2.简述古代亚非文学的主要特点。

第二节　《吉尔伽美什》(存目)

作品简介

《吉尔伽美什》(又称《基尔麦什史诗》)是目前已知的世界最古老的英雄史诗。早在 4 000 多年前就已在苏美尔人中流传，经过千百年的加工提炼，终于在巴比伦王国时期(公元前 19 世纪—前 16 世纪)被文字记录下来。这是一部关于统治着古代美索不达米亚地区苏美尔王朝的都市国家乌鲁克英雄吉尔伽美什的赞歌，约3 500 行，从诗中我们能够感受到苏美尔人对他们伟大英雄的崇拜赞美之情。史诗所述的历史时期在公元前 2 700 年至公元前 2 500 年之间，比已知最早的写成文字的文学作品早 200 到 400 年。

作品导读

《吉尔伽美什》比较真实生动地反映了从原始公社制社会向奴隶制社会过渡时期的历史面貌，表现了古代两河流域居民的生活和斗争，在思想上和艺术上都取得了很大的成就。

史诗热情地颂扬了古代英雄、英雄行为以及英雄间的友谊，并提出了为民建立功勋的重要思想。史诗颂扬的中心人物是吉尔伽美什，开始时他是个残酷的统治者，遇见恩启都后，实行的苛政慢慢软化，他变成了为民除害的英雄。他的英雄业绩在人们长期的传颂中，被赋予了神奇浪漫的色彩。人们在吉尔迦美什身上寄托了许多美好的情感和愿望。其在颂扬为民建立功勋的思想的同时，也表现了古代巴比伦人认识自然法则、探索人生奥秘的朴素愿望，歌颂了他们敢于违抗神意的积极进取精神。是神主宰人的命运，还是人自己掌握自己的命运，对于这个问题，自古以来就存在着唯物论同唯心论的斗争。史诗在某些方面反映了人的主观能动作用，赞颂了吉尔伽美什不畏艰难险阻的英雄行为，这在宗教迷信思想占统治地位的远古时代的确是难能可贵的。

另外，史诗在一定程度上反映了当时古代两河流域居民的社会生活和正在形成的阶级关系，对我们了解、认识古代巴比伦社会的历史和文学的发展有重要价值。这部史诗大体上概括了从原始公社制社会向奴隶制社会过渡时期的社会生活，反映了军事民主制的某些社会面貌。当时奴隶制的生产关系正处于萌芽期，有些氏族部落的酋长已逐渐成为军事民主制的领袖，成为早期的国王。他们自恃勇武过人，专横残暴，为所欲为。史诗中关于吉尔伽美什在乌鲁克城的残酷统治以及关于他的某种特权的描写，就是这种情况的真实写照。作品不仅展示了当时正在形成的阶级关系，即人和人之间的矛盾，也展示了人和神、神和神之间的矛盾，而这些矛盾又不同程度地反映了人同自然、同社会的斗争，性质复杂，需进行具体分析。

作品具有浓郁的浪漫主义色彩，它既写人，又写神，善于把神话世界与现实世界紧密结合，为人赋予神的特性，为神赋予人的感情。在描写上，芬巴巴的神秘的杉树林、吉尔伽美什长途跋涉中的不平凡见闻和经历、战胜威力强大的“天牛”的场面等，都给人新奇之感。同时，在吉尔伽美什、恩启都以及众天神的形象描写和刻画上，既带有很大的传奇性，又充满了人间社会生活的气息，现实主义因素和浪漫主义因素于此交织。史诗中还采用了联想、反复、排比、象征和夸张等艺术手法，有较高的艺术价值，比较生动形象地歌颂了英雄人物，表现了人物的思想行为和精神面貌。如多次通过梦境表现人物的内心活动，梦境象征并预示了即将发生的事件，通过哭泣的场面来渲染感伤的气氛等，这些都增强了感人的力量。

作品赏析

吉尔伽美什（存目）

思考练习

1.简述作品的主题。

2.简述主人公吉尔伽美什的性格特点。

第三节　《罗摩衍那》(存目)

作者简介

蚁垤(dié),身份不详,有很多关于他的传说。有人说他是语法学家,还有人说他是古代仙人。相传蚁垤出身于婆罗门家庭,因静坐修行数年不动,身体成了遍布蚂蚁窝的小土丘,故以蚁垤为名。另一种说法是,他原本是个弃儿,被山中野人收养,长大成家后,以偷盗为生,专门抢劫朝圣者,后来被一位瑜伽士开导,改邪归正。专家一般认为《罗摩衍那》是在漫长历史中不断积累的产物,由历代宫廷歌手和民间诗人不断添加扩充,直至最后定型。蚁垤有可能是史诗原始形式的"最初的诗人",也可能只是一位虚构的作者。统观全书,尽管内容写成的年代不同,但基础部分文体大致是一致的。因此很可能有一个作者对全书进行过加工,这个作者就是蚁垤。

作品导读

传说当神的使者向蚁垤讲述了英雄罗摩的故事后,资质平庸的蚁垤无法把它记录下来。直到有一天,他在树林中看见一个猎人射死了一只雄麻鹬,雌麻鹬因惊恐、悲哀而惨叫不止。面对此情此景,悲愤不已的蚁垤突然脱口而出合辙押韵的话语,一种优美、和谐的诗体就此神奇地诞生了,这就是被后人称为"输洛迦"(意译为颂)的短颂体,蚁垤用这种诗体创作了《罗摩衍那》。

《罗摩衍那》(梵语意思为"罗摩的历险经历"),与《摩诃婆罗多》并称为印度两大史诗。全书是诗体,用梵文写成,诗律几乎都是"输洛迦",即每节 2 行,每行 16 个音节。全文共分为 7 章,24 000 对对句。内容主要讲述阿逾陀国王子罗摩和他的妻子悉多的故事。

《罗摩衍那》和另一部更长的史诗《摩诃婆罗多》是印度文化的基础,对印度文学、宗教的发展产生了相当大的作用,中国文学作品中的《西游记》也受到它的影响。罗摩在印度文化中的地位甚至相当于耶稣在基督教文化中的地位。

《罗摩衍那》成书不早于公元前 300 年,最初只是口头流传,增增删删,因人因地而异。写成以后,仍无定本。在全书的 7 章之中,大家公认第 2 章到第 6 章是原作,第 1 章和第 7 章可能是后来(不早于公元前 200 年)补充进去的,因此,这部包括 24 000 颂(现代精校本为近 20 000 颂)的大型史诗绝不会成于一时,它的成书年代约在公元前 4 世纪至公元前 2 世纪之间。全书 7 章的排列顺序是:《童年篇》《阿逾陀篇》《森林篇》《猴国篇》《美妙篇》《战斗篇》《后篇》。

《罗摩衍那》原作将罗摩描绘成一位理想的英雄,但后来补充的部分将罗摩说成毗湿奴的化身,两部分的文笔也不一致。

印度传统文化认为罗摩是毗湿奴的化身，他杀死魔王罗波那，确立了人间的宗教和道德标准。神曾经答应蚁垤，只要山海还存在，人们就仍然需要阅读《罗摩衍那》。

史诗以罗摩和妻子悉多的悲欢离合为故事主线，表现了印度古代宫廷内部和列国之间的斗争；文中穿插了不少神话传说和小故事，描绘自然景色、战斗场面等花费了过多笔墨，故而篇幅宏大。

作品赏析

罗摩衍那（存目）

思考练习

1.简述罗摩的性格特点。

2.简述作品的主题和艺术特点。

第四节 《圣经·旧约》（存目）

作品简介

《旧约》是基督教对《圣经》前一部分的常用称呼，是用希伯来语写成的。后一部分称为《新约》。《圣经·旧约》（简称《旧约》）部分原是犹太教的经籍《塔纳赫》，是希伯来民族文学遗产的总集。

《旧约》的故事从摩西（梅瑟）带领以色列人出埃及时开始，直到耶稣降生前大约500年，前后经历1 000年左右；也有学者认为是由巴比伦被囚时期开始直到公元前1世纪，在此段约240年的时间里写成。《旧约》后来被基督教全盘收纳为《圣经》的前一部分。

《旧约》中的作品是在很长的历史时期内创作的。它的形成过程大致可以分为三个阶段：第一阶段从公元前13世纪至公元前11世纪，为以色列犹太王国建国前的作品，主要有神话、传说、故事、劳动歌谣和英雄战歌等；第二个阶段从公元前10世纪至公元前6世纪，为以色列犹太王国建国后的作品，主要有故事、抒情诗和寓言等；第三个阶段从公元前6世纪至公元前2世纪，为以色列犹太王国亡国后的作品，主要有哀歌和颂神诗等。

《圣经》分为《新约》《旧约》两部分。《旧约》有39卷，《新约》有27卷，总共66卷。这两部分既可独立成卷，又是彼此相关联的集合体。《旧约》主要探讨上帝耶和华与以色列（希伯来）民族的关系，赞颂上帝的神奇无比、威力无边和他对人类严厉而仁慈的统治。《新约》是《旧约》的延续,以耶稣的一生为线索,记载和赞颂耶稣拯救人类的功绩。耶稣的出现是《圣经》教义的重要分水岭,它把《圣经》推向了人们易于接受的宗教体系,使《圣经》跳出了狭隘的犹太民族信仰或民族文学藩篱,成为被整个西方世界接受的宗教。同时,《新约》与《旧约》不同的是,它将上帝耶和华纯粹化了,耶和华不再像《旧约》中那样是一位严厉的统治之神,而是一位充满爱与宽恕、包容一切、指引人类万物的至高无上的神;并且将耶和华的旨意具体化地表现在耶稣身上,使之成为容易被广大基督教信徒和信仰者接受和实践的宗教体验,奠定了基督教成为世界性大宗教和西方世界主流宗教的基础。

作品导读

《圣经》源于东方犹太民族(即希伯来人)。这是一个弱小的民族,他们长期受到邻近大国的欺凌与压迫,这激发了其求生存的忧患意识,于是产生了许多关于上帝这个无所不能的神的神话故事,他们用这些神话故事来教育自己的族人,最终演变出一种宗教信仰(所以说基督教原来是一种非常温和的人民宗教)。这种宗教和这些故事就成了维系这个弱小民族的强有力的精神力量。因此他们将这种"犹太古代文学集成"保存得相当完整,最终成了该民族的"传族之宝"。基督教正式形成之后,人们就将这些故事记录了下来,虔诚地冠以《圣经》之名。

《圣经》是一部影响西方社会政治、教育、思想意识、伦理道德乃至整个意识形态领域的宗教经典著作。对西方人而言,《圣经》是他们生活乃至人生的一个非常重要的组成部分。

在世界文明史上,犹太教对公元前后崛起的基督教的形成,以及公元7世纪阿拉伯半岛上产生的伊斯兰教,都有重大影响。犹太教对基督教的影响极其深刻,特别是在道德观和历史观方面,而这两方面是构成基督教的主体部分。基督教原封不动地接收了犹太教的经典,并将其收入《圣经》。

在公元7世纪以前的阿拉伯半岛,犹太教和基督教相当流行,它们都信奉和崇拜一个主宰一切、至高无上的主神。它们的教义和经典对伊斯兰教影响很大,这在伊斯兰教的经典——《古兰经》中,有着明显的反映。

《旧约》实际上是一部有关犹太人早期生活的百科全书,它完整地展示了犹太民族的发展史,生动、形象地再现了犹太人民的生活画面,详尽地记载了他们在各个领域的杰出成就,深刻地反映了他们的道德观、价值观,为后人了解和研究古代犹太社会提供了丰富而珍贵的历史资料。《旧约》也是一部文学巨著,它运用了几乎所有的文学创作形式,如神话、传说、小说、寓言、戏剧、散文、诗歌、谚语、格言,并独创了先知文学和启示文学,为繁花似锦的世界文学作出了独特的贡献。值得注意的是,在《旧约》中,犹太人被流放的历史,是一再出现的主题。《旧约》的叙述强调每当犹太人背离上帝的诫命，就会惹怒上帝，被一次又一次地从其精神故乡驱赶出去，无家可归。基督新教的《旧约》共 39 卷，通常分为律书、历史书、诗歌和先知书这几类。

作品赏析

圣经·旧约（存目）

思考练习

1.简述《圣经·旧约》与基督教和希伯来文化的关系。

2.简述《圣经·旧约》中作品的形成过程。

第八章　中古亚非文学

第一节　概　述

中古亚非文学指的是亚非地区封建社会产生、发展和衰落时期的文学，大致时间是从公元5世纪中叶至19世纪中叶。

中古亚非大陆地域广阔，民族众多，文化繁荣。日本、印度、阿拉伯、波斯、越南和朝鲜等国的文学成就都很高。中古亚非文学，在这种历史条件下继承并发扬了古代文学的优良传统，在题材的丰富性和形式的多样化方面，在思想内容的深度、广度和艺术表现的鲜明生动方面，都有不同程度的发展，呈现出一派繁荣兴旺的景象。可以说，在这个历史阶段，亚非文学出现了一个新的高峰，它所取得的成就是光辉灿烂的，尤其在它的早期和中期，更是居于当时世界文学的前列，为世界文学的发展作出了宝贵的贡献。

中古亚非文学是由文人文学(包括宫廷文学)、民间文学和早期市民文学等几个部分组成的。随着亚非各国进入封建社会和封建王朝的建立，文人作家不得不依靠握有政治经济大权的封建统治者，其中不少人不得不生活在最高统治机构——宫廷的周围，成为统治者和宫廷的附庸。这种处境影响了他们的意识，限制了他们的视野，使他们写出了大量为统治者歌功颂德的作品。不过，杰出的作家大都能突破宫廷的局限，比较深入地揭露统治阶级内部的黑暗和罪恶，并能在一定程度上反映人民大众的疾苦和愿望；他们的创作具有相当高的艺术水平。与此同时，民间文学创作也获得了蓬勃发展，内容丰富多彩，形式多种多样。民歌、民谣、民间寓言、民间故事、民间史诗、民间说唱、民间戏剧等作品涌现。这些民间文学作品不仅比文人创作更直接地反映了封建时代人民大众的生活和理想，充满了变幻无穷的想象，而且对文人创作产生了积极的影响。例如波斯的菲尔多西、萨迪，印度的杜尔西达斯以及越南的阮攸等人的创作，在题材、风格、语言等方面，都可以清晰地看出民间文学的痕迹。除了文人文学和民间文学之外，中古后期因为商业和手工业的日益兴盛，表现商人和手工业者生活和思想的市民文学，也在亚非一些国家相继萌芽，逐渐成为一种新兴的文学形式。这种早期市民文学在中古文学中别具一格，并为近代文学的产生提供了一定的条件。日本江户文学堪称这方面的代表。

中古亚非文学在长期发展过程中，形成了几个显著特点。

首先是许多民族文学的共同兴旺。中古亚非文学产生的地域大大扩展了。在古代已取得光辉成就的印度文学，这时继续发展，并且在亚非文学中发挥着重要作用。同时，朝鲜、日本、越南、印度尼西亚、缅甸、泰国、伊朗、阿拉伯、格鲁吉亚、乌兹别克斯坦、土耳其等一系列新兴民族和国家登上历史舞台，并出现了较高水平的文学作品。由此可见，中古亚非文学的成就是许多民族共同努力的结果。

其次是各民族文学的相互交流。经济的发展和交通的发达，密切了亚非各族人民之间的经济联系，促进了他们之间的文化和文学交流。历史悠久的中国、印度文学，影响了它们的邻国。中国文学影响了朝鲜、日本和越南等。这几个国家的不少作家和诗人精通汉语，有很深的中国文学造诣，能够写作汉文、汉诗。印度文学影响了东南亚各国。印度史诗和佛本生故事在东南亚国家广泛传诵，而且成为当地文学创作的主要题材来源。西亚的阿拉伯和波斯文学也在这时取得了突飞猛进的发展，并随着伊斯兰教的传播，影响了中亚、南亚和东南亚诸国。与此同时，中国、印度以及阿拉伯、伊朗文学也受到了邻近地区各民族文学的影响。

再次是多种文学形式繁荣。在所有文学体裁之中，诗歌成就最高。波斯等国创造了优秀的民族史诗；抒情诗和叙事诗在印度、伊朗、日本以及其他很多国家蓬勃兴起。戏剧以印度的成就最为突出。阿拉伯的故事驰名世界。日本的长篇小说是世界上最早的。此外，散文在许多国家也得到了发展。

最后是宗教对文学影响深刻。宗教是中古封建制度的主要精神支柱，对于巩固封建统治起着非常重要的作用。佛教和伊斯兰教在许多国家广为传布；印度教不但在印度，在印度尼西亚等地也曾占统治地位。法律、道德、艺术、哲学等意识形态往往带有宗教的色彩，甚至反对宗教的学说也披上了宗教的外衣，反对封建统治者的人民运动也打起宗教的旗帜。宗教给作家的世界观带来许多消极影响。很多作品不同程度地带上了宗教色彩，表现出神秘主义和宿命论观点，有些作品甚至完全变成了传教布道的工具。

中古亚非地区出现了许多杰出的作家，他们创作出许多脍炙人口的作品，如：波斯古典诗歌奠基者鲁达吉的双行诗、菲尔多西的长篇史诗《王书》、萨迪形式独特的《蔷薇园》和哈菲兹的抒情诗集，阿拉伯的颂诗、情诗、民间故事集《一千零一夜》，印度杜勒西达斯的长篇叙事诗《罗摩功行录》和格比尔达斯的抒情诗，日本古典诗歌总集《万叶集》和紫式部的长篇小说《源氏物语》，朝鲜朴趾源的散文和小说《散香传》，越南阮攸的长篇诗体小说《金云翘传》，印度尼西亚的传奇小说《杭·杜亚传》，缅甸吴邦雅的诗歌和戏剧，乌兹别克纳沃依的《五诗集》等。它们都是艺术珍品，充实了中古世界文学的宝库。这些作品题材广泛，内容充实，形成了独特的风格，达到了思想和艺术的统一。

思考练习

简述中古亚非文学的特点。

第二节　《源氏物语》(存目)

作者简介

紫式部(约978—1015)，日本物语文学的杰出代表，也是不多的具有世界声誉的东方女作家之一。她出身中层贵族文人世家，父兄皆擅汉诗、和歌。本姓藤原，学界一般认为其名不可考，亦有人认为其本名为藤原香子或藤原则子。她幼时从父学习汉学，通晓音律和佛典。

1004年4月，紫式部丧夫寡居，同年秋开始创作《源氏物语》。36岁那年冬天，紫式部受召入宫侍奉一条天皇的中宫藤原彰子。“紫”取自物语中主要人物紫之上，“式部”来自其父兄的官职“式部丞”。

主要作品有长篇小说《源氏物语》，作品对人物心理的描写很细腻，文字典雅，情节曲折，被认为是世界上最早的长篇小说，对后来的日本文学影响极大。另有《紫式部日记》，成书于公元1010年秋。

作品导读

《源氏物语》中，“源氏”是小说前半部男主人公的姓，“物语”意为“讲述”，是日本古典文学中的一种体裁，类似于我国唐代的“传奇”。

作品以日本平安王朝全盛时期为背景，通过主人公源氏的生活经历和爱情故事，描写了当时政治的腐败和上层贵族靡乱的生活。上层贵族之间的互相倾轧和权力斗争是贯穿全书的一条主线，而源氏的爱情婚姻，则揭示了一夫多妻制下女性的悲惨命运。在贵族社会里，男婚女嫁往往是政治斗争的手段，女性成了政治交易的工具和贵族男人手中的玩物。

全书共54帖，80余万字。故事描写了四代天皇，历70余年，所涉人物400多个，其中令人印象鲜明的有二三十人。人物以上层贵族为主，也有中下层贵族、宫女、侍女及平民百姓。

全书以主人公源氏的人生经历贯穿全书。他本为天皇桐壶帝之子，桐壶不希望儿子卷入政治斗争，遂将他降为臣籍，赐姓源，又因其给人光辉灿烂之感，被美称为“光源氏”。全书大体分为三部分：第一部分从第1帖《桐壶》到第33帖《藤花末叶》，写源氏的出生、成长和感情生活。第二部分从第34帖《新菜》到第41帖《幻》，写源氏因对现实绝望而出家。第三部分从第42帖《匂宫》到54帖《梦浮桥》，写源氏之子薰因放荡造成的悲剧。

从体裁看，该书颇似我国唐代的传奇，但行文典雅，具有散文的韵味，加上书中引用白居易的诗句90余处，及《礼记》《战国策》《史记》《汉书》等中国古籍中的史实和典故，并将其巧妙地隐伏在迷人的故事情节之中，使该书具有浓郁的中国古典文学的韵味。

作品赏析

源氏物语（存目）

思考练习

1.简述光源氏这个艺术形象。

2.简述作品的主题与艺术特色。

第三节　《沙恭达罗》（存目）

作者简介

迦梨陀娑（约公元4世纪—5世纪），是印度的享有世界声誉的古典梵语诗人、中古时期亚洲的戏剧大师。迦梨陀娑的生平材料流传下来的很少。传说他属婆罗门种姓，出生6个月就成为孤儿，被一名牧人收养。但从他的作品推测，迦梨陀娑受过良好教育，熟练掌握梵语，博学多才，情感丰富。他的故乡大概是喜马拉雅山麓的邬阇衍那城，但他一生遍历印度各地。他既熟悉宫廷生活，也熟悉民众生活。他热爱大自然、热爱现实生活，热爱一切美好事物。他崇信印度教的湿婆，属湿婆宗的林加支派。

现存公认属于他的作品有7部：抒情短诗集《时令之环》，抒情长诗《云使》，叙事长诗《鸠摩罗出世》和《罗怙世系》，剧本《摩罗维迦与火友王》《优哩婆湿》和《沙恭达罗》。其中《云使》和《优哩婆湿》是他仅次于《沙恭达罗》的重要作品。

作品导读

古典梵语戏剧本质上是诗剧。与其他古典梵语戏剧家的作品相比，诗歌成分和戏剧成分在迦梨陀娑的诗剧中达到最完美的统一。他善于按照戏剧艺术的要求安排情节，设计戏剧性场面，塑造人物性格，揭示人物心理；同时，在戏剧艺术许可的范围内，充分发挥他的诗歌才能。他擅长描绘景色和抒发感情，能做到严格切合剧中的环境和人物心理；他长于修辞炼句，但从不故意卖弄诗才。

《沙恭达罗》是一部七幕剧，是迦梨陀娑的代表作。该剧取材于古代传说，写净修林女郎沙恭达罗和国王豆扇陀的恋爱婚姻故事。剧中，国王豆扇陀行猎中遇见沙恭达罗，两人因相爱而结婚。不久之后，豆扇陀留下戒指当信物，只身返回京城。沙恭达罗怀着身孕，去京城寻夫，由于受仙人诅咒，她丢了戒指，豆扇陀拒不接纳她。直到她重新得到戒指，魔力解除，二人才重归于好。剧中的沙恭达罗形象丰满，是一位充满古典美的印度女性。全剧诗意盎然，情节波澜起伏，语言朴素优美，富有浪漫主义气息。

作品赏析

沙恭达罗（存目）

思考练习

1.简述迦梨陀娑的创作成就。

2.简述沙恭达罗的性格特点。

第四节　《一千零一夜》（存目）

作品简介

《一千零一夜》是阿拉伯民间故事集，又名《天方夜谭》或《阿拉伯之夜》。相传古代印度与中国之间有一萨桑国，国王山鲁亚尔生性残暴善妒，发现王后与宫中乐师私通后，便将其杀死。此后每日娶一名少女，翌日清晨即杀掉，以示报复。宰相的女儿山鲁佐德为拯救无辜的女子，自愿嫁给国王，用讲述故事的方法吸引国王，每次讲到最精彩处都恰逢天亮。国王不忍杀她，便允许她下一夜继续讲。她的故事一直讲了一千零一夜，国王终于被感动，与她白首偕老。作品内容丰富，规模宏大，故被高尔基誉为世界民间文学史上“最壮丽的一座纪念碑”。

作品导读

《一千零一夜》是阿拉伯帝国创建后阿拉伯民族精神形成和确立时期的产物。公元7世纪穆罕默德创立了伊斯兰教并统一了阿拉伯半岛，之后阿拉伯帝国不断向四周扩张，并四处弘扬伊斯兰教义。《一千零一夜》有三个故事来源：一是波斯故事集《赫左儿·艾夫萨乃》，二是伊拉克的以巴格达为中心的阿巴斯王朝时期流行的故事，三是埃及麦马立克王朝时期流行的故事。这显示了阿拉伯民族极强的开放性和包容性。经过加工整理后，这些故事中融入了阿拉伯民族精神，被汇进阿拉伯精神文化体系，这也从侧面反映出了阿拉伯民族扩张的野心。从《一千零一夜》中对遥远的中国和许多商人不畏艰险地从事商业贸易活动的描述中，也可以看出阿拉伯民族是一个极具探险精神的民族，他们在故事中热情地讴歌和赞扬那些勇敢、机敏、敢于探险的人们。

这本书其实并不是哪一位作家的作品，而是古代东方广大市井艺人和文人学士在几百年的时间里收集、提炼和加工而成的，是这个地区广大阿拉伯人民、波斯人民聪明才智的结晶。《一千零一夜》的故事，很早就在阿拉伯地区的民间流传了，约在公元八九世纪之交就出现了早期的手抄本，到 12 世纪，埃及人首先使用了《一千零一夜》这一书名，但直到 15 世纪末 16 世纪初才基本定型。《一千零一夜》的故事产生后，便广为流传，并在十字军东征时期传到了欧洲。

在主题上，《一千零一夜》揭露了现实的黑暗。作品中有不少故事揭露了中世纪阿拉伯社会的黑暗与不幸，描写了广大人民群众的疾苦，反映了他们对于现实生活的不满，在某种程度上再现了当时的社会现实，这也说明故事使用了现实主义表现手法。它还宣扬权力的伟大。作品所描写的社会背景主要是阿拉伯伊斯兰历史发展的鼎盛时期。以中央集权制为特征的封建统治者，对权力的意识由先前的"议事制"治邦，转向由帝国最高领袖哈里发"钦定"，形成以权力为核心的社会政治体制。

在写作特点上，第一，《一千零一夜》是阿拉伯文化的沃土孕育出的多民族文化交融的产物，汇集了古代近东、小亚细亚和其他地区民族的神话传说、寓言故事，情节诡谲怪异、变幻莫测、优美动人。第二，这部作品的主要成就在于它用朴素的现实描绘和浪漫的幻想互相交织的表现手法，生动地反映了广大人民群众对于美好生活的憧憬以及他们的爱憎感情和淳朴善良的品质。第三，浪漫主义的表现手法、丰富的想象力和近乎荒诞的夸张描写是《一千零一夜》最明显的艺术特色。第四，连环包孕式的写作手法把许多民间故事组织在一起，令人目不暇接。第五，作品语言丰富优美，通俗流畅，生动活泼，充分体现了人民口头创作的特点，同时还充分运用了诗文并茂的表现手法。

作品赏析

一千零一夜(存目)

思考练习

1.简述《一千零一夜》的思想内容。

2.简述《一千零一夜》的艺术特色。

第九章　近现代亚非文学

第一节　概　述

近现代亚非文学是指19世纪中期到20世纪上半叶近一个世纪的文学。对于绝大多数亚非国家来说，近现代文学是殖民地、半殖民地和半封建社会的文学。

这一时期西方列强加紧了对东方的侵略，除日本变成帝国主义国家外，亚非各国基本都沦落为帝国主义的殖民地或半殖民地。社会基本矛盾是殖民地、半殖民地人民同帝国主义、封建主义的矛盾。因此，反帝、反封建，歌颂爱国主义和民族解放就成了近现代亚非文学的基本主题。这一阶段的文学在亚非民族古老文化的基础上进一步发展，以亚非民族解放斗争的现实生活为土壤，表达了亚非人民的思想、情感和愿望，是亚非人民宝贵的精神财富，也是世界文学史上的重要篇章。近现代亚非社会的历史，是西方对亚非国家进行殖民统治的历史，也是亚非民族传统文化与西方文化激烈冲突的历史。

到19世纪中期，除日本、泰国外，亚非其他国家几乎都沦为了西方的殖民地或半殖民地。亚非各民族在近一个世纪的时间里不断开展各种反殖民的斗争。殖民统治给亚非人民带来灾难的同时，也带来了西方先进的文明。民族救亡运动的开展激发起亚非各国人民的民族自尊自强意识，守旧、僵化的封建统治开始退出历史舞台。

亚非地区地域辽阔，各民族有自己的传统，各民族的近现代文学都有自己的特色。但大致相似的历史遭遇和社会进程，使近现代亚非文学呈现出一些共同的特点。

近现代亚非文学有着鲜明的战斗性与犀利的批判性，主要反映亚非人民反帝反封建和争取民族解放的伟大斗争。这一特征，显然是由殖民地、半殖民地人民同帝国主义、封建主义的矛盾决定的。亚非各国文学，历来就有介入社会生活、直面惨淡人生的进步传统，而社会矛盾的激化和人民蒙受的苦难，则大大加强了作家的参与意识和批判倾向。同时，民族解放运动风起云涌的时代浪潮，则促使作家真实地反映帝国主义和封建主义造成的严重灾难，因而文学就体现出了强烈的现实主义精神和爱国主义色彩，成为愤怒的民族情绪和社会呼声的喷发口。

近现代亚非文学借鉴西方文学，完成了由古典文学向新文学的过渡。随着西学东渐，一些留学或旅居西方、深受西方文化熏陶而又具有强烈民族意识的文人，呼吁进行文学改良，倡导建立适应时代发展、表现时代精神的民族文学。19 世纪中期亚非各国都有过引进、译介西方文学作品的热潮。西方文学作品中的民主意识、人道主义精神和反映现实的风格对亚非各民族的近现代文学产生了深远影响。西方文学的影响是近现代亚非文学发展的外在促进力量，而反帝反封建、呼唤民族意识、改革社会制度的现实需要则是近现代亚非文学发展的内在动力。从整体上讲，这一阶段的亚非文学从属于启蒙文学，强调文学服务于现实，强调对民众进行启蒙教育。文学创作则以揭露封建社会的黑暗、追求民主自由、控诉殖民侵略和思考民族出路为主题。在文体上出现了新诗、新小说、新剧以及随笔、游记和小品文等。到 20 世纪初，亚非文学基本上完成了由古典文学向新文学的过渡。

20 世纪以来，无产阶级文学蓬勃发展，成为亚非文学的中流砥柱。十月革命的胜利，给亚非各国送来了马克思列宁主义。亚非各国都先后爆发了规模浩大的工人运动。无产阶级文学则是无产阶级革命运动的直接产物，特别是在日本、朝鲜、埃及等国，无产阶级文学在 20 世纪二三十年代独领风骚，并且在四五十年代走向了全面繁荣和成熟。无产阶级文学的崛起，极大地改变了亚非各国文学的面貌，其广阔的视野、科学的思想以及成熟的现实主义与浪漫主义相结合的创作手法，对各国的文学都产生了巨大的影响。

近现代亚非文学取得了伟大的成就，各民族文学空前繁荣，其中最有影响力的是日本文学、印度文学、朝鲜文学和阿拉伯文学。

思考练习

简述近现代亚非文学呈现出的特点。

第二节　《吉檀迦利》(存目)

作者简介

罗宾德拉纳特·泰戈尔(1861—1941)，印度诗人、作家、艺术家和社会活动家，是印度近代文学的奠基人之一。他生于加尔各答市的一个富有哲学和文学艺术修养的贵族家庭，13 岁即能创作长诗和颂歌体诗集。1878 年赴英国留学，1880 年回国后专门从事文学创作。1884 至 1911 年担任梵社秘书，1901 年回到加尔各答创办学校(该校后来成为著名的国际大学)。1941 年创作了控诉英国殖民统治和相信祖国必将获得独立解放的《文明的危机》。泰戈尔是具有巨大世界影响的作家。他共写了 50 多部诗集，被称为“诗圣”；写了 12 部长篇小说，100 多部短篇小说，20 多部剧本及大量文学、哲学、政治论著，并创作了 1 500 多幅画，写了难以计数的歌曲。他的作品涉及文、史、哲、艺、政、经等领域，几乎无所不包。他的作品反映了印度人民在帝国主义和封建种姓制度压迫下要求改变自己命运的强烈愿望，描写了他们不屈不挠的反抗斗争，充满了鲜明的爱国主义和民主主义精神，同时又富有民族风格和民族特色。1913 年泰戈尔凭借诗集《吉檀迦利》获诺贝尔文学奖，颁奖词中说，《吉檀迦利》的“特点为思想极具深度”，是呈现“灵魂对永恒的渴望”而又“充满诗意的思想”的清新、优美的诗歌。

作品导读

《吉檀迦利》是一部宗教抒情诗集，是一份“奉献给神的祭品”（不少人以为“吉檀迦利”是奉献之意，其实是献诗之意）。泰戈尔向神敬献的歌是“生命之歌”，他以轻快、欢畅的笔调歌唱生命的枯荣、现实生活的欢乐和悲哀，表达了对祖国前途的关心。

《吉檀迦利》共收诗歌 103 首，均可独立成篇。第 1—7 首为序曲，说明作歌缘由，表现神与人的亲密关系及诗人对人神结合境界的向往和追求。第 8—35 首为第一乐章，主题是对神的思念与渴慕。第 36—56 首为第二乐章，主题是与神的会见。第 57—85 首为第三乐章，主题是欢乐颂，歌颂神给世界带来的欢乐和光明。第 86—100 首是第四乐章，主题是死亡颂，诗人渴望通过死亡获得永生，真正达到人与神合一的境界。最后 3 首是尾声，概括诗集的内容和意义。

从艺术成就上看，泰戈尔的作品富有激情，诗人注重在诗歌中表达自我，从而使得这部作品具有非常浓厚的浪漫主义色彩。从题材上看，诗人将具有神秘主义色彩的宗教引入诗歌中，使这一古老艺术题材焕发出新的青春，这对于西方艺术家的影响是非常巨大的。

作品赏析

吉檀迦利（存目）

思考练习

1.简述《吉檀迦利》的思想意蕴。

2.简述《吉檀迦利》的艺术特点。

第三节 《先知》(节选)

作者简介

纪伯伦·哈利勒·纪伯伦(1883—1931),阿拉伯旅美派(又称“叙美派”)的代表作家,被称为“艺术天才”“黎巴嫩文坛骄子”,是阿拉伯文学的主要奠基人、20 世纪阿拉伯新文学道路的开拓者之一。

他出生于黎巴嫩北部山村的一个马龙派天主教家庭。幼年未受正规学校教育,后随全家移居美国,在美国上学时显露出艺术天赋。1908 年赴巴黎师从罗丹学习艺术。后兴趣转向文学,初期用阿拉伯语,后用英语进行写作。纪伯伦的许多作品都带有基督教色彩。1931 年逝世于美国纽约,遗体葬于黎巴嫩。

主要作品有《泪与笑》《先知》《沙与沫》等,蕴含了丰富的社会性和东方精神,不以情节为重,旨在抒发丰富的情感。

作品导读

《先知》是黎巴嫩诗人纪伯伦的代表作品,1923 年出版,以英文写作,被称为“东方赠送给西方最好的礼物”。

在纪伯伦的所有散文诗中,《先知》被认为是“顶峰之作”。作者借由主人公先知亚墨斯塔法之口回答了人们提出的爱、婚姻、孩子、施予、饮食、工作、欢乐与悲哀、居室、衣服、买卖、罪与罚、法律、自由、理性与热情、苦痛、自知、教授、友谊、谈话、时光、善恶、祈祷、美、宗教、死、逸乐等 26 个方面的问题。这些问题涉及人生及社会的各个方面,是一个饱经沧桑、历尽人间坎坷的过来人的经验之谈。作者用诗一般优美的语言、反复比喻的手法,讲述了许多平易近人而又合情合理的道理,耐人寻味。

作品赏析

先知(节选)

于是一个青年说:请给我们谈友谊。

他回答说:

你的朋友是你的有回应的需求。

他是你用爱播种,用感谢收获的田地。

他是你的饮食,也是你的火炉。

因为你饥渴地奔向他,你向他寻求平安。

当你的朋友向你倾吐胸臆的时候，你不要怕说出心中的“否”，也不要瞒住你心中的“可”。

当他静默的时候，你的心仍要倾听他的心；

因为在友谊里，不用言语，一切的思想，一切的愿望，一切的希冀，都在无声的喜乐中发生而共享了。

当你与朋友别离的时候，不要忧伤；

因为你觉得他最可爱之点，当他不在时愈见清晰，正如登山者在平原上望山峰，也加倍地分明。

愿除了寻求心灵的加深之外，友谊没有别的目的。

因为那只寻求着要显露自身的神秘的爱，不算是爱，只算是一张撒下的网，只网住一些无益的东西。

让你的最佳美的事物，都给你的朋友。

假如他必须知道你潮水的下退，也让他知道你潮水的高涨。

你找他只为消磨光阴的人，还能算作你的朋友么？

你要在生长的时间中去找他。

因为他的时间是满足你的需要，不是填满你的空虚。

在友谊的温柔中，要有欢笑和共同的喜悦。

因为在那微末事物的甘露中，你的心能寻到他的清晓而焕发了精神。

（纪伯伦.先知[M].冰心，译.杭州：中国书籍出版社，2007.略有改动。）

思考练习

1.简述《先知》的艺术特色。

2.谈谈你对友谊的理解。

第四节　《雪国》(节选)

作者简介

川端康成(1899—1972)，日本现代著名作家，日本“新感觉派”文学运动的发起人。1968年凭借《雪国》《古都》《千只鹤》三部代表作获得诺贝尔文学奖，成为继泰戈尔和萨缪尔·约瑟夫·阿格农之后第三位获得诺贝尔文学奖的亚洲人。

川端康成1899年6月14日生于大阪，毕业于东京大学，因《伊豆舞女》而成名。幼年父母双亡，其后姐姐和祖父母又陆续病故，他被称为“参加葬礼的名人”。一生多旅行，心情苦闷忧郁，逐渐形成了感伤与孤独的性格，这种内心的痛苦与悲哀后来成为川端康成的文学作品的底色。他一生创作了小说100多部，中短篇多于长篇。作品富于抒情性，追求人生升华的美，并深受佛教思想和虚无主义影响。川端康成善于用意识流写法展示人物的内心世界。

作品导读

《雪国》是川端康成创作的第一部中篇小说，也是他的唯美主义的代表之作，从1935年起以短篇的形式，分别以《暮景的镜》《白昼的镜》等题名，断断续续地发表在《文艺春秋》《改造》等杂志上，各篇之间并没有紧密相连的情节，直至全部完成并经认真修改后，才冠以《雪国》之名于1948年汇集出版单行本。

《雪国》描绘的虚无之美、洁净之美与悲哀之美达到了极致，令人怦然心动，又惆怅不已。作品中唯美的意象描写融入人物情感的表达之中，往往带着淡淡的哀思，表现了川端康成的物哀思想。

《雪国》也是作者在获得诺贝尔文学奖时被评奖委员会提到的三部小说之一。在川端康成的所有作品中，《雪国》的外语翻译版本最多，先后被译介到很多国家和地区，中国也出版了不同的译本。

故事写的是东京一个名叫岛村的舞蹈艺术研究家，三次前往雪国的温泉旅馆，与当地一个名叫驹子的艺妓、一个萍水相逢的少女叶子之间发生的感情纠葛：岛村是一个有着妻子儿女的中年男子，坐食遗产，无所事事，偶尔通过照片和文字资料研究、评论西洋舞蹈。他来到雪国的温泉旅馆，邂逅了艺妓驹子，并被她的清丽和单纯吸引，甚至觉得她的"每个脚趾弯处都是很干净的"，后来又两度到雪国和驹子相会。

小说就是从岛村第二次来雪国开始的。驹子的三弦琴师傅的儿子行男患了肺结核，叶子陪同他从东京乘火车返回汤泽，正好坐在第二次去与驹子相会的岛村对面。岛村透过车窗欣赏黄昏的雪景，却看到映在车窗上的美丽的叶子，不禁喜欢上了这个美少女。因而他和驹子、叶子之间，构成了一种微妙的情感关系。小说最终以叶子的意外去世而告终。

《雪国》体现了日本传统的美学观念，又借鉴了西方文学作品中的意识流表现手法。日本传统美学的基本精神是"幽情"，认为"在人的种种感情中，只有苦闷、忧愁、悲哀——也就是一切不能如意的事，才是人感受最深的"。"幽情"可以达到既悲且美的意境，意识流手法则侧重于表现联想的作用。

作品赏析

雪国（节选）

驹子用手指拨断了第三根弦，换上新弦后把音试调好了。此时，岛村已听出它的音色十分清越。但打开放在被炉上鼓鼓囊囊的包袱一看，里面除了普通的旧乐谱以外，还有二十来册杵家弥七的《文化三弦谱》。岛村感到意外，拿在手里说：

“就靠这些玩意儿练习？”

“可不是，这儿没有师傅。没法子啊。”

“家里不是有个师傅吗？”

“中风啦。”

“就是中风了，还可以动嘴嘛。”

“说话也不清楚了。不过，舞蹈嘛，他还可以用尚能动的左手给你矫正，可三弦琴听起来令人心烦。”

“你怎么知道的？”

“当然知道啰。”

“良家女子倒不算什么，艺妓在这偏远的山沟里还能这样认真练习，乐谱店的老板知道了也会高兴的吧。”

“陪酒时主要是跳舞，后来让我去东京学习，也是学的舞蹈。三弦琴只模模糊糊记得一点儿，忘了也没人给指点，就靠乐谱啦。”

“歌谣呢？”

“歌谣嘛，是在练舞时听熟的，算是勉强凑合吧。可是新歌大多是从广播里学来的，也不知行不行。其中还掺进了自己的唱法，一定很可笑吧。而且在熟人面前唱不出口哩。要不是熟人，还能放开嗓门唱唱。”她说得有点羞羞答答，摆好架势，好像在说“来吧”，就等着对方点歌，直勾勾地盯住岛村的脸。

岛村突然被她的气势压倒了。

（川端康成.雪国[M].叶渭渠，译.海口：南海出版公司，2013.略有改动。）

思考练习

1.简述“雪国”这个意象的内涵。

2.试分析岛村为什么要前后三次到雪国看望驹子。

第十章　当代亚非文学

第一节　概　述

当代亚非文学特指第二次世界大战(简称二战)后的亚非文学。二战结束后，亚非地区人民取得了民族解放运动的全面胜利，这是亚非民族意识大觉醒的时代，也是亚非民族文学获得大发展的时期。

当代亚非文学是在特定的社会文化条件下发展的，不同民族和地区有各自的特色，同时也表现出了一些共同的特点。

(1)复兴民族文化与文学。二战结束后，亚非左翼文学在一些国家得到了长足发展。独立后的亚非国家在文学领域表现出自觉意识。20 世纪五六十年代召开的亚洲作家会议，提出要“消除一切毒害人民思想和斗志的殖民主义文学，击败所有文化上的帝国主义，使亚非民族文化充分繁荣，提高到世界水平”。具有亚非整体意识、以复兴民族文化为己任、面向广大民众的文学潮流形成。这一潮流促进了亚非文学的发展，使作家队伍迅速扩大，艺术技巧逐步成熟，反帝反封建成为作品所表达的最主要的主题。也有部分作家通过创作反映了独立后出现的新问题。

(2)现实主义文学狂飙突进。二战后，取得独立的亚非国家出现了形形色色的现实主义，如传统的现实主义、与西方现代主义相融合的现实主义、受苏联文学影响的社会主义现实主义。在 20 世纪五六十年代，亚非地区的社会主义现实主义文学十分繁荣，影响大的作家有：印度的玛尼克·班纳吉、土耳其的纳奇姆·希克梅特、缅甸的敏新、埃及的谢尔卡维、叙利亚的汉奈·米纳等。

(3)后殖民文学兴起。当代亚非后殖民文学作品的内容主要涉及民族文化的建设。如何把民族传统的精华与当代人类优秀文化整合起来，以保障民族国家独立于世界，这是亚非后殖民文学思考的主要问题，也是贯穿当代亚非文学的最基本的主题。

(4)文学的自觉意识确立。亚非作家学习借鉴西方现代文学，开阔了视野，拓展了文学表现的领域和审美范式，取得了丰硕的成果。

思考练习

简述当代亚非文学的共同特点。

第二节　《万延元年的足球队》(存目)

作者简介

大江健三郎(1935—),日本著名作家,诺贝尔文学奖获得者,1935年出生在日本南部四国岛爱媛县喜多郡大濑村(今内子町大濑),1941年进入当时的国民学校。1945年,大江健三郎10岁时,日本投降,美军对日本的军事占领、新宪法的实施及民主思想教育,对他日后反对侵略战争、关注社会问题及人类命运的思想产生了极大的影响。1950年3月,大江健三郎15岁时自大濑中学毕业,4月升入爱媛县立内子高等学校,翌年4月转入夏目漱石曾经执教的名校爱媛县立松山东高等学校。在整个中学时代,他创作的诗歌、评论、随笔和短篇小说等文学习作近40首(篇)。1954年,考入东京大学文科二类,1956年4月,转入文学部法国文学专业,师从日本著名的法国文学研究者渡边一夫教授。1957年5月,短篇小说《奇妙的工作》获《东京大学新闻刊》五月祭奖。1958年,具有标志性意义的短篇小说《饲育》发表于《文学界》,获得第39届芥川文学奖,之后他以职业作家的身份正式登上日本文坛。1965年《个人的体验》获第11次新潮文学奖 。1967年发表的《万延元年的足球队》,获第3次谷崎润一郎奖。1989年,荣获欧洲共同体设立的犹罗帕利文学奖。1992年,又获得意大利的蒙特罗文学奖。1973年,长篇小说《洪水荡及我的灵魂》,获第26次野间文学奖。1994年,获得诺贝尔文学奖。

作品导读

1853年,美国以炮舰威逼日本打开国门,长期闭关锁国的日本选择了不战开国。15年后的1868年,日本开始明治维新,不到50年就成为世界五强之一,完成了近代以来日本的第一次崛起。第二次世界大战后,日本以《和平宪法》为基础,在美国扶持下,经济迅速发展。1955年至1964年,日本的国民生产总值年增长率始终保持在9%以上。小说《万延元年的足球队》讲的是在日本近代化以前,日本封建将军幕府第一次向美国派遣使节那年,即1860年,和百年后1960年的象征性年号的故事。

该小说以空间并置和双线叙述的方式,把现在和过去、历史和现实、城市和乡村交织在一起,描绘出人性和历史、现实政治的矛盾。其中,畸形儿的诞生、暴动的发起和失败、通奸和乱伦造成的阴影,共同成为这部带有神话原型色彩的小说的核心。主人公故乡的大森林，也成为象征性的存在，象征历史的迷局、现实的困惑、人性的复杂。该小说还探讨了日本和美国的关系，并对核武器时代进行了反思。大江健三郎积极寻找自己的出生地——四国岛茂密的原始森林中的那些小村落中散落的神话传说、民间故事，并且在出生地的文化、生活元素和当时日本社会现实之间建立了一种联系。

诺贝尔文学奖评委会认为它“集知识、热情、野心、态度于一炉，深刻地发掘了乱世之中人与人的关系”。

主人公鹰四反对日美安全条约受挫后到了美国，后又回到自己的家乡，离群索居在覆盖着茂密森林的山谷里，效仿一百年前曾祖父领导农民暴动的办法，组织了一支足球队，鼓动“现代的暴动”——以暴动的方式来抵抗政府的政策。故事巧妙地将现实与虚构、现在与过去、城市与山村、东方文化与西方文化交织在一起，又通过将畸形儿、暴动、通奸、乱伦和自杀等元素交织在一起，描绘出一幅幅离奇的画面，以探索人类如何走出那片象征恐怖和不安的“森林”。

《万延元年的足球队》故事中，虽然蜜三郎兄弟二人的人生观念截然相反，甚至矛盾对立，但在面对精神危机时痛苦彷徨这一点上却同病相怜，而且在寻找生活立足点、寻找自我这一点上也颇有共识。回到故乡后，鹰四的一系列行为无不是他超越心灵地狱的顽强探索，说出真相后鹰四的自杀又使他通过毁灭旧我的“自我惩罚”方式走向了新生。鹰四的死触动了蜜三郎，让他看清了鹰四承受着内心的极度痛苦却还要奋力抗争的“生”的意义，以及相形之下自己的懦弱，也让他明白了一个道理：一个人最大的敌人、最难排除的障碍就是自己。于是，他决定从保育院中接回自己的痴儿，让妻子生下鹰四的孩子，走出森林洼地，接受去非洲的工作，开始自己的新生活。蜜三郎从鹰四的人生终点起步，想要努力做一个像鹰四一样敢于直面不幸并努力超越不幸的人的。由此，人的再生主题得到充分的揭示。

在大江健三郎的作品中，那些表现人生的悖谬，却又不忘人生的责任与尊严，并让主角最终走向“再生”之途的文本被通称为“再生原型”叙事文本。

大江健三郎的作品中“存在着超越语言与文化的契机、崭新的见解，充满凝练形象”的诗，这种“变异的现实主义”，让回归自我的主题消除了语言等障碍。

《万延元年的足球队》打破了时间和空间的局限，不再去讲述青年人在性的世界里的沉迷和堕落，而是更进一步地和日本本土的神话原型、历史故事发生了回响般的互文联系，把原来的存在主义小说风格提升到了一个更加恢宏的地步，创造了一个独立的、充满历史和神话想象的空间。

作品赏析

万延元年的足球队(存目)

思考练习

1.作品是如何巧妙地把东西方文学特色融为一体的?

2.简述作品的主题思想。

第三节　马哈福兹"开罗三部曲"(存目)

作者简介

纳吉布·马哈福兹(1911—2006),埃及作家,阿拉伯世界最重要的知识分子之一。纳吉布四岁时就被送到私塾学习《古兰经》,接受宗教启蒙教育。1988年他被授予诺贝尔文学奖,他是第一位获诺贝尔文学奖的阿拉伯作家。获奖理由是:"他通过大量刻画入微的作品中的洞察一切的现实主义,唤起人们的雄心,形成了全人类所欣赏的阿拉伯语言艺术。"

作品导读

"开罗三部曲"是纳吉布·马哈福兹的代表作品,包括《宫间街》《思宫街》《甘露街》。小说通过一家三代人不同的命运,描绘了1917年至1944年埃及社会的变迁。每一部侧重描写一代人的生活,并以该代人的居住地作为书名。作品颇似一幅埃及现代的风俗画卷。

马哈福兹没有正面描绘1919—1946年间埃及重大的历史事件,他用全部的激情和笔墨集中描写人,从家庭成员的情感变化中展现外部世界的变化,揭示埃及现代历史的进程,特别是埃及资产阶级政党毕夫脱党及其领袖柴鲁尔等人的活动及其历史作用。小说也通过阿·杰瓦德和邵凯特两个家族几代人的生活及错综复杂的人物关系,勾勒出现代埃及的人情风俗史。小说描绘的传统家庭与贵族家庭不同的生活方式及家风、长幼关系、婚丧嫁娶、衣着打扮、建筑布局、房间装饰等,无不说明"开罗三部曲"是一部百科全书式的巨著。

"开罗三部曲"问世后,立即受到舆论界的一致好评。法国东方学者杰克·热米写了70页的长文盛赞它的成就。西德东方学者马尔丁称马哈福兹为"埃及的歌德"。埃及评论家拉迦乌·尼高什将他与狄更斯、巴尔扎克、托尔斯泰相提并论。这部作品奠定了马哈福兹在阿拉伯小说史上的地位,将阿拉伯现实主义小说推到了顶峰。

作品赏析

“开罗三部曲”(存目)

思考练习

1.简述“开罗三部曲”的主题思想及艺术特色。

2.简述主人公阿·杰瓦德的性格特点。

第四节 《耻》(存目)

作者简介

约翰·马克斯韦尔·库切(1940—)生于南非开普敦,南非当代著名白人作家、文学评论家、翻译家,大学教授。库切的小说“精准地刻画了众多假面具下的人性本质”,他的作品《耻》《等待野蛮人》《内陆深处》体现了这一风格。2003年获诺贝尔文学奖,获奖理由为:“在人类反对野蛮愚昧的历史中,库切通过写作表达了对脆弱个人斗争经验的坚定支持。”1983年凭借《迈克尔·K的生活和时代》、1999年凭借《耻》两度获得英国布克文学奖。库切和另一位诺贝尔文学奖得主戈迪默被视为南非当代文坛的双子星座。

他的小说主要是从现代怀疑主义的视角出发,对历史、人性、殖民主义和现代文明等一系列问题进行追问,这使他的小说跨越了狭隘的民族、种族障碍与偏见,直抵历史渊源与人类发展的纵深处。

作品导读

《耻》是南非作家库切的代表作。这部长篇小说讲述的故事是:52岁的南非白人教授戴维·卢里因与一名女学生有染而被逐出学界,他躲到了25岁的女儿露茜的农场里,却无法与女儿沟通,还得与从前不屑一顾的人打交道,干从前不愿干的活。不久,农场遭黑人抢劫,露茜被黑人强奸,最终成了黑人雇工的小老婆。小说中一个个严酷的片段都因偶然和出乎意料而引人入胜。

库切的作品大都以南非的殖民地生活和各种冲突为背景,《耻》也不例外。不少评论认为,《耻》这部作品通过各种细节描写,揭示了新旧交替时代发生在南非大地上、发生在南非各色人种之间的种种问题,对殖民主义在南非对殖民地人民、殖民者及其后代所造成的影响表现出深切的忧思和相当的无奈。然而,正如有评论指出的,《耻》是一部从内容到寓意都具有丰富层次的作品,单从小说题目“耻”来说,就有“道德之耻”

（卢里的数桩风流韵事所指的道德堕落）、“个人之耻”（露茜遭强暴抢劫）、“历史之耻”（身为殖民者或其后代的白人最终“沦落”到要以名誉和身体为代价，在当地黑人的庇护下生存）等意义。

作品赏析

耻（存目）

思考练习

1.简述作品的主题意蕴。

2.分析作品的写作特点。